insel taschenbuch 4823
Hallie Ephron
Hüte deine Zunge

Emily hat ihre Leidenschaft zum Beruf gemacht: Sie ist professionelle Aufräumerin.

Eines Tages erhält sie gleichzeitig zwei neue Aufträge: Mrs Murphy, eine ältere Witwe, möchte sich von den Sachen ihres verstorbenen Mannes trennen, der u.a. in einem Lager wertvolle Bücher dubioser Herkunft gehortet hat. Und Quinn Newell, frisch und reich verheiratet, will ihr Haus entrümpeln.

Emily und Quinn haben sofort einen Draht zueinander, der Prosecco fließt. Umso schlimmer der nächste Morgen: Emily erwacht mit einem fürchterlichen Kater, und kurz darauf findet sie im Lagerraum von Mr Murphy die Leiche eines Mannes – der Tote ist Mr Newell, Quinns Ehemann!

Alles Zufall? Nein, Emily findet sich in einem fein gesponnenen Netz von Intrigen und Indizien wieder, das sich immer mehr zuzieht ...

Hallie Ephron, geboren 1948 in Los Angeles, ist eine *New-York-Times*-Bestseller-Autorin. Die Journalistin und Rezensentin wuchs als Tochter von Drehbuchautoren in Beverly Hills auf. Heute lebt sie in der Nähe von Boston, Massachusetts. Sie ist verheiratet und hat zwei Töchter.
www.hallieephron.com

Michaela Meßner lebt und arbeitet als freie Übersetzerin in München. Seit 2016 lehrt sie Übersetzung an der LMU in München. 2017 erhielt sie das Arbeitsstipendium des Freistaats Bayern.

HALLIE EPHRON

HÜTE DEINE ZUNGE

ROMAN

Aus dem amerikanischen Englisch
von Michaela Meßner

INSEL VERLAG

Die Originalausgabe erschien 2019 bei William Morrow unter dem Titel *Careful What You Wish For.* Copyright © 2019 by Hallie Ephron.

Erste Auflage 2021
insel taschenbuch 4823
Deutsche Erstausgabe

Vertrieb durch den Suhrkamp Taschenbuch Verlag
Umschlaggestaltung: zero-media.net, München unter Verwendung des
Originalumschlags von Soho Press
Umschlagabbildung: Peter Zelei Images/Getty Images, München
Satz: Satz-Offizin Hümmer GmbH, Waldbüttelbrunn
Druck: CPI books GmbH, Leck
Printed in Germany
ISBN 978-3-458-68123-6

HÜTE DEINE ZUNGE

Dieses Buch ist ein fiktionales Werk. Namen, Figuren, Orte und Ereignisse sind von der Autorin frei erfunden oder werden ausschließlich im fiktionalen Sinn verwendet und sollen keine Wirklichkeit beschreiben. Jede Ähnlichkeit mit aktuellen Ereignissen, Örtlichkeiten, Organisationen sowie lebenden oder toten Personen ist rein zufällig.

1
SAMSTAG

Emily Harlow war nicht überzeugt, dass ihre Sockenschublade sie wirklich glücklich machte. Früher hatte sie ihre Socken wild durcheinander in die oberste Schublade ihres Mahagonischreibtischs gestopft, den sie von ihrer Großmutter geerbt hatte. Hatte sich bemüht, dem Mantra des Aufräumgurus zu folgen und nur Socken behalten, die »zu ihrem Herzen sprachen«. Stramm wie die Soldaten standen sie da, brav nach Anweisung paarweise zusammengelegt (die Zehen auf das Bündchen) und nach Farben aufgereiht. Monate später, frühmorgens an einem schwülheißen Augusttag, sie stand gerade in Shorts, Tank-Top und Flipflops im sonnendurchfluteten Schlafzimmer, flüsterten diese Socken ihrem Herzen zu, sie seien wohl eher Ausdruck ihres Privilegs als ihres Glücks. Wer brauchte denn so viele Socken?

Dennoch, das Sockensortieren hatte ihr Leben komplett umgekrempelt. Aus einer Laune heraus machte sie damals eine Reihe von Schnappschüssen, schnitt sie zu einem Stop-Motion-Video, einer ruckeligen Bildsequenz, die den Übergang vom Chaos zur Ordnung dokumentierte. Sie ließ Socken vor der Kamera salutieren, und zum krönenden Abschluss machte sie ein Selfie, wie sie grinsend eine Mülltüte mit ausrangierten Socken in den Altkleidercontainer warf. Überblende zum Schlussbild mit der frisch sortierten Sockenschublade. Dieses Video machte einen wirklich glücklich.

Das Bild postete sie auf Instagram. Später wurde es tausendfach gelikt und geteilt, und in der Sparte »Leute von heute« brachte der *Boston Globe* einen Beitrag über Emily und ihr Sockensortiervideo. Ein TV-Sender lud sie in die Talkshow des Morgenprogramms ein. Und ehe sie es sich versah, bekam sie Anfragen von Leuten, die Hilfe beim Ausmisten ihrer Schubladen und Kleiderschränke brauchten und den Prozess gern von ihr filmen lassen wollten.

Das war kurz vor Schuljahresende gewesen, als ihr jeder Vorwand recht war, um im darauffolgenden Herbst mit dem Unterrichten aufzuhören. Früher hatte sie gern unterrichtet. Hatte nichts lieber getan, als im September das Klassenzimmer einzurichten. Ihren Materialienschrank auszumisten und mit Tonnen von Papier und Kunstmaterialien auszustatten. Fünfundzwanzig rotwangigen Drittklässlern zu begegnen und sie mit den Wundern der Bruchrechnung vertraut zu machen, mit dem Sonnensystem und mit *Schweinchen Wilbur und seine Freunde.* Aber nachdem sie nun schon ganze acht Jahre das Schulsystem von East Hartwell ertragen hatte, in dem sich alles nur um Prüfungen drehte, und sie sich noch um die wohlmeinenden Eltern kümmern musste, denen Grammatik und Aussprache wichtiger waren als Kreativität und Problemlösungskompetenz, war das Unterrichten nicht länger etwas, das ihr *wirklich am Herzen lag.* Jedenfalls nicht auf die unkomplizierte Art des Sockensortierens.

Die überwältigende Reaktion auf ihr Video und die Aussicht auf viele zahlungswillige Kunden, deren Leben sie ausmisten durfte, fühlten sich an wie ein kleines Wunder. Emily reichte unverzüglich ihre Kündigung ein, verbrannte stapelweise Lehrpläne und Notenspiegel, verschenkte tonnenweise Lehrhandbücher und Unterrichtsmaterialien. Ihre große Hoffnung war es, nie wieder den Geruch von Whiteboard-Markern ertragen oder Wellpappe auf Pinnwände heften zu müssen.

Dass Frank, ihr Ehemann, sie darin unterstützte, hatte sie angenehm überrascht: *Mach es einfach. Geh das Risiko ein. Gib dem Ganzen ein Jahr und schau, was passiert.* Dabei zahlten sie immer noch die Kredite ab, mit denen Frank und sein bester Freund, Ryan Melanson III., eine Anwaltskanzlei eröffnet hatten. Die Höhen und Tiefen, die mit der Gründung des neuen Unternehmens einhergingen, waren ein Spaziergang im Vergleich zu der emotionalen Achterbahnfahrt, die sie und Frank gerade erlebten, weil sie sich beide ein Kind wünschten.

Allerdings war Frank nicht wohl dabei, dass sie zu fremden Leuten nach Hause ging. Man wusste ja nie. Daher hatte er auf ihrem Smartphone die Ortungsfunktion aktiviert, damit er nach ihr suchen konnte, falls sie nicht nach Hause kam, und ihr eine babyblaue Elektroschockpistole von der Größe einer TV-Fernbedienung besorgt. Erst ein Mal hatte sie sie ausprobiert, und die Funken und das Knattern der Lichtblitze hatten sie fast zu Tode erschreckt. In der Hoffnung, sie nie benutzen zu müssen, hatte sie die Pistole in der Tasche mit ihrer Ausrüstung verschwinden lassen.

Emily gründete das Unternehmen zusammen mit ihrer besten Freundin Becca Jain, einer ehemaligen Krankenschwester, die zunächst als Sozialarbeiterin und später als Coach tätig gewesen war. Sie besaß ein großes Talent, die Kunden an die Hand zu nehmen und bei Laune zu halten, wenn sie den persönlichen Besitz loslassen mussten, was für einige höchst schmerzhaft war. Erfahrungsgemäß trennten die Menschen sich leichter von der Herde heißgeliebter Plastikpferde, die sie als Achtjährige gesammelt hatten, oder von dem fließenden Chiffonkleid vom Abschlussball, wenn sie ein Bild davon behalten konnten, gespeichert in einem digitalen Archiv. Emily erstellte Stop-Motion-Videos, in denen sie das allmähliche Schwinden des Besitzes dokumentierte. Sie und Becca nannten sich selbst die Stop-Motion-Krempel-Kicker, ihr Logo war ein hochhackiger Stiefel, der einem kaputten Videotape einen Tritt versetzte.

Emilys Sockenvideo hatte ihnen einen erfolgreichen Geschäftsstart beschert. Jetzt wollte sie ein Video übers Kleiderschrankausmisten drehen, um weitere potenzielle Kunden anzulocken.

»Emmy, ich bin dann mal weg!«, rief Frank von unten. Als sie nach oben gegangen war, hatte er noch in der Küche gesessen und Gartenflohmarktanzeigen gelesen, die er sich von Craigslist und Facebook ausgedruckt hatte. Jeden Samstag legte er mit militärischer Präzision eine Route fest und verließ spätestens halb acht das Haus, denn wenn es hieß: *keine Frühaufsteher*, stimmte das angeblich nie.

Emily verließ das Badezimmer und durchquerte den Flur im ersten Stock, der recht schmal war wegen der mit Franks Büchern vollgestopften, wandfüllenden Regale. Weiter ging's durch die Tür in einen ursprünglich als Gästezimmer geplanten Raum, der sich jedoch in Franks Lagerraum verwandelt hatte.

Als sie zum Treppenabsatz trat, schickte Frank ein breites Grinsen zu ihr hoch. Wenn er zu Gartenflohmärkten ging, sah er in seiner abgerissenen Levi's und dem T-Shirt, das Emily ihm hatte fertigen lassen, höchst unanwaltlich aus. Das Shirt zierte ein Cartoon aus dem *New Yorker*: Ein älterer Mann liegt auf dem Pflegebett und sagt zu der Frau, die seine Hand hält: »Ich hätte mehr Krempel kaufen sollen.«

»Brauchst du was?«, fragte Frank und strich sich eine Strähne aus der Stirn.

»Keine Schlafzimmer-Sets«, sagte sie.

Frank leckte den Zeigefinger und löschte es in der Luft wie von einer Tafel.

»Aber eine Salatschleuder könnte ich gebrauchen.«

Er salutierte und ließ die Hacken knallen.

Emily kehrte ins Schlafzimmer zurück. Ihre Bitte, *kein Schlafzimmer-Set* mitzubringen, war eigentlich kein Scherz gewesen. Sie hatte Frank im Verdacht, in der Garage und im Keller einige Kopfteile und Bettgestelle zu bunkern, ganz zu schweigen von den Schreibtischen und Frisierkommoden. Leichtere Fracht – also Radios und kleinere Geräte aller Art (er hatte eine Leidenschaft für klassische Metallföns und Soda- und Milchshake-Maker mit Porzellansockel) – schleppte er heimlich auf den Dachboden, wenn er dachte, dass sie nichts mitbekam. Zog Emily sich in ihr winziges Arbeitszimmer in ersten Stock zurück, mit weißen Plisseerollos, dem Becher mit frisch gespitzten Bleistiften (die sie nie benutzte, aber gern ansah) und den wohlgeordneten Aktenordnern, spürte sie trotzdem, wie Franks Fundstücke ruhelos zum Leben erwachten wie das Besen-Heer des Zauberlehrlings aus Disneys *Fantasia*, das aufmarschiert, um ins Haupthaus einzudringen.

Nicht alles war wertloser Kram. Vergangene Woche erst hatte er das Originalcover einer Ausgabe seines Lieblings-Horror-Comics *Creepy* ergattert. Das signierte Aquarell hatte sich zwischen den Seiten eines Sammelalbums für zwei Dollar versteckt. Emilys Geschmack traf es nicht gerade – ein haariges Monster mit gebleckten Zähnen und erhobener Faust, das eine vor ihm kauernde üppige Blondine bedrohte. Doch als Emily den Künstler recherchierte, entdeckte sie, dass einige der Originalcover mehrere tausend Dollar wert waren.

Wie aufs Stichwort begann das Haus zu erzittern. Emily hörte die Hintertür zuknallen. Sie ging zum Fenster und sah in die Auffahrt hinunter. Schwerfällig rumpelte Franks alter Chevy Suburban (zu Flohmärkten fuhr er nie mit dem BMW Z4) rückwärts auf die Straße hinaus.

Wähle deine Schlachten, lautete der weise Ratschlag, den ihre Mutter ihr am Hochzeitstag gegeben hatte, und genau das hatte sie versucht. Der Ironie, dass sie hier im ersten Stock Sachen aussortierte, während Frank zum Jagen und

Sammeln in die Welt hinauszog, war sie sich durchaus bewusst. Sie betrachtete es gern als eine Art Nullsummenspiel, auch wenn die ausgemisteten Kleider nichts waren im Vergleich zu dem Krempel, den er bald wieder ins Haus schleppen würde.

Doch darauf herumzureiten war sinnlos. Es gab schlimmere Hobbys als Franks zwanghaftes Garten-Flohmärkte-Abklappern, und ändern würde er sich gewiss nicht. Außerdem musste sie in die Puschen kommen. Becca und sie hatten am Nachmittag einen Termin mit einer neuen Kundin, und die Fertigstellung dieses Videos würde sie noch einige Stunden kosten.

Zunächst musste eine Eingangsszene her. Durch den Kamerasucher warf sie einen Blick ins Innere ihres Kleiderschranks. Auf einer einzigen Stange drängte sich ihre Garderobe, Winterkleidung auf der einen Seite, Sommerkleidung auf der anderen. Schuhe und Handtaschen bildeten einen Haufen auf dem Boden. Selbst für Drillinge wären es mehr, als sie gebrauchen konnten.

Sie schoss ein Bild. Als Nächstes musste sie die Kamera fixieren, um die Stop-Motion-Serie aufzunehmen. Sie schraubte sie auf ein Stativ, das sie in die Ecke stellte, und brachte beidseitig am Bett LED-Lichter an, damit es keine Schatten gab. Ließ die Rollläden herunter. Zündete auf der Fensterbank eine Kerze an. Die Kerze sollte helfen, sich zu sammeln und inneren Frieden zu finden. Zudem wurde sie im Lauf des Filmens immer kleiner, sodass der Zuschauer eine Orientierungshilfe bekam.

Nachdem sie alles hergerichtet hatte, nahm Emily ein Kleiderbündel nach dem anderen aus dem Schrank und stapelte alles auf einer Seite des Kingsize-Bettes. Für die ausgemusterten Kleider breitete sie drei leere Plastikmüllbeutel auf dem Boden aus und warf die verwaisten Kleiderbügel außerhalb des Sichtfeldes der Kamera in eine Ecke.

Dann sah sie sich den Haufen durch den Sucher an. Als die Kleider noch auf den Bügeln hingen, schien die Aufgabe fast nicht zu bewältigen, aber der Anblick des Haufens auf dem Bett war restlos entmutigend. Sie stellte Fokus und Belichtung ein und trat einen Schritt zurück, um sicherzustellen, dass sie nicht mit aufs Bild kam. Sie betätigte die Fernbedienung der Kamera und hatte gleich die erste Aufnahme ihrer Animation im Kasten – das große Chaos. Von jetzt an bis zu dem Moment, da sie den Kleiderstapel sortiert haben würde, musste die Kamera exakt an Ort und Stelle bleiben, und Emily durfte nicht an die Lampen stoßen.

Emily schnappte sich das oberste Kleidungsstück, eine gefütterte Wollhose mit Umschlag, ein Anachronismus in der heutigen Zeit der Leggings und Jeans. Sie breitete die Hose auf dem Bett aus. Machte eine Aufnahme. Fuhr mit der flachen Hand über die Oberfläche. *Klick.* Strich sie glatt. Noch mal *klick. Behalten oder wegwerfen?* Einfache Entscheidung. Mottenlöcher und eine sich allmählich auflösende Naht machten niemanden glücklich.

Sie kreuzte die Hosenbeine. *Klick.* Verkrumpelte sie. *Klick.* Warf die Hose in eine Mülltüte und machte eine letzte Aufnahme der leeren Fläche auf dem Bett. Dann sah sie sich die einzelnen Bilder der Sequenz an, um sicherzustellen, dass sie scharf und klar waren.

Nächstes Kleidungsstück: eine seidenartige weiße (Polyester-)Bluse mit einer Bohème-Schleife (allein das Wort ließ Emily zusammenzucken). Alljährlich zum ersten Schultag hatte sie diese Bluse getragen. Es war ihre Version einer Power-Krawatte, mit der Schleife sollte noch dem aufmüpfigsten Kind klargemacht werden, dass mit dieser Lehrerin nicht zu spaßen war.

Keine ersten Schultage mehr, kein Auftrumpfen vor Achtjährigen, somit auch kein Bedarf mehr für eine Bluse mit Bohème-Kragen. Und das Beste war, sie musste nicht mehr ihre Zeit damit verschwenden, die hohe Kunst des Ausfüllens von Sprechblasen auf Lösungsblättern zu lehren.

Zunächst machte Emily ein Bild von der Bluse mit ungebundener Schleife. Es folgten weitere – mit gebundener Schleife, mit aufgebundener Schleife, dann mit über der Brust gekreuzten Ärmeln, als wollte die Bluse sie auffordern, sich zu entscheiden. Und schließlich: weg damit.

Kurzen Prozess machte sie mit drei kastenförmigen, zweireihigen Blazern (einer rot, einer schwarz, einer marineblau). Erst reihte sie sie auf wie Soldaten. *Klick.* Dann ließ sie einen nach dem andern den Arm zum spöttischen Salut heben. So arbeitete sie sich durch den Kleiderstapel und warf auch das Brautjungfernkleid weg, das sie zu Beccas Hochzeit getragen hatte.

Gerade stopfte sie das Kleid in die Mülltüte, als sie den Kies auf der Auffahrt knirschen hörte. Sie trat zum Fenster und zog das Rollo hoch. Frank war wieder da. Der SUV parkte in der Auffahrt. Die Tür ging auf, und Frank stieg aus.

Von oben konnte sie die kahle Stelle erkennen, über die er immer sorgfältig die Haare kämmte. Offensichtlich hatte er etwas eingekauft, denn er beugte sich zum Griff der Kellerluke, die ins Untergeschoss führte. Quietschend öffnete er die Metalltür.

Auf dem Weg zurück zum Auto sah Frank zu ihr hinauf und winkte. Sie winkte zurück und ließ das Rollo hinunter. Was er da ins Haus schleppte, wollte sie gar nicht sehen.

Nach einem weiteren Bild des nur wenig geschrumpften Kleiderstapels griff sie nach einem türkisfarbenen Jumpsuit mit Reißverschluss, den sie in einem Second-Hand-Laden in Venice Beach gekauft hatte. Damals, frisch vom College und mit abgeschlossenem Lehrdiplom, war sie ein anderer Mensch gewesen. Und Frank ein idealistischer, frischgebackener Anwalt, der sich für Menschenrechte und Gleichberechtigung einsetzte und kurze Zeit später für zwei Jahre als Pflichtverteidiger in einem Anwaltsbüro in Massachusetts zu arbeiten begann. Venice Beach mit den alternden Hippies und Secondhand-Läden hatte sich zu einem Viertel der Hipster, Yoga-Studios und Sauerstoffbars gewandelt. Ob Frank sich wohl noch an den unglaublichen Sex erinnerte, den sie auf der überdachten Veranda eines Freundes gehabt hatten, mit Blick auf den Kanal? Gedankenfreien Sex. Sex ohne Blick auf den Kalender und ohne Temperaturmessen.

Jahre war das her, damals hatte sie geglaubt, ein Baby bekäme man einfach so. Sie hatte sich keine Gedanken über Bohème-Schleifen und Blazer gemacht, und nicht im Traum wäre ihr eingefallen, Frank werde ihr Haus zunehmend mit Krempel füllen.

Würde er ihr doch nur ein Mal gestatten, ihren Aufräumzauber auf seinen Kram anzuwenden, dachte Emily beim Blick auf die überquellenden Schreibtischschubladen. Die Kleiderschranktür ließ sich auch schon nicht mehr schließen. Franks in Kleidertaschen gequetschte »Anwaltsanzüge« könnten viel mehr Raum zum Atmen haben, wenn er nur …

Sinnlos, den Gedanken zu vollenden. Beim Entrümpeln gab es eine eherne Regel: Du darfst nur deinen eigenen Scheiß ausmisten. Und lagen sie an einem faulen Sonntagmorgen Haut an Haut in der Löffelposition, schien ihr das auch gar nicht mehr wichtig.

Sie griff nach dem Jumpsuit und hielt ihn sich vor dem lebensgroßen Spiegel an der Tür unters Kinn. Er erinnerte sie an eine reizvollere und nicht ganz so mausgraue Version ihrer selbst. Dass sie ihr altes Ich auf ihrem Weg vom Freigeist zur Grundschullehrerin und anschließend zur professionellen Ordnungsexpertin in den Mülleimer geworfen hatte, war ihre große Hoffnung.

Den Jumpsuit warf sie aufs Bett. Machte ein Foto.

Hätte es sich verhindern lassen, dass Frank zum fanatischen Sammler mutierte? War es vielleicht sogar genetisch bedingt? Als sie vor Jahren bei der Auflösung des Zwei-Zimmer-Apartments von Franks Großvater geholfen hatte, waren sie auf Stapel von Zeitungsausschnitten gestoßen, die bis in die vierziger Jahre zurückreichten. Und was tat ein Mann, der sich, außer für die Hochzeit, nie herausgeputzt hatte, mit all den in zwei Reihen im Schrank hängenden Anzügen und Sportjacken? Wie sich herausstellte, waren die Taschen ein elaboriertes Ablagesystem. Nach einem beherzten Griff in die Brusttasche einer Sportjacke hatte Frank eine Handvoll solider Vierteldollarmünzen und Dimes herausgeholt. Eine Ein-Dollar-Note mit Fehlprägung steckte in der Hosentasche. Ein Penny, eingewickelt in ein Stück Toilettenpapier, trug einen doppelten Datumsstempel. Ansonsten zählten eine wertlose Sammlung von Topfhaltern der New Yorker Weltausstellung von 1964 sowie Berge von Hotelseifen und Shampoos zu den Schätzen seines Großvaters. Frank hatte das wahrscheinlich alles aufbewahrt, und nur Gott und Frank wussten, wo.

Bei ihrer Hochzeit hatte Franks Mutter ihr im Vertrauen erzählt, das erste Wort ihres Sohnes sei »meins« gewesen. Damals hatten Franks besondere Fähigkeiten den Ausschlag gegeben und sie über das, was Emily für eine skurrile Sammelleidenschaft hielt, hinwegsehen lassen. Er sah höllisch gut aus, hatte dieses Eine-Million-Dollar-Lächeln. Er war klug. Er lachte über ihre Witze. Und er hatte nicht tausend Affären wie sein Anwaltspartner Ryan, der seine neue Freundin, nachdem er sich erst kürzlich von Frau Nummer zwei getrennt hatte, auch schon wieder betrog.

Sie widmete sich wieder dem Jumpsuit. Strich noch einmal über den weichen Stoff, während sie sich vorstellte, es sei Frank. Zärtlich glättete sie ihn. Zog die Schultern gerade. Strich die Falten aus den Beinen. *Behalten oder wegwerfen?*

Noch während sie darüber nachdachte, vernahm sie einen dumpfen Knall. Wahrscheinlich war die stählerne Kellerluke zugefallen. Sie blickte aus dem Fenster und sah Frank gerade noch ins Auto steigen. Gleich darauf erschallte im Haus ein lautes, misstönendes Krachen. Das Echo schickte einen Schauder Emilys Rücken hinunter. Was um Himmels willen hatte er dieses Mal angeschleppt?

2

Emily stand auf dem oberen Treppenabsatz und lauschte. Es gab einen leiseren, fast musikalischen Nachhall, doch ein Klirren wie von zerschellendem Glas ließ sie die Treppe hinuntereilen. Sie durchquerte die Küche, ihr Reich, mit den weißen Wänden, den Schränken mit Glasfront und den marineblauen Resopal-Arbeitsplatten. In dem langen, schmalen Regal standen die Gewürze in alphabetischer Reihenfolge. Selbst die Putzmittel, unterm Spülbecken versteckt, waren ordentlich in die beiden Fächer eines Drahtgeflecht-Regals einsortiert. Es roch nach Kaffee und Spüli.

Durch den kleinen Waschraum ging Emily weiter bis zur Tür zum Keller. Zögernd blieb sie stehen. Sie hatte keinen Grund, in den Keller zu gehen, es sei denn, die Sicherung war durchgebrannt. Sie öffnete die Tür, starrte in die unergründliche Dunkelheit und lauschte. Stille und Feuchtigkeit. Ein kalter Lufthauch wehte zu ihr herauf. Sie drehte das Licht an und wartete, bis die Energiesparlampen flackernd aufleuchteten und langsam heller wurden.

Auf den ersten Blick war klar, dass Frank diese Treppen nicht als schnellen Zugang zum Kellergeschoss nutzte: Sämtliche Stufen waren mit Kisten und Taschen vollgestellt. Ein »MAD-Spiel« des *MAD*-Magazins lugte aus einer Box. Frank hatte eine Schwäche für Alfred E. Neumann. Emily griff in eine der Taschen und zog einen alten Horror-Comic heraus, *Geschichten aus der Gruft*. Vorsichtig legte sie ihn wieder zurück. Jetzt roch ihre Hand nach Schimmel.

Nachdem sie einen schmalen Durchgang freigeräumt hatte, bahnte sie sich einen Weg durch den Keller, hinüber zur Wand mit der Lukentür. Dabei kam sie an einem kufenlosen Schaukelstuhl vorbei, auf dem das Skelett saß, das sie immer an Halloween vor die Tür stellten. Eine Tischtennisplatte mit gestapelten Bilderrahmen, zwei lebensgroße Keramikkatzen, die ein Schüler ihr zu Weihnachten geschenkt hatte, ein grinsender grellbunt kolorierter Glasclown, ihr Gewinn bei einer Tombola, und ein Stapel 3-Ring-Binder. Die Bilderrahmen hatte Frank auf privaten Flohmärkten gekauft, aber die Binder, den Clown und die Katzen hatte Emily eigenhändig für die Sammlung einer Hilfsorganisation vors Haus gestellt. Offensichtlich hatte Frank damit andere Pläne.

Bisher hatte sie nichts entdeckt, womit der Krach hätte erklärt werden können. Sie war beinahe schon auf der anderen Seite angelangt, als ihr eine Art lebensgroße, golden angemalte Harfe ins Auge fiel. Bei näherer Betrachtung erwies es sich als der gusseiserne Rahmen eines Klaviers. Um von einem Flügel zu stammen, war er zu klein, aber doch recht eindrucksvoll. Sogar sie wusste die Schönheit des anmutig geschwungenen Rahmens zu schätzen, der größere und kleinere kraterartige Löcher aufwies. Am Rand waren die Buchstaben *muskegon mich* eingeprägt. Das arme Ding war weit weg von zu Hause. Der Rahmen lehnte an einem Beistelltisch, der Boden ringsum war übersät mit zerbrochenem Glas und Porzellan. Sie versuchte ihn zu verrücken, doch für sie allein war er zu schwer. Frank würde sich darum kümmern, wenn er zurück war. Oder auch nicht. Es war nicht ihr Problem.

Emily stieg die Treppe hinauf und kehrte zurück in die Küche. Im Trockenständer auf dem Tresen lag eine blaue Salatschleuder aus Plastik. Wahrscheinlich hatte Frank sie ihr mitgebracht. Er hatte sie sogar gewaschen. Sie setzte den Deckel auf und ließ sie ein paar Umdrehungen machen. Ein stechendes Schuldgefühl überkam sie. Wenn Frank eine Salatschleuder für sie erbeuten konnte, wäre den Dreck im Keller aufzufegen doch das Geringste, was sie für ihn tun konnte. Das dürfte in einer Minute erledigt sein.

Mit Besen, Kehrschaufel und einer Papiertüte bewaffnet kniete sich Emily neben den Klavierrahmen und begann, die Scherben aufzukehren. Es war eine Mischung aus Glas und Porzellan, vielleicht von einer Vase und Weingläsern. Sie warf eine Schaufelvoll in die Mülltüte, dann watschelte sie in der Hocke weiter. Nieste, kehrte noch mehr Scherben auf, warf sie ebenfalls in die Tüte.

Sie streckte sich, presste die Schulter gegen den Beistelltisch, und während sie versuchte, die letzten Scherben zu erreichen, ging die Kellerluke auf. Licht strömte herein, und eine angenehme Brise. Emily hob den Blick und erkannte Franks Umriss. Er kam die Treppe herunter, das helle Haar ein lichter Heiligenschein, und duckte sich unter dem Türrahmen hindurch. Der Blick war in eine sehr große, braune Mappe gerichtet. Diesen gierigen Blick kannte sie. Er hatte etwas ergattert.

»Hey, Frank«, sagte Emily.

Überrascht sah er auf und linste in ihre Richtung. »Emily?«

»Was hast du gefunden?«

»Was machst du da unten?«, fragte er, klappte die Mappe zu und verschloss sie. Emily schien, als wollte er sie verstecken. Vielleicht hatte er zu viel bezahlt.

Sie stand auf. Oder versuchte es vielmehr, kam aber ins Straucheln und kippte nach hinten. Sie ließ die Tüte fallen und stützte sich auf den Beistelltisch, um wieder ins Gleichgewicht zu gelangen. Das hielt der Tisch nicht aus. Er zerbrach und knickte in der Mitte ein. Wie in Zeitlupe rutschte der Rahmen, der daran gelehnt hatte, zur Seite weg. Emily warf die Arme über den Kopf und kauerte sich hin, zuckte bei dem Krach zusammen, dem eine ohrenbetäubend laute Version des lange nachhallenden Misstons folgte, den sie schon oben gehört hatte.

Der Staub legte sich wieder, und Emily hob den Blick. Stumm und verdutzt starrte Frank sie an. Schließlich sagte er. »Himmel, Arsch und Zwirn! Bist du verletzt?«

»Ich glaube nicht.« Emily richtete sich langsam wieder auf. Jetzt erst bemerkte sie, dass sie einen Flip-Flop verloren hatte, und dass der nackte Fuß zwischen dem Klavierrahmen und etwas, das unter dem Beistelltisch gestanden hatte und aussah wie eine Kirchenbank für vier Personen, eingeklemmt war. Sie versuchte, ihren Fuß freizubekommen, erreichte aber nur das Gegenteil. »Autsch! Verdammt!« Sie sah zu Frank hinüber. Dieser durchwühlte die Scherben, die sie in die Tüte gekehrt hatte. »Frank, kannst du mir helfen? Ich stecke fest.«

Franks Telefon meldete sich mit einem *Pling*. Er zog es aus der Tasche und sah aufs Display. Wahrscheinlich ein Alarm, der ihn erinnern sollte, nicht zu spät zum nächsten Flohmarkt aufzubrechen. Er lächelte.

»Frank! Ich bitte dich! Ich komme einfach nicht ...« Emily versuchte, den Fuß ein Stück freizubekommen, doch der Klavierrahmen rutschte weiter, prallte auf die Kirchenbank und ihren nackten Fuß. Emily schrie vor Schmerz auf und zog den Fuß heraus. Der Klavierrahmen krachte auf den Betonfußboden und brachte mit donnerndem Getöse einen Stapel Kisten zum Kippen.

»Autsch, autsch, autsch.« Emily hüpfte herum und hielt sich ihren verletzten Fuß.

»Emmy.« Frank ließ die Mappe fallen und eilte zu ihr, packte sie unter den Armen und zog sie von dem Gussrahmen und dem zerbrochenen Beistelltisch weg. »Geht's dir gut?«

Nein. Emily schüttelte den Kopf. Ihr Fuß pochte.

»Was machst du überhaupt hier unten?«

»Ich war oben. Da habe ich einen lauten Krach gehört und wollte nachschauen, was passiert ist.«

Kurze Stille. »Und was ist ... passiert?« Sein Blick wanderte von dem Besen, der auf der Seite lag, zu der Tüte mit den Scherben und weiter zu den zerbrochenen Teilen überall auf dem Boden. Dann zurück zu Emily. Behutsam untersuchte er ihren Fuß. Er sah übel aus, war über dem Rist bereits blau angelaufen.

»Das tut höllisch weh.« Sie jaulte auf bei dem Versuch, ihren Fuß anzuwinkeln. Wenigstens hatte sie nicht das Gefühl, es sei etwas gebrochen.

Frank half ihr hoch. Vorsichtig stellte sie den verletzten Fuß auf und verlagerte ein wenig das Gewicht darauf. Kein Schmerz, der ins Bein schoss. »Das musst du sofort mit Eis kühlen«, sagte Frank. Er schob die Kisten von der Treppe, um Platz zu schaffen, schlang den Arm um ihre Taille. Sie lehnte sich an ihn und erklomm vorsichtig die erste Stufe. Dann noch eine.

»Ich habe den Lärm gehört«, sagte Emily. »Da bin ich runter, um nachzuschauen, ob alles in Ordnung ist. Als ich das Chaos sah, habe ich nur ...«

»Ich weiß. Saubergemacht. Ordnung gemacht«, sagte er und half ihr noch eine Stufe hoch. »Das machst du immer. Genau wie meine Mutter.«

Emily hielt mitten im Schritt inne. Franks Mutter war wirklich eine nette Person, aber im Grunde war Frank das Einzige, was sie und Emily gemein hatten. Wie dem auch sei, immer wenn sie in einem Streit an diesem Punkt angekommen waren, lenkte Frank das Thema auf die arme Frau. Sobald er aufs College ging, hatte seine Mutter in seinem Zimmer klar Schiff gemacht. Hatte seinen Kleiderschrank ausgemistet. Seine Schubladen. Hatte seine heißgeliebten Comics weggeworfen. *X-Men #1. Spider-Man. Miracleman.* Sie hatte seine Spielfiguren von *Voltron, He-Man* und *Star Wars* in den Müll gekippt, zusammen mit einem ganzen Haufen *Transformers*-Bauklötzen.

»Deine Mutter ...«, wollte Emily schon loslegen.

»Ich weiß«, sagte Frank mit einem nachsichtigen Lächeln. »Sie kann nicht anders.«

»Du bist es, der nicht anders kann«, schoss Emily zurück. »Du hast dieses ... dieses ... nutzlose Monster hier runtergeschleppt und einfach irgendwo abgestellt. Völlig ungesichert. Das musste ja zu einem Unfall führen.« Sie drehte sich um und starrte auf den gestapelten Plunder auf den Treppenstufen und im Kellergeschoss. »Welcher vernünftige Mensch braucht denn so viel Krempel? Hier liegt so viel Zeug rum. Und du kommst nicht mal dran. Wozu ist das gut? Das ist doch krank.«

Frank war fassungslos. »*Ich* bin also krank?« Er ließ sie los und ging weiter. »Mit mir ist alles in bester Ordnung. Du bist diejenige, die allergisch ...« Er verstummte.

Hätte er tatsächlich die Ergebnisse ihres Fruchtbarkeitstests als Argument für seinen Plunder angeführt? Während Emily sich mit eigener Kraft die letzten Treppenstufen hinaufschleppte und Frank in die Küche folgte, füllten sich ihre Augen mit Tränen. Er öffnete den Kühlschrank, nahm einen Eiswürfelbehälter und knallte ihn in die Spüle. Einige Stücke schlitterten über den Fußboden. Er sammelte eine Handvoll davon auf und packte sie in ein Geschirrtuch.

»So, jetzt weißt du's«, sagte Emily. »Ich kann dein Gerümpel nicht ausstehen. Ohne Ausnahme. Ich finde es grauenvoll, dass du nichts wegschmeißen kannst. Oder weiterschenken. Dass du immerzu den Krempel anderer Leute anschleppen musst. Und es macht mich wahnsinnig, zu wissen, was du alles auf unserem Dachboden gebunkert hast. In unserer Garage. In unserem Keller. Ich habe das Gefühl, das wächst alles, immerzu. Vermehrt sich!« Sie holte in abgehackten Atemzügen Luft. »Im Gegensatz zu uns.«

3

Frank schrak zusammen, als habe ihn etwas gestochen. Emily war ebenfalls überrascht. Jäh und unbedacht waren die letzten Worte aus ihr herausgeplatzt. Frank ließ die Eisauflage auf den Küchentisch fallen, stürmte aus dem Haus und ließ die Tür hinter sich zuknallen. Emily sank in einen Stuhl und presste sich die Eisauflage seitlich aufs Gesicht. Sie wartete, bis die Kälte schmerzte und sie es nicht länger aushielt.

Vorsichtig hob sie das Bein und legte ihren Fuß auf den Küchenstuhl. Der Rist hatte blaue Flecke und war geschwollen, aber den Knöchel konnte sie drehen. Sie packte die Eisauflage auf die Stelle, die es am schlimmsten getroffen hatte. Dann lehnte sie sich zurück und schloss die Augen.

Sie hätte Frank nicht angreifen dürften. Wenn sie seinen Krempel so sehr verabscheute, war das fast, als würden seine Nase oder sein Lächeln ihr nicht gefallen. Und seine Sammelwut war auch keine Überraschung, nicht nach acht Jahren Ehe. Doch die Bemerkung über das Fruchtbarkeitsproblem – *ihr* Fruchtbarkeitsproblem, wie er es genannt hatte – war gemein und gedankenlos gewesen. Vor wenigen Wochen, als die jüngsten Testergebnisse kamen, hatte Frank erleichtert gewirkt, dass vielleicht wirklich etwas nicht stimmte, es aber nicht sein Fehler war. Emily produzierte Antikörper gegen Franks Spermien. Sie hatte mit Frank darüber reden wollen, was sie als Nächstes unternehmen sollten, aber er hatte sie abgewimmelt. Zu müde. Zu beschäftigt. Nur Flohmärkte waren ihm nie zu viel.

Womöglich war er sogar erleichtert, denn der Gedanke, eine Familie zu gründen, hatte ihn nie so sehr begeistert, wie er vorgegeben hatte. Vielleicht war es aber auch ihre Ehe, von der er nicht begeistert war. Hier gebot Emily ihren Gedanken Einhalt, es schnürte ihr die Kehle zu.

Eine halbe Stunde später saß sie in ihrem Schlafzimmer, um den Fuß den improvisierten Eisbeutel. Im Geiste ging sie die Männer durch, mit denen sie vor Frank zusammen war. Da war zum einen Brad, der Student im Aufbaustudium, der sie immer zu spät am Flughafen abgeholt hatte, wenn sie ihn in Berkeley besuchte. Er trainierte in einem Volleyballteam und zum Saisonende war ihr Spiel in die Verlängerung gegangen. In eine dreistündige Verlängerung. Dann Richard, der Anwalt. Er hatte sie zwar sehr nett behandelt, war aber mit Bedienungen und Verkaufspersonal unerträglich grob umgesprungen. Ed, der Ingenieur, der den Klimawandel für Schwindel hielt und Ronald Reagan für die Wiederkunft des Herrn. Jim, der ... vielleicht war es nicht fair, ihn mitzuzählen. Ihr Kontakt hatte im Wesentlichen aus anzüglichen Textnachrichten bestanden und einem Foto, von dem sie wünschte, sie hätte es nie gesehen.

Im Vergleich zu ihnen allen war Frank ein Prinz. Ja, er hatte seine Schwächen. Aber er vergaß nicht, dass sie eine Salatschleuder brauchte.

Tränen traten ihr in die Augen, als sie das Hochzeitskleid – ein kurzes, weißes, ärmelloses Seidenkleid mit V-Ausschnitt und einem Bund zarter (und mittlerweile zerdrückter) auf das Mieder genähter pinkfarbener Seidenblümchen – von dem schon ziemlich geschrumpften Kleiderstapel zog. Sie blickte zum Schreibtisch hinüber, zum Hochzeitsfoto: neben ihr, stark und gutaussehend, Frank, wie er ihr auf eine etwas dümmliche Art liebevoll in die Augen sah.

Schon bei der Hochzeit hatte sie gewusst, dass Frank nicht perfekt war, aber sie liebte ihn dennoch. Sie würde dieses Kleid gewiss nie wieder tragen, trotzdem legte sie es beiseite, um es in den Schrank zurückzuhängen. Vielleicht würde sie ja eines Tages eine Tochter haben, dann könnte sie es ihr in die Verkleidungskiste packen.

Ein kleines Mädchen. Emily schluckte schwer.

Es war drei Uhr, als sie ein letztes Mal die Kerze fotografierte, die einige Zentimeter heruntergebrannt war. Sie blies sie aus und schoss noch ein Foto. Während sie das Teleskop zusammenschob, meldete sich mit einem *Pling* ihr Telefon. Becca, pünktlich wie immer.

Treff dich in einer halben Stunde beim Park'n'Ride.

Emily schrieb zurück.

Breche in fünf Minuten auf.

Sie schlupfte in ein frisch gewaschenes T-Shirt mit himmelblauem Kragen, auf dem seitlich das neue Geschäftslogo gestickt war, außerdem Baumwollhosen mit Kordelzug. Die dazugehörige Baseballmütze, die, wie sie zugeben musste, ein wenig bescheuert aussah, lag in ihrer Packtasche. Sie versuchte ihren Fuß in den blauen Sneaker zu zwingen, der zur offiziellen Kombi gehörte, aber es tat zu weh. In den nächsten Tagen würde sie diese Schuhe unmöglich tragen können. Lieber zog sie bequeme Crocs an, wie sie sie sonst für die Gartenarbeit benutzte. Vorsichtig tat sie einen Schritt, dann noch einen. Den Besichtigungstermin vor Ort, den sie und Becca immer gemeinsam wahrnahmen, ehe sie einen Vertrag mit einem Kunden schlossen, würde sie in diesen Schuhen gewiss gut überstehen.

Sie huschte noch ins Badezimmer und spritzte sich kaltes Wasser ins Gesicht. Bürstete ihr Haar und band es zum Pferdeschwanz. Dann ging sie ins Erdgeschoss. Frank würde bei seiner Rückkehr sehen, dass sie schon wieder weg war. Sie hinterließ ihm eine Nachricht – ein weinendes Gesicht mit gerunzelten Brauen und darunter eine Reihe *XXX* und *OOO*.

Dann nahm sie die Segeltuchtasche, in der sie die Ausrüstung aufbewahrte, warf den kleinen Geldbeutel und das Mobiltelefon hinein, und verließ das Haus.

Emilys weißer Honda Civic mit Fließheck war der letzte aus der 2006er-Serie, und das Modell war in seiner Grundausstattung so elementar, dass es nicht einmal eine automatische Türverriegelung besaß. Vor einem Monat hatte sie das Stop-Motion-Krempel-Kicker-Logo auf die Türen schablonieren lassen. Das Auto sprang sofort an. Das tat es immer. Für Emily war Verlässlichkeit tausendmal wichtiger als Protz. An einem Samstagnachmittag dauerte die Fahrt zum Park'n' Ride nur knappe zehn Minuten, und bei Emilys Ankunft gab es noch viele freie Plätze. Sie parkte gleich neben Beccas Wagen, einem weißen kompakten Kia mit dem gleichen Logo auf der Tür.

Becca ließ das Seitenfenster herunter. »Los, packen wir's an.«

Becca sah noch immer aus wie in der Grundschule, ihre *Kleine-Waise-Annie*-Locken waren kaum zu bändigen. Auf der High School und am College waren Becca und sie beste Freundinnen gewesen, zwei Streberinnen, die sonst mit keinem etwas zu tun hatten und deren Freundschaft von dem Tag an, an dem sie einen großen Fundus an Barbiekörperteilen und Barbiepuppenkleidern miteinander geteilt und aus Pappkisten und Rohren ein gewaltiges Barbieschloss gebaut hatten, täglich wuchs.

Emily stieg in Beccas Wagen ein. Diese wartete ostentativ, bis Emily sich angeschnallt hatte. In ihrem früheren Leben als Notfallkrankenschwester hatte sie viel zu viele sinnlos verstümmelte Unfallopfer gesehen. Sie hatte etwas Saubergeschrubbtes, Krankenpflegerisches behalten, und ihr Auto war auch innen makellos rein und roch nach Pinienölreiniger. Das Krempel-Kicker-Shirt und die Hose waren frisch gebügelt.

»Geht's dir gut?«, fragte Becca. »Du siehst so …«

»Bestens.« Emily wollte mit Becca nicht über den Streit mit Frank reden. Oder über die Ergebnisse des Fruchtbarkeitstests. Becca war mit einem der nettesten Männer auf Erden verheiratet und hatte zwei wundervolle Kinder. Stolz war Emily nicht auf ihre Eifersucht, aber gestand sie sich wenigstens ein.

»Du humpelst.« Becca drehte sich zu ihr um. »Ist das ein Bluterguss?«, sie zeigte auf Emilys Wange.

Emily klappte die Sichtblende hinunter und sah in den Spiegel, der an der Innenseite angebracht war. Da war ein schwarzer Fleck auf ihrem Wangenknochen. Sie leckte ihren Daumen und wischte ihn weg. »Schmutz. Ich war im Keller.«

»Ich dachte, du filmst deinen Kleiderschrank.«

»Habe ich auch. Aber ich war auch im Keller. Die Innereien von Franks Klavier sind mir auf den Fuß gesprungen. Du weißt schon, dieses Ding aus einem Klavier, das aussieht wie eine Harfe? Und das eine Tonne wiegt. War nicht seine Schuld. Ehrlich.«

»Ehrlich?«

Emily sah auf die Uhr, obwohl sie genau wusste, wie spät es war. »Los, lass uns fahren. Wir sind spät dran.«

Emily war dankbar, dass Becca die Sache auf sich beruhen ließ. Als sie auf dem Highway fuhren, sagte Emily: »Erzähl mir etwas über diese Kundin.«

»Ruth Murphy«, sagte Becca. »Buchhalterin im Ruhestand. Angeblich eine Freundin von Mrs Arnoldy.«

Susan Arnoldy war eine ihrer ersten Kundinnen gewesen. Eine Freundin von Beccas Mutter. Auf der Messie-Skala wurde sie als eher *moderat* eingestuft. Becca und Emily hatten einige hundert leere Plastikbehälter gestapelt und sortiert. Die arme Mrs Arnoldy war in Tränen ausgebrochen, als sie sie wegwerfen sollte. Was wäre, wenn sie sie noch einmal brauchte?

Ganz kleine Schritte machen, daran erinnerte Becca ihre Kunden immer gern. Die ersten waren die schwersten. Allerdings warteten sie bis heute auf Mrs Arnoldys Anruf, dass sie bitte zurückkommen und mit dem Rest des Hauses weitermachen sollten. Emily war überrascht, dass sie sie weiterempfohlen hatte.

Fünfzehn Minuten später fuhr Becca vor Ruth Murphys terrassiertem Haus vor. Auf dem Rasen spross der Löwenzahn, und die Eiben unterm Vorderfenster hätten einen Schnitt nötig gehabt. Zu beiden Seiten der Vordertreppe blühte die Schwarzäugige Susanne in üppiger Pracht. Emily setzte ihre Kappe auf, zog den Pferdeschwanz durch die Öffnung auf der Rückseite. Dann stieg sie aus dem Wagen und folgte Becca die Auffahrt hinauf.

Becca klingelte. *Jung oder alt?* Dieses Spiel spielte Emily schon seit der Zeit, als sie noch für die Pfadfinder an den Haustüren Cookies verkauft hatte und sich dabei immer vorzustellen versuchte, was für eine Art von Person ihr öffnen würde. Klein, untersetzt und eher altmodisch, entschied sie.

Emily hatte in zwei von drei Punkten richtiggelegen. Mrs Murphy hatte weißes Pusteblumenhaar, dürfte weit über siebzig sein und ging Emily bis zum Kinn. Aber sie war schlank wie ein Schilfrohr. Sie schüttelte Emily mit stählernem Griff die Hand und führte sie in ein ordentlich aufgeräumtes Wohnzimmer mit spießigen Möbeln im viktorianischen Stil, einem gepolsterten Sofa und passenden Stühlen. Die rundgezackten Holzblenden über den Fenstern waren original 1950er Stil, wie in dem Haus von Emilys Eltern, das sie verkauft hatten, bevor sie nach Cape Cod zogen. Es duftete, als wären die Kekse, die auf einem Servierteller aus geschliffenem Glas auf dem Couchtisch lagen, frisch gebacken.

Emily sah sich um. In diesem Haus gab es einen Platz für

alles und alles war an seinem Platz – was man auch erwarten durfte von einer Person, die ihr Geld damit verdient hatte, dass sie Kontoabschlüsse machte und ordentlich Buch führte. Was sollte hier aufgeräumt werden?

Sie holte Klemmbrett und Stift aus der Tasche und warf Becca einen fragenden Blick zu. Becca deutete mit dem Kopf auf einen großen Ruhesessel in der Ecke, der nach hinten gekippt war, mit hochgestellter Fußstütze, als säße immer noch jemand darin. Auf dem Boden daneben lagen zwei Herrenslipper und ein Zeitungsstapel. Auf dem Beistelltisch gleich daneben standen ein leeres geschliffenes Becherglas und ein Aschenbecher mit einem Zigarrenstummel. Emily schnupperte. Kein Zigarrengeruch im Raum.

Mrs Murphy griff nach einem silbernen Fotorahmen, der auf einem biederen Klavier stand. Auf dem Bild war ein junges Paar zu sehen, Braut und Bräutigam steif nebeneinander, als habe man sie auf eine Hochzeitstorte gesteckt. Die Braut trug ein Seidenkleid mit hochgeschlossenem Kragen und Keulenärmeln, der Rock bildete hinter ihr eine anmutig fallende Schleppe. Ein üppiger Rosenstrauß lag in ihrem Arm. Der Mann neben ihr war viel größer als sie, sein dickes schwarzes Haar war gescheitelt und geglättet. Er trug eine Militäruniform, Epauletten auf den Schultern und einen engen Lederriemen quer über der Brust. Seine Mütze hatte er unter den Arm geklemmt, der andere Arm war der Braut untergehakt.

»Ich und Murph«, sagte Mrs Murphy. »1960. Wir haben in Fort Bragg geheiratet.«

»Ein gutaussehender Mann«, sagte Becca.

»Gott hab ihn selig, das war er, und nicht nur das. Ein listiger Teufel in der einen Minute und ein Heiliger in der nächsten. Ich weiß einfach nicht ...« Sie holte ein Papiertaschentuch aus ihrem Ärmel und tupfte sich damit die Augen. »Es war hart für mich. Manchmal fühle ich mich

so verloren, dass ich am liebsten verschwinden würde.«
Becca ging zu ihr hin und fasste sie beim Arm.

»Wann ist er denn von Ihnen gegangen?«

Mrs Murphy holte tief Luft, konnte einen Moment lang gar nicht sprechen. »Vor einem Jahr. Plötzlicher Herzinfarkt. Nur wenige Wochen nachdem er seine Praxis verkauft hat, er war Zahnarzt. Ich hatte ihm gesagt, er solle noch nicht in den Ruhestand gehen.« Sie griff nach einem anderen gerahmten Foto auf dem Klavier. Der ältere Mann auf dem Bild war immer noch gutaussehend. Sein Haar war üppig, mit Schmalzlocke über trotzigen dunklen Augenbrauen. Mrs Murphy hielt das Bild kurz an die Brust gedrückt, dann legte sie es mit dem Gesicht nach unten aufs Klavier.

»Und dann war er weg.« Ihr Fingerschnalzen machte kein Geräusch. »Die Ärzte meinten, selbst wenn er im Krankenhaus gewesen wäre, als es passierte, hätten sie ihn nicht retten können.«

»Mein aufrichtiges Beileid«, sagte Becca auf ihre unnachahmliche Weise, als teile sie tatsächlich Mrs Murphys Schmerz über den Tod dieses Mannes, den sie nie kennengelernt hatte.

Emily sah sich den Zeitungsstapel neben dem Polstersessel an. Die Zeitung, die zuoberst lag, war vom 14. Juli 2019. Das war über ein Jahr her. Auf dem Kaminsims stand eine Belleek-Vase, weißes Porzellan mit Kleeblättern, und darin … was genau? Vielleicht waren es Rosen gewesen, aber jetzt waren sie grau und mumifiziert. Rings um die Vase waren Weihnachtskarten dekoriert, vermutlich die vom letzten Jahr.

»So«, sagte Mrs Murphy, holte tief Luft und streckte den Rücken. »Murphs *Sachen.*« Sie strich ihren Rock glatt. »Ich war außerstande, mich mit irgendetwas zu befassen. Ich musste mich um das Testament und die Versicherung kümmern, musste Kreditkarten und Bankkonten ändern lassen, mich ständig mit jemandem herumärgern, um alles zu regeln. Es zieht einen ganz schön runter, wenn man mit Bürokraten reden muss, die einen bloß so schnell wie möglich wieder aus der Leitung haben wollen.« Sie seufzte tief. »Wenigstens ist das jetzt größtenteils geregelt. Nur das hier bleibt mir noch zu erledigen. Ständig habe ich es vor mir hergeschoben, nun ist es an der Zeit, mich damit zu beschäftigen. Aber es ist so viel. Ich wollte eigentlich allein damit klarkommen, doch sobald ich mir eine Sache herausgreife und zu entscheiden versuche, was damit geschehen soll, fällt mir eine andere ins Auge, und es kommen Erinnerungen hoch ...« Sie bekam Schluckauf. »Es ist so anstrengend. Und wo sollen die ganzen Sachen denn hin? Wir haben keine Kinder, von daher ...« Ihre Stimme erstarb. Emily konnte sich gut in Mrs Murphys Situation hineinversetzen – kinderlos, verwitwet und hilflos in den Abgrund von Franks Keller starrend. »Deshalb habe ich Sie angerufen. Ich dachte mir, wenn ich doch nur Hilfe hätte und wüsste, wie ich die Dinge, die ihm gehörten, im Gedächtnis bewahren kann. Verstehen Sie? Die Videos schienen mir genau die richtige Methode zu sein. So könnte es gelingen. Wenigstens einen Anfang könnte ich damit machen.«

»Wenn Sie uns um Hilfe bitten«, sagte Becca, »dann haben Sie es ganz in der Hand, was wir tun und wie sehr wir eingreifen. Sobald Sie genug haben, hören wir wieder auf. Denn es geht um Ihr Leben. Ihr Zuhause. Es sind Ihre Erinnerungen. Sobald wir einen Überblick haben, was alles da ist, können wir Ihnen eine Vorstellung geben, wie lange es von Anfang bis Ende dauern wird. Aber Sie legen die Regeln fest. Wenn Sie das Gefühl haben, es ist genug für Sie, dann müssen Sie nur *Stopp* sagen, schon hören wir auf.«

Mrs Murphy war ganz Ohr. Nickend schürzte sie die Lippen.

»Dann wollen wir uns die Sache mal ansehen, wie wär's?« Becca hatte jetzt einen munteren, tatkräftigen Ton angeschlagen, und Emily spürte die nachlassende Anspannung.

Mrs Murphy führte sie den Flur entlang, vorbei an einem Schlaf- und einem Badezimmer, hin zu einer geschlossenen Tür. Sie drückte sie auf und trat dann zur Seite, um Becca und Emily vorbeizulassen. Es roch nach Staub, nach altem Papier, und ein wenig nach Zigarre. Im Zentrum stand ein massiver Eichenholztisch, auf dem sich Briefe und diverse Auktionskataloge stapelten. Sotheby's in Boston. T.E. Kalmus in Hyannis. Auf einem ungeöffneten Umschlag an Dr. Charles Murphy, Zahnarzt, war als Rücksendeadresse die Amerikanische Zahnärztegesellschaft angegeben.

»Ist es für Sie in Ordnung, wenn ich ein paar Fotos mache?«, fragte Emily.

»Nur zu«, antwortete Mrs Murphy.

Auf der Schreibunterlage lag ein Block mit liniertem Papier, die oberste Seite zur Hälfte mit Rotstift beschrieben. Bei genauerem Hinsehen erwies es sich als Liste, die mit *FA LIBRARY* begann, gefolgt von *Twelve Months of Flowers, The Pinetum Britannicum* und etwa einem Dutzend weiteren Titeln. Offenbar hatte Mr Murphy gerade zur Bibliothek gehen wollen, als er verstarb. Beim Block lag ein roter Stift, daneben stand eine Kaffeetasse, den Boden bedeckte eine getrocknete Schicht Kaffee. Emily machte einige Fotos. Der Raum war die perfekte Zeitkapsel. In einer Ecke strich Emily mit dem Finger über das Schreibtischholz. Staubfrei, und doch eine Zeitkapsel.

»Das Zimmer betrete ich nie. Ich halte die Tür immer geschlossen, denn ich ertrage es nicht, dass ...«, sagte Mrs Murphy.

»Darf ich?«, fragte Becca und deutete auf den Schreibtisch.

»Bitte, nur zu.«

Becca zog die Schreibtischschubladen auf. Sie waren vollgepackt mit Mappen und Hängeordnern, jede einzelne bestückt mit einem maschinengeschriebenen Etikett. Emily begann eine Liste anzulegen, die sie »Büro des Ehemannes« nannte, und unterteilte die Dinge, die sie sichten mussten, in verschiedene Kategorien. Sie machte weitere Fotos von dem Zimmer, dem Schreibtisch, dem Regal, zoomte die Prozession von geschnitzten Holzvögeln heran, die Schwanz an Schnabel auf einem der obersten Regale aufgereiht standen. Entenlockvögel, langbeinige Stelzvögel, kleine Singvögel. Emily erkannte einen Papageientaucher und eine Eule.

Mrs Murphy betätigte einen Wandschalter, und ein Spot erstrahlte über den Vögeln. Becca zog einen Stuhl heran und kletterte von dort auf den Schreibtisch. Sie holte einen der Vögel herunter und wischte ihn mit dem Saum ihrer Hemdbluse ab. Eine Weile starrte sie ihn an, dann reichte sie ihn an Emily weiter. Der blassgraue Vogel mit dem langen, schmalen Schnabel stand auf einem Fuß und hatte den Kopf gebeugt, als wollte er einen Fisch aufspießen. Die zarte, sorgfältig bemalte Schnitzarbeit mit den glänzenden Briefbeschwerer-Glasaugen und der Signatur auf der Unterseite dürfte einen großen Sammlerwert besitzen.

Emily machte Fotos und reichte den Vogel zurück an Becca. Als Nächstes nahmen sie sich den Kleiderschrank vor, dessen Schiebetür Becca nur mühsam öffnen konnte. Emily fotografierte, zählte die Kisten und Koffer und setzte sie auf ihre Liste. Eigentlich müsste sie jede einzelne öffnen und zumindest einen kurzen Blick auf den Inhalt werfen. Ihr Fuß begann wieder zu schmerzen.

»Da ist noch mehr.« Mrs Murphy deutete mit flattriger Hand zum Fenster hinüber. »Murph war ein Bootsnarr. Wir haben eins im Garten.«

Emily sah hinaus. Tatsächlich, draußen im Garten, neben einer freistehenden Garage, stand ein Motorboot auf einem Trailer. Emily machte eine Aufnahme. »Und in der Garage?«, fragte sie.

»Werkzeuge. Farben und Lacke und was weiß ich noch alles.«

Emilys Liste war so lang geworden, dass sie ein zweites Blatt benötigte. Die Überschrift lautete: *Sondermüll.*

»Wenn wir schon einmal hier sind, sollten wir einen kurzen Blick hineinwerfen«, sagte Becca.

»Es sind auch Waffen dabei. Antiquitäten. Sein Gewehr ist sicher im Erdgeschoss verwahrt. Und dann«, Mrs Murphy fischte einen Schlüsselbund aus einem Aschenbecher auf dem Schreibtisch, »ist da noch das hier.« Sie machte einen Schlüssel ab und reichte ihn Becca. Becca reichte ihn an Emily weiter. Mit abblätterndem, rotem Nagellack war die Nummer 217 auf den Schlüssel geschrieben.

»Ich glaube, das ist ein Lager«, sagte Mrs Murphy. »Er muss ein Jahr im Voraus bezahlt haben. Die erste Rechnung, die ich zu Gesicht bekam, ist diese hier.« Sie griff in ihre Tasche und holte ein gefaltetes Stück Papier heraus. Ihre Hände zitterten, als sie es auseinanderfaltete. »Das hier kam vor wenigen Wochen.«

Emily steckte den Schlüssel in eine der Innentaschen ihrer Packtasche. »Darf ich?«, fragte sie und richtete die Kamera ihres Handys auf die Rechnung. Mrs Murphy nickte. Die Rechnung war auf den Juni datiert, der Betrag deckte die Kosten für zwölf Monate. Absender war die Firma »Inner Peace Storage«. Emily hatte das Logo schon mal gesehen. In einem nahe gelegenen Industriepark am Fluss wurden Lagerräume vermietet, die Firma machte mit einer nervtötenden Radiowerbung auf sich aufmerksam.

»Haben Sie die Rechnung bezahlt?«, wollte Emily wissen.

»Ja, habe ich. Dadurch wurde das Rätsel gelöst, was es mit

diesen Schlüsseln auf sich hat. Gott sei Dank hatte ich sie nicht weggeworfen.«

»Wissen Sie, was er dort eingelagert hat?«, fragte Becca.

»Ich habe nicht die geringste Ahnung.«

»Wir müssen uns anschauen, was drin ist, damit wir uns eine genaue Vorstellung machen können, wie viel Zeit wir benötigen, um alles zu ordnen.« *Ordnen*. Becca hatte Emily eingetrichtert, weniger aggressive Begriffe zu verwenden, wie etwa *ordnen* und *aufräumen*, statt *ausmisten* und *Reinschiff machen*. Selbst *entrümpeln* konnte verletzend klingen für jemanden, der sich mit Krempel wohl fühlte, oder für jemanden wie Mrs Murphy, für die der Krempel mit teuren Erinnerungen aufgeladen war. »Möchten Sie mit uns kommen?«

»Davon würde ich lieber Abstand nehmen, falls das für Sie in Ordnung wäre. Ich bin gespannt, was da drin ist, aber ich muss es mir nicht selbst ansehen. Sie werden es mir ja dann sagen, nicht wahr?«

»Selbstverständlich. Wir werden uns alles anschauen, und dann erstellen wir Ihnen ein allgemeines Angebot. Das bekämen Sie dann so etwa in ...«, Becca hielt inne und wartete, bis Emily ihr Formular ausgefüllt hatte.

»In einer Woche?«, fragte Emily.

»In einer Woche?«, jammerte Mrs Murphy. »Geht es nicht auch früher? Ich habe mich erst nach einer gefühlten Ewigkeit überwinden können, Sie anzurufen. Ich fürchte, wenn ich jetzt noch länger warten muss, dann bekomme ich wieder kalte Füße.«

»So bald wie möglich«, sagte Becca, holte ihr Handy heraus und wischte sich durch den Kalender. »Dann wollen wir mal schauen ... Mittwoch?«

Mrs Murphy knetete die Hände. »Geht es nicht früher?«

Emily glaubte nicht, dass sie für eine Schätzung des Lagerbestands lange brauchen würden. »Sicher. Vorausgesetzt, wir kommen in das Lager hinein, dann können wir Ihnen bis Montag einen Kostenvoranschlag machen.«

Mrs Murphy strahlte.

4

»Montag?«, fragte Becca. Es war fast halb sechs, und sie saßen beide vor Mrs Murphys Haus im Auto. »Was hast du dir dabei gedacht? Da müssten wir ja morgen schon zu diesem Lager rausfahren.«

Emily zog den Schuh aus und massierte ihren schmerzenden Fuß. »Ich dachte, du wolltest es so bald wie möglich machen.«

»Ich weiß, ich weiß, das habe ich gesagt. Aber damit habe ich nicht morgen gemeint. Morgen ist Sonntag und Makeshs Familie kommt zum Brunch.« Beccas Ehemann hatte eine weitverzweigte indische Familie, die aus vielen Brüdern und Schwestern bestand, alle mit Kindern, aber in punkto Gästebewirtung legte vor allem seine Mutter die Latte sehr hoch, denn ihr Lakshmi war exzellent. »Außerdem hat Sophie eine Klavieraufführung. Ich habe ihr versprochen, dass ich ihr eine schöne Frisur mache und die Nägel lackiere. Tue ich das nicht, ist sie sauer, und ich bin schuld, wenn sie ›Für Elise‹ vermurkst.«

Emily überflog die bis dahin zusammengestellte Liste. Das Werkzeuglager in der Garage ließe sich recht einfach inventarisieren. Mr Murphy hatte alles mit zwanghafter Gründlichkeit etikettiert. Rostige Nägel hatten einen eigenen Behälter bekommen, ebenso Bolzen mit aufgeschraubten Muttern und Schrauben in verschiedenen Größen. Auch die nahezu dreißig antiken Gewehre und Pistolen im Waffenschrank im Erdgeschoss waren allesamt sorgfältig beschriftet und dokumentiert.

»Nach allem, was wir bisher gesehen haben«, sagte Emily, »dürfte das nicht allzu schwierig werden. Ich schätze, wir brauchen ungefähr drei Tage fürs Sortieren. Diese geschnitzten Vögel könnten wertvoll sein. Ich werde Bill und Mary Fotos schicken, mal sehen, was sie dazu meinen.« Bill und Mary leiteten in Bridgewater eine Kunst- und Antiquitätengalerie und führten regelmäßig Auktionen durch. »Es dürfte nicht schwer sein, jemanden zu finden, der die Waffen und die Werkzeuge schätzen kann.«

»Dann bliebe nur noch das Boot«, sagte Becca, »und was immer sich sonst noch in diesem Lager befindet. Das ist der Überraschungsjoker. Keine Prognosen, solange wir uns das nicht anschauen konnten. Und sollte das bedeuten, dass wir morgen hinmüssen, dann bist du an der Reihe. Auch wenn es mir gar nicht recht ist, dass du allein hingehst.«

Emily öffnete das Bild, das sie von der Rechnung gemacht hatte. Es gab verschieden große Einheiten, und bei einem Blick auf die Tarife von Inner Peace – 2150 $ Jahresmiete – dürfte der fragliche Raum von mittlerer Größe sein. »Wahrscheinlich sind es zehn Meter auf …«

»Nicht raten. Denk an Mrs Moore«, sagte Becca.

Sie hatten sich bei Nancy Moores Auftrag ziemlich verkalkuliert. Dort hatten sie ein Haus ausgemistet und zusätzlich nicht nur eines, sondern gleich vier Lager, randvoll mit nagelneuen Waren, angehäuft im Laufe mindestens eines Jahrzehnts, in dem Mrs Moore bei Shopping-Sendern eingekauft hatte. Zu den Artikeln, an die Emily sich noch erinnern konnte, zählten zwei Bodenwischer namens *Whizz Mop*, ein Dampfkochtopf, den man auch als Dampfbügeleisen verwenden konnte, ein wuchtiger, noch in der Verpackung befindlicher Entsafter, der einen »flüsterleisen Betrieb« versprach, zwei Laufbänder und ein Stepper. Außerdem genug Handtaschen und Schals, um eine Kaufhauskette zu bestücken. Mrs Moores Tochter hatte gehofft, wenn sie alles fotografierten, könnte ihre Mutter die Sachen leichter loslassen. Und so war es auch. Aber die Lagerräume waren größer, als sie erwartet hatten, und so vollgestopft, wie niemand es für möglich gehalten hätte. Als sie Mrs Moore die zusätzlichen Überstunden in Rechnung stellten, weigerte diese sich zu zahlen, und sie mussten den Verlust hinnehmen.

»Keine Bange«, sagte Emily. »Ich schau mir das morgen an. Gründlich. Die Schätzung schicke ich dir per Mail.« Noch während sie das sagte, fiel ihr ein, dass sie eigentlich mit Frank und seinen Kollegen zu einem Spiel der PawSox hatte gehen wollen. Sie würde ihm sagen müssen, dass sie nicht mitkommen konnte. Da sie sich gestritten hatten, würde er wahrscheinlich vermuten, es sei eine Retourkutsche. Und vielleicht war es das auch. Er hatte sich wie ein Arschloch verhalten. Aber die Wahrheit war, dass Emily noch nie großen Spaß daran gehabt hatte, mit Franks schmierigem Anwaltspartner Ryan Melanson und dem Rest seiner Freunde Zeit zu verbringen, lauter zu groß geratene Jungs, die schier platzten vor Selbstbewusstsein und einander mit Abklatschen begrüßten. Bis zur dritten Spielrunde würden sie sich so volllaufen lassen, dass sie kaum noch aus den Augen kucken könnten.

Becca startete den Motor, fuhr aber nicht gleich los, sondern starrte das Haus an und kaute, die Hände reglos auf dem Lenkrad, auf ihrer Unterlippe. »Fandest du es nicht seltsam, dass Mrs Murphy nicht sonderlich erpicht war, herauszufinden, was sich in diesem Lager befindet? Ich meine, würdest du das nicht wissen wollen?«

Emily lachte. »Ist das dein Ernst? Angenommen, das wäre Franks Lagerraum? Ich würde dir den doppelten Preis zahlen, wenn du mir versprichst, dass du alles, was darin ist, unbesehen vernichtest.«

Becca lachte nicht. »Bist du sicher, dass bei dir alles in Ordnung ist?«

Emily lächelte gezwungen. »Mach dir mal keine Gedanken. Wenn nicht, bist du die Erste, die es erfährt.«

Emily fürchtete sich ein wenig, Frank das PawSox-Spiel abzusagen. Auf dem Rückweg zum Park'n' Ride entschied sie, dass es per Telefon unverfänglicher wäre. Becca ließ sie bei ihrem Wagen raus. Sie stieg ein, startete den Motor und trommelte so lange mit den Fingern aufs Armaturenbrett, bis die Klimaanlage ansprang. Dann wählte sie Franks Handynummer. Nach dem vierten Klingeln nahm er ab.

»Hey«, sagte er.

»Hey.«

Sie überlegte, was sie als Nächstes sagen sollte, als er selbst das Schweigen brach: »Ich habe deine Nachricht bekommen. Danke.«

Emily bekam sofort Schuldgefühle. »Ich fühlte mich schrecklich, als du weg warst. Das war nicht fair.«

»Was schert es dich, was ich sammle, das will mir nicht in den Kopf. Das geht dich nichts an. Wenn du dich da einfach raushalten ...«

»Ich meinte den Fruchtbarkeitstest. Wir müssen darüber reden. Wir müssen uns entscheiden, was wir tun, selbst wenn es darauf hinausläuft, dass wir nichts tun.«

Sie hörte ein scharrendes Geräusch in der Leitung. »Ich weiß. So weit bin ich einfach noch nicht. Ich muss nachdenken«, sagte er. Typisch. Er musste *nachdenken.* Sie musste *entscheiden.* »Ich bin mir nicht sicher.«

»Nicht sicher über was?«

»Kinder.«

»Aber war das nicht der Grund, warum ich die Pille abgesetzt habe? Wir haben immer gesagt ...«

»Nein. *Du* hast immer gesagt. Ich habe nur zugehört.«

Das war eine Lüge. Frank hatte sogar im Spaß gesagt, er wolle seinen Sohn Neuman nennen, nach Alfred E. Neuman.

»Also, ich brauche dieses Gespräch«, sagte Emily. »Wenn

nicht jetzt gleich, dann aber bald. Der Arzt meint, wir hätten Optionen. Etwa nicht?«

»Okay, okay.« Seinem Tonfall war anzuhören, wie sehr es ihn nervte, dass sie Druck machte. »Wir reden drüber. Einverstanden? Aber nicht jetzt. Wie lief es mit der neuen Kundin?« Themawechsel. Aber eine gute Überleitung zu ihrem eigentlichen Anliegen.

»Genau deswegen rufe ich an. Ich wollte dir sofort Bescheid sagen.« Sie sprach etwas schneller. »Das Ganze hat sich als ein etwas größeres Projekt herausgestellt, und ich muss morgen noch mal hinfahren, um die Sache vorzubereiten.« Emily versuchte, sachlich zu klingen und trotzdem Bedauern mitschwingen zu lassen. »Deshalb kann ich nicht mit zu dem Spiel kommen.«

»Kann Becca das nicht übernehmen?« Frank klang verärgert.

»Sie hat familiäre Pflichten, den ganzen Tag bis in den Abend.«

»Aha, sie hat familiäre Pflichten, aber du nicht? Kann diese Frau euch nicht einfach sagen, was da drin ist?«

»Sie weiß es selbst nicht. Ihr Ehemann hat den Raum gemietet ...«

»Und sie mistet ihn aus?« Er rümpfte die Nase. »Das ist wieder typisch.«

Diese Spitze entging Emily nicht. »Ihr Mann ist tot.«

An dem Punkt erstarb das Gespräch.

»Egal«, sagte Emily, »wir haben ihr für Montag einen Kostenvoranschlag versprochen, also muss ich morgen in dieses Lager und eine Inventur vornehmen. Dafür veranschlage ich fast den ganzen Tag.« Das war eine Lüge; sie war sich ziemlich sicher, dass es nur wenige Stunden dauern würde. »Vielleicht findest du jemanden, dem du mein Ticket geben kannst?«

»Du weißt genau, hier geht es nicht ums Ticket«, sagte

Frank. »Ich hätte dich gern dabei.« Dieses Spiel war eine langjährige, in eine Zeit vor ihrer Ehe zurückreichende Tradition. Nach einer kurzen Stille fragte er: »Wie geht's deinem Fuß?«

Der Fuß war geschwollen und schmerzte und musste dringend mit Eis gekühlt werden. »Schon besser«, sagte sie.

»Freut mich zu hören.« Nach einer Pause setzte er hinzu: »Tut mir leid, dass du dich verletzt hast.«

Emily fühlte sich nicht länger in ihrer Ehre gekränkt. »Entschuldige, dass ich dich so hart angegangen bin«, sagte sie. »Es ist nur so, dass ...« Es war nur so, dass sie bei seinem Gerümpel rotsah. Und das wusste sie genau. Deshalb hätte sie gar nicht erst in den Keller gehen dürfen. »Wirklich, es tut mir leid, dass ich das Spiel verpasse.«

In dem Moment bemerkte sie, dass er schon aufgelegt hatte.

5

Franks Z4 war schon fort, als Emily nach Hause kam. Auf dem Küchentresen lag die Nachricht *WARTE NICHT AUF MICH, TREFFE EINEN KUNDEN.* Retourkutschen gehörten zum Fair Play. Darunter war eine kleine Comiczeichnung von einem nackten Fuß mit einem herzförmigen traurigen Smiley über dem Rist.

Während sie sich einen Rest Mac 'n' Cheese aufwärmte, checkte Emily die Mails und überflog die neuesten Schlagzeilen. Nach dem Essen ging sie ins Büro, um die Bilder für ihr Schrankentrümpelungsvideo hochzuladen. Sie traf eine Endauswahl, brachte die Bilder in die richtige Reihenfolge und synchronisierte das Ganze mit Scott Joplins Pine Apple Rag. Dann sah sie sich das Ergebnis an: Die Kleider lagen auf dem Bett, falteten sich selbst zusammen oder hüpften in den Müllsack. Das letzte Bild musste noch warten, denn es sollte ihre sauber geordnete Kleidung zeigen, in dem Aufbewahrungssystem aus Regalfächern und Körben, das sie zwar schon gekauft, aber noch nicht eingebaut hatte.

Drei Stunden später stellte sie eine kleine Rahmenszene zusammen – anfangs sah man die brennende Kerze in voller Größe, dann wurde sie immer kleiner und am Ende war sie ausgeblasen. Plötzlich hörte sie, wie die Haustür zuschlug.

»Frank? Bist du das?«, brüllte sie.

Er erschien in der Tür ihres Büros. Er wirkte müde und erschöpft.

»Langes Kundentreffen?«, fragte Emily.

Frank nickte und stellte die Aktentasche ab.

Sie schob den Computer zur Seite und erhob sich. »Weißt

du, ich wollte mich nicht in deine Angelegenheiten einmischen.«

»Das weiß ich doch«, sagte Frank. »Es war nicht deine Schuld. Ich hätte beim Lagern der Dinge besser aufpassen müssen.« Er zog sie heran, nahm sie in den Arm und strich ihr über den Nacken. Er roch nach Bier und Zigarre. »Ich kann ein richtiger Blödmann sein, ich weiß schon.« Emily schluchzte, und ihre Augen füllten sich mit Tränen. Frank reichte ihr ein Taschentuch. »Es wäre wohl besser, ich wäre einfach ein bisschen weniger ein Blödmann, und vielleicht auch nicht allzu oft, hm?« Er setzte sich auf den Schreibtischstuhl und zog sie auf seinen Schoß, knipste die Schwanenhalsleuchte an und richtete den Lichtstrahl auf ihren Fuß. »Lass mal sehen. Wie viele Farben haben wir denn schon?« Er zog ihr den Schuh aus und tastete mit den Fingerspitzen vorsichtig den Rist ab. Emily erschauderte vor Wonne. »Kannst du mit den Zehen wackeln?«

Emily folgte seiner Aufforderung. »Mir geht's gut. Wirklich. Wie war dein Treffen?«

»Erfolgreich.« Er lächelte. »Hat sämtliche Erwartungen erfüllt. Möchtest du die schaurigen Details wissen?«

Mochte sie nicht. »Du riechst nach Zigarre. Hast du gefeiert?«

»Ich mag es, wie du riechst.« Er strich sanft über ihr Bein. Emily erschauerte wieder. Es war schon eine Weile her, dass sie anders als kurz und oberflächlich miteinander geschlafen hatten. »Aber du hast Recht.« Er schnüffelte an seinem T-Shirt. »Ich rieche nach Zigarren. Und nach lausigem, chinesischem Essen. Ich könnte eine Dusche gebrauchen. Aber erzähl mir erst noch ein bisschen von eurer neuen Kundin.«

Emily war überrascht. Frank fragte sie oft, was für Sachen sie ausmistete, aber über die Personen, die hinter diesem Krempel standen, wollte er nur selten etwas wissen.

»Mrs Murphy? Die kann einem leidtun. Ihr Mann ist vor einem Jahr gestorben, und sie hat es immer noch nicht übers Herz gebracht, etwas von seinen Sachen wegzuwerfen. Sie hat sogar die Tageszeitung aufbewahrt, die er am Tag seines Todes gelesen hat. Aber stell dir vor: Offenbar hat er ein Lager gemietet, von dem sie nichts wusste, bis dann die Rechnung kam.«

Frank lachte leise in sich hinein. »Komm bloß nicht auf dumme Gedanken. Ich möchte meinen Kram immer um mich haben.«

»Es hat mich nur gewundert. Werde ich wohl, solltest du eines Tages tot umfallen, vielleicht auch die überraschende Entdeckung machen, dass du Räume angemietet hast, um alles einzulagern, was du nicht nach Hause zu bringen wagst?«

»Emily, hör doch auf. Es gibt nichts, was ich nicht nach Hause zu bringen wage. Und wie kommst du eigentlich darauf, dass ich als Erstes ins Gras beiße?«

»Wenn ich die Erste bin«, sagte Emily, »kannst du wenigstens sicher sein, dass ich dir kein Chaos hinterlasse, um das du dich kümmern musst. Nicht einmal um meine Leiche. Du weißt doch, dass ich eingeäschert werden will, nicht wahr? Du kannst mich einäschern lassen und dann irgendwo verstreuen.«

»Müssen wir das ausgerechnet jetzt besprechen?« Noch so ein Thema, über das Frank nicht reden wollte, während sie gern eine Entscheidung treffen würde. Er würde es am liebsten bis zum bitteren Ende verdrängen. Emily wusste, wie sehr er an leiblichen Dingen hing, daher würde es sie nicht überraschen, wenn er verfügte, man solle ihn ausstopfen und bis in alle Ewigkeit in seinen Z4 setzen. In welcher Kleidung? Sie versuchte zu erraten, wie er wohl gern ins Jenseits hinübergehen würde. Als Wirtschaftsanwalt? Als Flohmarktbesucher? Als Baseball-Fan?

»Du kannst gern darüber lachen, tu dir keinen Zwang an«, sagte er. Er stand langsam auf, und sie rutschte von seinem Schoß. »Also, was für ein Chaos hat der Mann zurückgelassen?«

»Das werde ich erst wissen, wenn ich das Lager gesehen habe. Das ist ja das, was ich für morgen versprochen hatte.«

»Ah ja, stimmt, morgen.« Er sah sie mit zusammengekniffenen Augen an. »Weißt du, du musst dir keine Entschuldigungen ausdenken, wenn du bei unseren Spielen nicht dabei sein willst. Ich dachte immer, du gehst gern hin. Aber es ist für mich auch in Ordnung, wenn du der Sache fernbleibst.«

War das ein Trick? Emily hatte immer den Eindruck gehabt, dass es ihm sehr wichtig war. Und zwar nicht nur, dass sie mit ihm hinging, sondern auch, dass sie gut aussah. Zu Anfang hatten die Spiele ihr Spaß gemacht. Sie hatte sich sogar darauf gefreut. Es hatte ihr dort gefallen. Sie spielte gern die Rolle der Freundin, war gern ein Mitglied der Freundesbande, aber nur in seiner sicheren Obhut. Jetzt dagegen schien ihr die Fahrt dorthin zu weit, außerdem waren die Spiele endlos lang, und offenbar wurde in jeder Saison die Mannschaft vollkommen neu aufgestellt. Außerdem tranken seine Freunde zu viel und wurden dann zudringlich. Einige zumindest.

Sie zögerte kurz. »Ehrlich gesagt ist es nicht gerade eine meiner Lieblingsbeschäftigungen.«

»Kein Problem. Ich entbinde dich hiermit offiziell von der Pflicht, an diesem und allen künftigen Spielen teilzuhaben. Da hast du's!« Frank grinste. »Du musstest es nur sagen.«

»Wenn ich es mir aber anders überlege ...«

»Das halte ich für eher unwahrscheinlich.«

»Morgen muss ich wirklich arbeiten.«

»Ich weiß.« Frank schnüffelte an seiner Achsel. »Und ich muss wirklich eine Dusche nehmen.«

Nach wenigen Minuten erkannte Emily am Bollern in der Leitung, dass er das Wasser aufdrehte.

Sie spielte das Video noch einmal ab, nahm kleinere Änderungen vor und fuhr dann den Computer herunter. Bevor sie sich bettfertig machte, räumte sie die Tasche mit den ausrangierten Klamotten auf den Flur und verfrachtete die ordentlich gefalteten Kleiderstapel vom Bett auf den Boden. Jetzt musste der leere Kleiderschrank noch ausgesaugt werden.

Sie stellte sich vor, wie die neuen Körbe, Ablagefächer und Kleiderhaken darin aussehen würden. Hoffentlich war die Installation wirklich so einfach, wie das Video der Firma es versprach.

»Warum bist du immer noch auf?«, fragte Frank, als er wieder ins Zimmer kam. Sein Haar war nass, und er trug einen Bademantel. Es war spät. Fast Mitternacht.

»Ich habe gerade meinen toten Punkt überwunden«, sagte Emily.

Er blickte in den leeren Schrank und schüttelte kurz den Kopf. Er hatte ihr neues Unternehmen zwar unterstützt, aber an seiner Miene konnte sie erkennen, dass ihn selbst nichts davon auch nur ansatzweise glücklich machte.

6
SONNTAG

Als Frank am nächsten Morgen aus dem Haus ging, trug er eine Pawtucket-Red-Sox-Kappe und seinen Mookie-Betts-Pulli. In eine Kühltasche hatte er ein Sixpack Sam Adams gepackt. Das Bier konnte er zwar nicht mit in den Park nehmen, aber bis sie den Parkplatz verließen, könnten er und seine Kumpels schon mal vorglühen. Es schien ihm eigentlich gar nicht so viel auszumachen, dass Emily nicht mitkam.

Emily verbrachte nahezu den ganzen Morgen damit, ihren Wandschrank auszubauen – sie montierte die alten Stangen ab, packte die neuen Einlegeböden aus nylonummanteltem Draht aus, die neuen Kleiderstangen und verschiedene Aufbewahrungselemente, und malte an den Stellen, wo sie dübeln musste, Punkte an die Wand. Es war fast schon Nachmittag, als sie fertig war, um zu dem Lager zu fahren.

Sie sah nach, ob sie den Schlüssel für den Lagerraum auch wirklich in ihre Packtasche gesteckt hatte, zusammen mit dem Material, das sie wahrscheinlich benötigen würde. Saubere Lumpen und eine Rolle Küchenpapier. Sprühreiniger. Gummihandschuhe und Staubmasken. Ein Etikettiergerät mit Plastikbändern in fünf verschiedenen Farben. Eine weitere Kamera. Später, wenn Becca und sie mit dem Aussortieren und Aufräumen anfingen, würde sie das Stativ und tragbare Lampen brauchen.

Sie brauchte nicht lange, um zu dem weitläufigen Komplex aus Fertighausmodulen zu fahren, die das Ufer des Mariscotta River zierten. Dieser Stadtteil wurde immer noch Upper Mills genannt, obwohl die Mühlen schon vor langer

Zeit zu Ruinen verfallen waren und der Damm eingerissen wurde, damit Fische ablaichen konnten. Ein Maschendrahtzaun umschloss das Gelände. Emily fragte sich, ob die Farbgestaltung von Inner Peace – die stählernen Schwingtore der Lager waren safrangelb gestrichen – die Kunden an die Gewänder buddhistischer Mönche erinnern sollte. Bei ihrem Anblick musste sie eher an Halloween denken.

Sie hielt vor einem boxenartigen, eingeglasten Raum, der so kompakt war, dass man dort auch einen Bankautomaten hätte unterbringen können. Durchs Fenster sah man einen verwaisten Kundenschalter. Dass das Büro sonntags nicht besetzt war, bestätigten die auf die Tür gedruckten Öffnungszeiten, also fuhr Emily tiefer in den Gebäudekomplex hinein und weiter durch die engen Gässchen zwischen den Lagern. Schließlich fand sie das Lager Nummer 217. Sie parkte direkt davor und stieg aus. In der Hitze des Tages schien der Asphalt zu flirren.

Der Metallriegel an der Lagertür war mit einem Vorhängeschloss gesichert. Wie bei dem Schlüssel war auch hier mit rotem Nagellack die Nummer 217 aufgemalt, die Farbe größtenteils abgeblättert. Man musste etwas Kraft aufwenden, um das Schloss aufschnappen zu lassen. Sie hakte den Bügel auf, beugte sich vor und griff den Riegel. Langsam und mit angehaltenem Atem zog sie das Tor hoch.

Als das *Piep-Piep* einer Hupe ertönte, hielt sie in der Bewegung inne. Sie drehte sich um. Ein Golfwagen im gleichen Safrangelb wie die Lagertüren fuhr neben ihr vor. Security. Im Schatten der Schirmmütze waren die Augen des Fahrers nicht zu erkennen.

»Wieder zurück?«, fragte er. Sie musste recht verdutzt ausgesehen haben, denn er stutzte. »Entschuldigen Sie, das muss eine Verwechslung sein. Mein Fehler. Ist das Ihre Einheit?«

Er macht nur seinen Job, sagte sich Emily und unterdrückte den Impuls, ihm zu sagen, er solle sich vom Acker machen. Sie wischte sich einen Schweißtropfen von der Wange. »Die Besitzerin hat mir den Schlüssel gegeben.« Woher wusste dieser Wachmann überhaupt, dass sie hier war? Sie sah sich um und entdeckte eine Überwachungskamera, die beim nächsten Lager ans Dach montiert war. Sie war nach unten gerichtet, direkt auf sie.

»Kann ich Ihnen irgendwie helfen?«, fragte der Wachmann, schob seine Kappe in den Nacken und wischte sich mit dem Handrücken die Stirn.

»Nein, danke. Ich komme zurecht.« Sie drehte sich um und sah ihn an. »Sie sagten, es ist jemand hier drin gewesen? Sind Sie sicher, dass es dieses Lager war?«

»Jepp. Genau dieses hier. Ich habe sie öfter hier gesehen. Geht mich natürlich nichts an.«

Sie? Ehe Emily fragen konnte, wie die Frau ausgesehen hatte oder wann sie zuletzt hier gewesen war, fuhr der Mann weiter.

Sie schob die Tür der Lagereinheit nach oben. In dem Raum war alles dunkel. Ein Schwall heißer Luft ließ sie zurückweichen. Und bei dem Gestank stockte ihr der Atem – es roch nach Schimmel und Moder. Rasch holte sie sich eine Gesichtsmaske aus dem Auto.

Wieder zurück im Lagerraum, die Maske vor dem Mund, tastete Emily nach dem Lichtschalter. Über ihr schalteten sich flackernd Neonleuchten ein. Die Thermostatanzeige neben dem Schalter war erloschen. So viel zur Raumklimakontrolle, mit der Inner Peace so gern für sich warb.

Der Raum war schmal und etwa doppelt so lang wie breit. Zu beiden Seiten gab es deckenhohe Metallregale. Emily lief durch den Mittelgang und sah, dass die meisten Regale mit Büchern und Kisten vollgestellt waren. In manchen lagerten Transportrollen für Dokumente. Wie schon in Mr Murphys Werkstatt war auch hier alles mit einer Präzision sortiert, an der Emilys Mutter, Bibliothekarin im Ruhestand, ihre Freude gehabt hätte. Einreihig standen die Bücher im Regal. Die Kartons und die Rollen waren beschriftet.

Emily holte kurz Luft, dann trat sie nach draußen in die nicht ganz so drückende Hitze. Sie schob ihre Gesichtsmaske etwas herunter und nahm tiefe Atemzüge. Dann zog sie die Maske wieder hoch und betrat das Lager erneut, um sich alles genauer anzusehen.

Auf einem Regal standen ledergebundene Bücher, die Rücken mit Goldprägung. *Les Misérables,* Band I-V. Die untere Partie der Buchrücken sah aus, als habe man sie in weißes Pulver gedrückt. Daneben standen noch größere Bücher, deren Rücken derart geschwärzt waren, dass die goldgeprägten Titel unlesbar waren. Als Emily versuchte, eines von ihnen aus dem Regal zu ziehen, brach der Rücken und es stob eine Wolke auf, wahrscheinlich Schimmelsporen. Das Buch in ihrer Hand fühlte sich morsch an, dabei sah das goldene, in den rotledernen Buchdeckel geprägte Wappen, an den Stellen, wo es von dem Buch daneben geschützt wurde, immer noch frisch aus. Sie warf einen Blick auf die Titelseite und versuchte, den Buchrücken nicht zu brechen.

Hakluyt's Voyages. Daneben stand *Anno 1599* geschrieben.

Emily fotografierte den Buchrücken, den Buchdeckel und die Titelseite, deren Papier stockfleckig und mit schwarzen Pünktchen übersät war. Becca und sie würden einen Buchhändler hinzuziehen müssen, um in Erfahrung zu bringen, ob dies ein Nachdruck war und in diesem Zustand überhaupt noch zu retten.

Als sie das spröde Buch an seinen Platz zurückschob, fiel ein Gerät zu Boden, das am Regal gehangen hatte. Sie hob es auf. Es sah aus wie ein Pager mit leerer Anzeige. Bei näherer Betrachtung entdeckte sie den aufgedruckten Markennamen: *GOTECH HYGROMETER*. Sie nahm ihr Smartphone zur Hand und googelte die Wörter. Offenbar handelte es sich um einen Temperatur- und Feuchtigkeitsmesser, der einen Alarm aussendete, sobald bestimmte Grenzwerte überschritten wurden. Sofern er geladen war. Dieser hier war so tot wie die Person, die er alarmieren sollte.

Emily trat noch einmal für ein paar Atemzüge frischer Luft nach draußen, dann wagte sie sich bis zum anderen Ende des Lagers vor. Quer vor der Rückwand stand eine solide Werkbank. Dahinter Regale voller Leime und Klebstoffe, Reinigungsmittel und Pinsel. Der Deckel einer Montagekleberflasche war von einer Staubschicht bedeckt.

Emily machte aus verschiedenen Winkeln Aufnahmen und dann von den am stärksten beschädigten Büchern noch Nahaufnahmen. Dann wandte sie ihre Aufmerksamkeit den Behältern zu, die auf den Regalen aufgereiht waren. Sie lüpfte den Deckel eines mittelgroßen Plastikbehälters, auf dem *TÜRKNÄUFE* stand. Wie angekündigt, war er voll davon. Kristallklare Achtecke, einer davon ein dunkler Amethyst. Messing, darin eingeprägt das erhabene Bild einer Hand, die eine Fackel hält, eingekreist von den Worten *SCHULRAT*. Weißes Porzellan, immer noch montiert auf eine verrostete Schlüssellochplatte. Sie lüpfte den Deckel eines Schuhkartons aus Pappe, der danebenstand. Darin befand sich ein sehr altes Thermostat in einem Käfig aus Messing, mit einer wunderhübschen Filigranarbeit verziert. Auf der Rückseite hingen Drähte heraus.

Emily machte den Deckel wieder zu. Mrs Murphys Murph und Emilys Frank hätten sich gut verstanden. Ihr Pokerspiel konnte sie sich gut vorstellen: *Ich schau mir Ihr Thermostat von 1939 an und dafür bringe ich Ihnen einen Kupferfön aus dem Ersten Weltkrieg vorbei.*

Emily zählte die Bücher, die auf einer Regallänge standen (sechsundzwanzig), dann die Regale, auf denen Bücher standen (vierundzwanzig) und multiplizierte die beiden Zahlen. An die sechshundert. Dann zählte sie die Behälter: dreißig, von der Größe eines Schuhkartons bis hin der einer Getränkekiste. Den Etiketten nach zu urteilen, enthielten sie alle Arten von Baubeschlägen.

Dann wandte sie ihre Aufmerksamkeit den Aufbewahrungsrollen für Dokumente zu. Einige waren nur einen Fuß, andere drei Fuß lang. Mindestens sechzig an der Zahl. Wahllos zog sie eine heraus. Das Ende war abgenagt. Keine Raumklimakontrolle, dafür Nagetiere.

Emily wollte die Rolle gerade öffnen, als ihr am anderen Ende des Regals eine ungewöhnliche, unbeschriftete schwarze Schuhschachtel auffiel, mit der umlaufenden Skyline von New York City in Gelb. Sie klemmte sich die Dokumentenrollen unter den Arm und nahm die Hutschachtel vom Regal. Sie war leicht – nicht mit Beschlägen gefüllt. Der Deckelrand war ausgeleiert.

Genau in dem Moment meldete sich ihr Handy. Becca. Die Rolle und die Hutschachtel jonglierend, ging sie hinaus und zog die Maske ab, um den Anruf entgegenzunehmen.

»Wo bist du?« Becca klang atemlos. Aus dem Hintergrund vernahm Emily Klaviergeklimper.

»Im Lager der Murphys. Wie geht's voran mit *Für Elise*?«

Becca ignorierte die Frage. »Hör zu. Ich bin froh, dass ich dich erwische. Ich habe gerade mit einer potenziellen Kundin gesprochen. Sie sagt, sie habe sich letzte Woche gemeldet, aber es habe niemand zurückgerufen. Ich weiß nicht, wie das passieren konnte. Sie fragt, ob wir bei ihr vorbeischauen könnten. Jetzt.« Becca machte eine Pause. »Ich habe ihr gesagt, dass wir das nicht können. Dass wir weder am Sonntag arbeiten noch abends. Sie sagte, es sei aber ein besonders günstiger Augenblick.«

»Was für ein günstiger Augenblick?«

»Zwischen den Zeilen gelesen, denke ich, es hat mit ihrem Mann zu tun. Er ist wohl gerade nicht im Haus. Ich habe nein gesagt. Täte mir leid. Ich meine, wir können ja nicht einfach so hoppladihopp zur Stelle sein. Nachdem ich aufgelegt hatte, bekam ich einen Anruf.« Becca sprach jetzt mit tiefer Stimme: *»Hier spricht Ryan Melanson, der Dritte.«* Es war eine ziemlich gute Imitation des tönenden Basses von Franks Anwaltspartner. »Er rief im Auftrag dieser Frau an und bat uns, die Absage noch mal zu überdenken. Er sagt, sie wohne in Mandarin Cliffs und wolle das Doppelte von dem zahlen, was wir üblicherweise in Rechnung stellen, und er habe sich persönlich für uns verbürgt.«

»Ryan hat uns empfohlen?«

Emily war entsetzt, denn sie und Ryan Melanson hatten fast nicht mehr miteinander gesprochen, seit Frank und sie diesen Ryan und seine damalige Frau zum Abendessen eingeladen hatten. Emily war in der Küche beim Zwiebelhacken gewesen, als sie Ryans Whisky-Atem gerochen und seine flache Hand auf ihrem Hintern gespürt hatte. Blitzschnell hatte sie sich umgedreht und ihm die Messerspitze in den Bauch gedrückt, die eine Kerbe in sein schwarzes Seidenhemd stach, und ihm gesagt, er solle die Finger wegnehmen, sonst werde sie ihm die Eier abschneiden. Selbst der elefantenhäutige Ryan dürfte wissen, dass dieses Eis durch eine persönliche Empfehlung nicht zum Schmelzen gebracht werden konnte. Vielleicht war Beccas verzweifelte Anruferin eine neue Frau in Ryans Leben. Oder auch eine alte Flamme. Davon hatte er ein ganzes Feuerwerksarsenal. Wer auch immer sie war, es klang so, als habe sie eine ähnliche Anspruchshaltung wie er. Andererseits waren sie und Becca auf Neukundinnen angewiesen. Frank hatte ihr vor kurzem geraten, sich doch nach einer vermögenderen Klientel umzuschauen und beim nächsten Bioladen auf dem Anschlagbrett für ihre Dienste zu werben. Wohlhabende Kundinnen seien zwar anspruchsvoller, aber die Wahrscheinlichkeit, dass sie die Rechnung nicht bezahlten, sei geringer.

»Sie will das Doppelte zahlen?«, fragte Emily.

»Genau. Außerdem: *Besser ein Spatz in der Hand* ... Deshalb dachte ich, ich bespreche das kurz mit dir, bevor ich das Angebot definitiv ausschlage.«

Mit den schicken Wohnhäusern und sanft gewundenen Straßen war Mandarin Cliffs eine Art Paralleluniversum, von Emilys Nachbarschaft allerdings gar nicht so weit entfernt. Und wahrscheinlich hatte ein Haus in Mandarin Cliffs auch eine Klimaanlage, dachte Emily, während sie sich Gesicht und Hals mit dem unteren Ende ihres Shirts abwischte. »Na ja, wir haben uns ja noch nicht festgelegt, *wann* wir Montag wieder bei Mrs Murphy vorbeischauen.«

»Das stimmt. Du könntest das Lager am Morgen zu Ende bringen und jetzt noch schnell rüber nach Mandarin Cliffs fahren. Okay?«

Es war jetzt zehn nach fünf und von Emilys Haus bis Mandarin Cliffs waren es höchstens zwanzig Minuten. Becca, die Emilys Schweigen als Zustimmung deutete, sagte noch: »Ich rufe sie zurück und gebe ihr Bescheid. Und ich schicke dir eine Nachricht mit ihrem Namen und ihrer Adresse. Du bist ein Schatz.«

»Da hast du wohl Recht«, sagte Emily. Das einzig Gute am Lehrberuf war gewesen, dass sie damals, sobald die Arbeiten korrigiert waren, völlig frei über ihre Zeit hatte verfügen können.

»Ich hoffe, das wird nicht zur Gewohnheit.«

»Das haben wir schließlich selbst in der Hand«, sagte Becca. »Bevor du auflegst, sag mir noch: Was hat die Ortsbegehung ergeben?«

»Na ja, hier gibt es …« Emily stellte sich vor das Lager und warf einen Blick hinein. »Alte Bücher. Antike Beschläge und –« In dem Moment entglitt ihr die Rolle, die sie unter die Achsel geklemmt hatte. Beim Versuch, sie aufzufangen, fiel scheppernd ihr Handy zu Boden. Bevor sie reagieren konnte, war auch die Hutschachtel heruntergefallen und hatte den Inhalt – Papiere und Kärtchen – auf dem Boden verteilt.

Emily griff nach ihrem Smartphone. Zum Glück war das Display nicht gesplittert. »Ich sag's dir, das ist kein einfacher Fall. Mr Murphy hat für die Kontrolle des Raumklimas zwar bezahlt, aber da hat was nicht funktioniert. Außerdem sieht es so aus, als hätten Nager hier ein Bankett gefeiert. Mrs Murphy sollte schleunigst einen Versicherungssachverständigen hinzuziehen, bevor wir das hier ausräumen, und möglicherweise auch einen Anwalt.« Das Telefon zwischen Schulter und Ohr geklemmt, bückte sie sich und begann die Papiere aufzusammeln, die aus der Hutschachtel gefallen waren.

Becca sagte: »Das müssen wir noch in unseren Kostenvoranschlag einbeziehen.« Diese Bemerkung hätte Emily beinahe überhört. Das Stück Papier in ihrer Hand war ein Exlibris mit einer Gravur, auf der ein mit Büchern beladener Tisch zu sehen war. Unter dem Bild standen die Worte *MIDDLEBURY COLLEGE LIBRARY.* Und darunter *SCHENKUNG VON SILAS M. PEARSON 1910.*

»Wir sprechen später darüber«, sagte Becca. Im Hintergrund hörte man etwas, das so klang, als hacke Sophie heftig auf der Klaviertastatur herum. Es wurde aufgelegt. Kurz darauf zeigte ein *Pling* an, dass Emily eine Nachricht bekommen hatte.

Quinn Newell 55 Ardmore Ln

Emily hob noch ein Papier auf. Diesmal eine vergilbte

Karteikarte. Obenauf stand mit Schreibmaschine geschrieben: *Dieses Buch ist spätestens bis zum unten aufgestempelten Datum der Bücherei zurückzugeben.*

Das aufgestempelte Datum lautete: *1. NOV 79.*

Sie blätterte im Schnelldurchlauf durch die restlichen Papiere. Bibliothekskarten. Exlibris. Zettel mit Fälligkeitsdaten. Es gab Hunderte davon ... in einem Lager, das Hunderte von alten Büchern enthielt.

7

Emily stopfte die Karten und Exlibris wieder in die Hutschachtel, stellte diese zurück aufs Regal, schaltete das Licht aus, und ließ die Schwingtür des Lagers zufallen. Es waren mehrere Anläufe nötig, bis sie mit Gewalt das Vorhängeschloss zum Einschnappen bringen konnte. Sie trat einen Schritt zurück und stolperte über die Dokumentenrolle, die sie bei Beccas Anruf im Arm gehalten hatte. Sie hob sie auf und wollte sie ins Lager zurücklegen, doch der Versuch, das Vorhängeschloss noch einmal aufzuschließen, scheiterte. Da sie den Schlüssel nicht abbrechen wollte, ließ sie von ihrem Vorhaben ab und nahm sich fest vor, beim nächsten Mal eine Sprühdose WD-40 mitzubringen.

Sie steckte den Schlüssel in ihre Hosentasche und warf die Dokumentenrolle auf den Beifahrersitz. Die Gesichtsmaske stopfte sie zurück in die Packtasche im Kofferraum. Sie stellte sich hinters Auto; wo sie von der Überwachungskamera nicht erfasst werden konnte, zog sie ihr Oberteil aus, knüllte es zusammen und wischte sich damit den Schweiß von Gesicht und Hals. Auf dem Boden ihrer Packtasche befand sich ein frisches, blaues Krempel-Kicker-Shirt. Sie zog es an.

Auf dem Weg nach Mandarin Cliffs dachte Emily über die Dinge nach, die sie in dem Lager gefunden hatte. In einem Punkt war sie sich ziemlich sicher: Mr Murphy war kein Messie, sondern ein seriöser Sammler, ein Kenner, der über seine Schätze Buch führte. Irgendwo in seinem Büro oder im Lager, davon war sie fest überzeugt, würden sie ein detailliertes Inventar finden, sofern es nicht bereits verrottet war.

Aber die Hutschachtel mit den Bibliothekszetteln warf

die Frage auf: Hatte Mr Murphy diese Bücher auf legitimem Weg erworben oder waren es »Dauerleihgaben«? Und falls die Herkunft der Bücher fragwürdig war, was hatte es dann erst mit den Dokumenten in den Rollen auf sich?

Als Emily an einer roten Ampel halten musste, warf sie schnell einen Blick auf den Beifahrersitz, wo die Dokumentenrolle lag. Was mussten sie unternehmen, falls sich im Besitz eines Kunden, bei dem sie ausmisten sollten, *potenzielles* Diebesgut befand? Eigentlich wollten sie Fälle wie diese nicht einmal mit der Kneifzange anfassen.

Der Wagen hinter ihr hupte und erinnerte sie daran, dass ihre neue Kundin wartete. Emily ließ die Rolle auf den Boden kullern und kickte sie unter den Sitz. Sobald sie heute Abend wieder zu Hause war, würde sie versuchen herauszufinden, womit sie es hier genau zu tun hatten.

Der Eingang zu der nicht wirklich geschlossenen Enklave der Mandarin Cliffs (mit einer kunstvollen schmiedeeisernen Umzäunung und einem offenen Zugangsweg) war durch ein goldgeprägtes Schild gekennzeichnet, das man auf einen Findling mitten in einem kleinen orientalischen Garten mit Miniatur-Wasserfall montiert hatte. Die Straße wand sich in vielen Kurven und mit immer wieder neuen Abzweigungen an zurückgesetzten Häusern vorbei, die umgeben waren von weitflächigen Grundstücken mit blühenden Hortensienbüschen. Quinn Newells Haus lag am Ende einer Sackgasse. Eine Spitzenimmobilie in einem erstklassigen Viertel.

Es war fast sechs Uhr. Emily ließ erst einmal das Haus auf sich wirken. Besser gesagt dieses *Chateau* aus behauenem Stein, verkleidet mit beiger Stuckarbeit. Doppeltüren aus Massivholz bildeten den Eingang, flankiert von rechteckigen Säulen, die – Emily trat einen Schritt zurück und sah nach oben – bis zum Dach hinaufreichten. Am vorderen Eck lag ein Turmzimmer mit umlaufenden Fenstern. Die Nachbarhäuser wirkten wie Zwerge gegen diese Villa. Schließlich befand sich Mandarin Cliffs in Neuengland, wo demonstrativer Konsum als schändliche Übertreibung galt. Diese Besitzer waren gewiss keine Neuengländer.

Auf dem Grund ihrer Tasche entdeckte Emily zwei Pfefferminzbonbons. Sie kratzte die Fusseln ab und steckte sie in den Mund. Dann fuhr sie sich mit den Fingern durchs Haar und strich ihr T-Shirt glatt. Hätte sie doch nur etwas angezogen, das weniger … dienstbotenmäßig wirkte. Aber war der Service, den sie anbot, tatsächlich dem Toilettenreinigen oder Rasenmähen so deutlich überlegen? Nur weil sie ihren Namen auf eine Visitenkarte drucken ließ und ihre Dienste *professionelle Entrümpelung* nannte, war ihre Arbeit nicht weniger schweißtreibend.

Wäre Becca hier, würde sie ihr jetzt aufmunternd auf die Schulter klopfen. Wieso bedeutete der Reichtum fremder Leute einen solchen Angriff auf Emilys Selbstwertgefühl? Dieses Gefühl müsste sie mal kräftig schütteln, glattstreichen, aussortieren und weg damit. Was Emily an ihrer neuen Arbeit gefiel, war die Tatsache, dass der Erfolg so deutlich greifbar war.

Sie holte die Packtasche aus dem Auto und ging hinauf zur Haustür. Sie presste den Handballen fest auf die Klingel und wartete, aufrecht und mit gereckter Brust.

Jung oder alt? Quinn war einer dieser Namen, die seit kurzem wieder beliebt waren, wie Sophie und Olivia. Aufgrund des Hauses und der Tatsache, dass ausgerechnet Ryan Melanson III. ihnen diese Kundin vermittelt hatte, rechnete sie mit einer manikürten, blonden und tadellos gekleideten Quinn.

Fehlannahme in jeder Hinsicht. Die Frau, die ihr an der Tür entgegentrat, war über dreißig Jahre alt, das schulterlange braune Haar lässig von einer Haarspange zusammengehalten. Die Kleidung – schwarze Yogahose und schwarzes Tank-Top mit Racerback – machte nicht viel her, dabei war es wahrscheinlich von Lululemon. Sollte sie tatsächlich eine von Ryans Eroberungen sein, war sie, was das Äußerliche anging, ein Sonderfall. Man konnte nicht sagen, dass sie nicht attraktiv wäre, sie war nur einfach nicht auffallend. Ziemliches Mittelmaß. Womöglich hatte hier das Geld den Ausschlag gegeben.

Emily erschrak. Wie gehässig und unfair von ihr, in dieser Weise über diese Frau zu urteilen! Sie wusste nichts über sie, und Ryan hatte sie nur auf primitivster Instinktebene erlebt.

Die Frau blinzelte Emily verschlafen an, als wäre sie gerade aufgewacht. »Sind Sie von den Krempel-Fuckern?«

Die Art, wie dieser Frau die Worte von der Zunge gingen, machte Emily ganz kirre. »Krempel-*Kicker*«, gelang es ihr zu kontern.

»Oje«, die Frau schlug sich vor die Stirn und sah Emily mit Silberblick an. »Tut mir echt leid. Wie habe ich euch genannt?«

»Egal. Hier.« Emily fischte eine Visitenkarte aus ihrer Tasche. »Stop-Motion-Krempel-Kicker. Sie müssen Ms Newell sein.«

»Quinn«, sagte die Frau und musterte eingehend die Karte. Ihre blass wirkenden Augen waren von Spuren umschattet, die von Schlägen herzurühren schienen. »Haben Sie vielen Dank, dass Sie gekommen sind. Ich weiß, es ist nicht gerade die günstigste Zeit.«

Echt jetzt? »Kein Problem. Sie haben mit meiner Geschäftspartnerin gesprochen. Ich war gerade wegen eines Gutachtens nicht weit von hier bei einer anderen Kundin.« Emily schenkte Quinn ein Lächeln, von dem sie hoffte, dass es aufrichtig wirkte.

»Also, dass Sie das sagen, ist wirklich nett von Ihnen. Ich

fürchte, ich hatte am Telefon eine Art Zusammenbruch. Aber ich bin weder eine Spinnerin noch eine Prinzessin auf der Erbse, ich schwör's.«

Nein, für eine Spinnerin hielt Emily Quinn Newell nicht. Was die Prinzessin anging, war sie sich weniger sicher. Auf jeden Fall wirkte sie ein wenig überspannt. Auf Drogen vielleicht? Emily ließ den riesigen Eingang auf sich wirken. Der süßliche Geruch war kein Gras. Eher irgendein Duft-Potpourri. Aber sie stellte wohlweislich nicht die eigentlich auf der Hand liegende Frage: Warum hatte sie solch einen Druck gemacht? Sie hatte Becca oft genug beobachtet, wie sie mit neuen Kunden umging, daher wusste sie, dass die Antworten ganz von allein kommen würden. Bombardierte man die Leute gleich mit Warum-Fragen, zogen sie zum Schutz die Schultern ein. Daher fragte sie lieber: »Sie kennen also Ryan Melanson?«

»Wir sind ...« – Quinn zögerte – »... Freunde.« Dann sprach sie hastig weiter. »Er lobt Sie in den höchsten Tönen. Sie seien vertrauenswürdig. Zuverlässig. Sehr anständig.« Quinn sprach ohne jede Ironie.

»Mein Mann und er arbeiten zusammen«, sagte Emily. Ihre eigene Geschichte mit Ryan ließ sie lieber unerwähnt. Sie sah sich um. »Ein beeindruckendes Haus!«

»Wem sagen Sie das!«, erwiderte Quinn mit einem Lächeln. »Der Geschmack meines Mannes. Also eigentlich der seiner Ex. Dreimal dürfen Sie raten, wo er sie kennengelernt hat. Vegas!« Sie kicherte. »Im Grunde stimmt das nicht. Ich habe keine Ahnung, wo er sie kennengelernt hat. Und letztlich ist es mir egal. Aber ich erzähle das den Leuten ganz gern, dass sie Tänzerin war und in ihrer Designästhetik ganz dem Las-Vegas-Stil gefolgt ist.«

Emily hätte es eher als Versailles-Stil bezeichnet. Die zwei Stockwerke umfassende Eingangshalle – die sich größer anfühlte als die Rundhalle des Gerichtsgebäudes, in dem

Emily letztes Jahr als Laien-Geschworene tätig gewesen war – gab der spärlichen Möblierung etwas Zwergenhaftes. Der Boden war ein Patchwork aus chinesischen Orientteppichen in Creme- und Pastelltönen. An der Wand standen eine elegante, überdimensionierte Biedermeier-Kommode und ein Sofa mit gestreifter Satin-Polsterung. Und natürlich gab es einen großen Treppenaufgang.

Dagegen waren die Wände wahllos mit Drucken und Postern behangen, zusammen mit alten Reklameschildern und gelegentlich einer Maske aus Afrika oder Alaska. Die wilde Mischung der Jahrhunderte, Kulturen und Geschmäcker schuf eine beeindruckende visuelle Kakophonie.

Quinn war wohl Emilys Blick gefolgt, denn sie sagte: »Die Möbel sind auch nicht mein Geschmack. Und die Sachen an den Wänden ...«, sie zuckte mit den Schultern und schüttelte den Kopf, »die gehören meinem Mann. Wally ist ein großer Sammler alter Reklameschilder. Und genau das macht er gerade. Er sammelt auf einer Auktion. Dafür ist er bis nach Hyannis gefahren, stellen Sie sich das mal vor!«

Einem farbenfrohen Reklameschild für Waschmittel, das schief unten bei der großen Treppe hing, blätterte der Lack an den schon leicht verrosteten Ecken ab. Emily konnte es sich nicht verkneifen, hinzugehen und es gerade zu rücken. Als sie das tat, fiel ihr auf, dass es ein faustgroßes Loch in der Wand verdeckte. Sie drehte sich um und sah Quinn an. Der Fleck war bestimmt ein blaues Auge.

Emily erschrak, als sie von oben ein Knarzen hörte. War noch jemand im Haus? Auch Quinn blickte panisch nach oben. Wie sich sehr bald herausstellte, kam das *tap-tap-tap* von einer fetten Glückskatze, die langsam die Treppe runterkam und dann an Emilys Bein ihren Kopf rieb. Emily beugte sich hinab, um das Tier zu streicheln. Es machte einen Buckel, hielt einen Augenblick inne und schlich dann hinüber zu Quinn, die es jedoch nicht beachtete. Vielleicht hatte die Glückskatze der ersten Frau gehört.

Quinn sagte: »Wally ist ein Messie. Sie würden nicht glauben, was er alles im Keller hortet.«

Und ob ich das täte! Emily war sich sicher, dass sie das nicht laut gesagt hatte, aber Quinn sah sie eindringlich an und fragte: »Jetzt sagen Sie mir nicht, Sie sind auch mit so einem verheiratet?«

Emily spürte, wie ihr heiß wurde. *Zeige Empathie, aber gebe nicht zu viel über dich preis.* Das war Beccas Maxime. Ihre Rolle bestand darin, zuzuhören und Notizen zu machen. Unterstützend und professionell zu sein. *Das ist keine Gruppentherapie.*

»Weiß Ihr Mann, dass Sie unsere Dienste in Anspruch nehmen wollen?«, fragte Emily, die plötzlich ein ungutes Gefühl hatte. Wie schrecklich, wenn er nach Hause käme und Emily hier finden würde!

»Ich habe es ihm gesagt, aber *weiß* er es?«, Quinn lachte. »Das ist geradezu eine existentielle Frage, denn er ist nicht gerade der weltbeste Zuhörer.«

»Ich habe Sie gefragt, weil es eine unserer Regeln ist. Ich darf Ihnen nicht dabei helfen, die Gegenstände eines anderen zu entrümpeln. Meine Geschäftspartnerin hätte das am Telefon erwähnen müssen.«

»Hat sie. Und keine Bange, ist es nicht. Ich würde niemals wagen, etwas von seinen Sachen anzurühren. Das müsste ich sehr büßen. Kommen Sie mit in die Garage. Ich werde Ihnen zeigen, wobei Sie mir helfen sollen.«

8

Emily folgte Quinn durch eine geräumige, offene Küche. Auf dem rosafarbenen Granittresen stand eine wuchtige Espressomaschine aus Kupfer und Blech. Im Abfalleimer lagen einige Pizzakartons. Auf den Küchenschränken aus gebleichtem Holz waren alte Blechbüchsen aufgereiht. Die Wanduhr in Form einer schwarzen Katze, deren Schwanz als Pendel mit einem *Tick* und einem *Tock* hin und her ging, machte Werbung für eine Schuhcreme namens *Schwarze Katze*. An einer Pinnwand hingen etwa ein Dutzend geschäftliche Visitenkarten. Emily kramte in ihrer Tasche nach einer weiteren Stop-Motion-Krempel-Kicker-Karte. »Haben Sie etwas dagegen, wenn ich sie dazuhefte?«

»Nur zu«, sagte Quinn. »Danke.«

Emily nahm eine der verwaisten Pinnadeln, um ihre Visitenkarte neben einen Stundenplan des Frauen-Fitness-Center in East Hartwell zu stecken. Die morgendlichen Vinyasa-Yoga-Stunden waren rot eingekreist.

Quinn öffnete den Kühlschrank und holte eine Flasche Prosecco heraus. Sie schnappte sich zwei Ballongläser, die umgedreht von einem Regal über ihren Köpfen hingen, füllte sie mit Prosecco und bot Emily eins an.

Emily zögerte.

»Was denn, mögen Sie keinen Prosecco?«

»Das ist es nicht«, sagte Emily. Wenn es etwas zu feiern gab, tranken Emily und Frank eigentlich immer Prosecco. Er war billig, von verlässlicher Qualität und noch dazu Emilys Lieblingsgetränk, ihr kleiner Trost.

»Dürfen Sie während der Arbeit nichts trinken?«, fragte Quinn mit einem verschmitzten Lächeln.

Kein Alkohol bei der Arbeit war eine weitere von Beccas

und Emilys Regeln. Außerdem lockte Quinn mit einem ziemlich großen Glas, und Prosecco stieg Emily sofort in den Kopf. Vor allem auf nüchternen Magen. Ihr Magen machte ein gurgelndes Geräusch und erinnerte sie daran, dass das Mittagessen schon Stunden zurücklag.

»An den Wochenenden oder nach fünf Uhr sollten Sie wahrscheinlich auch nicht arbeiten. Und doch sind Sie hier.« Quinn streckte Emily das Glas hin. »Kommen Sie. Wenn schon, denn schon.«

Emily musste unwillkürlich lächeln. *Wenn schon, denn schon* ... Den Spruch hatte ihre Mutter immer angebracht, wenn sie Emily mit einem Sechshundert-Kalorien-Stück ihres weltbesten Käsekuchens locken wollte. Emily ließ ihre Packtasche auf den Boden aus Terrakottafliesen fallen und nahm das Glas.

Quinn hob ihres und brachte einen Toast aus. »Auf Ihr Wohl!«

Emily hob das Glas. Die Bläschen knisterten. »Was feiern wir eigentlich?«

»Mich. Dass ich tatsächlich angerufen habe. Bei Krempel ...«, Quinn starrte auf Emilys Shirt, »... Kickers. Und Sie um Hilfe gebeten. Endlich.« Sie nahm einen kleinen Schluck und wartete, dass Emily es ihr nachtat. Der Prosecco war eiskalt und nicht allzu trocken. »Und darauf, dass wir uns um unsere Angelegenheiten kümmern.« Sie stieß mit Emily an, trank einen Schluck, dann nahm sie Glas und Flasche und ging damit durch die Küchentür in die Garage. Emily nahm einen weiteren kleinen Schluck, nahm die Tasche und folgte ihr.

Wie das restliche Haus, war auch die Garage überdimensioniert. Sie hatte vier Stellplätze. Gleich bei der Küchentür war eine leere Parkbucht, wo der abwesende Wally, wie Emily annahm, immer den Ferrari parkte, oder welches protzige Auto auch immer. In der nächsten Bucht stand ein sportlich-rotes Miata-Cabriolet. Wahrscheinlich Quinns Wagen. Zwischen diesen beiden Stellplätzen waren orangene Verkehrsleitkegel aufgereiht.

»Sie fragen sich, was diese Kegel da sollen?«, fragte Quinn. »Er hat Angst, dass ich einen Kratzer in sein wertvolles Auto mache. Was für einen Wagen fährt denn Ihr Mann?«

»Einen BMW Z4«, sagte Emily.

»Ich wusste es. Und er würde lieber sterben, als jemand anders damit fahren zu lassen. Liege ich richtig?«

Natürlich tat sie das.

Die anderen beiden Stellplätze der Garage waren mit einem wilden Chaos aus dicht gestapelten Möbeln, Lagerkartons und verschiedenstem Krempel zugemüllt. »Sehen Sie, wovon ich spreche?«, fragte Quinn. »Ich habe in einer Ein-Zimmer-Wohnung gelebt, und das war so ziemlich mein ganzer Besitz, ehe ich bei Wally eingezogen bin.« Sie drückte auf einen Knopf, der beide Türen der Garage öffnete. »Beim Einzug hat er mir versprochen, Platz für meine Sachen zu machen. Ich dachte mir, das ist keine große Sache. Unter Platzmangel leiden wir ja nicht gerade. Ich denke mal, ich kannte ihn einfach noch nicht gut genug, denn mittlerweile sind drei Jahre vergangen, und mein Krempel steht immer noch in der Garage, und das Haus gehört immer noch nur ihm allein. Und wissen Sie was? Es juckt mich nicht einmal mehr.« Sie schüttelte den Kopf und verschüttete etwas Prosecco auf dem Boden. »Ich habe meinen Job aufgegeben. Meinen Namen. Warum sollte ich nicht alles aufgeben?«

»Harter Tobak«, sagte Emily. Es war keine Kleinigkeit, sein eigenes Zuhause aufzugeben, um mit jemand zusammenzuziehen. Aber wenn dann auch noch die eigenen Besitztümer in Quarantäne gehalten werden? Frank hatte sich wenigstens nie dagegen gesträubt, alles auf seine eigenen Räume zu beschränken und sie größtenteils mit seinen Sachen zu verschonen.

»Wissen Sie, die Leute sehen immer nur das große Haus.« In Quinns Augen schimmerten Tränen. »Das schicke Auto. Und denken sich, wow, die hat ja wirklich alles.«

Emily fühlte sich kurz schuldig. Sie nahm einen Schluck Prosecco. »Wahrscheinlich waren Sie einfach verliebt.«

Quinn kaute auf ihrer Unterlippe. »Ich denke schon. So was in der Art.« Und dann sagte sie im Flüsterton: »Aber nehmen wir mal an, ich könnte noch mal eine Wahl treffen.« Quinn lachte bitter auf. »Ich war fünfunddreißig, meine biologische Uhr tickte schon, ich wollte unbedingt heiraten. Und das kam dann dabei heraus.« Sie blickte zum Haus. »Ich hätte Wally nie heiraten dürfen. Ich mache mir nichts vor, es ist ein guter Deal. An den meisten Tagen mache ich nach dem Aufstehen einfach mein Ding. Passt schon.«

Emily hätte über ihre eigene Ehe das Gleiche sagen können. Sie und Frank ließen einander den nötigen Freiraum, jeder machte sein eigenes Ding. Und auch bei ihr tickte die biologische Uhr.

»Aber das hier«, fuhr Quinn fort und deutete auf ihr gestapeltes Hab und Gut. »Das ist so respektlos, finden Sie nicht? Dabei fühle ich mich wie ein wertloses Stück Scheiße.«

»Aber, Quinn, Sie definieren sich doch keineswegs über Ihre Sachen.« Noch während sie dies sagte, merkte sie, dass es nicht stimmte. In einem sehr realen Ausmaß konnten Menschen durch die Dinge definiert werden, die sie aufbewahrten, jeder Gegenstand war Ausdruck einer Wahl, selbst wenn es keine bewusste war. Emily und ihre Sockenschublade, vorher und nachher, sie waren eins. Mr Murphy, seine vermodernden Bücher und seine Schmuckbeschläge, sie waren eins. Frank und die Innereien seines Klaviers waren eins.

Wie aufs Stichwort fing Emilys Fuß zu pochen an. Sie beugte sich hinunter und rieb ihn, und als sie sich wieder aufrichtete, traf sie Quinns Blick. Er war irgendwie intensiv, als trüge sie eine unterdrückte Wut in sich. Emily kannte diesen Blick von sich selbst, wenn sie überraschend ihrem eigenen Bild in einem Spiegel begegnete.

Emily erschauderte und nahm noch einen Schluck. Quinn schenkte erst ihr, dann sich selbst nach.

»Jetzt mal ganz im Ernst«, sagte Quinn, »wie soll man die Ehe mit einem Mann aushalten, der auf Auktionen und Flohmärkte geht und der ...«, sie verzog das Gesicht, »können Sie sich das vorstellen, Prothesen mit nach Hause bringt? Er hat schon eine ganze Sammlung. Arme. Beine. Linke und rechte. Sogar Finger. Es ist gruselig!«

»Meiner sammelt lieber vergammelte Kirchenbänke«, sagte Emily. »Und Horrorcomics.«

»Dwight D. Eisenhower-Wackelkopffiguren mit Autograph«, sagte Quinn. »Konservierte Piranha-Fische und Morphofalter.«

»*Star-Wars*-Spielfiguren«, Emily hob ihr Glas. »Originale! Noch im Karton!«

Quinn fuhr fort: »Und seine Vorstellung von einem romantischen Abend? Komaglotzen der *Antiques Roadshow*.« Sie hob ebenfalls ihr Glas. »Ihrer auch?« Emily stieß an und nahm noch einen Schluck. »Wenigstens sehen Sie, welchen Krempel Ihr Mann hortet. Er versteckt ihn nicht vor Ihnen.«

»Wie soll ich wissen, was er alles versteckt?« Quinn warf den Kopf in den Nacken und leerte ihr Glas. Dann wischte sie sich mit dem Arm über den Mund.

»Hat Ihrer denn ein Geheimversteck?«

»Kommt drauf an, was man unter *geheim* versteht.« Zählte der Keller als *Geheimversteck*, nur weil Frank dachte, dass Emily nie dort nachschauen würde? »Ich weiß, wo es sich befindet, versuche aber nicht reinzuschauen. Heute habe ich eine Witwe kennengelernt, deren Ehemann ihr ein

Lager hinterlassen hat, von dem sie erst erfuhr, als ein Jahr nach seinem Tod die Miete fällig wurde.« Sie griff in ihre Tasche, holte einen Schlüssel heraus und hielt ihn Quinn unter die Nase. »Wie sich herausstellt, ist das Lager bis unters Dach mit alten Büchern und Drucken vollgestopft.«

»Pssst.« Quinn legte den Finger auf ihre Lippen. »Bitte sagen Sie Wally nichts davon.«

»Und wissen Sie, welches Lagerunternehmen er sich ausgesucht hat? ›Inner Peace Storage‹. Die Arme. Bis sie von diesem Lager erfahren hat, war ihr Leben deutlich einfacher. Aber wenn Sie erst erfährt, was sich darin befindet, wird es ihr den Rest geben.«

»Was ist so schlimm an alten Büchern und Drucken?«, fragte Quinn und kam näher.

Emily verbot sich die Antwort auf diese Frage. Der Alkohol machte sie redselig. Sie wollte, sie könnte die Worte ungesagt machen, und wollte den Schlüssel wieder in ihre Tasche gleiten lassen, verfehlte sie aber. Der Schlüssel landete auf dem Betonboden. Als sie sich hinabbeugte, schoss ihr mit einem Mal das Blut in den Kopf. Sie stolperte.

Quinn streckte ihr die Hand hin, und Emily ergriff sie, um wieder Halt zu finden. Als der Schwindel vorbei war und Emily sich aufrichtete, hob Quinn den Schlüssel für sie auf und ließ ihn in Emilys Packtasche fallen.

Emily stellte ihr Weinglas auf den Boden. »Okay, na dann«, sagte sie und versuchte sich zu sammeln. Gut, dass Becca diesen Auftritt nicht miterleben musste, sie würde der Schlag treffen. Emily wandte sich dem Gerümpelhaufen in der Garage zu. »Falls Sie nichts dagegen haben, mache ich ein paar Aufnahmen. So können wir besser abschätzen, wie lang wir brauchen werden. Und Sie müssen sich überlegen, ob sie wirklich alles loswerden wollen. Diese Entscheidung lässt sich im Nachhinein nicht mehr revidieren.«

»Das muss ich nicht«, sagte Quinn entschlossen. »Ich habe mich entschieden, die Sache anzugehen, es ist mir also nur recht, wenn es ein für alle Mal erledigt wird.«

Emily betrachtete das Gerümpel. Durchaus machbar, vor allem, wenn Quinn wirklich alles weggeben wollte. Aber Emily wusste nur zu gut, dass die Sache sich meist am Ende als doch nicht so einfach erwies wie zu Beginn. Sie machte schnell vier Aufnahmen von der Garage. Auf ihnen war nur begrenzt zu erkennen, was diese alles beherbergte. Schuhkartons voller CDs befanden sich in unmittelbarer Reichweite. Auf einem der Schreibtische standen Plüschtiere in einer Getränkekiste aus Pappe – Glücksbärchis, jeder in einer anderen Pastellfarbe.

»Ich sehe, Sie haben immer noch Ihre Glücksbärchis«, sagte Emily. Als Kinder hatten Becca und sie jeweils eine eigene kleine Sammlung besessen. Vor Monaten hatte sie ihre Bärchis in die Waschmaschine gesteckt, in der Sonne getrocknet und dann in eine Kiste verfrachtet und zur Abholung durch eine wohltätige Einrichtung vor die Tür gestellt. Es hatte sich angefühlt, als würde sie ihre geliebten Haustiere aussetzen. Sie war damals überzeugt gewesen, um eine neue Karriere starten zu können, müsse sie erst ihren eigenen Erinnerungskrempel loslassen. Jetzt tat es ihr leid, dass sie nicht wenigstens ihr Lieblingsbärchi behalten hatte, das türkisfarbene mit der gelben Sternschnuppe als Nabel.

»Glücksbärchis sind nur die Spitze des Eisbergs.« Quinn fischte eine große braune Bloomingdale's-Tasche aus dem Stapel. Sie öffnete sie und zog ein rotes T-Shirt mit Kapuze heraus, auf dessen Ärmel in weißen Lettern *Boston* stand. Emily erkannte das Basketball-T-Shirt der Boston University Terriers wieder.

»Sie waren an der BU?«, fragte Emily.

»Ja, war ich«, sagte Quinn. »Als Studierende.«

Frank und Emily waren nach dem Abschluss in Boston am Graduiertenkollege gewesen, sie im Fachbereich Pädagogik, er in Jura. Genau das gleiche T-Shirt, das Quinn gerade als erstklassiges Beweisstück für sinnlose Gefühlsduselei hochhielt, hatte er auch besessen. Als Emily einmal in der Wohnung übernachtet hatte, die Frank sich damals mit Ryan teilte, hatte sie in dem Shirt sogar geschlafen. Emily fragte sich, was wohl aus dem Shirt geworden war.

Emily schnappte sich ihr Weinglas. Ihr war klar, dass sie besser nichts mehr trinken sollte, aber sie wollte diese bittersüße Erinnerung wegspülen.

»Aber dieses Shirt hat gar nicht mir gehört.« Quinn hielt es sich vors Gesicht, schloss die Augen und sog die Luft ein. »Und Wally auch nicht.« Dann stammte es vermutlich von einem anderen Freund aus der BU-Zeit? Kein Wunder, dass Quinns Mann es nicht in seinem Haus haben wollte.

»Hat der Besitzer des T-Shirts einfach das Feld geräumt?«, wollte Emily wissen und fragte sich, ob es vielleicht Ryan gewesen war.

»Nicht ganz«, sagte Quinn und errötete. »Aber Wally weiß, dass es nicht sein Shirt ist. Sobald ich einen meiner früheren Freunde auch nur erwähne, gerät er völlig außer sich, dreht durch vor Eifersucht. Das ist wirklich bescheuert.«

Plötzlich musste Emily an das Fotoalbum denken, das sie zusammengestellt hatte, Bilder mit ihrer Highschool-Liebe. Er war so ein ehrlicher, netter Kerl gewesen und hatte ihr die Jugendzeit erträglich gemacht. Sie bewahrte das Album an einem Ort auf, wo Frank niemals nachsehen würde, in einer Kiste mit dem Porzellanservice ihrer Mutter. Er würde nie verstehen, warum sie diese Fotos aufbewahren wollte. Sie verstand es selbst nicht ganz.

Emily stellte ihr Glas wieder auf den Boden und hielt das Handy hoch über den Kopf. Sie richtete die Kamera von oben auf das Chaos, machte ein Foto und sah sich dann mit der Zoomfunktion an, was alles drauf war. War das ein Rattansessel? Der Inbegriff eines Schlafzimmermöbels. Reinsetzen kann man sich leicht, rauskommen ist fast unmöglich. Früher hatte sie einen besessen, der mit goldenem Cordsamt ausgekleidet war. Auf dem Geflecht des Sessels lag quer ein zusammengerollter Teppich.

»Glauben Sie, ich könnte etwas davon verkaufen?«, fragte Quinn. »Nicht dass wir Geld bräuchten.«

Es hatte keinen Sinn, hier etwas zu beschönigen. Emily deutete auf Mahagoni-Kommoden aus der Zeit vor dem Zweiten Weltkrieg. Sie selbst hatte ähnliche von ihrer Großmutter geerbt. »Die sind robust und sehen schön aus, und vor dreißig Jahren hätten Sie vielleicht noch einen Käufer gefunden. Aber heutzutage bezeichnen die Leute das als« – sie malte Anführungszeichen in die Luft – »›braune Möbel‹. Es fällt einem bestimmt schwer, es wegzuschenken. Für dieses Küchenset hier werden Sie allerdings auf einem Hofflohmarkt schnell einen Käufer finden.« Sie deutete auf einen Küchentisch aus den fünfziger Jahren mit dazu passenden Stühlen, Aluminiumgestänge und gelben Vinyl-Sitzflächen.

»Ja, prima. Zu einem Hofflohmarkt. Wally laden wir da aber besser nicht ein.« Quinn lachte.

»Sie können die Sachen auch spenden. Es gibt eine ganze Menge Wohltätigkeitseinrichtungen. Man bekommt sogar einen Steuernachlass dafür. Ich kann Ihnen eine raussuchen, die die Sachen abholt.«

»Eigentlich sollte ich den ganzen Scheißdreck einfach packen und in Wallys verdammten ...« Quinn verstummte und stand ein Weilchen völlig reglos da. Ihr blaues Auge hatte in dem grellen Licht einen lila Farbton bekommen. Dann legte sie den Kopf in den Nacken und trank aus der Flasche. Wischte sich mit dem Handrücken den Mund ab. »Glauben Sie, es gibt auch Wohltätigkeitsorganisationen, die vorbeikommen und *ihn* mitnehmen? Aber vielleicht ist er ja auch nur ein wertloses Teil dieser – wie haben Sie es genannt? – braunen Möbel. Vielleicht sollte ich ihn besser einfach vom Dach schmeißen.«

Emily hatte ihr Glas genommen und einen weiteren Schluck Prosecco getrunken, als etwas an der Art, wie Quinn *vom Dach schmeißen* sagte, ihr fürchterlich witzig vorkam. Sie musste so lachen, dass ihr der Wein aus der Nase zischte. Sie legte die Hand aufs Gesicht und beugte sich vornüber.

»Oder ihm Giftpilze in die Lasagne mischen«, fuhr Quinn fort. »Oder ihn aus Versehen überfahren.« Sie hob die Hände, als halte sie ein Steuerrad, und blickte über die Schulter, »Rrrmm. Oups! Mein Fehler!«

Emily stellte sich vor, wie der Klavierrahmen aus dem Schlafzimmerfenster flog und Frank auf den Kopf fiel, als dieser gerade durch die Kellerluke eine Kirchenbank ins Haus zog. Sie lachte und hob ihr Glas.

»Auf ›Bis dass der Tod uns scheidet‹.«

»Auf Dinge, die einem so zustoßen.« Quinn hob die Flasche. Dann setzte sie sie langsam wieder ab. Plötzlich wirkte sie ganz nüchtern. »Vielleicht wäre es aber auch besser, einen Auftragskiller anzuheuern, einen vollkommen Fremden, dann wäre man das Problem los.« Sie sah Emily taxierend an. »Könnten Sie das?«

»Könnte ich was?«, fragte Emily, obwohl ihr völlig klar war, was Quinn mit der Frage gemeint hatte. Natürlich könnte sie niemanden umbringen, und schon gar nicht Frank. Vielleicht war der Wein schuld, dass sie so etwas sagen konnte, oder das T-Shirt der Studentenliebe, oder die Vorstellung, wie der Klavierrahmen aus dem zweiten Stock fiel.

»Ich wette, Sie könnten das. Ohne zu zögern.« Quinn winkte ab. »Wenn Sie nur überzeugt wären, dass Sie davonkommen.«

9

Emily verbrachte die nächste Stunde in einem weinseligen Duselzustand. Sie machte noch mehr Aufnahmen von den Stapeln in der Garage und kritzelte nahezu unlesbare Notizen in ihr Heft, darunter eine Liste der wenigen Gegenstände in der Garage, die Quinn behalten wollte, und ihrer Wünsche, wie sie mit dem Rest verfahren sollten.

Am Ende nannte Emily Quinn ein Honorar für ihre Aufräumdienste, dabei schlug sie auf die grobe Schätzung noch einmal fünfzig Prozent drauf. Es zu verdoppeln wäre ihr wie Wucher vorgekommen. Sie gab Quinn die Nummer eines PayPal-Kontos, auf das sie 500$ überweisen konnte. »Falls Sie sich entscheiden, in der Sache weiterzumachen.«

»Aber natürlich mache ich weiter«, sagte Quinn. Unbeholfen umarmte sie Emily. »Ich fühle mich wirklich gut damit. Ich weiß einfach, dass ich Ihnen vollkommen vertrauen kann. Ryan hatte Recht.« Ihr Lächeln wirkte aufrichtig.

Emily teilte ihr mit, zu welchen Zeiten Emily oder Becca vorbeikommen könnten – selbstverständlich vorausgesetzt, Quinns Ehemann war nicht da –, als Quinn ihr Handy aus der Tasche zog und aufs Display sah. »Das war nicht meins. Muss Ihres gewesen sein.«

Emily holte ihr Handy heraus. Sie hatte bestimmt eine Nachricht von Frank verpasst.

Em, könntest du bei JC Halt machen & mir einen Kaffee bringen? :-x

»Ihre Geschäftspartnerin?«, fragte Quinn.

»Mein Mann.«

»Der Prinz?«

Emily lachte. »Habe ich ihn so genannt?«

»Wenn man zwischen den Zeilen liest.«

»Er möchte, dass ich ihm auf dem Nachhauseweg einen Kaffee mitbringe. Mir bleibt gerade noch die Zeit, am Square Halt zu machen.«

»Wenn sie sagen, wir sollen springen, dann fragen wir nur: wie hoch?«, sagte Quinn.

»So ist es nicht, wirklich.« Normalerweise war es Frank, der *ihr* einen Kaffee mitbrachte. Er versuchte sogar immer, den Coffee Shop zu besuchen, bevor es keinen Cider-mit-Zimtzucker-Donut mehr gab, ihren Lieblingsdonut.

»Wie auch immer«, sagte Quinn und sah Emily skeptisch an.

Emily beeilte sich, noch schnell auf Toilette zu gehen und zur Java Connection zu düsen, bevor das Lokal schloss. Als sie sich verabschiedete, gab Quinn ihr eine Fernbedienung. »Damit kommen Sie in die Garage. Nehmen Sie. Dann können Sie ein und aus gehen, sollte ich einmal nicht da sein.«

Emily zögerte. »Lassen Sie uns damit warten, bis wir eine Vereinbarung unterzeichnet haben.« Und selbst dann hätte sie ihre Zweifel, dass sie zurückkommen wollte, wenn Quinn nicht da war. Denn Wally wollte sie gewiss nicht begegnen.

»Machen Sie sich keine Gedanken. Das ist der Ersatz. Behalten Sie sie vorerst und geben Sie sie zurück, wenn wir fertig sind.« Quinn ließ die Fernbedienung in Emilys Packtasche fallen und brachte sie zu ihrem Wagen.

Emily wusste, sie würde einen Weg finden müssen, Quinn daran zu hindern, wie eine Dampfwalze über sie hinwegzurollen. Im Moment war ihr etwas zu schwummrig, um mit Argumenten dagegenzuhalten.

***

Als Emily den Wagen anließ und losfuhr, schloss sich die Doppeltür der Garage und die alten Möbel und ausgestopften Spielsachen verschwanden aus ihrem Blick. Jeder einzelne dieser Gegenstände wäre in Newells großem Haus, zwischen all den Antiquitäten und Designer-Möbeln, den Perserteppichen und der sorgsam ausgewählten Sammlung alter Reklameschilder, herausgestochen wie ein Schildkrötenkopf. Emily und Frank waren in Geschmacksdingen gar nicht so verschieden, zumindest sagte sie sich das. Mit Art déco oder mit dem Maschinenzeitalter-Design eines alten elektrischen Föns konnte sie durchaus etwas anfangen. Es war zwar ein nutzloser und alles andere als kinderfreundlicher Gegenstand, aber er besaß Schönheit. Eine ganze Sammlung davon ließ sie allerdings kalt.

Emily merkte, dass sie deutlich zu viel Wein getrunken hatte, und versuchte, all ihre Aufmerksamkeit auf den Verkehr zu lenken. Sie ließ die Fensterscheiben herunter, um frische Luft hereinzulassen. Sie und Frank hatten immer ihre Streitthemen gehabt. Aber war dieser Kaufwahn schon Anzeichen eines Messie-Syndroms? War ihre Aversion gegen dieses Chaos schon zwanghafte Korinthenkackerei? Würde sie in wenigen Jahren so enden, gebunden an einen Mann, den sie einst geliebt hatte, mit dem sie aber nicht mehr viel verband? ›Bis dass der Tod uns scheidet‹ wäre eine sehr lange Zeit, und vielleicht wäre das in Ordnung so. Bestes Beispiel: ihre Eltern. Lila Laubenstein war Bibliothekarin gewesen, und ihre Leidenschaften waren Bücher, Kunst, Theater und noch mehr Bücher. Als Polizist in Rente liebte Bert das Golfspiel, am besten mit einem Sixpack im Gepäck, Football-Spiele und noch mehr Golf. Wenn er nicht gerade seinen Abschlag übte, und sie nicht gerade ehrenamtlich in der Bücherei im Seniorenzentrum arbeitete, verbachten sie ihre Tage jeder in seiner Ecke der Zwei-Zimmer-Eigentumswohnung vor zwei verschiedenen Fernsehern. Auf ihrem würde die Talkshow *The View* laufen und auf seinem der konservative Nachrichtensender Fox News. Das Einzige, was sie gemein hatten, war Emily.

Würden die Unterschiede zwischen ihr und Frank sich ohne ein Kind, das sie zusammenbrächte, als unvereinbar erweisen? Würden sie einander immer noch *glücklich machen*? Der Versuch, Frank ›einzupferchen‹, ihn auf Linie zu bringen und seine rauen Kanten abzuschleifen, würde sich als vergebliche Liebesmüh erweisen. Sie hatte sich in sein Lächeln und seinen scharfen Intellekt verliebt. Selbst wenn er sie mit seinen Auktionen und Hofflohmärkten zum Wahnsinn trieb, war er doch verlässlich und gutaussehend. Wenigstens war er kein Fox-News-Junkie und vögelte nicht in der Weltgeschichte herum. Außerdem schlug er sie nicht und machte ihr auch keine Vorschriften, was sie ins Haus bringen durfte und was nicht. Klar war nur, was sie *nicht* hinausschaffen durfte.

Vor der Java Connection parkte nur ein einzelnes Auto, Emily stellte sich direkt davor. Der Sandwich-Laden und das Versicherungsbüro daneben waren geschlossen. Die Java Connection war die jüngste Geschäftseröffnung in einer Ecke, die von den Anwohnern »the Square« genannt wurde, obwohl der eigentliche Square jetzt ein Parkplatz war. Der Coffee Shop nahm die Hälfte der ehemaligen Eisenwarenhandlung ein, die schließen musste, als in einer halben Meile Entfernung ein Baumarkt eröffnete. Die Sprossenfenster stammten noch aus den Sechzigern. Auf einem Schild an der Haustür stand *WILLKOMMEN*. Und darunter *TOILETTE NUR FÜR GÄSTE*.

Als Emily aus dem Auto stieg, rief sie Frank an. »Ich bin jetzt da«, sagte sie. »Was soll ich dir mitbringen?«

»Danke, meine Süße«, sagte er. »Americano mit einem Extraschuss Espresso.«

»Koffeinfrei?«

»Nein, um Gottes willen. Sakrileg!«

Emily steckte ihr Telefon wieder in die Tasche und drückte die Tür zum Coffee Shop auf. Chrom und Backstein und Plankenholz, an den Wänden alte Kaffee-Poster, die, wären es Originale, gut in Walter Newells Sammlung gepasst hätten. Die Tische waren leer, nur an der Vordertheke stand ein einzelner Kunde. Der obere Einlegeboden der Glasvitrine, in der normalerweise die Donuts mit Zimtzucker und Cider lagen, war leer. Um diese Uhrzeit gab es natürlich keine mehr, und wären noch welche übrig, dürften sie hart wie Hockeypucks sein.

Emily näherte sich dem Tresen, als der Mann herumfuhr und in sie hineinrannte. Sein Kaffee spritzte sie von oben bis unten voll. »Tut mir so leid«, sagte Emily, obwohl es gar nicht ihre Schuld war. »Ich habe nicht gesehen ...«

»Himmel Herrgott!«, fluchte der Mann. Er trug eine Baseballmütze, eine Fliegerbrille mit gelben Brillengläsern und einen sehr gepflegten Bart und Schnurrbart. Er blickte auf sein kaffeefleckiges gelbes Polo-Shirt und seinen jetzt deckellosen Venti, dann beugte er sich weiter vor, um den Kaffee zu betrachten (er trank ihn schwarz, bemerkte Emily), der im Zehenbereich seiner karamellfarbenen Leder-Loafer einen See bildete.

Sie hörte gerade noch, wie er »dumme Kuh« hinrotzte.

Emily wich zurück. Aber noch ehe sie ihm ein ähnlich fieses Schimpfwort an den Kopf werfen konnte, hatte er sich schon an ihr vorbeigedrückt. Sie sah ihn mit großen Schritten durch die Tür hasten, vorbei an ihrem Auto. Anschließend kippte er, nachdem er durch die Fensterscheibe Augenkontakt mit ihr aufgenommen hatte, von hinten den Kaffee über ihren Wagen.

Scheißkerl. Arschloch. Viel zu spät fielen ihr angemessene Erwiderungen ein.

Die Barista, eine junge Frau mit wundervoll mokkafarbener Haut und langem, schwarzem Haar mit Mittelscheitel, war bereits mit einer Rolle Küchentüchern an Emilys Seite. Erst in dem Moment merkte Emily, dass auch ihr Shirt und ihre Hosen Kaffee abbekommen hatten. Sie sah aus dem Fenster. Der Mann war mit seinem Auto verschwunden.

»Sehr charmant«, sagte Emily. Sie gab der Barista die mit Kaffee vollgesogenen Papiertücher. »Danke schön.«

»Sind Sie sicher, dass Sie nicht verletzt sind?« Die Barista – bei näherer Betrachtung war sie nicht mehr ganz so jung – sah Emily mitfühlend an. Sie trug riesige goldene Kreolen und setzte vor jedes Wort, das mit S begann, ein e – e-sicher – wie spanischsprachige Studenten das gern taten. Auf ihrem Namensschild stand ANA.

»Ich hoffe, er zählt nicht zu Ihren Stammkunden«, sagte Emily.

Ana ließ zusammengeknüllte Papiertücher zu Boden fallen und bückte sich, um den verschütteten Kaffee aufzuwischen. »Ich habe ihn noch nie hier gesehen.« Sie trug ein Armband aus bunt eingefärbten Nudeln. Eine Mama.

»Der sollte mal entspannen«, sagte Emily.

»Meinen Sie?« Ana lachte. Sie las die Papiertücher auf und erhob sich. »Was kann ich Ihnen bringen?«

Emily bestellte einen extrastarken Americano. Während Ana ihre Bestellung ausführte, kam ein Jugendlicher, der bestimmt nicht älter als sechzehn war, aus dem Hinterzimmer, drehte das Schild an der Tür von *GEÖFFNET* zu *GESCHLOSSEN* und begann den Boden aufzuwischen.

»Geht aufs Haus«, sagte Ana, als Emily zahlen wollte.

»Nein, ich zahle das«, sagte Emily und hielt ihr einen Zehn-Dollar-Schein hin.

»Auf gar keinen Fall. Und es tut mir so leid.«

»War ja nicht Ihre Schuld.« Emily stopfte das Geld in die Trinkgeldbüchse und ging hinaus zu ihrem Auto. Der Kaffee war quer über das Rückfenster gespritzt und hatte in der

Schmutzschicht auf dem weißen Kofferraumdeckel kleine Rinnsale gebildet.

Wütend und aufgewühlt sperrte Emily das Auto auf und stieg ein. Sie hoffte, dass sie die schicken Schuhe dieses Arschlochs gründlich und für alle Zeiten ruiniert hatte.

10

Auf dem kurzen Nachhauseweg wurde Emily von dem Kaffeegeruch, den ihre Kleidung ausdünstete, übel. Sie bog in die Straße ein, die zu ihrem Haus führte, und fuhr langsam den Block hinunter. Es wäre nett gewesen, wenn Frank wenigstens dieses eine Mal die Außenbeleuchtung für sie angelassen hätte. Sie fuhr die Auffahrt hinauf, stieg aus dem Wagen und eilte zur Hintertür, tastete nach dem Schloss.

Als Erstes ging sie in Franks Büro. Die Tür war angelehnt. In der Ecke war eine einzelne Lampe eingeschaltet. Frank saß am Schreibtisch, das Gesicht erleuchtet vom Computerbildschirm. Sie schlich sich von hinten an. Erschrocken sprang er hoch und hätte ihr beinahe den Kaffee aus der Hand geschlagen.

»Du bist zurück«, sagte er und klappte den Laptop zu.

»Was machst du gerade?«

»Ich arbeite.« Er schob den Stuhl zurück und drehte sich zu ihr um. Er trug Boxershorts und ein Unterhemd.

»Um diese Zeit?«

»Okay. Ertappt. Ich arbeite zwar, bin aber gerade auch am Bieten. In einer halben Stunde endet die Online-Auktion, ich muss dranbleiben.« Emily wollte nicht wissen, worauf er gerade bot, sie hoffte nur, dass es klein und flach war. Sie hielt ihm den Kaffee hin. Er öffnete den Deckel und schnupperte. »Danke.«

»Wie war das Spiel?«, wollte sie wissen.

»Wir haben gewonnen. Barfield hat vier Treffer gelandet und dann im siebten Inning alle Bases passiert. Wie war's bei dir? Du hast gesagt, du musst arbeiten, aber ich habe nicht damit gerechnet, dass du so spät zurückkommst.«

Er blickte sie mit diesem Eine-Million-Dollar-Lächeln

an, dann verzog er das Gesicht. »Du siehst aus, als würdest du ihn lieber tragen als trinken.« Er blies auf seinen Kaffee und nahm noch einen Schluck. »Was ist passiert?«

»Da war so ein Arschloch im Coffee Shop, der ist einfach in mich hineingerannt.« Alles, woran sie sich noch erinnern konnte, war, dass der Mann groß war und einen getrimmten schwarzen Bart hatte, getönte Brillengläser und einen finsteren Blick. *Dumme Kuh.* Wie bezeichnend, dass er diese ganz besonders erniedrigende Beleidigung gewählt hatte. »Hat mir seinen Kaffee übergekippt und mich beleidigt.«

»Klingt unangenehm.«

»War es auch.« Sie sah hinunter auf ihr Shirt und ihre Hose. »Das geht beim Waschen wieder raus.«

Frank lehnte sich in seinem Stuhl zurück. »Dann erzähl doch mal, wie war dein Tag sonst noch?«

Sie hockte auf der Kante einer Kommode mit zwei Schubladen. »Ich habe mir dieses Lager mal genau angesehen. Anschließend habe ich noch schnell einen Abstecher zu einer neuen Kundin gemacht. Einer, die Ryan uns beschert hat.«

»Tatsächlich?« Frank lachte auf. »Siehst du, er ist gar kein so schlechter Kerl. Wahrscheinlich versucht er, dich wieder gnädig zu stimmen.«

»Mich hat er tunlichst nicht angerufen. Er hat sich bei Becca gemeldet und sie angebettelt, sofort bei dieser Frau vorbeizufahren.«

»Ich habe mich schon gefragt, was da los war. Er bekam einen Anruf und hat dann das Spiel vorzeitig verlassen. Wie ist ihr Name?«

»Quinn. Quinn Newell.«

Frank dachte einen Moment nach. »Das muss eine Neue sein.«

»Sie wohnt in Mandarin Cliffs.«

Frank zog die Braue hoch. Er rieb die Finger, als würde er Geld zählen.

»Sieht ganz so aus«, sagte Emily. »Wundervolles Haus. Verheiratet mit einem Fiesling.«

»Dem toten Fiesling?«

Den Kommentar beantwortete sie mit einem Aufschrei. »Nein, die Witwe ist unsere andere Kundin, die mit dem Lager. Becca und ich dürften es hinkriegen, beiden zu helfen, obwohl ich nicht recht weiß, warum diese Frau in Mandarin Cliffs sich überhaupt einbildet, unsere Hilfe nötig zu haben. Sie ist nicht gerade eine Messie. Denn wie *das* aussieht, das wissen wir aus eigener Erfahrung.«

Ohne auf den Seitenhieb einzugehen, sagte Frank: »Manchen Leuten fällt es wirklich schwer, Dinge loszulassen.« Vielleicht hatte er ihr wirklich *zugehört*, als sie ihm von ihren Kundinnen und deren Besitztümern erzählt hatte. »Aber diese Mrs Mandarin Cliffs zahlt euch das Geld, das ihr wert seid.«

»Richtig geraten. Ryan hat angedeutet, dass wir das Doppelte unseres üblichen Honorars in Rechnung stellen können.«

»Ihr seid das Doppelte wert. Wer arbeitet denn an einem Sonntagabend? Sind Nächte und Wochenenden jetzt das neue Normal?«

»Hör mal, ich sage dir auch nicht, wann du arbeiten und welche Beträge du deinen Klienten in Rechnung stellen sollst.«

»Hab's verstanden.« Er suchte die Papiere zusammen, die er über den Schreibtisch verstreut hatte.

»Ein neuer Fall?«

»Eine Hausbesitzerin, die wegen eines Rauchmelders klagt, der angeblich einen Kurzschluss hatte, woraufhin ihr Haus Feuer fing. Sie will keine große Abfindung. Nur die Ausgaben möchte sie ersetzt bekommen. Aber es könnte zu einer

Sammelklage führen, daher will man nichts riskieren.« Er nahm einen Schluck von seinem Kaffee. »Ich hätte nie gedacht, dass ich eines Tages Stromkreisschemata und Fehlerbaumanalysen lesen würde. Weißt du, was die häufigste Ursache für das Versagen eines Rauchmelders ist?« Er lächelte verschmitzt. »Dreck. Die Leute machen sie nicht sauber.« Er wandte sich ab und klappte seinen Laptop auf.

Emily empfand Mitleid mit der Hausbesitzerin. Frank würde sie wahrscheinlich im Zeugenstand zur Schnecke machen, da er für die Gesellschaft arbeitete, die die Geräte fertigte. Früher wäre er auf ihrer Seite gewesen, David gegen Goliath. Aber am Ende brachte einem die Befriedigung, dem Underdog einen Sieg zu bescheren, nur armselige fünfzigtausend Dollar im Jahr ein. Obwohl Frank es nicht zu vermissen schien, behauptete er, als Pflichtverteidiger gearbeitet zu haben, sei eine großartige Erfahrung gewesen, für Leute einzustehen, die sich nur allzu oft aus Unwissenheit und Impulsivität selbst in Schwierigkeiten gebracht hatten, wobei eine unüberlegte Entscheidung zu immer weiteren unüberlegten Entscheidungen führte. Emily fragte sich, ob sie und Becca nicht genau das bereits taten: Sie halfen Mrs Murphy, die Beute ihres Ehemanns loszuwerden, obwohl er wahrscheinlich auf höchst dubiose Weise an diese herangekommen war.

»Frage«, sagte sie. »Rein hypothetisch. Schließlich warst du einmal Strafverteidiger.«

»Oha.«

Frank schloss seinen Laptop.

»Einmal angenommen, ich helfe jemandem, sein Haus zu entrümpeln, und es stellt sich heraus, dass der Krempel, um den ich denjenigen erleichtere, der Person gar nicht gehört.«

Die Furchen zwischen seinen Brauen wurden tiefer. »Genauer.«

»Nehmen wir einfach an, ich befürchte, dass er oder sie einige Sachen, wie soll ich sagen, ausgeliehen hat ...«

»Ausgeliehen?«, fragte er ungläubig.

»Rein hypothetisch.«

Frank lächelte. »Mit anderen Worten, dass sie vermutlich gestohlen sind.«

»Wie gesagt, ich bin mir nicht sicher. Bin ich verpflichtet, meinen Verdacht der Polizei mitzuteilen?«

Frank dachte eine Weile nach. Das war eines der Dinge, die sie besonders an ihm schätzte. Wenn man zu einem juristischen Thema eine Frage hatte, dann schoss er nicht einfach aus der Hüfte.

»Nun, es ist ja kein Verbrechen, Zeuge eines Verbrechens zu werden«, sagte er schließlich. »Und wie es sich anhört, reden wir hier nicht von Kindesmisshandlung oder Mord, denn in einem solchen Fall wärst du verpflichtet, deinen Verdacht zu melden. So jedoch nicht. Du bist nicht gesetzlich verpflichtet, einen mutmaßlichen Dieb anzuzeigen. Dir selbst ist kein Vorwurf zu machen, es sei denn, du hilfst der Person, das Diebesgut beiseitezuschaffen. Das wäre dann eine Beihilfehandlung, dafür könntest du belangt werden. Aber nur weil du um die Existenz einer Sache weißt und den Verdacht hegst, dass es gestohlen ist? Das bringt dich nicht in Gefahr.«

Was für eine Erleichterung. »Was ist, wenn ich dem Kunden helfe, das Zeug zu verkaufen, von dem ich annehme, dass es gestohlen ist?«

»Dann ... ja dann wird es schon ernster. Dann könntest du der Hehlerei von Diebesgut bezichtigt werden, falls die Polizei dir nachweisen kann, dass du wusstest, dass es gestohlen ist. Was gar nicht so einfach ist.« Er machte eine Pause. »Über welche Kategorie von Wertgegenständen reden wir? Geht es um hunderte Dollars oder um tausende?«

»Ich das wichtig?«

»Ist es.«

»Im schlimmsten Fall?«

»Emily, ich finde es gar nicht gut, in welche Richtung sich dieses Gespräch entwickelt. Glaubst du wirklich, die Sachen da drin könnten gestohlen sein?« Er wirkte erstaunt. »Im schlimmsten Fall ist es ein Verbrechen, in die Veräußerung von Diebesgütern verwickelt zu sein, die zweihundertfünfzig Dollar oder mehr wert sind. Du könntest ins Gefängnis kommen.«

Ins Gefängnis zu gehen war nicht das Ziel gewesen, das Emily und Becca bei der Gründung ihrer Firma im Sinn gehabt hatten.

»Noch musst du dir keine Sorgen machen. Ich habe keine Ahnung, was es wert ist oder wie derjenige drangekommen ist. Bisher habe ich nur eins getan: Ich habe mir einen Teil der Sachen angesehen.«

»Um welche Sachen geht es denn da?«

»Bücher. Türknäufe.«

»Türknäufe?« Franks Gesicht erhellte sich.

»Kistenweise. Du würdest wahnsinnig werden. Und ...« Sie zögerte. War es ein Vertrauensmissbrauch, wenn sie ihm erzählte, was sie gefunden hatte?

»Geht es um Mandarin Cliffs?«

»Nein. Um unsere andere Kundin. Die Witwe mit dem Lager des verstorbenen Gatten.«

»Also dann würde ich vorerst nichts von dort mitnehmen. Wenn man etwas in seinen Besitz bringt, das ...«

»Mist«, entfuhr es Emily, als ihr die Dokumentenrolle einfiel.

»Hast du etwas mitgenommen?«, fragte Frank. Er klang erstaunt.

»Ganz unabsichtlich«, sagte Emily. »Ich hab's im Auto.«

»Und ist es wertvoll?«

»Keine Ahnung. Vielleicht. Ich sollte es sofort zurückbringen. Ich habe den Schlüssel …«

Sie versuchte sich zu erinnern, wo sie den Schlüssel hingetan hatte. Sie ging ihre Hosentaschen durch, bevor sie sich erinnerte, dass er ihr in Quinns Garage auf den Boden gefallen war. Quinn hatte ihn aufgehoben und in ihre Packtasche fallen lassen. »Ich fahre schnell …«

»Fahren? Das möchte ich doch bezweifeln. Wenn man dich anhält und du blasen musst, dann wäre es das gewesen.«

»Du hast etwas bemerkt?«

»Es ist ziemlich offensichtlich. Außerdem ist es schon spät. Niemand wird dich verhaften, weil du es über Nacht bei dir behältst.«

Emily musste nicht weiter überzeugt werden. Sie war erschöpft und ihr war immer noch schlecht.

»Und denk dran«, setzte Frank hinzu. »Ich war recht zurückhaltend in meiner Rechtsberatung. Wenn das, was sich in diesem Lager befindet, redlich und legal erworben wurde, dann kannst du weitermachen. Falls nicht, und wenn es eine bedeutende Summe wert ist, dann musst du dich schützen. Dafür hast du ja eine Versicherung. Und noch dazu hast du Glückliche einen kostenlosen Justiziar im Haus. Sollte es so weit kommen.« Frank nahm einen weiteren Schluck Kaffee. »Und danke hierfür. Ich muss noch ein paar Stunden dranhängen, ehe ich mich hinlegen kann. Ab ins Bett mit dir.«

»Vergiss nicht die Auktion«, sagte Emily.

»Werde ich nicht.« Er sah auf den Laptop. »Wenn es vorbei ist, komm ich hoch und deck dich zu.«

Oben zog Emily das kaffeefleckige T-Shirt und die Hosen aus und ließ sie auf dem Badezimmerboden liegen. Sie nahm eine kurze Dusche und zog ihr Nachthemd über. Beim Zähneputzen dachte sie erneut über das Lager nach und was sich wohl alles darin befand.

Müde Augen starrten sie im Spiegel an. Sie legte sich ins Bett und versuchte, den Kleiderschrank gar nicht zu beachten. Ein zugemüllter Kleiderschrank sah weitaus weniger schlimm aus als einer, der mitten im Aufräumprozess steckte. Und beim Thema unerledigte Dinge fiel ihr sofort ein, dass sie Becca Bescheid geben musste.

Sie holte ihr Handy heraus und begann zu schreiben:

Muss dich sprechen. Das mit Murphys Lager ist – ja, was war es? Emily schrieb weiter: *kompliziert. Ruf mich an, sobald du wach bist.*

Sie wartete auf die Bestätigung *Nachricht zugestellt.* Aber es kam nichts. Becca hatte ihr Telefon wahrscheinlich über Nacht ausgeschaltet. Emily schickte noch eine Nachricht.

Ruf mich gleich morgen früh an.

Sie wollte gerade ihr Handy ausschalten, als ein *Pling* eine Nachricht ankündigte. Nicht von Becca. Emily kannte die Nummer nicht, aber es war ihre Ortskennzahl.

PAYPAL: Mission beendet! xxx ooo

Was meinen Sie? Hätten Sie schon bald Zeit? Bitte bitte bitte! Cheers! 😈

Das klang nach Quinn Newell. Sie hatte offenbar die Vorauszahlung auf das Krempel-Kicker-Konto überwiesen, ein paar Umarmungen mitgeschickt und trank immer noch. Das war nicht der Beginn einer professionellen Beziehung. Aber was hatte Emily erwartet? Schließlich hatte sie viel zu viel von sich preisgegeben!

Emily schloss die Augen und versuchte, nicht daran zu denken, wie viele gruselige Einzelheiten über ihr Privatleben sie offengelegt hatte.

Emily schrieb eine Nachricht, von der sie hoffte, dass sie wie eine formale Antwort klang:

Wie besprochen freue ich mich auf unsere Zusammenarbeit. Weitere Einzelheiten nächste Woche. Emily L. Harlow (Stop-Motion-Krempel-Kicker)

»Hier«, sagte Frank von der Türschwelle aus. Er hatte ihren Lieblingsbecher in der Hand, einen grauen Steingutbecher mit aufgemalten lila Irisblüten. »Nicht alkoholisch.«

Der Duft von heißer Schokolade wehte zu ihr hinüber. Emily legte ihr Handy auf den Nachttisch. Seit Urzeiten hatte Frank keinen Kakao mehr für sie gekocht, das letzte Mal war schon einige Winter her. Damals hatten sie den drei Fuß hoch liegenden Schnee von der Auffahrt weggeschaufelt und die Motorblöcke der Autos, die der Wind mit Schneeverwehungen zugepackt hatte, wieder freigelegt. Warum genügte ein Blick auf Franks Krempel, dass sie vergaß, wie nett und fürsorglich er sein konnte?

»Hast du zu Abend gegessen?«, fragte Frank.

Hatte sie nicht, deshalb war ihr der Wein auch so sehr zu Kopf gestiegen. Frank reichte ihr den Becher. »Trink das. Das hilft dir beim Einschlafen«, sagte er.

Emily blies auf das Getränk und nahm einen Schluck. Dann noch einen. Half Kakao tatsächlich beim Einschlafen? Oder war das wieder eins von diesen Dingen, an die die Menschen fest glaubten, die aber eigentlich ein Mythos waren. Enthielt Schokolade nicht auch Koffein? Und hatte sie nicht die gleiche Wirkung wie Rotwein – sie machte einen schlagartig müde, aber zwei Stunden später war man wieder hellwach? Vielleicht waren Kakao und Schokolade aber auch zwei verschiedene Dinge – chemisch gesprochen. Oder …

Sie hielt inne. Sie war völlig überdreht im Kopf, stolperte von einem dummen Gedanken zum nächsten. Sie entspannte sich. »Danke dir. Das ist genau, was ich gebraucht habe.«

Frank nahm ihr Handy. »Dein Akku ist so gut wie leer. Soll ich es für dich einstöpseln?«

»Danke.« Emily sank zurück in die Kissen. »Mein Aufladegerät ist ...« Wo hatte sie es gelassen? »Ich denke, es ist in meiner Packtasche mit der Ausrüstung. Die könnte noch in der Küche stehen ... oder im Auto.«

Frank küsste sie auf den Kopf, machte das Licht aus und ging aus dem Zimmer.

Sie trank noch einen Schluck und atmete tief ein und aus. Sie schloss die Augen, versuchte, nicht an die vielen ungelösten Probleme zu denken, die dieser an Überraschungen so reiche Tag ihr beschert hatte. Die Exlibris des Middlebury College. Der Türknauf der Schulverwaltung. Die Rolle, die ins Lager zurückgebracht werden musste, und zwar dalli.

Mit einem Mal kippte ihr Kopf nach vorn. Sie nahm noch einen letzten Schluck, dann stellte sie den Becher auf den Nachttisch. Ihr war, als hätte sie nach Kakao schmeckenden Sand im Mund. Sie sollte aufstehen und sich nochmals die Zähne putzen und den Becher ausspülen. Aber sie hatte nicht die Kraft dazu.

Sie schloss die Augen. Die Warnung *AKKU FAST LEER* flackerte in ihrem Kopf auf, zusammen mit Teufelsemoticons. Das Netzteil anschließen. Das musste sie tun. Aber sie hatte kein Netzteil, und die Steckdose war ...

11
MONTAG

Gleich darauf, so kam es ihr vor, schien die Sonne ins Zimmer. Emily schlug blinzelnd die Augen auf. Sie hatte vergessen, die Läden zu schließen. Es war nach neun, und Franks Bettseite war verkrumpelt, aber leer. Sie schlief sonst nie sehr lang. Ihr Handy lag auf dem Nachttisch, ans Netzteil angeschlossen. Sie schaltete es ein.

Sie versuchte sich aufzusetzen, aber es gelang ihr gerade mal, die Ellbogen aufzustützen. Es fühlte sich an, als würde ein Fünfzig-Pfund-Gewicht in ihrem Schädel herumgeschleudert. Einen so schlimmen Kater hatte sie seit dem College nicht mehr gehabt.

Im Bad saß sie zusammengekrümmt auf der Toilette und versuchte, nicht ans Kotzen zu denken. Als sie – langsam – wieder aufstehen konnte, spritzte sie sich kaltes Wasser ins Gesicht und in den Nacken. Putzte sich die Zähne. Dann nahm sie zwei Aspirin, riss sich zusammen und ging unter die Dusche. Unter dem pulsierenden Duschstrahl wurde sie wieder klarer im Kopf.

Sie wickelte sich in ein Badehandtuch und tapste in ihr Büro. Es überraschte sie immer wieder aufs Neue, ihre Unterwäsche sauber zusammengerollt in der Schublade zu finden. Nicht mehr suchend darin herumwühlen zu müssen; jetzt war es, als pflückte man den einzigen Schokoladendonut von einem Tablett mit glasierten Donuts. So einfach war das. Es machte sie zwar nicht glücklich, aber es gab ihr eine heitere Gelassenheit. Ihr Fuß war immer noch zu sehr angeschwollen, um ihn in einen Sneaker zu schnüren, also zog sie ihre Crocs an.

Im Erdgeschoss angekommen, sah sie, dass Frank schon

zur Arbeit gegangen war. Er hatte ihr eine Tasse Kaffee hingestellt, aber das Einzige, was ihr Magen jetzt vertragen konnte, war schwacher Tee. Sie toastete ein Stück Brot, brachte aber nur die Hälfte davon hinunter. Nach Franks Warnung über die Risken beim Umgang mit Diebesgut wollte sie jetzt so schnell wie möglich zum Lager zurückfahren und die Rolle zurücklegen. Für das Schloss schnappte sie sich unter der Spüle eine WD-40-Sprühdose und verließ das Haus. Fünfzehn Minuten später kam sie bei Inner Peace Storage an.

Sie parkte vor dem Lager von Mrs Murphy und holte die Dokumentenrolle unter dem Sitz hervor. Das eine Ende der Rolle war mit einer dünnen Schicht schwarzen Schimmels überzogen, den Emily an ihrer Hose abstreifte. Seit der Gründung von Krempel-Kicker war sie Schimmel gegenüber sehr viel toleranter geworden. Als sie der Rolle den letzten Schliff gab, löste sich die Plastikkappe und fiel zu Boden. Als Emily die Kappe wieder aufsetzen wollte, las sie das handgeschriebene Etikett der Rolle. *WILLIAM ALEXANDER KARTE DES NORDOSTENS*.

Warum sollte sie nicht wenigstens nachsehen, was darin war? Sie ließ das Dokument herausgleiten und strich es überm Lenkrad flach. Die Karte war etwa 30 mal 45 Zentimeter groß. Das Papier war dick, wirkte eher wie Pergament als wie Zeitungspapier, und es war leicht gegilbt. In einer eleganten geschwungenen Handschrift waren die Worte *Neufrankreich* quer über die höchsten Landmassen geschrieben. Darunter *Neuschottland*. Und über einer großen Wasserfläche *Golf von Kanada*. Ein verzierter Kompass nahm die untere Ecke ein.

Emily war zwar keine Expertin, aber alt wirkte diese Karte auf alle Fälle. Es war eine Gravur oder eine Radierung, den genauen Unterschied kannte Emily gar nicht. Jedenfalls war sie in hervorragendem Zustand, hatte keine Tränen und keine Stockflecken. Emily nahm ihr Smartphone und googelte die Wörter, die auf dem Etikett standen. Ihr wurde ein Link zu einem Auktionshaus angezeigt, das im Jahr 2012 eine auf den ersten Blick identische Landkarte angeboten hatte. Laut der Beschreibung war sie 1624 in London publiziert worden. In »exzellentem Zustand« hatte sie einen Schätzwert von ... Emily traute ihren Augen nicht ... – *12 000 $*. Sollte die Landkarte, die vor ihr lag, so wertvoll sein, und sollte es sich um eine inoffizielle Dauerleihgabe handeln, würden sie und Becca sich der Hehlerei schuldig machen. Behutsam rollte Emily die Landkarte zusammen, steckte sie wieder in die Rolle und konnte es fast nicht erwarten, sie zurück ins Regal zu legen. Sie stieg aus dem Auto und kramte in ihrer Tasche nach dem Schlüssel. Als sie ihn nicht fand, setzte sie sich auf den Boden und schüttete kurzerhand den gesamten Tascheninhalt aus. Beim Durchwühlen der Ausrüstung machte das Entrostungsspray sich selbstständig und rollte davon. Endlich fand sie den Schlüssel, er hatte sich im Futter verfangen. Doch gerade als sie ihn benutzen wollte, bemerkte sie, dass das Vorhängeschloss, an das sie sich noch vage erinnerte, nicht mehr da war. Das Schloss, das jetzt dort hing, war rund und nicht eckig, messingfarben und nicht silbern; und es hatte keine mit Nagellack aufgemalte Nummer.

Einen kurzen Augenblick fragte sie sich, ob sie zum falschen Lager gegangen war. Sie trat einen Schritt zurück – 216 linker Hand, 218 rechter Hand.

Während sie nachdachte, was sie als Nächstes tun sollte, fuhr ein Wagen der Security auf sie zu. Sie konnte den Wachmann anhalten und ihm den Austausch des Schlosses melden. Dann würde sie ihm aber auch erklären müssen, dass sie nicht die Besitzerin war, dass der Besitzer verstorben war, und dass sie für dessen Frau arbeitete, die die Rechnungen für das Lager geerbt hatte. Wie er darauf reagieren würde, konnte sie sich ausmalen. Wahrscheinlich würde er sie mit hochgezogenen Augenbrauen fragen, ob sie nachweisen könne, dass sie ein Recht hatte, hier zu sein, aber sie hatte keine unterschriebene Erklärung, dass sie in Mrs Murphys Auftrag tätig war, nichts Schriftliches, mit dem sie beweisen konnte, dass Mrs Murphy die rechtmäßige Besitzerin dieses Lagers war.

Der Wagen fuhr im Schneckentempo vorbei, während Emily ihre Habseligkeiten wieder zurück in die Tasche stopfte. Sie griff nach der Sprühdose und packte sie dazu. Ein kurzer Blick zur Seite bestätigte ihr, dass es derselbe Wächter war, den sie schon tags zuvor gesehen hatte. Er nickte ihr zu und Emily nickte zurück. Ihre Schultern verkrampften sich, bis er vorbeigefahren war.

Was um Himmels willen sollte sie jetzt tun? Sie bekam das Vorhängeschloss nicht auf und konnte nicht mit ihrer Inventur fortfahren. Außerdem war sie jetzt im Besitz einer antiken Landkarte, die womöglich Tausende von Dollar wert war.

Emily setzte sich wieder ins Auto, warf ihre Packtasche und die Dokumentenrolle auf den Rücksitz, schlug mit der flachen Hand aufs Steuer und rief Becca an.

»Schön, dich zu hören!«, sagte Becca. »Ich wollte dich gerade anrufen. Was ist denn los? Was meinst du mit, ›es ist kompliziert‹?«

Emily antwortete: »Damit meine ich, dass die Bücher in diesem Lager möglicherweise aus Bibliotheken stammen.«

»Aus Bibliotheken«, sagte Becca. »Ausgeliehen aus Bibliotheken?«

»Im besten Fall.«

»Oha.«

»Genau. Immerhin habe ich eine Unzahl von Bildern gemacht. Sobald wir wieder ins Lager reinkönnen, werden wir dann auch sagen können, ob irgendwas ...«

»Moment mal. Ich dachte, du bist schon drin.«

»War ich. Gestern Abend. Aber gerade bin ich nicht mehr reingekommen. Jemand hat das Schloss ausgetauscht.«

»Jemand? Aber wer denn? Und wie vor allem? Mrs Murphy hat gesagt, es gäbe nur einen Schlüssel.«

»Bis diese Rechnung kam, wusste sie ja noch nicht mal, dass dieses Lager überhaupt existiert. Es könnte noch jemand einen Schlüssel haben. Einer von den Wachmännern erzählte mir gestern, er habe eine Frau gesehen, die das Lager betreten und auch wieder verlassen hat.«

»Mrs Murphy?«

»Eher unwahrscheinlich. Er dachte, ich sei es gewesen.«

Stille am anderen Ende. Dann ein Seufzen. »Mrs Murphy wird der Schlag treffen. Aber je schneller sie davon erfährt, desto besser. Kannst du dich dort mit mir treffen?«

»Die Familie hat Feierabend?«

»Die können auch mal eine Stunde ohne mich auskommen.« Im Hintergrund hörte Emily einen Hund jaulen. »Meine Schwägerin und meine Tante sind noch hier. Sie können ja zusammen auf die kleinen Biester aufpassen. Ich rufe Mrs Murphy an und erzähle ihr, es sei etwas dazwischengekommen und wir müssten sie sofort sehen.«

Emily seufzte vor Erleichterung. Sie war so glücklich, nicht allein mit dem Ganzen klarkommen zu müssen. »Danke dir.«

»Wofür?«

»Dafür, dass du so ruhig und kompetent bist. Dass du nicht gleich ausrastest, wenn die Dinge nicht nach Plan laufen.«

»Das tut es doch nie. Wenn wir wieder da reingehen, dann brauchen wir jemanden, der sich mit Büchern auskennt und uns erklären kann, womit wir es hier zu tun haben. Normalerweise würde ich einen Buchhändler anrufen. Aber wie es sich anhört, brauchen wir erst mal eine informelle, vertrauliche Einschätzung, in was wir da hineingeraten sind. Von jemandem, den wir kennen. Persönlich kennen.«

Becca spielte selbstverständlich auf Emilys Mutter an. Lila Laubenstein hatte jahrelang die Sondersammlungen der Bibliothek der Auburg Design School betreut. Sie wüsste, wie man mit der William-Alexander-Landkarte zu verfahren hätte. Ob es ein Original oder eine Kopie war. Außerdem könnte sie auf einen Blick erfassen, ob Mr Murphys beschädigte Bücher restauriert werden könnten und ob es sich um Bibliotheksexemplare handelte.

Sobald Emily das Gespräch mit Becca beendet hatte, rief sie ihre Mutter an. Lila Laubenstein meldete sich nach dem zweiten Klingelton mit einem heiteren »Hallo, mein Schatz. Ist alles in Ordnung?«. Lila registrierte sehr genau jede Änderung in der Routine, und ein morgendlicher Anruf von Emily war ungewöhnlich.

»Wir brauchen deine Expertise«, sagte Emily.

»Wir?«

»Becca und ich. Für eine Kundin.«

»Natürlich.« Emily hörte im Hintergrund den Brummbass ihres Vaters. »Es ist Emmy«, sagte ihre Mutter. Dann zu Emily: »Dein Vater grüßt dich.« Noch mehr Gegrummel. »Ist ja schon gut! Ich gehe mit dem Telefon nach draußen.« Wieder zu Emily. »Dein Vater macht gerade sein Kreuzworträtsel, und du weißt ja, wie er dann ist.«

Nur zu gut. Bert Laubenstein war ein Gewohnheitstier, er saß jetzt bestimmt mit dem Morgenkaffee bequem in seinem Sessel und war in drei Zeitungen vertieft. Er würde von den Sportnachrichten zu den Comics wechseln und dann zur Rätselseite, und die Zeit stoppen, die er zur Lösung brauchte. Kreuzworträtsel, Sudokus, Akrosticha. Seit Jahrzehnten befand er sich im Wettlauf gegen sich selbst.

Lila hatte sich nie etwas aus Rätseln gemacht, aber sie unterstützte ihn. In den Wartezimmern von Arztpraxen riss sie immer die Rätselseiten aus den Zeitschriften heraus und brachte sie ihm mit.

»So«, sagte Lila eine Minute später. »Ich bin jetzt auf dem Balkon. Es ist ein herrlicher Tag. Der Nebel hat sich gelichtet. Und du bittest mich um Hilfe. Was könnte eine Mutter sich Besseres wünschen?« Sie kicherte. »Um welchen meiner zahllosen Kompetenzbereiche geht es denn?«

»Wir helfen einer Frau mit einer Sammlung, die sie von ihrem Mann geerbt hat. Einige der Bücher und Drucke sind in schlechtem Zustand. Moder. Schimmel. Wir versuchen herauszufinden, welche Bücher man retten sollte und wie viele von ihnen Bibliothekskopien sind.«

»Das sollte nicht so schwer herauszufinden sein. Bibliotheken kennzeichnen ihre ausgesonderten Bücher. Schlaue Buchhändler wissen, wie man das vertuschen kann, aber ich sehe das normalerweise auf einen Blick.«

»Ich weiß, ich weiß. Deshalb habe ich dich ja angerufen. Es sind auch eine ganze Menge Dokumente dabei. Die meisten sind in Rollen gelagert, und ich denke, sie befinden sich in einem guten Zustand.« Emily zögerte, dann sagte sie: »Es ist auch eine Landkarte darunter. Ich habe gleich mal gegoogelt und im Internet eine gefunden, die genauso aussieht. Auf einer Auktion wurde sie auf zwölftausend Dollar geschätzt.«

»Zwölf*tausend*? Keine Bibliothek, die etwas auf sich hält, würde eine Zwölftausend-Dollar-Landkarte aussortieren. Hast du nach einem Bibliotheksstempel geschaut? Er ist entweder aufgeprägt oder aufgedruckt, wahrscheinlich ganz am Rand.«

Emily öffnete die Rolle und ließ erneut die Landkarte herausgleiten. Genau, den rechten Rand überlappend gab es einen ovalen Stempel in schwarzer Tinte. Innerhalb des

Ovals stand zu lesen *EIGENTUM DER BLAINE FREE LIBRARY.*
»Blaine Free Library«, sagte Emily laut.

»Die Blaine Library«, sagte Lila. »Die ist in Maine. Bleib dran. Ich muss auf meinem Computer nachschauen.« Emily hörte, wie die Balkontür auf- und wieder zugeschoben wurde. Sie sah es vor sich, wie ihre Mutter durchs Wohnzimmer ging und dann den Flur hinunter ins Gästezimmer, das sie auch als Büro benutzte. Eine Minute später hörte sie sie tippen. Und dann: »Genau. Privatbibliothek. Gegründet in den Dreißigern. Gebäude von Richardson mit einer Sammlung edler Bücher und Drucke. Und sie haben einen Fonds, mit dessen Hilfe sie der örtlichen Bevölkerung dauerhaft als Bibliothek zur Verfügung gestellt ist. Ich wette, das ist ein wunderbarer Ort zum Arbeiten. Keine politischen Querelen.«

»Es gibt immer politische Querelen, sobald zwei von deiner Sorte zusammenkommen«, sagte Emily.

»Seit wann bist du so klug?«

»Google das mal«, sagte Emily. »Würde mich interessieren, ob du zu derselben Schlussfolgerung kommst wie ich.« Sie las ihrer Mutter das Etikett vor. *»WILLIAM ALEXANDER LANDKARTE DES NORDOSTENS.«*

Emily hörte Lilas Tastatur klappern. »Diese Landkarte ... o mein Gott.« Lila schwieg so lange, dass Emily sich fragte, was sie gerade dachte. Doch bevor sie fragen konnte, fuhr Lila fort: »Ich muss es mir selbst ansehen, um sicher sein zu können, aber das ist offenbar eine Seite aus einer vierbändigen Sammlung illustrierter Reisegeschichten. *Die Pilgerfahrt.* Veröffentlicht im Jahre 1625. Es würde mich überhaupt nicht wundern, wenn das Exemplar, das du online entdeckt hast, weit mehr als zwölftausend Dollar wert wäre. Die Landkarte ist zwar eine Reproduktion, aber wenn es sich wirklich um diese Ausgabe handelt ...«, noch mehr Klicken, dann sagte Lila: »Ich schaue mir gerade den Blaine-

Katalog an. Ihre Spezialsammlungen. Hier gibt es eine vierbändige Ausgabe. Laut ihren Angaben steht das Buch, in dem sich diese Landkarte befinden sollte, dort im Regal.«

»Dann lautet die Frage …«, fing Emily an.

»Ob in ihrer Ausgabe eine Seite fehlt. Wir müssten hingehen und nachschauen.«

»Selbstverständlich. Und das ist erst das erste Dokument, das ich mir angesehen habe. Es gibt Dutzende weiterer Exemplare. Möchtest du herkommen und uns unter die Arme greifen?«

»Den Weg können wir uns sparen, Emily, wir brauchen nur anzurufen. Boston ist voll von Experten für antiquarische Bücher. Ich bin mir sicher, es gibt da Leute, die uns bereitwillig einen Rat erteilen, vor allem falls dein Kunde übers Verkaufen nachdenkt.«

»Du bist fachlich so sattelfest, dir kann kaum jemand das Wasser reichen. Und Mrs Murphy wird dich mögen. Sie wird dir vertrauen.«

»Na ja, dein Vertrauensbekenntnis ehrt mich ja, aber meine Augen sind nicht mehr so scharf wie früher, und mein Rücken …«

»Quatsch.«

»Hör auf zu fluchen.«

»Papperlapapp.«

»Also …«

»Gib es doch zu, du würdest liebend gern dabei sein und als Allererste herausfinden, um was es sich da handelt.«

»Moder? Schimmel?«

»Ich habe einen endlosen Vorrat an Atemschutzmasken.«

»Prima.«

»Dann kommst du, ja?«

Lila lachte. »Du hast genau gewusst, dass man mich mit nichts so gut ködern kann wie mit alten Büchern. Aber heute Nachmittag spiele ich Bridge.«

»Dann morgen. Das reicht auch. Danke. Ich beziehe schon mal das Bett im Gästezimmer.«

»Bitte grüß Frank von mir. Sag ihm, ich freue mich, ihn zu sehen«, verabschiedete sich Lila und ließ ihr unverkennbares Lachen erklingen.

12

»Aha, ich hätte die Damen gar nicht so früh wieder zurückerwartet«, sagte Mrs Murphy eine Stunde später. Sonderlich erstaunt über ihre Rückkehr wirkte sie dennoch nicht, und dass sie ihnen keine Tea-Sandwiches anbieten konnte, weil ihr Besuch so unerwartet kam, schien sie weitaus mehr zu beschäftigen. Emily spürte immer noch die Auswirkungen des gestrigen Abends und war froh, nichts essen zu müssen.

Die Wohnzimmereinrichtung ließ keinen Rückschluss darauf zu, dass der Hausherr wertvolle alte Bücher und Drucke gesammelt hatte. In dem einzigen kleinen Bücherregal standen Taschenbücher, vorwiegend Liebesromane und Krimis. Und an Kunst gab es nur mit heiteren Aphorismen bedruckte Tafeln wie etwa: *ACHTE DAS GESTERN, LEBE HEUTE, TRÄUME MORGEN*. Und: *LEBE GUT, LACHE OFT, LIEBE VIEL*, die eher aus einem Dekoladen als von einem Antiquitätenhändler stammten.

Becca sagte: »Wir wollten Ihnen nur mitteilen, was wir im Lager Ihres Mannes gefunden haben.«

»Um Gottes willen. Ich hoffe, nichts Gruseliges«, sagte Mrs Murphy mit einem unsicheren Lachen, »oder Beschämendes.«

»Nichts in der Art«, sagte Becca. Sie gab mit einem Blick das Wort an Emily weiter.

»Ich bin gestern in dem Lager gewesen«, sagte Emily. »Es ist mit allerhand Zeug vollgestellt. Mit Büchern. Drucken. Türknäufen.«

Darüber musste Mrs Murphy lächeln. »Murphy war ein großer Liebhaber alter Gerätschaften. Sein Vater war im Baugewerbe tätig.« Sie schaute zu dem Bild ihres Mannes auf dem Klavier hinüber. Emily folgte ihrem Blick und war eher erstaunt, wie distinguiert Mr Murphy mit seinem dicken weißen Haar und den dunklen Augen wirkte, eher wie der Sohn eines Filmhelden als der eines Bauunternehmers. »Er erzählte, immer wenn Big Charlie an einem alten Haus arbeitete, brachte er allen möglichen Krimskrams nach Hause, wie etwa Türknäufe und Scharniere. Einmal kam er mit einer Gartenstatue der Jungfrau Maria an. Sie nannten sie *Unsere Liebe Frau vom Badezuber*. Er wollte sie in den Garten hinterm Haus stellen, aber Kathleen war strikt dagegen. Und ein anderes Mal schleppte er sogar ein Buntglasfenster an. Das durfte er in die Haustür einbauen. Aber das meiste, was er mit nach Hause nahm, blieb in der Werkstatt.« Ihre Augen füllten sich mit Tränen. »Ich hatte keine Ahnung, dass Murphy irgendetwas davon aufbewahrt hat, aber damals interessierte ich mich nicht dafür, und es ist mir nie in den Sinn gekommen, ihn danach zu fragen.«

Es klang sehr plausibel, dass Murph den alten Kram seines Vaters direkt eingelagert hatte. Im eigenen Haus hatte er ganz gewiss keine ausgesuchten antiken Beschläge verbaut. Die Knäufe der Küchentüren und Schränke waren aus gewöhnlichem Edelstahl.

»Es gibt dort eine recht umfangreiche Büchersammlung«, sagte Emily, nahm ihr Smartphone und zeigte Mrs Murphy einige der Fotoaufnahmen. »Sie sind in einem prekären Zustand. Offenbar hat die Raumklimaanlage versagt. Moder und Schimmel haben dem Papier gehörig zugesetzt. Aber es gibt auch Dokumente wie dieses hier.« Sie zeigte Mrs Murphy die Rolle mit der »Landkarte des Nordostens«, die sie mitgenommen hatte, öffnete sie, holte die Landkarte heraus und breitete sie auseinander. »Sehen Sie, diese ist in einem hervorragenden Zustand.«

Mrs Murphy saß einfach nur da und sah sie verdutzt an.

»Dass Murphy ein Faible für alte Bücher und Landkarten hatte, wusste ich natürlich. Aber dass er sie sammelt, davon hatte ich keine Ahnung.«

Emily setzte nicht hinzu, *Oder dass er sie in einem geheimen Lager aufbewahrt.*

»Die Eisenbeschläge dürften leicht zu verkaufen sein. Leute, die alte Gebäude renovieren«, sagte Emily, »werden Schlange stehen und sie Ihnen aus den Händen reißen. Einige der Bücher sind wahrscheinlich noch zu retten. Und die Karten sind bestimmt von beträchtlichem Wert. Das Problem ist eher die Herkunft.«

»Die Herkunft?« Mrs Murphy setzte sich auf und sah sich die Karte genauer an. Dann blickte sie über den Tisch zu Emily.

»Es geht darum, wie Ihr Ehemann sie erworben hat. Wem sie zuvor gehört haben.«

Emily deutete auf den Bibliotheksstempel in der unteren Ecke der Landkarte. »Dieser Stempel. Das ist der Stempel der Blaine-Bibliothek.«

Mrs Murphys Blick ging ins Leere, und ihre Augen weiteten sich. »In Portland?«

Emily nickte.

»Murph und ich waren dort schon mal. Öfters, ich erinnere mich genau. Er ging sehr gern in Bibliotheken.«

Emily war sehr unwohl bei dem, was sie jetzt sagen musste, aber sie gab sich einen Ruck. »Es tut mir leid, dass ich Ihnen das sagen muss, aber das Buch, aus dem diese Landkarte stammt, befindet sich immer noch in deren Sammlung.«

Mrs Murphy blinzelte. Mit gerunzelter Stirn senkte sie den Kopf und starrte auf die Landkarte. Es dauerte einen Moment, bis sie die Anspielung begriffen hatte. »Er hat sie der Bibliothek wahrscheinlich abgekauft. Oder einem vertrauenswürdigen Händler. Ich kann mir nicht vorstellen ... Mein Mann würde niemals ...«

»Dies könnte der einzige gleichgelagerte Fall sein«, sagte Emily. »Aber ich habe auch eine Schachtel voller Exlibris gefunden und Fälligkeitszettel, die aus Bibliotheksbänden entfernt wurden.«

Mrs Murphy richtete sich wieder auf. »Wollen Sie hiermit andeuten, mein Mann habe Bibliotheken bestohlen?«

»Ich sagte, dass die Herkunft ein Problem ist«, erwiderte Emily. »Wer weiß, vielleicht wurden die Bücher ausrangiert. Vielleicht gehören die Dokumente in einen anderen Besitz und Ihr Mann hat sie nur vorübergehend gelagert. Wir werden Zeit brauchen, um das alles herauszufinden. Was uns zu einem weiteren Problem führt.« Emily machte eine Pause. »Als ich heute Morgen versuchte, das Lager zu betreten, musste ich feststellen, dass in der Nacht jemand dort gewesen ist und das Schloss ausgetauscht hat.«

»Das Schloss?« Mrs Murphy sah verwirrt aus. Ihr Blick ging beständig zwischen Becca und Emily hin und her.

Becca fragte ganz ruhig: »Haben Sie eine Idee, wer das gewesen sein könnte?«

»Wie in drei Teufels Namen soll ich das wissen?« Mrs Murphy saugte die Wangen ein und schüttelte den Kopf. »Ich bin ja noch nie dort gewesen. Und jetzt erzählen Sie mir, dass lauter Bücher aus Bibliotheken und gestohlene Landkarten darin sind, und dass jemand dort eingebrochen hat.«

»Wir können nicht sicher sagen, ob etwas gestohlen wurde oder ob jemand eingebrochen hat«, sagte Becca und forderte Emily mit einem Blick auf, weiterzusprechen.

Emily sagte: »Tatsache ist, dass der Wachmann, dem ich zufällig dort begegnet bin, mir erzählt hat, er habe hin und wieder eine Person das Lager aufsperren sehen.«

»Das wird wohl Murph gewesen sein«, sagte Mrs Murphy.

»Kürzlich. Innerhalb der letzten Monate. Und er sagte, es sei eine Frau gewesen.«

Mrs Murphy schluckte schwer. »Eine Frau?« Sie wollte

offenbar noch etwas anderes sagen, stutzte dann aber. Als sie sich wieder gefasst hatte, fragte sie: »Was genau wollen Sie damit eigentlich unterstellen? Dass mein Charlie ein gemeiner Dieb war? Und dass er noch dazu irgendwelche Schandtaten vollbracht hat, mit irgendeinem … Flittchen?«

»Niemand hat so etwas unterstellt …«, fing Emily an.

»Und ob Sie das tun!« Nach einem frostigen Schweigen setzte Mrs Murphy hinzu: »Das könnte er nicht. Das würde er niemals tun.«

»Ich verstehe, dass das sehr verwirrend für Sie ist und dass Sie aufgebracht sind«, Becca schenkte Mrs Murphy ihr mitfühlendstes Lächeln. »Sie sagten, bevor Sie die Rechnung zu Gesicht bekamen, hätten Sie nichts von einem Lager gewusst. Dann ist es doch auch möglich, nicht wahr, dass die Bücher und Drucke gar nicht Ihrem Mann gehören? Vielleicht hat er ja die Besitztümer eines anderen aufbewahrt. Eines Bruders oder einer Schwester …«

»Murph war Einzelkind«, sagte Mrs Murphy.

»Dann vielleicht von jemandem, mit dem er zusammengearbeitet hat?«

Mrs Murphy verschränkte die Arme und blickte mit versteinerter Miene vor sich.

»Er war im Ruhestand.«

»Ein Freund?«, versuchte Becca es erneut.

»Einer unserer Freunde? Das möchte ich doch sehr bezweifeln.« Mrs Murphy presste die Lippen aufeinander und schüttelte den Kopf.

»Tatsache ist dennoch, dass gestern«, sagte Becca, »nachdem wir das Lager verlassen und abgeschlossen hatten, jemand vorbeigekommen ist und das Vorhängeschloss ausgetauscht hat. Und jetzt kommen wir nicht mehr hinein.«

Mrs Murphy schien gar nicht zuzuhören. Sie starrte vor sich hin. Dann wurde sie ärgerlich, wandte sich zu Becca um und sagte mit fester Stimme: »Woher soll ich denn wissen, ob die ganze Geschichte mit dem Vorhängeschloss nicht nur irgendeinen Schwindel deckt? Woher soll ich wissen, ob Charlies Sachen immer noch da drin sind? Alles andere ergibt doch gar keinen Sinn, oder?« Ihr Kinn zitterte.

Emily war sprachlos. Niemand hatte auch nur einen Moment an ihrer Integrität gezweifelt. Ehe sie antworten konnte, sagte Becca ruhig: »Ich kann nachvollziehen, wie Sie auf diesen Gedanken kommen. Und ich stimme Ihnen zu, es ergibt keinen großen Sinn. Ich kann Ihnen lediglich versichern, dass wir nichts getan haben, worum Sie uns nicht ausdrücklich gebeten haben. Jetzt sind wir hier, weil wir wissen müssen, wie Sie sich das vorstellen und was wir als Nächstes tun sollen.«

»Was Sie als Nächstes tun sollen?« Mrs Murphy fegte die Karte vom Tisch. Emily fing sie auf. Mrs Murphy saß auf der Sofakante und rang die Hände, als Emily die Karte vorsichtig in die Rolle zurücksteckte. »Er hätte es Ihnen erklären können«, sagte sie. »Er wüsste, was als Nächstes getan werden muss.« Sie stand auf und stellt sich vor den zurückgeklappten Lehnstuhl ihres Mannes. »Aber leider kann ich ihn nicht fragen, was um Himmels willen er mit diesem Lager im Sinn hatte. Wozu er diese Bücher und Landkarten und sonst was brauchte. Und warum er sie vor mir versteckt hat.« Sie nahm ein Taschentuch und putzte sich die Nase. »Und warum er den Arzttermin einen Tag vor seinem Tod abgesagt hat. Sagte, er hätte eine Magenverstimmung. Eine Magenverstimmung?« Sie tupfte sich mit dem Taschentuch die Augen. »Ihn kann ich nicht mehr fragen. Im einen Moment war er noch da und im nächsten schon ist er weg.« Die Schultern hochgezogen, ließ sie sich tief in den Lesesessel sinken. »O Charlie. Das kann einfach nicht sein. Es ist nicht fair. Es ist wirklich nicht fair. Was soll ich jetzt tun?« Sie sah Becca klagend an. »Sagen Sie es mir, was soll ich jetzt tun?«

13

»Die Arme. Ich kann ihr das so gut nachfühlen«, sagte Becca später, als sie mit Emily vor Mrs Murphys Haus stand. »Sie befindet sich noch mitten im Trauerprozess, das ist offensichtlich. Seit über einem Jahr versucht sie, seinen Tod zu leugnen. Als Nächstes kommt wahrscheinlich die Wut. Ich denke, bis zu einem gewissen Grad ist ihr das sogar alles bewusst, diese heftige Wut ist ein Schritt nach vorn. Vielleicht hat sie uns deshalb am Ende nicht einfach nur zum Teufel geschickt.«

Emily öffnete die Autotür und warf die Dokumentenrolle auf den Beifahrersitz. Es hatte sie ebenfalls überrascht, dass Mrs Murphy schließlich doch bereit war, mit ihnen weiterzuarbeiten. Sie redete schon davon, Nachforschungen anzustellen, was sich in dem Lager befand, und alles zurückzugeben, was nicht auf grundehrlichem Weg erworben wurde. Bevor sie gingen, rief Mrs Murphy bei Inner Peace Storage an. Es gelang ihr halbwegs, die Situation zu erklären, dann brach sie wieder zusammen.

Becca übernahm das Gespräch. Sie teilte dem Geschäftsführer mit, dass im Übrigen schon vor einiger Zeit auch die Klimakontrolle im Lager ausgefallen sei. »Da ist überall Moder und Schimmel. Sehr gesundheitsschädlich. Verheerend für die wertvollen Bücher und Drucke, die darin gelagert sind. Das sind nicht gerade Bedingungen, wie Sie sie in Ihrer Reklame anpreisen.« Dieses Argument brachte Tempo ins Gespräch.

Am Ende versprach der Manager, Nachforschungen anzustellen und sich einen Termin freizuhalten, damit sie sich so bald wie möglich treffen und das Lager aufbrechen konnten. Vielleicht sogar schon morgen.

Beccas Blick wanderte zu dem unordentlichen Vorgarten der Murphys. »Warum nur haben Männer immer so viele Geheimnisse?«, sagte sie. »Glaubst du nicht, du würdest es mitkriegen, wenn Frank irgendwo ein geheimes vollgestopftes Lager hätte?«

Emily lachte. Wozu bräuchte Frank ein Lager, er konnte seine »Sammlung« doch bis in den Keller, auf den Speicher und in die Garage ausweiten?

»Viele Menschen haben Geheimnisse vor ihren Ehepartnern«, sagte Becca. »Kleine und große.«

Sollte Frank ein geheimes Lager haben, dann hätte Emily, genau wie Mrs Murphy, keine Möglichkeit, das in Erfahrung zu bringen. Sie und Frank hatten getrennte Konten. Franks persönliche Rechnungen gingen an seine Kanzlei. Und bei den vielen Überstunden, die er dort machte, bei den vielen Sportveranstaltungen, an denen er teilnahm oder die er sich gemeinsam mit seinem Freund im Fernsehen ansah, könnte er locker ein komplettes zweites Leben haben.

»Keiner rechnet damit, plötzlich tot umzufallen«, sagte Becca. »Verdauungsstörungen am Tag davor? Das war wahrscheinlich der Beginn eines Herzinfarkts.«

»Und trotzdem«, sagte Emily, »es wäre schön gewesen, wenn er hinter sich aufgeräumt hätte, bevor er den Löffel abgegeben hat. Er hat ihr ein großes Durcheinander hinterlassen, mit dem sie sich jetzt rumschlagen muss.« Sie begann ins Auto einzusteigen.

»Warte mal«, sagte Becca. Sie sah auf ihre Uhr. »Ich muss zurück. Die Kiddies malen jetzt wahrscheinlich gerade die Küchenwände mit Erdnussbutter an. Aber erzähl mir kurz, was es Neues bei unserer anderen Kundin gibt. Wie ist es gelaufen?«

»Quinn Newell«, sagte Emily.

»Ich hoffe doch sehr, ihr Mann sammelt keine Türknäufe.«

Nein, Quinn Newells Problem war, dass sie sich einen selbstsüchtigen Mistkerl geangelt und ihn geheiratet hatte. »Er ist ein Sammler, das schon. Sammelt alte Reklameschilder. Aber sie will eine Garage entrümpeln, die mit Plüschtieren und Möbeln aus den Vierzigern vollsteht.«

»*Seine* Plüschtiere?«

»Ihre. Nach der Hochzeit wollte er nicht, dass sie ihre Sachen in *sein* Haus bringt. Jetzt sind drei Jahre vergangen, und sie ist bereit, ihnen den Abschiedskuss zu geben.«

Becca blinzelte, das musste sie erst mal verdauen. »Klingt, als sollte sie besser *ihm* den Abschiedskuss geben.«

»Das dachte ich mir auch. Aber es ist genau, wie du immer sagst: Wir sind keine Eheberaterinnen«, sagte Emily.

»Und keine Scheidungsanwältinnen«, sagte Becca. »Du denkst also, der Ehemann könnte zum Problem werden.«

Das Loch in der Wand. Quinns blaues Auge. Emily hatte wieder dieses mulmige Gefühl, das sie schon am Vorabend befallen hatte. »Ich denke, es war eine große Sache für sie, uns um Hilfe zu bitten. Ich gehe lieber nur dann hin, wenn er nicht zu Hause ist.«

»Shit«, sagte Becca kaum hörbar. »Und ich war so optimistisch.« Eine Garage ausmisten, das hörte sich nach einem hübschen kleinen Projekt an, mit einem klaren Anfang und einem klaren Ende.

»Das ist es ja eigentlich auch, nur dass mittendrin immer so schwere Gefühle dabei hochkommen«, sagte Emily.

»Das ist klar. Nur würde man doch meinen, ein Lager wie dieses sei eher ein überschaubares Projekt. Es ist weit weg vom Haus.« Beim Anblick von Mr Murphys Haus zuckte Becca kurz zusammen, und Emily drehte sich neugierig um. An einer Ecke des Fensters fiel ein Vorhang herunter. »Und dieser Ehemann ist weg vom Fenster.«

Als Emily später am Nachmittag nach Hause kam, bastelte sie an ihrem Kleiderschrank weiter, bohrte Löcher für die Dübel und brachte die Halterungen der Regalbretter und Stangen an. Von den einzelnen Schritten machte sie Fotos. Bei dieser Arbeit musste man nicht nachdenken, und zum Schluss war es so befriedigend, den Kleiderschrankboden auszusaugen, einen Schritt zurückzutreten und das Ergebnis zu betrachten. Diese geordnete Leere war beruhigend.

Um alles einzuräumen, benötigte sie eine weitere Stunde. Die Sommergarderobe kam an einen anderen Platz als die Winterkleider. An einer Stange über den Hosen und Röcken hingen die Oberteile. Emily hatte sich sogar die Mühe gemacht, sie nach Farben zu sortieren, einfach weil es (sagte sie sich) fotografisch mehr hermachte. Danach ging sie in ihr Büro, um die Fotos hochzuladen. Sie war gerade damit fertig, als sie Frank heimkommen hörte. Gleich darauf stand er vor ihrer Bürotür. »Wie läuft der Prozess?«, fragte sie.

»Der Prozess. Ja, richtig.« Eine Pause. »Er hat noch nicht begonnen. Wir haben ein Vergleichsangebot gemacht. Sie denken noch darüber nach. Was ist mit dir? Konntest du das, was du aus dem Lager mitgenommen hast, was immer das war, zurückbringen?«

»Ich habe es versucht, aber jemand hat das Schloss ausgetauscht. Und wie es aussieht, ist eine Landkarte, die ich aus Versehen von dort mitgenommen habe, tausende von Dollar wert.«

Frank fiel die Kinnlade herunter. »Tausende?«

»Mom denkt, es ist eine Seite aus einem Buch. Wahrscheinlich aus einer Bibliothek gestohlen. Jetzt bin ich natürlich voller Sorge, was in den restlichen Rollen sein mag. Mom kommt vorbei, um sich alles anzusehen. Sie wird ein paar Tage bei uns bleiben, zumindest bis wir die Sache geklärt haben.«

Normalerweise reagierte Frank auf die Ankündigung

der Besuche ihrer Mutter mit einem aufrichtigen Seufzer. Diesmal wirkte er vielmehr erleichtert. »Kluger Plan«, sagte er. »Sie weiß alles über alte Landkarten und Bibliotheken. Und es wird ihr Gelegenheit geben, sich nützlich zu machen.«

Emily schrak zusammen. Sie war froh, dass ihre Mutter Franks herablassenden Kommentar nicht hatte hören können. Ehe sie über seinen Gesinnungswandel nachdenken konnte, klingelte schon das Festnetztelefon. Die meisten Anrufe auf dieser Nummer waren automatische Werbeanrufe von Energiekonzernen, die sie zu einem Anbieterwechsel überreden wollten, oder seit jüngstem auch ein falscher Finanzamtsbeauftragter, der ihnen mit Gefängnis drohte, wenn die verlangte Zahlung nicht erfolgte. Aber alte Gewohnheiten waren hartnäckig. Emily ging in die Küche, als sich der Anrufbeantworter einschaltete und ihre Stimme zu hören war: »Sorry, wir können Ihren Anruf gerade nicht entgegennehmen. Sie wissen ja, was Sie zu tun haben.« Ein Klick. Dann Stille. Nein, da war doch ein Geräusch. Ein Atemgeräusch.

Dann: »Emily? Sind Sie zu Hause?« Die zittrige Stimme klang vertraut. »Ich muss unbedingt mit Ihnen sprechen. Es geht um Wally. Ich ...«

Frank stand im Türrahmen und sah, wie Emily zum Hörer griff. »Quinn?«, sagte sie.

»Emily? Gott sei Dank bist du da.«

»Was ist denn los?«, fragte Emily, obwohl sie gar nicht darauf erpicht war, noch einmal auf Quinns Panikmache einzugehen.

»Wally ist letzte Nacht nicht nach Hause gekommen. Ich habe gewartet und gewartet, aber er hat sich nicht blicken lassen. Ich habe versucht, ihn auf seinem Handy anzurufen, aber er geht nicht ran. In seinem Büro ist er auch nicht.«

Frank warf Emily einen fragenden Blick zu. Sie bewegte lautlos die Lippen: *Mandarin Cliffs.*

»Vielleicht ist es bei der Auktion spät geworden und er hat sich entschieden, über Nacht dortzubleiben«, sagte Emily. »Haben Sie schon im Auktionshaus angerufen?«

»Habe ich. Wissen Sie, was mir gesagt wurde? Die gestrige Auktion war um sechs Uhr zu Ende. Warum sollte Wally mich bei so etwas anlügen?«

Emily hielt sich mit näherliegenden Antworten bewusst zurück. »Vielleicht ist etwas passiert und er konnte Sie nicht anrufen. Vielleicht ein Autounfall.«

»Das hatte ich auch erst gedacht. Also habe ich in jedem eruierbaren Krankenhaus zwischen hier und Hyannis angerufen.«

»Hat er das schon mal gemacht? Einfach über Nacht wegzubleiben, ohne Ihnen Bescheid zu geben?«

»Ich habe es bei allen versucht, die mir eingefallen sind ... bei allen, die ich kenne. Niemand hat von ihm gehört. Ich wollte gerade die Polizei anrufen, als ich mich an das erinnerte, worüber Sie und ich den letzten Abend gesprochen hatten.«

Letzten Abend. Emily spürte, wie sie rot anlief.

»Wir haben doch nur herumgealbert. Oder nicht?«, fuhr Quinn fort.

Emily hielt den Hörer von ihrem Ohr weg und starrte ihn an. Das konnte nicht ihr Ernst sein. Als sie ihn wieder ans Ohr hielt, war Stille am anderen Ende. Dann ein »Oje«.

»Oje was?«, fragte Emily.

»Was ist denn?«, fragte Frank.

»Gerade ist ein Polizeiauto vor meinem Haus vorgefahren.« Quinn flüsterte nur noch.

Emily legte die Hand über die Muschel und wandte sich zu Frank: »Ihr Mann ist gestern Abend nicht nach Hause gekommen, und jetzt ist ein Polizeiauto vor ihrem Haus vorgefahren.«

Frank fragte: »Und was sollst du dabei tun?«, während Quinn sagte: »Oh ... mein ... Gott.«

Emily machte Frank ein Zeichen, er möge schweigen. Er stellte sich neben sie, und sie hielt den Hörer etwas schräger, sodass er mithören konnte.

»Zwei Polizisten«, Quinns Stimme war schwach. »Sie steigen aus. Kommen zur Haustür hoch.« Die Türglocke ertönte. »Soll ich ihnen öffnen?« Sie wartete nicht auf Emilys Antwort, was auch gut war, denn Emily wusste nicht, was sie sagen sollte. »Geht weg, geht weg, geht weg«, flüsterte Quinn. »Mist. Die klingeln schon wieder.« Eine Pause. »Jetzt geht einer von ihnen ums Haus herum nach hinten.«

Emily hörte mit einem Kloß im Hals zu. Bevor die Leitung tot war, hörte sie nur noch, dass jemand an die Tür hämmerte.

Emily versuchte zurückzurufen, aber der Anruf wurde direkt auf den Anrufbeantworter umgeleitet. Aufgewühlt legte sie auf.

Frank sagte: »Also, du hast diese Person bisher genau einmal in deinem Leben getroffen? Warum ruft sie dich an?«

Weil sie Verbündete waren? Weil Quinn ihre Fantasie mit ihr geteilt hatte, wie das Leben ohne ihren Ehemann aussehen würde, und der jetzt verschwunden war?

»Sie wirkt mehr als nur ein bisschen neurotisch auf mich«, sagte Frank.

»Wärest du nicht auch außer dir? Ihr Ehemann ist verschwunden, und plötzlich steht die Polizei vor der Tür.«

Frank fegte den Einwand mit einer Geste beiseite. »Hysterie ist keine gute Strategie, wenn du es mit der Polizei zu tun hast. Das sage ich dir als ehemaliger Pflichtverteidiger. Du willst ihr helfen? Ich weiß, dass du das willst. Sie sollte nicht allein sein.«

Emily brauchte nicht überzeugt zu werden, nicht nach Quinns ›Wir haben doch einfach nur herumgealbert, oder?‹, das ihr noch im Kopf herumging. Quinn hatte Emily nicht angerufen, weil sie ihre neue beste Freundin war.

»Ich könnte hinfahren, aber ich bin mir nicht sicher, dass ich ihr eine große Hilfe wäre«, sagte Emily. »Ich hatte noch nie mit der Polizei zu tun.«

Frank sah sie lange eindringlich an. »Soll ich dich begleiten?«

Sie spürte, wie ein Gefühl der Erleichterung sie durchströmte. »Würdest du das tun?«

»Sie muss wissen, dass ich ihren Fall nicht übernehmen kann. Das ist nicht mein Ressort, die Polizei oder vermisste Ehemänner oder ...«

»Aber du wüsstest, was zu tun ist, wenn es so weit kommt. Du könntest ihr den richtigen Anwalt vermitteln. Ich bin mir sicher, sie ist einfach nur dankbar, jemanden zu haben, der irgendeine Vorstellung hat, was da vor sich geht.« Emily schnappte sich ihre Tasche und holte die Autoschlüssel heraus.

»Lass uns hinfahren«, sagte Frank und nahm Emily die Schlüssel aus der Hand. »Die stellen ihr wahrscheinlich Fragen, auf die sie besser nicht antworten sollte.«

14

Emily konnte es nicht ausstehen, wenn Frank mit ihrem Auto fuhr, aber da er bereits hinterm Steuer saß, konnte sie ihn schlecht wieder wegscheuchen. Schon bald krallte sie sich in die Armlehne, während Frank Gas gab und die Straße entlangdüste, in einer Kurve kurz abbremste, dann über eine gelbe Ampel fuhr und mit Karacho an einem Fünfundzwanzig-Meilen-Geschwindigkeitsbegrenzungsschild vorbeiraste. Wie gewöhnlich umfuhr er im Square mit einem Schlenker die Ampel. Dann überholte er rechts ein langsam fahrendes Auto, hupte einen Wagen an, der gerade einen Parkplatz verlassen wollte. Als sie vor einer roten Ampel warten mussten, gelang es Emily in dieser kurzen Verschnaufpause, Quinn eine Nachricht zu schicken, dass sie zu ihr unterwegs waren.

Sobald sie den Square wieder verlassen hatten, legte Frank einen Zwischenspurt ein. Schließlich bog der Wagen mit ausbrechenden Hinterreifen um die Ecke nach Mandarin Cliffs, und Frank drosselte das Tempo, als Emily ihn zu Quinn Newells Haus leitete.

Vor dem Haus waren keine Polizeiwagen geparkt.

»Sie müssen gekommen und gleich wieder gefahren sein«, sagte Frank.

»Vielleicht ist ihr Mann zurück« – Emily checkte ihr Telefon auf Nachrichten – »und sie hatte noch keine Gelegenheit, mir Bescheid zu geben.« Sie stieg aus dem Auto. Feuchte Hitze schlug ihr entgegen wie eine warme Decke.

Frank stieg ebenfalls aus, legte die Hand wie einen Schirm über die Augen und starrte das Haus an. »Alter Schwede! Ich hoffe, er hat einen Ehevertrag aufsetzen lassen.«

Er konnte ein solches Arschloch sein. Typisch Frank, für

ihn war klar, dass das Geld vom Ehemann kam. Ärgerlich nur, dass er wahrscheinlich Recht hatte.

»Bist du hier, um zu helfen oder um abfällige Bemerkungen zu machen?«, fragte Emily. »Denn solltest du etwas in der Art sagen, wenn wir drinnen bei ihr sind, dann setzt's was.«

Sie ging über den perfekt gepflegten Rasen vorm Haus. An der Haustür klingelte sie. »Quinn!« Keine Antwort.

Emily drehte sich zu Frank um. Dieser kniete noch immer am Straßenrand hinter ihrem Auto und ... untersuchte etwas. Sie ging zurück, um zu sehen, was es war. Ein kaputtes Rücklicht.

»Was ist da passiert?« Er sah zu ihr hoch. »Bist du in irgendwas reingefahren?«

»Nicht, dass ich wüsste.«

Er strich über die hintere Stoßstange. »Dann sieht es so aus, als sei jemand beim Rückwärtsfahren ...«

»Emily?« Beide drehten sich nach der missmutigen Stimme um. Quinn stand in der Haustür und hielt die Glückskatze auf dem Arm.

»Wie heißt sie noch mal?«, fragte Frank leise, als sie auf das Haus zugingen.

»Newell«, flüsterte Emily zurück. »Quinn Newell.«

Als sie näher kamen, sah Emily, dass Quinn erschöpft wirkte, ihr Gesicht war aufgedunsen, die Wangen waren weiß. Der Bluterguss war etwas blasser, aber immer noch lila. Yogahose und Oberteil waren die vom Sonntagabend.

»Was ist passiert?«, fragte Emily. »Wo sind die Polizisten hin?«

Quinn stand da und starrte Frank an, als sei er ein widerlicher Wurm. »Wer ist das?«

»Mein Mann«, sagte Emily.

»*Das* ist Frank?« Quinn schien überrascht.

»Hä?«, sagte Frank und warf Emily einen fragenden Blick zu.

»Nur mit der Ruhe«, sagte Quinn zu ihm. »Emily und ich haben über Sie gesprochen. Ich habe Sie mir nur … etwas anders vorgestellt. Vergessen Sie's.«

Emily war das Ganze peinlich. Sie konnte sich nicht mehr genau erinnern, was sie Quinn über Frank erzählt hatte, aber dass es nichts Schmeichelhaftes gewesen war, dessen war sie sich sicher.

»Frank Harlow«, sagte Frank mit strahlendem Lächeln. »Emily dachte, Sie könnten vielleicht einen juristischen Rat gebrauchen.« Er streckte Quinn die Hand hin.

»Einen juristischen Rat?«, wiederholte Quinn, beäugte seine Hand, ergriff sie aber nicht.

»Im Umgang mit der Polizei und dem Ganzen«, sagte Frank. »Damit hat man ja schließlich nicht jeden Tag zu tun. Es tut mir leid, das mit Ihrem Ehemann.«

»Er wird vermisst. Aber er ist nicht tot.« Quinn blickte zu Emily, die die Katze kraulte. »Stimmt's?« Die Katze entwand sich ihrem Griff, drehte sich mitten im Sprung um die eigene Achse, landete mit einem Plopp auf allen vieren auf der Türschwelle und schlich zurück ins Haus.

»Sie haben immer noch nichts von ihm gehört?«, fragte Emily.

Quinn schüttelte den Kopf.

»Emily hat mich gebeten, mitzukommen, um zu schauen, ob ich helfen kann«, sagte Frank. Ganz so war es nicht gewesen, aber Emily ließ es auf sich beruhen.

Quinn starrte auf die Hand, die Frank ihr immer noch hinstreckte. Schüttelte sie. »Tut mir leid. Ich muss Ihnen unhöflich und undankbar erscheinen. Das regt mich alles so auf. Ich finde es wirklich großartig, dass Sie gekommen sind. Beide. Kommen Sie bitte herein.« Sie führte sie ins Haus und durch die Küche. »Kaffee?«

Kaffee? Das war auch so etwas, was nur Frauen taten: Sie boten ihren Gästen eine Erfrischung an, obwohl ihr Leben gerade völlig auf den Kopf gestellt wurde, ein verzweifelter Versuch, zur Normalität zurückzukehren. Emily wollte gerade ablehnen, als Frank sagte: »Aber gern. Das wäre wunderbar.«

Quinn öffnete das Gefrierfach des Kühlschranks, entnahm ihm eine Packung Kaffee und kickte das Fach wieder zu. Mit zitternden Händen versuchte sie, mit dem Messlöffel Kaffeebohnen in das obere Fach der funkelnden Espressomaschine zu füllen, aber eine Bohnenkaskade überflutete den Tresen. Sie knallte die Packung auf die Platte und verschüttete dabei noch mehr Bohnen. Sie stampfte mit dem Fuß auf. »Scheiße, Scheiße, Scheiße.«

Emily legte den Arm um sie. »Sie müssen nicht die Gastgeberin spielen.« Sie spürte, wie Quinn in sich zusammensank, während Frank die Kaffeebohnen auf dem Tresen zusammenschob und in die Packung zurückbugsierte. Dann nahm er einen Tischstaubsauger vom Haken und saugte auf, was auf dem Boden gelandet war.

»Setzen Sie sich«, sagte Emily und zog unterm Tresen einen Stuhl hervor. »Erzählen Sie uns, was geschehen ist.«

Quinn nahm ein Küchentuch und putzte sich die Nase. Sie sah blass aus. Emilys Blick fiel auf eine Visitenkarte, die auf dem Tresen lag. *East Hartwell Police Department.* Von einem Lieutenant Detective. Sie zeigte sie Frank. Dann wartete sie, bis Quinn sich wieder gefasst hatte.

»Es waren zwei«, sagte Quinn.

»Polizisten?«, fragte Quinn.

Quinn nickte.

»Detectives?«

»Polizisten. Detectives. Gibt's da einen Unterschied?«

Frank wirkte überrascht. Er schloss die Kaffeepackung

und stellte sie zurück in den Kühlschrank. »Sie haben also Ihren Mann vermisst gemeldet?«

»Nein. Das wollte ich gerade. Und dann kamen sie einfach so hier vorbei. Sie suchen auch nach Wally.«

»Weshalb?«

»Angeblich ermitteln sie in einem Autounfall. Der letzte Nacht passiert ist.« Quinn würgte die Worte hervor. »Keine Verletzten, nur ein Unfall mit Fahrerflucht.«

»Tatsächlich?«, fragte Frank. »Und Sie haben ihnen gesagt ...«

Emily konnte sich gut vorstellen, dass Frank genau so auch im Gerichtssaal auftrat, wenn er einen Zeugen verhörte. Er versuchte, an die gewünschten Informationen heranzukommen, ohne den Eindruck zu erwecken, er habe die Führung übernommen. So verfuhr er auch mit seinen eigenen Klienten, er schleuste sie durch eine Reihe von aufeinander abgestimmten Fragen, deren Beantwortung sie vorher eingeübt hatten.

»Ich habe ihnen erklärt, dass er gestern zu einer Auktion gefahren und nicht wieder nach Hause gekommen ist. Sie wollten sein Auto sehen, aber ich sagte ihnen, es sei nicht da. Sie fragten, ob sie in der Garage nachsehen könnten.«

»Und?«, fragte Frank.

»Was hätte ich denn tun sollen?«, fragte Quinn, während sie sich aufrichtete und Frank böse ansah. »Ihnen sagen, dass sie sich vom Acker machen sollen? Das Auto ist nicht hier, warum hätte ich sie nicht nachschauen lassen sollen? Ich wollte nicht, dass sie denken, ich lüge sie an.«

»Die Polizei anzulügen ist eine Straftat. Aber das ist auch schon das Problem«, sagte Frank. »Die Polizei lügt selbst. Sie stellen die Dinge auf eine bestimmte Weise dar, damit man ihnen verrät ...«

»Was denn verrät? Sie glauben also *nicht*, dass die Polizei hier war, um in einem Fall von Fahrerflucht zu ermitteln?«

»Ich glaube eher, das war ein vorgeschobener Grund. Aber weshalb sie wirklich hier waren, das wissen weder Sie noch ich«, sagte Frank. »Ich sage ja bloß, dass die Polizei Sie anlügen darf, aber Sie dürfen nicht lügen. Und deshalb raten wir den Leuten oft, gar nichts zu sagen.«

»Na ja, Ihren klugen Ratschlag kannte ich da ja noch nicht. Also habe ich ihnen die Wahrheit gesagt. Wallys Auto ist nicht hier. Er ist gestern Abend nicht nach Hause gekommen. Ich habe ihnen gesagt, ich hätte ihn noch nicht vermisst gemeldet, weil ...« Sie zupfte an einem losen Faden an ihren Leggings. »Na ja, weil er manchmal ziemlich spät nach Hause kommt. Ich habe ihnen gesagt, ich hätte gerade vorgehabt, bei der Polizei anzurufen, als sie hier ankamen. Gleich nachdem ich mit Emily gesprochen hatte.« Ihre Stimme kippte und wurde ganz schrill. »Und das ist verdammt noch mal die Wahrheit.«

»Schon gut, schon gut.« Frank hob die Hände. »Sie müssen mich nicht überzeugen. Was haben sie sonst noch gesagt?«

»Dass noch mal jemand vorbeikommen würde.«

»Darauf können Sie wetten. Bitte befolgen Sie meinen Rat«, sagte Frank mit herrischer Stimme. »Falls die Beamten wiederkommen und Ihnen Fragen stellen, spielen Sie auf Zeit und holen Sie sich Verstärkung. Das ist wie wenn der Arzt Ihnen schlechte Nachrichten verkündet. Dann brauchen Sie eine Begleitung, die alles mit anhört, die Fragen für Sie übersetzt und Ihr Zeuge ist.« Quinn verschränkte die Arme und schloss die Augen, und Franks Ton wurde sanfter. »Es wird Sie stressen. Das ist ganz natürlich. Aber führen Sie diese Gespräche nicht allein. Rufen Sie eine Freundin an – oder noch besser einen Anwalt, denn ...«

Eine Träne lief Quinns Wange hinunter.

»Genug!«, sagte Emily. »Hör jetzt auf. Siehst du denn nicht, dass sie auch ohne deine Tiraden schon völlig außer sich ist?« Dann fuhr sie zu Quinn gewandt fort: »Sie müssen Frank entschuldigen. Er hat eine Weile als öffentlicher Strafverteidiger gearbeitet – vielleicht sollte ich besser sagen gedient. Er ist es gewohnt, das Justizsystem als etwas zu betrachten, bei dem der Durchschnittsbürger nur verlieren kann. Stets den Gegner im Auge behalten. Stets mit dem Schlimmsten rechnen.«

»Manchmal«, sagte Frank, »denkt man, alles ist gut; dann stellt sich heraus, dass es schlimmer nicht kommen könnte und Sie sich letztlich die Grube selbst gegraben haben und aus freien Stücken hineingestiegen sind.«

Genau in dem Moment klingelte das Telefon, eine Marimba-Melodie in Moll. Es war nicht Emilys Handy, ihr Rufton war Grillengezirpe. Quinn glitt vom Stuhl und nahm das Handy vom Tresen. Sie starrte aufs Display und schluckte. »Da sind sie wieder.« Sie warf Frank einen verängstigten Blick zu. »East Hartwell PD.«

Beim nächsten Klingeln drückte Quinn auf Annehmen. »Hallo?« Pause. »Ja, ich bin's.« Noch eine Pause, diesmal länger, bei der sie das Gesicht zur Wand drehte. »Ähm. Okay ... ähm ...« Sie ging ins Zimmer nebenan.

»Tut mir leid, wenn ich etwas zu streng war«, sagte Frank zu Emily. »Die Leute können so selbstvergessen sein. Vor allem, wenn sie aufgebracht sind.« Emily bewegte sich Richtung Tür und mühte sich vergeblich, Quinns Telefonat nicht mitzuhören.

»Glaub mir, ich hab's verstanden. Ich bin mir nur nicht sicher, ob sie verstanden hat, dass in der realen Welt ...«, Frank brach ab, als Quinn wieder die Küche betrat. Sie klappte das Telefon zu und war noch blasser als zuvor.

»Sie haben Wallys Wagen gefunden.«

15

Frank schien fassungslos. »Nur sein Auto?« Emily zuckte zusammen. Er konnte unfassbar unsensibel sein.

»Sie haben es auf dem Park'n'Ride am städtischen Kai gefunden«, sagte Quinn. »Jetzt werden sie nach ihm suchen.« Sie klang wie ein Automat. »Sie möchten, dass ich ihnen etwas vorbeibringe, nämlich ...« Sie schlug die Hand vor den Mund und sagte eine Weile nichts, dann schluckte sie und straffte die Schultern. »Sie brauchen eine Fotografie und etwas mit seinem Geruch.« Sie sah sich um, als wäre das, was sie brauchte, greifbar nah.

»Vielleicht etwas, das er vor kurzem getragen hat?«, schlug Emily vor.

»Ja natürlich. Das meinten sie wohl.« Trotzdem blieb Quinn wie versteinert stehen.

»Und ein aktuelles Foto?«, fragte Frank und gab Emily ein Zeichen mit dem Kopf.

»Oben?«, fragte Emily. »Oder vielleicht in seinem Büro?«

Emily folgte Quinn, die aus der Küche durch den schmalen Vorratsraum und das Esszimmer zu einem holzverkleideten Arbeitszimmer auf der Rückseite des Hauses ging. Dies musste Wallys Räuberhöhle sein. Das Chesterfiel-Sofa war aus feinem gesteppten Ziegenleder. Die Deckenbeleuchtung war in einer Kuppel aus rotem Glas versteckt, auf deren Rand in goldenen Lettern *Budweiser* stand. An der einen Wand hing ein breiter Flachbildfernseher, an der anderen hingen gerahmte Zeitschriftencover. *MAD. National Lampoon. Cracked. Creepy.*

Quinn griff nach einem gerahmten Foto, das auf einem eleganten, hellen Schreibtisch aus der Jahrhundertmitte stand. Das Bild sah aus wie ein Selfie von Quinn und ihrem

Mann: Es zeigte sie bei windigem Wetter an einem Strand, im Hintergrund brachen sich die Wellen. Quinn stutzte einen Moment und starrte das Foto an. Dann holte sie tief Luft, nahm die Rückwand des Fotorahmens ab und reichte Emily den Schnappschuss.

Das also war Walter Newell. Dichte, schwarze Locken umrahmten sein Gesicht, er trug einen Schnurr- und einen Ziegenbart. Grinsend blickte er in die Kamera. Quinn hatte die Arme um seine Taille gelegt, ihr Kopf lehnte an seiner Brust.

»Ich muss das erklären«, sagte Quinn und wandte ihr Gesicht Emily zu. »Wissen Sie, nichts von dem, was ich gestern Abend gesagt habe, habe ich auch so *gemeint*. Denn ich würde nie, niemals ... Sie haben doch nicht etwa geglaubt ...?«

»Natürlich nicht. Das war der Prosecco. Ich habe ja auch Dinge gesagt, die ich nicht so gemeint habe. Wir waren einfach nur ...« Emily suchte nach dem richtigen Wort. *Dumm* war nicht ganz das, was sie meinte. Denn wie dumm war es, über die besten Mittel und Wege nachzudenken, seinen Ehemann loszuwerden?

Quinn wartete nicht, bis Emily ihren Gedanken zu Ende gesponnen hatte. »Okay, wunderbar. Ich wollte nur sichergehen, dass wir uns da einig sind. Denn was ist, wenn Wally etwas Schreckliches geschehen ist, etwas Böses, etwas von den Dingen, über die wir gesprochen haben?« Sie sah Emily lange und eindringlich an. »Dann möchte ich nicht, dass Sie denken ...«

»Das war nur so dahingesagt«, sagte Emily. Natürlich war es das. Wieso sollte Quinn anders darüber denken? »In Ordnung?«

»Und es bleibt unter uns.«

Den Wink hatte Emily verstanden. Quinn wollte nicht, dass sie der Polizei irgendetwas von dem erzählte, worüber sie gesprochen hatten. »In Ordnung.«

Quinn lächelte schwach. »Fein. Ich wusste, dass Sie das sagen würden. Ryan hat Stein und Bein geschworen, dass Sie eine absolut vertrauenswürdige Person sind, aber ich habe Sie erst einmal getroffen, daher musste ich Sie das fragen. Und in Freds Anwesenheit wollte ich das nicht tun.«

»Frank.«

»Wie auch immer.«

Emily folgte Quinn hinauf ins eheliche Schlafzimmer im ersten Stock, ganz am Ende des Flurs. Riesengroß natürlich. Das Bett war ungemacht, mit einem großen Stapel Kissen. Quinn schnappte sich eines, hielt es sich vors Gesicht und atmete tief ein. Ihr traten Tränen in die Augen, dann warf sie das Kissen wieder aufs Bett.

Die Klimaanlage brummte. Der saure Geruch kam vielleicht von einer Vase aus geschliffenem Glas, gefüllt mit roten Rosen, die wie im Gebet die Köpfchen hängen ließen, das Wasser eine grünliche Wolke. Quinn öffnete eine Tür und betrat einen begehbaren Kleiderschrank, obwohl Schrank hier ein irreführender Begriff war. Man hätte leicht ein Doppelbett und einen Schreibtisch hineinstellen und es Schlafzimmer nennen können. Jedenfalls waren die Einbauteile, die Emily an ihrem eigenen neuen Kleiderschranksystem angebracht hatte, im Vergleich zu diesen hier einfach lächerlich. Eine Wand strotzte nur so vor Schubladen mit durchsichtigen Fronten, daneben zwei Reihen von Stangen für Shirts und Jacketts. Die anderen beiden Wände des Kleiderschranks enthielten zwei Reihen Hängestangen für Hosen und noch mehr Shirts. Emily starrte verzückt auf die sauber geordneten Männerschuhregale. Schwarze Booty-Ledersneaker. Oxford-Schnürschuhe aus feinstem Ziegenleder. Geschnürte Segelschuhe. Walter Newell besaß wahrscheinlich mehr Schuhe als Emily Socken.

Quinn ging zur hinteren Wand des Kleiderschranks und zog einen eingebauten Wäschekorb heraus. »Etwas mit seinem Geruch«, sagte sie, während sie die Wäsche durchwühlte. Sie fischte ein Unterhemd heraus. »Das dürfte das Richtige sein.«

Emily folgte ihr wieder die Treppe hinunter. In der Küche steckte Quinn das Unterhemd in einen großen Gefrierbeutel. Sie packte die Fotografie dazu und zog den Zipper zu.

»Bitte folgen Sie meinem Rat«, sagte Frank. »Sprechen Sie nicht mit der Polizei, wenn Sie allein sind. Sie wissen nicht, wie ihr Plan aussieht.«

»Ihr Plan«, sagte Quinn, warf den Gefrierbeutel auf den Tresen und verschränkte die Arme, »ihr Plan ist es, Wally zu finden.«

Frank verzog das Gesicht, wie er es tat, wenn er sich ärgerte. »Im Moment sieht es ganz so aus«, sagte er. »Aber es ist klug, mit jemandem hinzugehen. Schadet ja auch nicht, oder?«

Quinn drehte sich um und sah ihn an. »Und wer sollte dieser Jemand sein? Sie etwa?«

Frank sah zu Emily hinüber und verdrehte unmerklich die Augen. Ja, sie fand auch, Quinn sollte besser nicht in die Hand beißen, die sie zu füttern versuchte.

Frank sagte: »Das könnte ich tun, sofern Sie das möchten. Nur ...«

Bevor er den Satz zu Ende bringen konnte, sagte Quinn: »Emily? Könnten Sie mit mir kommen?«

»Mit einem Anwalt wären Sie besser dran«, sagte Emily.

»Mit einer *vertrauenswürdigen* Freundin wäre ich besser dran«, schoss Quinn zurück.

»Bist du sicher, dass du mit ihr da hingehen willst?«, fragte Frank, als er mit Emily vor dem Haus auf Quinn wartete. »Denn du wirkst auf mich – ich weiß nicht recht – zerstreut.«

Durch den Wind hätte besser gepasst. Sie kannte Quinn kaum, aber in der kurzen Zeit, die sie miteinander verbracht hatten, hatte sie eine Vertrautheit gespürt. Sie steckten beide in einer angeknacksten Ehe fest. Und sosehr Emily sich auch über Frank beschwert hatte, sollte er eines Nachts verschwinden und die Polizei würde am nächsten Morgen seinen verlassenen Wagen finden, sie würde völlig zusammenbrechen.

»Sie braucht jemanden, der ihr emotionale Unterstützung bietet. Und nicht bloß jemanden, der sie vor der Polizei schützt.«

Frank legte den Arm um Emily und drückte sie. »Du bist ein guter Mensch. Versprich mir, dass du mich anrufst, falls die Sache sich komisch entwickelt. Und wenn du nicht ganz sicher bist, es sich aber komisch anfühlt, dann ruf auch an. Und denk daran, sie muss überhaupt keine Fragen beantworten. Erinnere sie immer wieder daran.«

Emily schüttelte seinen Arm ab. Das Garagentor öffnete sich, ein Motor jaulte auf. Zuerst sah man rote Schlusslichter und dann die Rückfahrleuchten, als Quinn das Auto aus der Garage fuhr.

Frank berührte das kaputte Rücklicht an Emilys Wagen. Sie war überrascht, dass ihr das nicht früher aufgefallen war. Als sie mit Becca auf dem Parkplatz gewesen war, hatte sie jedenfalls nichts bemerkt. Auch nicht, als sie gestern Abend nach Hause kam. Und nicht nur das Rücklicht war kaputt; es gab noch eine Delle in der Heckstoßstange und einen Kratzer. Wahrscheinlich war das passiert, als der Fiesling seinen Kaffee über ihr Auto geschüttet hatte. Sie fasste an die Stelle, und getrocknete Kaffeeflocken rieselten ihr von den Fingerspitzen. Sie roch daran. Kaffee. Emily wischte sich die Hände an der Hose ab.

Frank warf nur einen Blick auf Quinns Miata, dann verdrehte er die Augen. Als könnte er es sich anmaßen, über einen fremden Sportwagen die Nase zu rümpfen. Er öffnete die Beifahrertür, und Emily stieg ein. Quinn reichte ihr die Plastiktüte mit dem Unterhemd und der Fotografie, bevor sie Gas gab. Als der Wagen mit einem Hüpfer anfuhr, straffte sich der Sicherheitsgurt über Emilys Schoß und Hals. Sie zog daran, aber er blockierte und ließ sich fast nicht mehr bewegen.

»Ich weiß, das Ding ist nervig«, sagte Quinn. »Nicht ruckartig dran ziehen, nur ganz sanft. Genau wie mit Fingerfallen. Je heftiger man dran zieht, desto fester ist man gefangen.«

Wie mit Fingerfallen. Das war das perfekte Bild für die Art, wie Emily in Quinns Drama hineingezogen worden war. Emily entspannte sich, und siehe da: Der Sicherheitsgurt lockerte sich.

Quinn fuhr die Straße hinauf, vorbei an der Einfahrt zu Mandarin Cliffs. Kurz vor der Hauptstraße wandte sie sich zu Emily. »Falls sie fragen, wo wir letzte Nacht waren, dann war ich mit Ihnen zusammen.«

»Klar waren Sie das.«

»Ab sechs. Sie sind erst sehr spät gegangen.«

Emily sah Quinn von der Seite an. Quinn hielt das Steuer fest gepackt, die Sehnen an ihrem Hals waren gespannt.

Quinn setzte noch hinzu: »Denn wir stecken da jetzt gemeinsam drin.«

In was steckten sie gemeinsam drin? Emilys Sicherheitsgurt straffte sich, schnitt ihr wieder in den Hals. Sie wechselte die Position und steckte den Arm in den Gurt, um ihn ein wenig zu lockern.

»Und nur damit Sie es wissen«, sagte Quinn, »ich habe gestern mit Wally gesprochen, ehe ich Ihre Partnerin kontaktiert habe. Er hatte mir angekündigt, dass er spät nach Hause kommen würde und ich dachte mir, na ja« – sie ließ den Motor aufheulen und gab dem Lenkrad mit der flachen Hand einen Schlag. »Ich dachte mir nur noch: Jetzt hast du ein klitzekleines Zeitfenster, das musst du ausnutzen, und dann habe ich Sie angerufen. Ich dachte mir ...«

Quinn redete weiter, immer lauter, aber Emily hörte nicht mehr zu. Walter Newell war gestern Abend nicht nach Hause gekommen, aber sein Auto war in einen Unfall mit Fahrerflucht verwickelt worden. Emilys Auto war gerammt worden, und der Fahrer hatte Fahrerflucht begangen. Welch ein seltsamer Zufall!

16

Das East-Hartwell-Polizeirevier befand sich in einem imposanten Gebäude an der Ecke einer belebten Kreuzung, gegenüber von einem hell erleuchteten Burger King und schräg gegenüber von einem Veteranen-Friedhof, der im Dunkeln lag. Der Geruch von Burgern und Fritten wehte herüber, und Emily knurrte der Magen. Abendessenszeit war schon vorbei, aber sie hatte noch nichts gegessen und würde wohl auch so bald nichts bekommen.

Kurz vor ihrer Ankunft war Quinns Redeschwall versiegt. Der schwarze Himmel war zu dunstig und verhangen, als dass man Sterne hätte sehen können. Der Parkplatz dagegen war hell erleuchtet und wurde von Scheinwerfern angestrahlt, die einem Stadion alle Ehre gemacht hätten. Quinn fuhr in eine Parkbucht für Besucher, saß bleich und mit weiß hervortretenden Knöcheln am Steuer und biss sich auf die Unterlippe. Sie warf Emily ein verkrampftes Lächeln zu und stieg aus. Das Auto war das einzige Zivilfahrzeug auf dem ganzen Platz.

Das Polizeirevier wirkte alt, die glattgelaufenen Granittreppen führten zu zwei großen Säulen, welche die Fronttüren flankierten. Die Fassade war das Einzige, was noch vom Originalrevier erhalten war. Im Inneren, hinter der Eingangstür – Emily folgte Quinn in das Gebäude und blinzelte ins grelle Licht – zeigte das Revier ein anderes Gesicht: Hier gab es einen sterilen weißen PVC-Boden und weiße Wände, grell erleuchtet durch fluoreszierende Oberlichter, die in die abgehängte Decke eingelassen waren.

Ein uniformierter Beamter saß hinter einem Raumteiler-Tresen an einem Schreibtisch. Er war schon älter, mit schlaffen Wangen, die erzitterten, während er Kaugummi kaute und mit dem Zeigefinger auf der Computertastatur herumhackte.

Quinn holte tief Luft. »Sir?«

»Ma'am.« Der Beamte sah ohne das geringste Interesse zu ihnen auf.

»Wir sind gekommen, um mit Sergeant ... warten Sie eine Sekunde, ich habe es mir aufgeschrieben.« Quinn kramte in ihrem Geldbeutel herum, bis sie den gesuchten Zettel fand. »Stanley.«

»Und Sie sind?«

»Quinn Newell.«

»Und Emily Harlow«, sagte Emily.

»Können Sie sich ausweisen?«

Quinn fischte ihren Führerschein aus der Tasche und reichte ihn weiter. Emily tat es ihr nach. Der Beamte zog eine Braue hoch und griff zum Telefon. Sie warteten, während er ein wenig ungehalten in sein Headset sprach. Offenbar hatte er grünes Licht bekommen, denn er gab ihnen ein selbstklebendes Blanko-Namensschild und ließ sie ihre Namen draufschreiben. Emily fühlte sich wie ein Beweisstück, das man etikettiert und katalogisiert.

»Meine Damen ...« Die tiefe Stimme gehörte einem Polizisten, der hinter dem Desk Officer den Raum betreten hatte. »Mrs Newell?«

»Das bin ich«, sagte Quinn mit leiser Flüsterstimme. Sie schien unter dem starren Blick des kleinen, stämmigen Polizeibeamten zu schrumpfen.

»Und Sie sind ...?« Hierbei sah er Emily an.

»Das ist Emily ...« Als Quinn nicht mehr weitersprach, wurde Emily klar, dass sie ihren Nachnamen vergessen hatte.

»Emily Harlow«, sagte Emily und hoffte, dass ihre Stimme selbstbewusst klang.

»Sergeant Brian Stanley«, erwiderte der Beamte mit einem Nicken. »Wir haben miteinander telefoniert.«

»Haben Sie das Auto meines Mannes gefunden? Sie baten mich, Ihnen diese Sachen mitzubringen.« Quinn hielt ihm die Plastiktüte mit der Fotografie und dem Unterhemd hin.

Er warf einen Blick auf die Tüte und reichte sie an den Desk Officer weiter. Dann klappte er den Tresen hoch und bat sie, mitzukommen. »Der Wagen steht unten«, sagte er. Quinn warf Emily einen angespannten Blick zu. »Dann wollen wir uns das mal anschauen.«

Emily hakte sich bei Quinn unter. Je weiter sie nach unten kamen, desto intensiver roch es nach Autoreifen und Zigaretten. Das Untergeschoss war eine große Parkgarage, die sich über die gesamte Länge des Gebäudes erstreckte. Ihre Schritte hallten auf dem Betonboden wider, als Emily und Quinn Stanley folgten, vorbei an geparkten Polizeiwagen, SUVs und Vans. Vorbei an mit Absperrbändern gesicherten Wagen, die ganz gewiss nicht aus eigener Kraft hierhergefahren waren.

Der eine war ein Honda, etwa derselbe Jahrgang wie der von Emily, das Hinterteil wie ein Akkordeon zusammengefaltet und ins Fahrzeuggehäuse gepresst. Ein Lenkrad stach durch die zerbrochene Windschutzscheibe, als sei ein Geländefahrzeug der Armee mit voller Kraft ins Heck gerauscht. Das dürfte tödlich gewesen sein. Emily musste den Blick abwenden.

In der hintersten Ecke der Tiefgarage stand ein silberner Sedan. Der Wagen war fast unversehrt. Den Kühlergrill zierten vier ineinander verschlungene Ringe aus Chrom – ein Audi. Auf der Beifahrerseite war der Scheinwerfer kaputt und der vordere Kotflügel zerkratzt. Der Wagen hatte keine Nummernschilder.

»O Gott!«, sagte Quinn und ließ Emilys Arm los. »Ich glaube, das ist sein Auto.«

»Es wurde über Nacht auf dem Parkplatz am städtischen

Kai stehen gelassen«, sagte Stanley. »Der wird geleert, sobald keine Züge mehr fahren. Und das Auto passt zu einer Meldung von einem Auffahrunfall mit Fahrerflucht.«

»Gab es darin ... Haben Sie ...«, stammelte Quinn, aber sie konnte nicht weiterreden. Sie räusperte sich. »Mein Mann ist gestern nicht nach Hause gekommen. Ich habe mir solche Sorgen gemacht, dass etwas passiert sein könnte.«

»Das ist der einzige Schaden«, sagte Stanley und deutete auf die Front. »Wir hatten gehofft, Sie könnten uns bestätigen, dass es der Wagen Ihres Mannes ist.«

»Darf ich reinschauen?«, fragte Quinn.

»Nur zu. Aber fassen Sie bitte nichts an.«

Stanley hob das Absperrband, und Quinn schlüpfte darunter hindurch. Der Sergeant folgte ihr. Er zog einen Latex-Handschuh an und öffnete die Tür auf der Fahrerseite. Schwallartig schlug ihnen der Geruch von Leder und Moschus entgegen. Emily konnte sehen, dass der Wagen schwarze Lederpolster hatte, prall wie der Brustpanzer eines Ninja Turtle, und das Steuerrad mit schwarzem Leder ummantelt war.

Mit zuckenden Schultern fing Quinn zu weinen an. »Es ist seins«, krächzte sie.

Stanley schloss die Autotür und hob erneut das Band, um Quinn durchzulassen. »Das tut mir leid, Ma'am. Wir werden ihn finden.«

Neben dem Wagen war eine blaue Plastikplane ausgebreitet. Darauf lagen eine schwarze Stablampe und ein Eiskratzer. Ein Leuchtfackel-Set und ein Starthilfekabel. Obenauf ein Stapel Papiere mit einer Bedienungsanleitung für Audis. Dann noch ein 4-Liter-Kanister Scheibenwaschflüssigkeit. Ein Radkreuz. Und eine Fliegerbrille mit gelben Gläsern.

Konnte dies das Auto sein, vor dem sie letztens geparkt hatte, als sie im Coffee Shop war? Ein silberner Audi könnte es durchaus gewesen sein. Im Java Connection hatte sie den Fahrer nur im Gegenlicht gesehen, außerdem hatte der verschüttete Kaffee sie abgelenkt. Aber dass er einen Schnurrbart und einen gestutzten Backenbart hatte, eine Baseballkappe und eine Brille trug – eine Fliegerbrille mit gelben Gläsern, genau wie diese hier auf der blauen Plane –, daran konnte sie sich deutlich erinnern

»Mrs Newell, wann haben Sie Ihren Mann zum letzten Mal gesehen?«

Quinn stand jetzt wieder neben Emily. Sie griff nach Emilys Hand und drückte sie, dabei hätte Emily in dem Moment sogar verstanden, wenn sie ihr um den Hals gefallen wäre. »Gestern. Er hat das Haus etwa gegen Mittag verlassen. Vielleicht auch gegen eins. Ich habe nicht darauf geachtet. Ich wusste, dass er sich die Versteigerungsliste einer Auktion angesehen hatte und auf einige Angebote bieten wollte.«

»Auktion«, Stanley zog ein Notizbuch aus der Tasche und schrieb mit.

»Später hat er mir eine SMS geschickt, er komme spät nach Hause und ich solle nicht auf ihn warten.«

»Sie gestatten?«, fragte Stanley und nahm ihr das Telefon aus der Hand. Er benutzte sein eigenes Smartphone, um ein Bild von ihrem Display zu machen, dann machte er sich eine weitere Notiz. »Und die Nachricht hat er Ihnen geschickt, als er selbst gerade auf einer Auktion war?«

»Zumindest hat er das behauptet. Können Sie das nicht herausfinden?«

»Das kommt auf die Einstellungen in seinem Handy an.« Der Sergeant schüttelte den Kopf. »Die Leute glauben immer, wir könnten hier auf dem Revier Methoden wie im Fernsehen anwenden. Wo fand die Auktion denn statt?«

»Irgendwo unten in Cape Cod.«

»Hyannis«, meldete Emily sich zu Wort, die sich gerade erinnerte, dass Quinn ihr das erzählt hatte.

»Genau. Das war's«, sagte Quinn, die durcheinander wirkte.

»Wissen Sie, in welchem Auktionshaus?«

»Stone Mills Auction Gallery. Ich habe schon dort angerufen. Sie konnten mir keine Auskunft geben.«

»Er hat dort also jemanden getroffen«, sagte Stanley und schrieb unterdessen mit.

»Hat er das?«, fragte Quinn. »Ich weiß nicht, mit welchen Leuten er sich herumtreibt, wenn er auf seinen Auktionen ist. Ich begleite ihn nie. Ist nicht so mein Ding.«

»Nicht ... Ihr ... Ding.« Stanley wiederholte die Worte und schrieb sie nieder. Dann sah er zu Quinn hinüber, den Kopf schräg gelegt. »Und nachdem er Ihnen diese Nachricht geschickt hat, was haben Sie dann gemacht?«

»Was ich dann gemacht habe?« Quinn warf Emily ein schmallippiges Lächeln zu. Ihre Miene sagte, *da haben wir's*. »Nichts, ich bin zu Hause geblieben.«

»Kann das jemand bestätigen?«

Quinn deutete auf Emily.

Emily sagte: »Stimmt. Wir waren zusammen.«

Stanley sah zu Emily hinüber, als falle ihm jetzt erst auf, dass sie anwesend war. Er blickte kurz auf ihr Namensschild. »Miss Harlow?«

»Mrs.« Emily war froh, dass sie mit einem Anwalt verheiratet war, der sie schon ein wenig auf diese Anhörung vorbereitet hatte. »Ich arbeite als Ordnungscoach.«

Quinn setzte hinzu: »Sie hilft mir beim Ausmisten.«

»Und Sie sind wann gekommen?«, fragte Stanley.

Emily sah Quinn an. »Gegen sechs?«

»Richtig«, sagte Quinn. »Ich hatte sie angerufen, sobald ich wusste, dass Wally aufgehalten wurde.«

Das weckte Stanleys Aufmerksamkeit. »Und wieso?«

»Sie müssen das nicht beantworten …«, fing Emily an, aber es sprudelte schon aus Quinn heraus. »Er mag keine fremden Leute im Haus. Ich wollte, dass sie kommt, wenn er nicht da ist.« Ihr Blick hatte Stanley zu dieser Frage veranlasst.

Sergeant Stanley kratzte sich am Kopf und sah wieder zu Emily. »Und Sie sind bis wann geblieben?«

Quinn antwortete. »Ich habe den Fernseher eingeschaltet, nachdem sie gegangen war, da kamen gerade die 10-Uhr-Nachrichten.«

Emily krümmte sich. Quinn überspannte den Bogen. Wenn Emily so spät bei ihr weggegangen wäre, wäre der Coffee Shop längst geschlossen gewesen.

»Und Sie sind wann nach Hause gekommen?« Stanley sah Emily an.

»Ich habe nicht auf die Uhr geschaut.« Das war die Wahrheit. »Es dürfte wohl nach zehn gewesen sein.« Wieder die Wahrheit. »Ich wohne in East Hartwell, der Weg ist nicht weit.«

Stanley nickte. Er ging seine Notizen noch einmal durch. »Also, meine Damen, Sie haben da wie viele Stunden zusammen verbracht, vier Stunden? Von sechs bis nach zehn? Und dann was?«

»Wie schon gesagt, ich habe mir noch den Rest der 10-Uhr-Nachrichten angesehen«, sagte Quinn. »Dann bin ich zu Bett gegangen.«

»Zu Bett.« Stanley richtete sich auf und sah Quinn mit zusammengekniffenen Augen an. »Hatten Sie nicht das Bedürfnis, aufzubleiben? Zu warten, bis Ihr Mann nach Hause kommt?«

»Nein.« Quinn trat einen Schritt zurück. »Nicht wirklich. Er hat ja gesagt, ich solle nicht auf ihn warten.«

»Wie lange sind Sie schon verheiratet?«

Quinn schluckte. »Drei Jahre.«

»Dann war das nicht das erste Mal, dass Ihr Mann Sie angerufen hat, um Ihnen zu sagen, dass er spät nach Hause kommt und Sie nicht auf ihn warten sollen?«

»Deshalb habe ich mir ja auch keine Sorgen gemacht«, sagte Quinn ein wenig trotzig. »Ich dachte, er sei mit seinen Kumpels nach der Auktion noch weggegangen. Das macht er manchmal. Um zu feiern. Vor allem, wenn er einen Kill gemacht hat.« Stanley sah sie überrascht an. »So nennt er das, wenn er einen guten Kauf gemacht hat.«

»Nun ja, ich sage Ihnen mal, worüber ich mir klar werden möchte«, sagte Stanley. »In unserer Leitstelle ging am Sonntagabend um neun Uhr fünfundfünfzig ein Anruf ein. Unfall mit Fahrerflucht im Square-Viertel. Die Beschreibung des Autos passt auf das Ihres Mannes, und dieses Auto hier hat die Beule, mit der man das beweisen kann.«

»Aber in jener Nacht gab es stockenden Verkehr aus Cape Cod. Sommersonntag. Es gab einen Unfall auf der Bourne Bridge und einen weiteren auf der Sagamore. Die perfekte Chaoskombi. Von Hyannis nach Boston hätte man, egal, welche Route man nimmt, mindestens dreieinhalb Stunden gebraucht. Er hätte gegen halb sieben in Hyannis starten müssen, um bis zehn wieder hier zu sein.«

Quinn stand blinzelnd da. »Ich weiß nur, dass er gesagt hat, er komme spät nach Hause. Warte nicht auf mich.« Sie hielt ihm das Handy vors Gesicht und schüttelte es. »Sie haben ja seine Nachricht gelesen.«

»Sie haben sich also die 10-Uhr-Nachrichten angesehen? Auf welchem Kanal denn?«

»Ich ... da hab ich nicht drauf geachtet«, stotterte Quinn.

Stanley ließ nicht locker und wollte wissen, worüber denn in den Nachrichten berichtet wurde, aber Emily hörte kaum noch hin. Sie stellte sich vor, sie wäre an Quinns Stelle und man würde sie in die Zange nehmen und bitten zu schildern, was genau in der Nacht davor geschehen war.

Worüber hatten Quinn und sie sich eigentlich unterhalten? Wie viel Wein hatte jede von ihnen genau getrunken?

»Ernsthaft?«, sagte Stanley, während er ruhig dastand, sich übers Kinn strich und Quinn ansah. Quinn war unterdessen starr vor Wut. »Was haben Sie gedacht, als Sie am nächsten Morgen aufwachten und Ihr Mann war nicht da?«

Frank würde Quinn dringend geraten haben, darauf nicht zu antworten. »Ich schlafe meist lange«, sagte sie. »Alles klar? Normalerweise ist er schon auf. Weil er nicht unten war, und sein Auto auch weg war, habe ich mir gedacht, er wird wohl schon zur Arbeit gefahren sein. Dass er verschwunden ist, habe ich erst gemerkt, als ich ihn auf der Arbeit zu erreichen versuchte und mir gesagt wurde, er sei dort gar nicht erschienen.«

Stanley stand eine Weile einfach da, sein Blick wanderte von Quinn zu Emily, zum Auto und wieder zurück zu Quinn. »Dann lassen Sie mich noch einmal den zeitlichen Verlauf zusammenfassen«, sagte er und senkte den Blick auf seine Notizen.

»Ab sechs Uhr waren Sie beide zusammen.«

»Ab sechs Uhr«, sagte Quinn.

»Genau. Das stimmt«, sagte Emily.

»Und Sie sind etwa gegen zehn gegangen.« Hier sah er Emily an und wartete auf ihre Bestätigung.

Er konnte jeden Augenblick nachhaken und Emily fragen, wohin sie gegangen war, nachdem sie Quinns Haus verlassen hatte. Sie konnte nicht so tun, als hätte sie nicht am Square angehalten, um einen Kaffee zu besorgen, und auch nicht behaupten, ihre unangenehme Begegnung mit einem Mann, der Walter Newell gewesen sein könnte, hätte nicht stattgefunden. Sie versuchte Franks Rat zu befolgen – von dem *lüge nicht* blieb dann wahrscheinlich nur noch etwas wie *bete ein Ave Maria* übrig.

Statt Stanleys Frage zu beantworten, sagte Emily: »Es tut mir aufrichtig leid, aber Sie müssen mich entschuldigen. Ich muss dringend auf Toilette. Wäre das in Ordnung? Sagen Sie mir nur, wie ich da hinkomme, ich bin gleich wieder zurück.«

Quinn warf ihr einen entsetzten Blick zu, der bedeuten sollte *Lass mich nicht allein*. Emily formte mit den Lippen stumm ein *Tut mir leid*.

Stanley wirkte verärgert. »Einen Stock höher.« Er deutete auf eine Tür am anderen Ende der Etage. »Gehen Sie nach rechts. Den Flur hinunter. Dann kommt es gleich auf der rechten Seite.« Er sah auf die Uhr. »Warum treffen wir uns nicht im Foyer, wenn Sie fertig sind?«

Auf ihrem Weg zum Treppenhaus widerstand Emily dem Drang, einfach loszurennen. Sie hörte, wie Stanley Quinn fragte: »Hatten Sie und Ihr Mann irgendwelche Probleme?«

»Ich ... wir ... Worauf wollen Sie hinaus?« Quinns Stimme wurde immer schriller. Emily fühlte sich schuldig, dass sie Quinn mit Stanley allein gelassen hatte, aber sie musste da weg, bevor er sie selbst ins Kreuzverhör nahm.

»Ich wollte mich lediglich vergewissern ...« Der Rest von Stanleys Worten wurde abgeschnitten, als die Tür zum Treppenhaus hinter Emily ins Schloss fiel.

17

Zur Sicherheit checkte Emily die Türen der beiden Kabinen in der Damentoilette. Keine Füße. Sie zog ihr Smartphone heraus. Vier Balken. Es war fast zehn Uhr. Sie rief Frank an. *Geh ran, geh ran, geh ran.*

Beim vierten Klingeln nahm er das Gespräch an. »Wo bist du?«, fragte er.

»Immer noch auf dem Polizeirevier.«

»Haben sie ihn gefunden?«

»Nein. Ich muss ...« Emily erstarrte, als sie Schritte auf dem Gang hörte.

»Emily, wenn die ...«

»Scht. Stopp. Hör einfach zu.« Emily hielt die hohle Hand schützend vors Handy und senkte die Stimme. »Das Auto von Quinns Ehemann. Gegen zehn Uhr gestern Abend war es am Square in einen Unfall mit Fahrerflucht verwickelt.«

»Ist das nicht da, wo du ...«, sagte Frank. »Warte mal. Willst du damit sagen, das ist der Rüpel, dem du in dem Coffee Shop den Kaffee übergeschüttet hast?«

»Er hat mir Kaffee über die Kleider gekippt«, korrigierte ihn Emily.

»Aber wie ist das denn möglich?«

»Ein ganz schöner Zufall, was?«

»Vielleicht.« Lange Pause. »Oder vielleicht auch nicht. Was, wenn er in dem Haus war? Meinen Anruf mitgehört hat und wusste, wo du hinfährst?«

Möglich war es. Vielleicht war das Knarzen, das sie gehört hatte, gar nicht die Katze gewesen. Falls Walter Newell oben im Haus war und zugehört hatte, wie sie über ihre Männer hergezogen waren, dann wäre er mit gutem Grund sauer geworden. »Soll ich der Polizei sagen, dass ich von Quinn aus zum Coffee Shop gefahren bin?«

Frank antwortete nicht sofort. »Hast du der Polizei gesagt, dass du *nicht* dort gehalten hast, um einen Kaffee zu holen?«

»Ich habe gesagt, dass ich nach Hause gefahren bin. Den Coffee Shop habe ich überhaupt nicht erwähnt.«

Stille am anderen Ende.

»Frank?«

»Ich denke nach.«

Emily wusste, dass Frank jetzt alle Optionen analysierte und gegeneinander abwägte. Aber sie brauchte eine Antwort. Was, wenn Stanley mit weiteren Fragen auf sie zukäme? »Wenn ich es ihnen jetzt nicht sage, und sie es später herausfinden, ist das nicht noch schlimmer?«

»Emmy, hör auf, dich wie eine Schuldige zu verhalten. Du hast nichts getan. Du hast nicht gelogen. Du hast nur …«

»Informationen zurückgehalten, von denen ich sehr genau weiß, dass sie relevant sein könnten.«

»Wirklich? Die wissen bereits, dass sein Auto am Square ein anderes Auto gerammt und der Fahrer sich dann aus dem Staub gemacht hat. Was hätten sie damit für ihre Ermittlung gewonnen? Es sei denn …«

»Es sei denn was?«

»Es sei denn, es ist dein Auto, auf das er draufgefahren ist.«

Emily erschauerte, als sie sich an den Moment erinnerte, in dem der Mann aus dem Coffee Shop von draußen Augenkontakt mit ihr aufgenommen und dann seinen Kaffee auf das Auto gekippt hatte. Wie die Reifen gequietscht hatten, als er losgefahren war. »Und was, wenn er es ist? Was ist, wenn die Polizei entdeckt, dass …«

»*Falls* sie das entdeckt.«

»Aber mein Auto. Mein Rücklicht.«

»Das ist schnell repariert. Ich kümmere mich drum.«

»Jetzt?« Konnte er denn einfach mit den Fingern schnippsen und schon war es weg?

»Es gibt da jemanden, der mir etwas schuldig ist.« Franks Stimme klang so beruhigend. »Emmy, du weißt so gut wie ich, dass du mit dem Verschwinden dieses Mannes absolut nichts zu tun hast. Warum sollten wir den Detectives ihre Zeit stehlen?«

Das leuchtete ein. Aber das brave Mädchen in ihr wollte immer noch der Polizei reinen Wein einschenken. »Aber was ist, wenn ich etwas gesehen habe, das der Polizei helfen kann, ihn zu finden?« Wie etwa ... hatte der Mann im Coffee Shop einen oder zwei Becher in der Hand gehabt? Hatte jemand im geparkten Wagen auf ihn gewartet? *Wenn* sie etwas gesehen hätte, wäre das jetzt hilfreich. Hatte sie aber nicht.

»Emmy, denk doch bitte einmal daran, was in deinem Sinne das Beste ist.« Frank klang aufgebracht. Das war sein *Ich-weiß-wie-das-läuft-in-dieser-Welt-und-du-nicht*-Ton. »Es wird nur schlafende Hunde wecken, falls ... na ja, schlimmstenfalls kommt der Ehemann dieser Frau nicht mehr nach Hause zurück, und sie sagt etwas, bei dem sie den Verdacht bekommen, dass du etwas mit seinem Verschwinden zu tun hast.«

Emily schluckte schwer. »Warum sollten sie das denken?«

»Muss ich es dir extra buchstabieren? Er kippt seinen Kaffee auf dich. Zerbeult dein Auto. Jeder würde da ausrasten. Stell dir nur vor, ich wäre da gewesen, ich hätte Krawall gesucht.«

»Aber ich würde doch niemals ...«

»Ich weiß, dass du das unter normalen Umständen niemals tun würdest. Aber du warst betrunken.«

»Aber doch nicht *so* betrunken.«

»Ich behaupte ja gar nicht, dass es so gelaufen ist. Ich mache dich nur darauf aufmerksam, was passieren kann, wenn du der Polizei Informationen preisgibst. Wärst du jetzt hier, würde ich dir mit diesem Sportpokal, den du im Pfadfinderlager gewonnen hast, eins auf die Rübe geben. Versprich mir, dass du nicht zurückgehst und diesem Polizeibeamten dein Innerstes vor die Füße kotzt. Die werden dich festhalten, um eine Befragung durchzuführen, und wer weiß, was dann passiert? Ich habe jahrelang im Strafjustizsystem gearbeitet. Ich habe gesehen, wie schnell die Dinge manchmal aus dem Ruder laufen.«

Später, als die beiden Frauen auf dem Parkplatz des Polizeireviers in Quinns Miata saßen, sagte Quinn: »Danke, dass Sie hier sind, um mir zu helfen, Emmy.«

Emmy? Nur ihre Familie nannte sie so. Irgendwie ärgerte sie diese Vertraulichkeit und schmeichelte ihr zugleich. »Sorry, dass ich Sie mit dem Ermittlungsbeamten allein lassen musste«, sagte Emily.

»Ich bin mir sicher, Sie hatten Ihre Gründe.« Wie in Zeitlupe blinzelte Quinn. »Ich kann es einfach nicht fassen, was da gerade passiert. Das ist *wirklich* Wallys Auto. Und das bedeutet ...« Sie schüttelte den Kopf. »Ich weiß nicht, was es bedeutet. Ich mag gar nicht darüber nachdenken, was es bedeutet. Wie kann es sein, dass jemand im einen Moment noch da ist und im nächsten schon ist er weg?«

Im Grunde die gleiche Frage, die Mrs Murphy Emily gestellt hatte, und auch diesmal wusste sie nicht, was sie antworten sollte.

Quinn sagte: »Der Parkplatz, auf dem die Polizei Wallys Wagen gefunden hat, wissen Sie, wo der ist?«

»Der am Stadtkai?« Klar wusste Emily das. Dort gab es jeden Herbst einen Nachbarschaftsflohmarkt, den Frank sich nicht entgehen ließ.

»Ist es weit?«

»Eine Meile, anderthalb vielleicht.«

Quinn drehte sich zu Emily um. »Würde es Ihnen etwas ausmachen«, sagte sie mit Kleinmädchenstimme, »wenn wir auf dem Rückweg dort halten würden? Ich muss den Ort sehen. Ihn *spüren*. Klingt das verrückt?« Sie hatte offenbar bemerkt, dass Emily ein wenig zusammengezuckt war, denn sie setzte hinzu: »Ich weiß, ich weiß. Sie wollen sicher so schnell wie möglich nach Hause. Es ist nur, ich glaube, ich packe das nicht allein. Das ist der letzte Gefallen, um den ich Sie bitte, versprochen.« Reichte es nicht, dass Emily den Halbwahrheiten, die sie der Polizei vorgesetzt hatte, nicht widersprochen hatte? »Ich weiß, Sie wollen mich wahrscheinlich einfach nur loswerden.«

Quinn wartete Emilys Antwort nicht ab. Sie ließ den Motor an und fuhr aus der Parkbucht heraus. »Hier entlang, oder? Sie sagen mir, wo ich abbiegen muss, ja?«

Quinn loszuwerden war für sie tatsächlich so schwierig, wie eine Fingerfalle abzustreifen.

»Hier müssen Sie abbiegen«, sagte Emily und leitete Beccas Anruf auf Voicemail um.

Der Park'n'Ride war halb leer. Wahrscheinlich war soeben ein Zug angekommen, denn als Quinn auf den Platz einbog, kamen ihr Autos entgegen. Auf dem Bahnsteig stand eine Frau allein und wartete auf den Zug in die Stadt. Quinn parkte und stieg aus.

Emily blieb im Auto sitzen und hörte Beccas Nachricht ab. »Kannst du dich morgen früh um zehn mit mir und Mrs Murphy bei Inner Peace Storage treffen? Sie werden das Lager aufbrechen lassen.«

Emily schickte ein schnelles Okay zurück und schrieb noch eine Nachricht an ihre Mutter, um zu fragen, ob sie am nächsten Tag in der Früh mit dem Auto zu ihr kommen könne. Dann stieg sie aus und ging zu Quinn, die unter einer Straßenlampe an einer Brüstung stand, die den Parkplatz vom Fluss trennte.

Quinn verschränkte die Arme und zog die Schultern ein. Eine steife Brise wehte ihr das schwarze Haar aus dem Gesicht, als sie über die Rohrkolben und den Weiderich hinweg, über die dunklen Schatten in die tintige Dunkelheit vor dem Ufer starrte. Ein Stück flussabwärts sah Emily am anderen Ufer das Labyrinth der Lageranlage mit den von Lampen angestrahlten safranfarbigen Türen. Inner Peace Storage. Ihr war gar nicht bewusst gewesen, dass das Lager so nah beim Kai lag.

Quinn sagte: »Ich dachte, ich würde ihn spüren, wenn ich hier wäre. Irgendetwas fühlen. Aber da ist nichts.« Sie drehte sich um und scannte mit dem Blick den Parkplatz ab. »Was glauben Sie, wo haben sie sein Auto gefunden?«

Emily folgte Quinn, die von einer Lichtpfütze zur nächsten über den Platz ging, bis hin zur Bootsrampe am anderen Ende. Dort gab es kein Licht, Emilys Augen mussten sich erst an die Dunkelheit gewöhnen. In der Nähe lagen Boote in einer Reihe, und an einer Stange waren Kajaks wie Fahrräder angekettet.

Entschlossen lief Quinn die Bootsrampe hinunter. Am Wasser angekommen, hockte sie sich hin. Der Himmel war dunkel. Kein Mond. Keine Sterne. Am Ufer hüpfte eine leere Plastikflasche auf und nieder. Im Unkraut hatte sich ein Stück Nylonschnur verheddert. Quinn hob einen Kieselstein auf und warf ihn ins Wasser. An der Stelle, wo er mit einem Spritzer niedersank, glitzerten kleine Lichter auf. Quinn streckte die Hand nach einem zweiten Kieselstein aus, als Emily eine weiße Karte bemerkte, die sich im Unkraut verfangen hatte. Außer einer in fetten Lettern aufgedruckten 37 war sie völlig leer. Das könnte eine Bieterkarte sein. Walter Newell war auf einer Auktion gewesen.

»Quinn«, sagte Emily. Quinn warf den Stein und blickte

dann zu Emily auf. Emily deutete auf die Karte. »Sehen Sie das?«

»O mein Gott.« Quinn starrte auf die Karte, drehte sie wieder und wieder um. Dann drückte sie sie an die Brust und fing an zu schluchzen. Emily stand daneben und fühlte sich hilflos. Sie hatte nicht mal ein Taschentuch bei sich, das sie ihr hätte anbieten können. Mit quietschenden Bremsen fuhr ein Zug in den Bahnhof ein.

Quinn ließ sich von Emily zu einer Bank führen. Mit dem Handrücken wischte sie sich die Tränen ab. Das Wasser schlug plätschernd ans Ufer, und der wahrscheinlich letzte Zug, der in dieser Nacht noch zurück in die Stadt fuhr, gab beim Verlassen der Station einen blökenden Signalton von sich und ließ einen leeren Bahnsteig zurück.

Während sie so beieinandersaßen, erzählte Quinn von Wally. Wie sie sich bei einem Ballspiel kennengelernt hatten. Wie sie die Zähne fast nicht mehr auseinandergebracht hatte, als sie seinen wohlhabenden Eltern vorgestellt wurde. Dann die übertrieben prunkvolle Hochzeit in einem Fünf-Sterne-Hotel, die von der Familie des Bräutigams ausgerichtet worden war. Dass der Priester, der sie getraut hatte, betrunken gewesen war und sie dauernd Queenie genannt hatte, und dass Wally sie später gern mit diesem Namen aufgezogen hatte. Von ihrer Hochzeitsreise, einer piekfeinen Kreuzfahrt in die Karibik.

Quinn unterbrach sich oft und checkte die Nachrichten auf ihrem Telefon.

Wally hatte sich damals stundenlang im Schiffscasino dem Glücksspiel hingegeben, hatte getrunken und sich am All-you-can-eat-Buffet vollgefressen, und Quinn hatte zum ersten Mal geahnt, dass diese Partie vielleicht nicht die Erfüllung ihrer Träume sein würde. Als die Flitterwochen vorbei waren, und sie in das Haus zogen, das Wallys Eltern für sie beide gekauft hatten, traf sie die Tatsache, dass er sie nur mit ihren Kleidern und Toilettenartikeln einziehen ließ, vollkommen unvorbereitet. Sie sagte sich, er werde diese Beschränkung im Laufe der Zeit bestimmt wieder aufheben, aber drei Jahre später war es mit seinem Kontrollwahn eher noch schlimmer geworden.

»Das war krank«, sagte Quinn. »Richtig krank. Ab und zu schmuggelte ich etwas ins Haus, einfach weil ich wissen wollte, ob er es bemerkte. Das tat er. Wirklich jedes Mal.« Sie spuckte die Worte einzeln aus. »Als ob meine Sachen verseucht wären.«

Emily fühlte sich ein wenig schuldig. In ihrer eigenen Ehe war sie die Gattin, die zu verhindern suchte, dass der heißgeliebte Krempel ihres Partners in den gemeinsamen Lebensraum eindrang. Aber sie hatte sich gewiss zu keiner Zeit auch nur halb so zerstörerisch verhalten wie Walter Newell. Und Franks Sammelwut? Im Vergleich zu Quinns Erfahrungen war das Klagen auf hohem Niveau.

Kurz bevor die Stechmücken sie vom Ufer verscheuchten, checkte Quinn erneut ihr Smartphone. Keine Nachrichten. Es war schon spät, als Quinn Emily bei ihrem Haus absetzte. Auf dem Küchentresen hatte Frank ihr eine Nachricht hinterlassen. *HAB DEIN AUTO ZUR REPARATUR GEBRACHT. IM KÜHLSCHRANK IST PIZZA.*

Danke, danke, sagte sie im Stillen. Für das Auto. Für die Pizza. Sie wärmte die Stücke auf, die er ihr übrig gelassen hatte. Als die Mikrowelle brummte, füllte die Küche sich mit unwiderstehlichem Duft. Im Stehen schlang Emily ein Stück hinunter. Salz. Fett. Himmlisch.

Sie nahm sich ein zweites Stück, legte es diesmal auf eine Serviette und setzte sich zum Essen an den Tisch. Eine eiskalte Cola wäre jetzt perfekt gewesen, aber sie kaufte keine süßen Getränke mehr, weil Frank so süchtig nach Cola light geworden war, dass es kistenweise ins Haus kam, und sein Zahnarzt ihn warnte, seine Zähne wären schon angegriffen. Sie stand auf und ging zum Spülbecken, ließ etwas Wasser in die hohle Hand laufen und trank daraus.

Das Haus fühlte sich leer und still an. Emily ging nach oben und zog sich ein Baumwollnachthemd an, riss weit die Schlafzimmerfenster auf und schaltete den Deckenventilator und den Fernseher an. In Los Angeles spielten die Red Sox gegen die Dodgers und hingen bei einem Gleichstand von 1:1 in endlosen Extra Innings fest.

Normalerweise schlief sie sofort ein, wenn im Fernsehen ein Baseballspiel kam. Heute aber lauschte sie auf Frank. Dachte an Quinn, die am Tag zuvor *nicht* aufgeblieben war und nicht gewartet hatte, bis Wally nach Hause kam.

In der Pause zwischen den Spielabschnitten trat sie die Bettdecke weg und schloss die Augen. Eine Ansage dröhnte laut: »Cialis sollten Sie nicht einnehmen, falls Sie bereits Nitrate gegen Brustschmerzen nehmen ...« Es war gefühlt schon etliche Tage her, seit sie in großer Eile zum Inner Peace Storage gefahren war, um diese Rolle zurückzugeben, nur um feststellen zu müssen, dass man sie ausgesperrt hatte. Hätten Becca und sie Mrs Murphy die besorgniserregende Nachricht, dass jemand das Schloss ausgewechselt hatte, nicht schon viel früher überbringen können? Denn sobald sie dieses Feuer wieder ausgetreten hatten, rief Quinn an, um ihr die Neuigkeit zu verkünden, vor ihrer Haustür stehe die Polizei.

Wenigstens hatte Frank Emilys Wagen zur Reparatur gegeben. Morgen würde einer der leitenden Angestellten das Lager aufbrechen. Und ihre Mutter würde vorbeikommen und ihre Expertenmeinung zu der Frage beisteuern, was es denn nun mit Mr Murphys sogenannter Sammlung auf sich habe.

Aber jedes Rätsel, das sie lösten, zog ein weiteres nach sich, das ungeklärt blieb. Wo war Walter Newell? War er der Mann, der im Java Connection in sie hineingerannt war? Warum hatte er sein Auto am städtischen Kai stehen gelassen?

Ein völlig undurchdringliches Dickicht, dachte sie, während sie zusah, wie der erste Baseman den Ball abschlug.

18
DONNERSTAG

Über Nacht war die Luftfeuchte gestiegen, und als Emily am Donnerstagmorgen aufwachte, war ihr, als habe sie auf nassen Laken geschlafen. Die Sonne verbarg sich hinter einem Schleier dunkler Wolken, und die Temperatur hatte bereits die 26-Grad-Marke überschritten. Zu dumm, dass ein Treffen mit dem Manager von Inner Peace Storage wenigstens eine Arbeitsuniform verlangte. Sie bügelte eine Hose und ein dazu passendes Polo-Shirt und wünschte sich, sie könnte stattdessen ein weit geschnittenes Hemdkleid tragen. Ihr Fuß fühlte sich besser an, die Schwellung war zurückgegangen, aber es erschien ihr klüger, noch einen Tag in Crocs zu laufen.

Als sie nach unten kam, war es fast neun. Lila war schon da und saß Frank gegenüber am Küchentisch, jeder las Zeitung und hielt sein Blatt vor sich wie einen Schild. Neben der Hintertür standen Lilas Rollenkoffer und eine Handtasche in der Größe einer Satteltasche. Emily hatte ihre Mutter zuletzt vor einem Monat gesehen, diese hatte sich inzwischen die Haare rot gefärbt und igelartig kurz geschnitten. Wie sie Emily schon zahllose Male erzählt hatte, war für Frauen über sechzig das Problem am Älterwerden, dass man sie behandelte, als wären sie unsichtbar. Lila war fünfundsechzig und zeigte mit ihrer Frisur, ihrem kurzen, in wilden Pink- und Lilatönen gefärbten Seidenkaftan und ihren zahllosen, bei jeder Bewegung klimpernden Armreifen, dass sie wild entschlossen war, nicht zu verschwinden. Gegen Hitze und Feuchtigkeit schien sie auch gefeit.

»Du hast es geschafft«, sagte Emily und gab ihrer Mutter einen Luftkuss. »Wie war der Verkehr?«

»Ich bin um sechs losgefahren.« Lila stand auf und schenkte Emily eine Tasse Kaffee ein.

»Und?« Emily nahm die Tasse und nippte daran. Schwach. Den hatte sicher Lila gemacht. Frank machte den Kaffee so stark, dass man glauben konnte, ein Löffel würde stecken bleiben.

»Nur der übliche Stau an der Brücke. Ist das zu glauben, mittlerweile kommen die Pendler schon von Cape Cod? Und dann gibt es hier, wo alles zusammenläuft, ein Riesenchaos.«

Das bedeutete – Emily warf einen kurzen Blick auf die Küchenuhr – Lila war wahrscheinlich schon mindestens eine Stunde hier. Allein. Mit Frank.

»Dein Auto ist wieder da«, sagte Frank, legte die Zeitung auf den Tisch und erhob sich.

»Dein Auto?«, fragte Lila.

Emily und Lila folgten Frank nach draußen. Emily ging einmal ganz um ihr Auto herum. Das Rücklicht war ersetzt worden, die Delle hinten ausgebeult, der Schmutz abgewaschen. So gut wie neu. Man hätte schon eine Lupe zu Hilfe nehmen müssen, um –

»O mein Gott«, sagte Lila. »Was ist denn da passiert?«

»Wo?«

»Hier«, sagte Lila, und ihre Armreifen klapperten, als sie mit lackiertem Fingernagel auf eine Stelle hinten am Auto deutete. Tadaaa! Sie sah Emily über den Rand ihrer strassgerahmten Brille an. »Das ist offensichtlich, findet ihr nicht?« Sie fuhr mit der Hand über die Stelle, an der sie Anstoß genommen hatte. »Da ist ein Hubbel. Und die Farbe ist hier dicker.« Sie trat zurück und kniff die Augen zusammen. »Außerdem ist das eine Rücklicht viel sauberer als das andere.« Sie sah Emily an. »Wenn du deinen Wagen gelegentlich mal waschen würdest, meine Liebe, würde das auch nicht so auffallen.«

Emily und Frank sahen einander an und verdrehten die Augen. »Ein paar Beulen machen den Charme eines alten Autos doch erst aus, findest du nicht?«, sagte sie und sah demonstrativ zu dem alten Volvo ihrer Mutter hinüber, der etwas weiter die Straße hoch geparkt war. Die Chromschicht der vorderen und hinteren Stoßstange war pockennarbig von Lilas Technik des seitlichen Einparkens. Sie fuhr rückwärts, bis sie den Wagen hinter ihr antippte, dann bewegte sie sich zentimeterweise vorwärts, bis sie den Vordermann antippte. Und manchmal war es mehr als nur ein Antippen.

»Also wenn du mich fragst«, sagte Lila, die Hände in die Hüften gestemmt, »man sollte sich immer von seiner besten Seite zeigen. Vor allem, wenn man in einer Dienstleistungsbranche arbeitet. Und eine amateurhafte Reparatur erweckt den Eindruck, es sei einem nicht wichtig. Das ist wie eine Visitenkarte mit Druckfehlern.« Lila blickte auf, als in der Ferne Donner grollte. »Wir werden Regenschirme brauchen.«

»Keine Bange«, sagte Emily, ging um das Heck ihres Autos herum und kniete eine Armlänge von der Reparaturstelle entfernt nieder. »Ich habe Regenschirme im Kofferraum.« Natürlich wusste sie, dass der Wagen beschädigt worden war, aber hätte sie es auch bemerkt, wenn sie es nicht gewusst hätte? Wahrscheinlich nicht. Und das war, auf den Punkt gebracht, der Unterschied zwischen ihr und ihrer Mutter. Das war der Grund, warum ihre Mutter in ihrem Beruf so erfolgreich gewesen war, und der einzige Grund, warum Emily unbedingt wollte, dass sie sich Mr Murphys Sammlung ansah.

»Du hast Recht«, sagte Emily. »Ich sollte mein Auto öfter in die Waschanlage bringen. Und es wird definitiv regnen.«

Sie sah auf die Uhr. »Wir sollten so bald wie möglich losfahren. In dreißig Minuten müssen wir bei dem Lager sein.«

Während der Fahrt sah sich Lila die Aufnahmen des Lagers an, die Emily auf ihrem Smartphone gespeichert hatte, und ließ dabei immer wieder ein missbilligendes Zungenschnalzen vernehmen. »Das wird eine harte Nummer. Diese Bücher sind ja in einem Zustand!« Sie schüttelte den Kopf. »Und was ist mit den Rollen?«

»Die, von der ich dir erzählt hatte? Die ist hinten.« Emily zeigte über ihre Schulter. »Schau sie dir an und sag mir, was du denkst.«

Lila öffnete ihren Sicherheitsgurt, drehte sich auf dem Sitz um und streckte den Arm nach der Rolle aus. Dann nahm sie wieder Platz und betrachtete das Etikett. »Ich sollte besser Handschuhe anziehen.«

»Auf dem Rücksitz. In der Tasche auf dem Boden.«

Lila wuchtete die Tasche nach vorn und kramte darin herum. »Was ist das denn?«, fragte sie und hielt Emily den babyblauen Elektroschocker hin.

»Das ist ein Elektroschocker. Frank hat mich dazu verdonnert, ihn zu meiner Selbstverteidigung mit mir herumzuschleppen.«

»Hat dich *verdonnert*?«

»Nur so eine Floskel.«

»Das will ich doch hoffen. Ich habe dich nicht großgezogen, damit du dann ...« Ihre Stimme erstarb, als sie den Elektroschocker näher untersuchte. »Sieht aus, als würde der keinen Mucks mehr von sich geben. Wenn du den schon mit dir herumschleppst, solltest du wenigstens darauf achten, dass die Batterien geladen sind.«

Zum Glück ließ Lila das Thema fallen. Sie kramte noch ein bisschen weiter in Emilys Ausrüstungstasche, bis sie Latex-Handschuhe fand. Sie schlüpfte hinein, dann zog sie an einer Seite den Plastikdeckel der Rolle ab. Die Landkarte glitt heraus.

Lila legte das Papier flach auf ihren Schoß. »Neufrankreich, Neuschottland, Kanadischer Golf.« Sie flüsterte die Worte wie einen Zauberspruch, als sie mit den Fingerspitzen über den Kompass und einen windgezausten Neptun mit einem Dreizack strich, der in der unteren Ecke prangte.

»Glaubst du, es handelt sich um das Original?«, fragte Emily.

Lila beugte sich über das Papier und roch daran. »Ich müsste es mir mit einer Lupe anschauen, aber das Papier scheint mir das Richtige zu sein.« Sie fuhr mit dem Finger über die obere Kante. »Es könnte natürlich ein Giclée sein.«

»Was ist das?«

»Eine sehr feine Druckkopie. Digitale Technik. Sie ist so gut, dass du die Punkte nicht sehen kannst. Und wenn es auf zeitgenössischem Papier gedruckt ist, nun ja, dann kannst du selbst einen Experten täuschen. Aber das hier?« Sie fuhr mit den Fingerspitzen die Ränder entlang. »Das scheint von einer Druckplatte zu stammen. Hier ist eine Pressmarke.« Sie hielt die Landkarte ins Licht, drehte sie jeweils um neunzig Grad und untersuchte dabei jede Kante. »Zudem ist sie einem gebundenen Buch entnommen. Siehst du, nur diese Kante hier ist rau, die anderen sind glatt.«

»Ich glaube dir aufs Wort«, sagte Emily, als sie an der Abzweigung zum städtischen Kai vorbeifuhr. Ein Regentropfen prallte gegen die Windschutzscheibe. »Du sagst, es wurde herausgerissen?«

»Ganz vorsichtig. Von jemand, der wusste, was er tat. Wenn ich raten müsste, würde ich sagen, sie haben einen nassen Faden benutzt. Legt man einen Faden in die Mittellinie, wird das Papier weich. Lässt man ihn wenige Minuten drin liegen, kann man das Papier sauber herausreißen.

Das geht geräuschlos, erfordert keine sperrigen Werkzeuge und hinterlässt kaum Spuren. Dann muss man das Dokument nur noch vorsichtig in den Ärmel schieben, und fertig ist die Laube.« Lila hielt die Landkarte hoch. »Das ist ein schönes Stück. Richtig alt. Historisch bedeutsam. Verständlich, dass das jemand an sich bringen möchte, natürlich vorausgesetzt, es ist das Original.« Sie seufzte. »Und die Blaine-Bibliothek weiß nicht einmal, dass es sich nicht mehr in ihrem Besitz befindet.«

19

Becca und Mrs Murphy warteten bereits vor dem Lager, als Emily und Lila aufkreuzten. Bevor sie ausstiegen, steckte Emily die Landkarte in die Rolle zurück. Sie würde sie später an ihren Platz zurücklegen. Sie öffnete den Kofferraumdeckel und holte einen Regenschirm für sich selbst und einen für Lila heraus.

Mrs Murphy kniff die Augen zusammen, als sie näher kamen, und Emily fragte sich, ob sie dachte, Lila könnte die Frau sein, die der Wachmann im Lager ihres Mannes gesehen hatte. Sie sah verdutzt aus, als Lila Becca umarmte.

»Mrs Murphy, dies ist Lila Laubenstein«, sagte Emily, »meine Mutter, und sie weiß alles, was es über Bücher und Drucke zu wissen gibt.«

»Nicht alles«, sagte Lila. »Aber ich beschäftige mich schon eine Weile damit und habe gut aufgepasst.«

»Ihre Mutter?«, fragte Mrs Murphy, ihr Gesicht entspannte sich und sie zeigte ein Lächeln. Sie gab Lila die Hand. Obwohl sie etwa der gleiche Jahrgang waren, wirkten sie völlig verschieden – Mrs Murphy ganz in Schwarz wie eine italienische Witwe, mit weißem Haar und ungeschminkt, womit sie zum Ausdruck brachte, dass sie ihr Alter akzeptierte; daneben die bunt gefiederte Lila, die mit allen Mitteln dagegen ankämpfte.

»Meine Mutter war Bibliothekarin«, sagte Emily.

»*Ist* Bibliothekarin«, sagte Lila und lächelte Mrs Murphy an. »Man kann eine Frau aus dem Bibliotheksdienst entlassen, aber deshalb hört sie nicht auf, Bibliothekarin zu sein, selbst nachdem sie offiziell in den Ruhestand gegangen ist, und bei mir ist das noch gar nicht so lange her.« Sie dachte eine Weile nach, und ihr Lächeln verschwand. »Nun ja, vielleicht ist es doch schon ein Weilchen her. Ich habe dort in den Sondersammlungen gearbeitet.«

»Tatsächlich?«, fragte Mrs Murphy. »Wo denn?«

»In der Auburn Design School. Das ist in …«

»Ich weiß, wo das ist. Murph und ich haben sie besucht. Ein schönes Gebäude von Kahn.«

Lilas Miene hellte sich auf. »Eine seiner ersten wirklich modernen Arbeiten.«

Emily sah Lila an, die Aufmerksamkeit auf höchster Alarmstufe. Ihr war gerade in den Sinn gekommen, dass das Material in dem Lager sehr gut auch aus der Auburn Design School stammen konnte.

»Wir haben so gut wie jede Bibliothek besucht, die er entworfen hat«, fuhr Mrs Murphy fort. »Auch die McKims. Die Richardsons. Wir wollten uns in Seattle die Hauptbibliothek anschauen. Also *damals* wollten Murph und ich das jedenfalls.«

»Rem Koolhaas«, sagte Lila. »Brillanter Architekt.«

»Ich habe gehört, es soll ein erstaunliches Gebäude sein. Innen wie außen. Murph sagte immer ….« Mrs Murphys Stimme brach ab. Nach einer Weile räusperte sie sich.

»Tut mir leid«, sagte Lila. »Wirklich.«

Mrs Murphy schniefte und lächelte matt. »Ich denke, mein Mann wäre gern Architekt gewesen. Leider wuchs er in einer Familie auf, in der künstlerische Talente nicht gefördert wurden. Er hat als Zahnarzt gut verdient, aber das war nur ein Job, nicht seine Leidenschaft.«

»Es würde mich interessieren, ob Sie je in der Ames Library waren …«, fing Lila an.

»In Easton?«, fragte Mrs Murphy. »Natürlich. Noch so ein herrliches Gebäude von Richardson. Und sehr gut instand gehalten. Ich bin mir sicher, Sie kennen den Richardson-Bau im Stadtzentrum von Quincy? Die Thomas Crane Public Library?«

Lila legte eine Hand auf ihr Herz. »Mit dem Fensterbild von La Farge.«

»O mein Gott, ja!«

Gegensätze, die ein gemeinsames Interesse zusammenführt, dachte Emily. Becca warf ihr einen überraschten Blick zu. *Wer hätte das gedacht!*

Dann fragte Lila: »Sind Sie schon mal in der Blaine Library gewesen?« Emily wurde ganz Ohr.

Aber noch ehe Mrs Murphy antworten konnte, fuhr ein Wagen der Security vor und ein Mann stieg aus. Nicht der Wachmann, mit dem Emily zuvor gesprochen hatte, sondern ein junger, schlanker, der gelangweilt wirkte. Er trug eine Khakihose und ein safranfarbenes Golfshirt mit einem Namensschild, auf dem *MANAGER* stand. Er hob ein Klemmbrett vom Boden des Wagens auf, dann wandte er sich an die vier Frauen. »Ruth Murphy?«

»Das bin ich«, sagte Mrs Murphy.

»Ma'am. Können Sie sich irgendwie ausweisen?«

Mrs Murphy, die eine Schultertasche trug, zückte ihren Führerschein.

»Danke sehr. Alles, was ich brauche, ist Ihre Unterschrift, mit der Sie uns Ihre Einwilligung erteilen, das Schloss zu entfernen.« Er reichte ihr das Klemmbrett und einen Stift. Mrs Murphy unterschrieb.

Der Manager warf das Klemmbrett auf den Sitz des Gefährts und holte einen riesigen Bolzenschneider heraus. Die Zangenbacken waren so groß wie die Fanghandschuhe eines Catchers, die Griffe weit gespreizt. Er inspizierte das Vorhängeschloss, dann setzte er den Bolzenschneider so an, dass er sich in den Bügel einhakte, stellte sich breitbeinig hin und grunzte, als er die Griffe zusammenpresste. Mit einem lauten Knacken gab das Metall nach. Er ruckelte den Bolzenschneider frei, hakte den Bügel aus und öffnete das Schloss.

Emily hielt die Luft an, als er sich nach dem Türgriff bückte. Sie warf Mrs Murphy, die blinzelnd auf der Betonfläche vor dem Lager stand, die Hand vor dem Mund, als fürchte sie sich vor dem, was sie gleich zu sehen bekäme, einen Blick zu.

Der Manager zog die Kipptür nach oben, langte in den Raum und schaltete das Licht an.

Emily hatte befürchtet, sie würden ein halb oder komplett ausgeräumtes Lager vorfinden, aber alles sah in etwa so aus, wie sie es in Erinnerung hatte. An der gegenüberliegenden Wand stand eine mit Gerätschaften beladene hölzerne Werkbank. Zu beiden Seiten waren wandhohe Regale angebracht, vollgepackt mit Büchern, Dokumentenrollen und Schachteln.

Aber als sie erleichtert aus- und wieder einatmete, stellte sie fest, dass *irgendetwas* anders war. Vorher hatte es säuerlich gerochen. Moder und Schimmel. Aber der Gestank, der ihnen jetzt entgegenschlug, war viel schlimmer. Faulig. Vielleicht wegen der Hitze? Oder vielleicht war ein Tier darin gefangen gewesen? Sie legte sich die Hand über Mund und Nase.

Der Manager musste es ebenfalls gerochen haben, denn er blickte angewidert und trat ein paar Schritte zurück. »Was lagern Sie denn da drin?«, fragte er und wandte sich Mrs Murphy zu. »Pflanzen und Tiere sind nicht erlaubt. Nichts Feuchtes oder ...« Er schnüffelte wieder. »Kein Futter und keine Lebensmittel. Keine Düngemittel.«

»Düngemittel?«, fragte Mrs Murphy und richtete sich gerade auf. »Sie haben nicht die geringste Ahnung, wovon Sie da reden, junger Mann.«

Emily sagte: »Vielleicht liegt es ja daran, dass die Raumklimakontrolle nicht funktioniert. So wie die Büchersammlung aussieht, funktioniert sie wohl schon eine ganze Weile nicht mehr.«

Der Manager sah sich das Thermostat an der Wand neben der Tür an. Dann hob er die Hand, hielt sie vor den Belüftungsschacht in der Decke und machte ein finsteres Gesicht. »Ich gehe mich erkundigen und komme dann wieder zu Ihnen. Bis gleich.« Bei dem Tempo, mit dem er in sein Gefährt stieg und davonfuhr, fragte sich Emily, wie lange es dauern würde, bis Mrs Murphy tatsächlich von ihm hören würde.

Mrs Murphy blieb mit Becca zurück, während Emily, gefolgt von Lila, das Lager betrat. Emily legte die Dokumentenrolle auf ein Regal, auf dem noch andere Rollen lagen, und sah sich nach der Quelle des Gestanks um. Unterdessen ging Lila langsam an einer Seite der Regale entlang, zog gelegentlich ein Buch heraus, untersuchte es vorsichtig und stellte es wieder zurück.

Flach atmend, nahm Emily die Hutschachtel, in die sie schon einmal einen Blick geworfen hatte, vom Regal herunter. Sie reichte sie Lila, die den Deckel öffnete. Lila runzelte die Stirn, als sie die Buchkartentaschen der Büchereien sichtete, die randvoll mit Fälligkeitskarten waren.

Emily zückte ihr Smartphone in der Absicht, die Aufnahmen, die sie bereits gemacht hatte, mit dem zu vergleichen, was sie vor Augen hatte, als sie bei der Werkbank eine rote Baseballmütze auf dem Boden entdeckte. Sie bückte sich, um sie aufzuheben. Der Gestank wurde immer unerträglicher.

Unter der Werkbank lag ein zusammengerollter Teppich mit einer Rückseite aus Jutegewebe. Sie hatte ihn bei ihrem ersten Besuch gar nicht bemerkt. Er lag in einer flachen Wasserpfütze, die sich vorher auch nicht dort befunden hatte.

War der Lagerraum jetzt auch noch undicht? Emily ging näher ran, während sie gegen Übelkeit kämpfte.

Lila stand vor der Werkbank und flüsterte: »Der hat wirklich ein schönes Werkzeugset hier stehen. Bleistifte, Radiergummis und Sandpapier. Alkohol. Ein Bügeleisen.«

»Mom.« Emily unterbrach Lilas Inventur. »Sieh doch nur.« Sie deutete auf den zusammengerollten Teppich unter der Werkbank. Ihre Aufmerksamkeit richtete sich auf das, was an einem Ende herausragte. Die Finger einer bleichen Hand. Am anderen Ende sah man Schuhspitzen, Sneakers.

Lila beugte sich vor, warf einen kurzen Blick darauf und wich zurück.

Emily legte die Baseballkappe auf die Werkbank und griff nach einer der Dokumentenrollen. Sie stach damit in einen der Füße. Steif. Dann streckte sie die Hand aus und berührte die Finger. Sie waren kalt und klamm.

Lila hatte bereits ihr Telefon herausgeholt. »Hallo, ist da die Polizei?«

20

»Wir entdecken eine Leiche, und du sortierst Bibliothekskarten«, sagte Emily im Flüsterton zu Lila. Sie saßen in dem kleinen Büro von Inner Peace Storage und warteten. Lila hatte die offene Hutschachtel auf ihrem Schoß stehen, blätterte die Karten durch und heftete sie mit Büroklammern, die sie sich dort vom Schreibtisch genommen hatte, grüppchenweise zusammen. Becca und Mrs Murphy waren in ein ruhiges Gespräch vertieft und blickten durch das Bullauge, das Becca in das beschlagene Fenster gewischt hatte. Zwei Polizeiwagen waren schon vorgefahren, vom Büro aus konnte Emily nur die Warnleuchten sehen, die ihre Lichtblitze in die feuchte Luft schickten.

Es gab einen Blitz, einen lauten Donnerknall, und Wind peitschte den prasselnden Regen gegen das Glas.

»Was sollte ich denn sonst tun?«, flüsterte Lila zurück. Sie steckte eine Karte in die Papierklemme einer Gruppe. »Das ist meine Art, damit klarzukommen. Mach weiter. Fokussiere dich auf kleine Dinge. Du kennst das alte Sprichwort: ›Sorge dich nicht um den Esel, lade den Karren voll.‹ Wäre ich jetzt zu Hause und etwas würde mich stark aus dem Gleichgewicht bringen, würde ich anfangen, die Kramschublade aufzuräumen.« Sie zog herausfordernd die Braue hoch. »Was meinst du wohl, wo du das herhast? Urteile nicht.«

Dazu war es schon zu spät. Emily ging zu dem Wasserspender in der Ecke und schenkte sich ein Glas ein. Sie trank und versuchte, den widerlich süßlichen Gestank der Leiche aus dem Kopf zu bekommen, die wer weiß wie viele Stunden in dem heißen Lager gelegen hatte, in dem es keinerlei Belüftung gab. Als sie sich wieder Lila zuwandte, flüsterte sie: »Glaubst du, diese Sammlung ist Diebesgut?«

»*Scht.* Das weiß ich noch nicht«, flüsterte Lila zurück. »Ich ordne nur schon mal die Sachen für später, wenn wir diese Bibliotheken kontaktieren.« Dann fügte sie noch leiser hinzu: »Ich nehme an, genau das wird Ruth tun wollen, sobald sie begreift, was sie da geerbt hat.«

Ruth. Ihre Mutter war mit Mrs Murphy schon per Du. Emily war froh, dass sie ihre Mutter um Hilfe gebeten hatte.

Scheinwerfer erhellten die Scheiben, an denen der Regen in langen Schlieren herunterlief. Ein weißer Notarztwagen fuhr vorbei und steuerte auf Mr Murphys Lager zu. Emily hatte keine Ahnung, wie lange es dauerte, bis die Leichenstarre eintrat, doch der in den Teppich eingerollte Mann könnte schon eine ganze Weile tot sein. Hatte die Leiche bereits am Sonntag hier gelegen? War es möglich, dass sie es einfach nicht bemerkt hatte? Der Gedanke jagte ihr einen Schauder über den Rücken.

Sie zückte ihr Telefon und ging die Fotos durch, die sie am Sonntag in dem Lager aufgenommen hatte, und fand ein Foto der Werkbank. Sie vergrößerte es und erhöhte die Belichtung, was zu ihrer Erleichterung die Bestätigung brachte, dass darunter keine Wasserpfütze, kein zusammengerollter Teppich und keine Baseballkappe zu sehen war.

»Was ist da los? Was machen die da draußen?«, fragte Mrs Murphy. »Wie lange wollen die uns hier festhalten?«

Der Polizeibeamte, der als Erster eingetroffen war – Emily hatte nicht erkannt, dass es derselbe war wie bei ihrem gestrigen Besuch im Polizeirevier –, hatte gesagt, er könne ihnen kein genaues Zeitfenster angeben, aber es werde jemand vorbeikommen und sich mit jeder einzelnen von ihnen unterhalten. Emily fragte sich, ob sie Frank anrufen sollte. Er würde sich wahnsinnig aufregen, wenn sie es nicht täte. Ihr Daumen schwebte unentschlossen über seinem Namen, als ein Mann das Büro betrat. Er trug keine Uniform, hatte aber einen laminierten Ausweis mit den Insignien der Polizei von Hartwell um den Hals gehängt. Er hatte ein kantiges Kinn und wirkte ernst, und seine bloße Anwesenheit gab Emily das Gefühl, sie müsse sich erheben. Sie schaltete ihr Telefon aus und steckte es in die Tasche. Lila legte die Karten, die sie gerade sortiert hatte, zurück in die Hutschachtel und schloss den Deckel.

Mrs Murphy ging direkt auf den Mann zu. Ihr fluffiges Haar reichte ihm bis ans Kinn. »Bitte, können Sie uns nicht erklären, wer dieser Mann ist und was er in dem Lager meines Mannes zu suchen hat?« Emily bewunderte ihre Geistesgegenwart, auch wenn ziemlich klar war, dass der arme Mann im Teppich überhaupt nichts mehr suchte.

»Ma'am. Genau das versuchen wir herauszufinden.« Der Blick des Mannes schweifte von der einen zur anderen der vier Frauen. »Ich bin Detective Lieutenant Moran.« Er zog ein Notizbuch aus seiner Hosentasche und klappte es auf. »Und Sie sind?«

»Ruth Murphy«, sagte Mrs Murphy.

»Sie sagten, das sei der Lagerraum Ihres Mannes.«

»Jetzt der meine. Mein Mann ist verstorben«, wagte Mrs Murphy ihm mit zitterndem Kinn zu widersprechen.

Lila stand neben Mrs Murphy und verschränkte die Arme. »Mr Murphy starb vor einem Jahr«, erklärte Lila. »Wir sind hier, um ihr dabei zu helfen, das Lager auszuräumen.«

»Und Sie sind?«, fragte Moran.

»Lila Laubenstein«, sagte Lila.

»Emily Harlow«, sagte Emily.

Morans Blick wanderte von Emily zu Lila und wieder zurück zu Emily. »Mutter und Tochter«, sagte Emily.

Dann wanderte sein Blick von Emily zu Becca, wobei ihm zweifellos auffiel, dass sie die gleiche Kleidung trugen.

»Ich bin Rebecca Jain«, sagte Becca. »Emily und ich sind Geschäftspartnerinnen. Wir haben einen professionellen Aufräumservice.«

»Ich danke Ihnen«, sagte Moran. »Wer von Ihnen hat denn die Leiche gefunden?«

Zuerst antwortete niemand darauf. Dann sagte Emily: »Ich denke, das war ich. Der Gestank ist uns allen aufgefallen, aber erst, als wir unter dem Tisch nachsahen, wurde uns klar, woher er stammte. Die Wasserpfütze fiel mir auf.«

»Wann ist eine von Ihnen vor dem heutigen Tag im Lager gewesen?«, fragte Detective Moran.

Das dürfte Emily gewesen sein. Schon wieder sie. »Ich bin am Sonntag hier gewesen. Allein«, gab sie zu.

»Hat Sie jemand gesehen?«

»Ein Wachmann kam vorbei. Ich bin mir sicher, er wird sich erinnern.«

»Und gestern sind Sie dann wiedergekommen.«

»Genau. Gestern kam ich wieder.«

»Gestern?« Moran wirkte überrascht.

»Aber ich konnte nicht hinein. Jemand ...«

Mrs Murphy schaltete sich ein. »Ich hatte einen Schlüssel. Den hatte ich ihr gegeben. Erst hat er funktioniert und dann nicht mehr.«

»Das stimmt so nicht ganz«, sagte Emily ganz ruhig, obwohl sie in diesem Augenblick Mrs Murphy am liebsten erwürgt hätte. »Der Schlüssel, den sie mir gegeben hatte, funktionierte, als ich das erste Mal hier war. Aber nicht, als ich am nächsten Tag wiederkam.« Die Worte einzeln betonend, setzte sie hinzu: »Jemand hatte das Schloss ausgetauscht.«

»Und wie es aussieht, wurde noch eine ganze Menge mehr getan«, sagte Lila im Flüsterton.

»Offensichtlich«, sagte Moran. »Sie sind also heute Morgen wiedergekommen? Sie alle zusammen.«

Becca sagte: »Um das Schloss aufzubrechen, brauchte der Manager eine von Mrs Murphy unterzeichnete Befugnis. Dann erst wurde man aktiv.«

»Haben Sie das aufgebrochene Schloss noch?«, fragte Moran.

Das wäre natürlich wichtig gewesen, dämmerte es Emily. Denn beim Transport der Leiche in den Lagerraum musste die Person, wer auch immer das war, das Schloss angefasst haben. »Wahrscheinlich hat der Manager es mitgenommen. Ehrlich, ich erinnere mich nicht.« Sie blickte zu Becca, doch die schüttelte den Kopf.

»Er hat es mitgenommen«, sagte Lila. »Da bin ich mir sicher.«

»Danke. Wir werden es schon ausfindig machen.« Moran lächelte Lila an, als wäre sie eine Musterschülerin. »Jetzt wollen wir mal sehen, ob ich auch alles verstanden habe. Am Sonntag war Mrs Harlow hier. Sie schloss das Lager auf. Sah sich um. Ging wieder. Als sie am nächsten Tag zurückkam, war das Schloss ausgetauscht.«

»Richtig«, sagte Emily.

»Und Sie haben sicher das Lager auch wieder abgeschlossen, als Sie am Sonntag gingen.«

»Absolut sicher.«

»Wann war das?«

»Gegen fünf Uhr dreißig.«

Emily wurde klar, dass sie wieder vor demselben Problem standen wie gestern, als sie Quinn aufs Polizeirevier begleitet hatte, um das vermisste Auto ihres Ehemanns zu identifizieren.

Moran fragte: »Und als Sie am Sonntag hier waren, ist Ihnen da sonst noch etwas Ungewöhnliches aufgefallen?«

Emily antwortete: »Meinen Sie damit, dass eine Männerleiche unterm Tisch lag? Nein.« Sie zückte das Handy und zeigte ihm die Aufnahmen, die sie gemacht hatte. Bei dem Foto der Werkbank hielt sie inne.

Moran verengte die Augen zu Schlitzen. »Wieso denken Sie, dass es sich um eine Männerleiche handelt?«

Das einzige Geräusch im Büro war das Prasseln der Regentropfen. Emily erwiderte: »Wegen der wenigen Dinge, die ich sehen konnte. Schuhe. Finger. Eine Baseballmütze. Der Schluss lag nahe.«

Mrs Murphy stieß ein nervöses Lachen aus, dann schlug sie die Hand vor den Mund.

»Ich wüsste gern, ob eine der Damen diesen Mann kennt.« Moran zückte sein Smartphone. Er streckte es vor, sodass jede von ihnen das Foto eines Mannes sehen konnte. Das Gesicht war aufgedunsen, die Haut hatte die Farbe von hellem Ton. Die Augen waren geschlossen. Er hatte dunkles, kurzgeschnittenes Haar, einen Schnauzer und einen Backenbart.

»Ich kenne ihn nicht«, sagte Lila.

»Ich auch nicht«, schob Mrs Murphy hinterher.

Becca sagte: »Ich erkenne ihn auch nicht wieder.«

Emily sagte nichts. Sie konnte die Blicke aller auf sich spüren. Walter Newell hatte dunkles Haar, einen Schnauzer und einen Backenbart, genau wie dieser Mann hier, aber das war ja wohl kaum genug, um behaupten zu können, er sei es gewesen.

»Lassen Sie sich Zeit«, sagte Moran. »Der Tod kann das Aussehen einer Person stark verändern.«

Emily versuchte, sich an das Foto zu erinnern, das Quinn der Polizei mitgebracht hatte, oder an den Mann in dem Coffee Shop. »Hat man ihn noch nicht identifiziert?«, fragte sie.

Moran antwortete nicht. Er öffnete die Tür des Büros und winkte ihr zu, mit nach draußen zu kommen. Emily zögerte und drehte sich zu ihrer Mutter um, aber diesmal wusste auch sie keinen Rat. Also fasste Emily sich ein Herz und folgte Moran.

Der Regen war jetzt nur noch ein feiner Dunst und es schien, als wollte die Sonne durchbrechen. Moran legte den Kopf schief und sah sie von oben an. »Sie erkennen ihn wieder, nicht wahr?«

»Nein«, antwortete Emily fast ein wenig zu schnell. »Aber ich weiß, wer er sein könnte.«

21

Detective Morans Auto sah aus wie die durchschnittliche schwarze Oberklassenlimousine, war aber innen mit einem Computer und einem Scanner ausgestattet, und ein Metallgitter trennte die vordere von der hinteren Sitzreihe. Moran ließ Mrs Murphy, Becca und Lila gehen, und fuhr dann mit Emily zu dem offenen Lagerraum. Dort stieg er aus, ging weg und ließ sie allein im Auto zurück. Emily versuchte ebenfalls auszusteigen, aber wo ein Türgriff hätte sein sollen, gab es nur eine Metallplatte. »Hey!«, schrie sie. Sie konnte gerade noch erkennen, dass Moran in dem Lager mit einer Person in dunkler Uniform sprach. Und in ihre Richtung deutete.

Emily sah, dass die Fenstersteuerung in die Armlehne eingebaut war, und versuchte, sie zu drücken. Sie zu ziehen. Aber das Fenster machte keinen Mucks. Sie schlug gegen die Scheibe. Lehnte sich mit aller Kraft gegen die Tür. Es gab kein Entkommen.

Sie versuchte, ruhig zu bleiben, als sie ihr Handy nahm, fummelte aber nervös darauf herum und musste ihr Passwort zweimal eingeben, ehe sie sich einloggen konnte. Schließlich gelang es ihr, Frank anzurufen. Die Verbindung wurde gerade hergestellt, als Moran die Autotür aufriss. Emily torkelte in den Regen hinaus, dabei fiel das Handy zu Boden.

Moran hob das Telefon auf, wischte es am Hosenbein ab und warf einen Blick darauf, bevor er es ihr zurückgab. Emily hörte Franks Sprachansage: *Ich kann Ihren Anruf gerade nicht entgegennehmen*. Sie drückte auf den roten Kreis, um den Anruf zu beenden. Jetzt war sie auf sich allein gestellt.

»Entschuldigen Sie. Das hat jetzt länger gedauert als erwartet«, sagte Moran. »Ist bei Ihnen alles in Ordnung?« Er nahm einen Regenschirm vom Vordersitz, spannte ihn auf und hielt ihn über sie. »Ich musste mich erst versichern, dass ich Sie mitnehmen darf.«

Emily holte tief Luft und fasste sich wieder. Ihr Herz hämmerte, als sie, wie ihr in dem Moment klar wurde, am Wagen des Rechtsmediziners vorbeiging, der rückwärts vor dem Lager stand. Moran hob das gelbe polizeiliche Absperrband, ließ aber nur Emily hindurchschlüpfen.

Wieder dieser Geruch. Emily musste würgen.

»Geben Sie uns nur eine Minute«, sagte Moran zu den zwei Technikern, die in dem Lager arbeiteten. Die beiden Männer erhoben sich und traten von der Männerleiche zurück, die auf einer dicken Plastikplane auf dem Rücken lag.

Emily zwang sich hinzuschauen. Der Mann war groß und muskulös. Das Gesicht war bleich, nicht grau wie auf Morans Foto, und an einer Seite war eine tiefrote Verfärbung zu erkennen.

Sie spürte, dass Moran sie beobachtete, auf eine Reaktion lauerte. Sie sagte: »Ich erkenne diesen Mann nicht wieder. Ich kenne ihn nicht.«

»Aber?«, sagte Moran. Er verschränkte seine Arme und wartete.

»Aber er könnte der Mann einer meiner Kundinnen sein. Dieser Mann – der Ehemann – ist am Sonntag zu einer Auktion gefahren und wird seither vermisst. Die Polizei von East Hartwell hat sein Auto auf dem Park'n' Ride am städtischen Kai gefunden.«

»Am Kai«, sagte Moran und wandte seinen Blick dorthin.

Emily setzte hinzu: »Gestern bin ich mit seiner Frau aufs Polizeirevier gefahren, um das Auto zu identifizieren. Wie schon gesagt, ich bin mir nicht sicher, dass er es ist. Ich habe nur das Bild gesehen, das seine Frau dem Polizeibeamten gab. Die Frisur scheint mir zu passen.«

Einer der Techniker reichte Moran eine Plastiktüte. Wie es aussah, befand sich eine geöffnete Geldbörse darin, in der ein Führerschein steckte. Moran sah ihn sich an.

»Walter Newell?«, sagte Emily.

Moran nickte.

Detective Moran drehte Emily den Rücken zu und sprach sehr ruhig in sein Telefon. Emily konnte einiges verstehen. »Walter Newell ... *N-E-W-E-L-L* ... Die Frau hat ihn vermisst gemeldet ... Wo?« Er klang verärgert, als sein Blick zu den Kaianlagen von East Hartwell wanderte. »Was haben sie gefunden? ... Gibt es sonst noch etwas, das ich wissen sollte?« Der letzte Satz hatte einen sarkastischen Unterton.

Während Moran sprach, rollten die Techniker eine Krankentrage an den Rand des Lagers. Sie wickelten die Plastikplane wie einen Kokon um Walter Newells Leiche, dann hoben sie ihn hoch und trugen ihn hinüber zur Bahre. Quinns Ehemann war tot. Quinn würde am Boden zerstört sein. Es würde ihr arg zusetzen, und sie würde bestimmt auch heftige Schuldgefühle haben wegen ihres Geschwafels über die vielen kreativen Möglichkeiten, ihren Mann loszuwerden. Auch Emily hatte darüber gelacht und sich Wege ausgedacht, wie sie sich Franks entledigen könnte. Bei der Erinnerung daran schauderte es sie, denn das, was hier geschehen war, war kein Scherz.

»Wie gut kennen Sie seine Frau?«, fragte Moran.

»Sie ist eine Kundin. Wie Mrs Murphy. Wir wollten ihr beim Ausmisten zur Seite stehen.«

»Sie hat einen Lagerraum?«

»Eine Garage. Wir helfen ihr, Dinge loszuwerden, die sie nicht länger braucht.«

Moran nickte. »Bei dem, was Sie tun, könnte ich mir vorstellen, dass Ihre Kunden Ihnen vertrauen. Gibt es denn nicht auch im Leben dieser Leute, abgesehen von dem Krempel, etwas, das sie reparieren oder zumindest hinter sich lassen wollen?«

»Da haben Sie Recht. Das Ausmisten kann bei Problemen helfen, die mit dem eigentlichen Krempel, mit dem die Leute ihr Leben zumüllen, nichts zu tun haben. Unsere Gespräche werden oft recht persönlich. Aber ich nehme das Vertrauen, das meine Kunden in meine Diskretion setzen, sehr ernst.«

Moran runzelte verärgert die Brauen. »Walter Newell wurde ermordet, Mrs Harlow. Alles, was Sie uns über ihn erzählen, könnte uns helfen, den Mörder zu finden.«

»Ich weiß überhaupt nichts über ihn«, sagte Emily. Sie dachte an Franks anwaltlichen Rat und wählte sorgfältig ihre nächsten Worte. »Ich war nicht mit Walter Newell befreundet. Ich bin ihm nie vorgestellt worden. Ich bin im Rahmen meiner beruflichen Tätigkeit nur seiner Frau begegnet.«

»Tatsächlich?«, sagte Moran. Die Hecktüren des Vans der Rechtsmedizin wurden mit einem Knall geschlossen, dann wendete der Wagen und fuhr davon. Moran hob erneut das Absperrband und bedeutete Emily mit einem Wink, sie möge ihm vorausgehen. Der Regen hatte inzwischen aufgehört. »Was glauben Sie also, warum wurde die Leiche in einem Lager abgelegt, das Sie zufälligerweise gerade entrümpeln?«

Das war eine gute Frage, die sie sich auch schon gestellt hatte. »Glauben Sie, er wurde hier ermordet?«, fragte sie, um einer Antwort zu entgehen.

Morans Blick fiel auf den Teppich, in den man Walter Newell eingerollt hatte. Ein Mitarbeiter der Spurensicherung wickelte ihn gerade in Plastik ein. »Das werden wir schon bald wissen. Aber was die Frage angeht, wie er hierhergebracht wurde ...« Die Sonne brach durch, als er auf die Überwachungskamera deutete, die auf das Dach des Nachbarlagers montiert war. »Sobald wir die Videos sichten können, werden wir auch darauf eine Antwort haben, nehme ich an.«

22

Detective Moran fuhr Emily zurück zum Büro von Inner Peace. Die Sonne war herausgekommen, der Asphalt dampfte. »Ich würde es sehr begrüßen, wenn Sie zum Polizeirevier kommen und eine schriftliche Aussage machen würden«, sagte er, nachdem er die Autotür für sie geöffnet hatte. »Heute. Solange Sie die Einzelheiten noch frisch in Erinnerung haben.«

Wie lange würde es wohl dauern, bis sie diesen widerwärtigen Geruch wieder los war oder nicht mehr Walter Newells blasses Gesicht vor sich sah, fleckig, als hätte jemand die eine Seite mit Merchurochrom bestrichen.

»Ich komme jetzt gleich vorbei, dann haben wir es hinter uns.«

Emily stieg in ihr Auto. Gleich darauf fuhr ein Polizeiwagen vorbei. Ohne Blaulicht. Jetzt ohne Eile. Emily folgte ihm und fuhr langsam Richtung Ausgang.

Die Aufnahmen der Überwachungskamera würden bestätigen, was Emily der Polizei erzählt hatte: dass sie am Sonntag hingefahren war und das Lager aufgeschlossen hatte. Und dass sie es wenige Stunden später wieder verlassen hatte. Mit ein wenig Glück würde das Auto sie beim T-Shirt-Wechsel verdecken. Anschließend würde man sehen, wie sie tags darauf versucht hatte, sich Zugang zu verschaffen.

Aber was war dazwischen? Über Nacht hatte jemand den Lagerraum geöffnet, einen toten Körper hineingeschafft, in einen nassen Teppich gewickelt, diesen unter die Werkbank verfrachtet und dann das Lager mit einem neuen Vorhängeschloss versehen.

Sie hatte die Straße erreicht. Ein uniformierter Beamter

schob orangene Kegel beiseite, mit denen man vorübergehend die Zufahrt versperrt hatte. Direkt dahinter parkte ein Van mit einer aufs Dach montierten Satellitenschüssel. In fetten roten und weißen Großbuchstaben stand auf einer Seite *BOSTON 35* geschrieben.

Emily griff ins Lenkrad, gab Gas und fuhr daran vorbei. Sie hoffte inständig, dass die Geschichte noch nicht an die Öffentlichkeit gelangt war. Sie konnte sich gut die Schlagzeile vorstellen: »Leiche in Selfstorage gefunden«. Damit war ihnen die allgemeine Aufmerksamkeit sicher, denn die Leute würden sofort an den abgetrennten Kopf aus *Das Schweigen der Lämmer* denken.

Quinn saß bestimmt zu Hause und wartete auf Nachrichten über ihren Mann. Checkte alle drei Sekunden ihr Smartphone. Hoffte auf einen Anruf von einem Freund oder einem Krankenhaus oder von Wally selbst. Bei der Vorstellung, Quinn könnte vom Tod ihres Mannes aus den Nachrichten erfahren, wurde Emily ganz anders.

Vielleicht würde es ihr gelingen, sie anzurufen und ihr die Nachricht zu überbringen. Dann wäre sie wenigstens vorbereitet, wenn die Polizei vor ihrer Haustür erschien. Hätte man Frank tot aufgefunden, wäre Emily dankbar für so einen Zeitpuffer, in dem man noch für sich sein und den Schock verdauen durfte.

Emily fuhr an den Bordstein, holte das Smartphone aus der Tasche und rief sie an. Quinn ging schon nach dem ersten Klingeln dran. »Hallo, Emily«, sagte sie atemlos.

Emily schluckte schwer. Wie sollte sie beginnen?

»Was ist denn?«, fragte Quinn. »Haben Sie schon etwas gehört?«

»Es geht um Wally«, antwortete Emily nach kurzem Zögern. Sie wusste nicht, wie sie es ihr schonend beibringen sollte, also fiel sie lieber gleich mit der Tür ins Haus. »Er ist tot.«

Quinn rang nach Luft, als habe man ihr einen Schwinger versetzt.

»Das kann nicht sein.«

»Es tut mir so leid.«

»Sind Sie sicher?«

»Ich wollte, dass Sie davon erfahren, bevor die Polizei kommt.«

»Tot«, wisperte Quinn.

Als sie sonst nichts sagte, fragte Emily: »Quinn?« Keine Antwort. »Es tut mir so leid.« Immer noch Stille. »Sind Sie noch dran? Geht es Ihnen gut?«, fragte Emily, obwohl sie genau wusste, dass es Quinn unmöglich gut gehen konnte.

»Ich kann es nicht fassen.« Quinns Stimme klang rau. »Es ist nur ... Woher wissen Sie das?«

Noch bevor sie ihr die Wahrheit sagte, war Emily sich dessen bewusst, wie seltsam sich das anhören musste. »Er hat in dem Lager gelegen, in dem ich gerade arbeite.«

»Ich verstehe nicht ganz«, sagte Quinn.

»Ich, ehrlich gesagt, auch nicht. Wir waren damit beschäftigt, für eine andere Kundin einen Lagerraum auszumisten und dann ... sagen Sie mal, gibt es jemanden, den Sie anrufen können, damit Sie jetzt nicht allein sein müssen? Soll ich rüberkommen?«

»Nein, um Gottes willen, bloß nicht. Ich muss nachdenken. Das hätte nicht passieren dürfen.«

»Es tut mir so leid.« Emily war klar, dass sie sich wiederholte, aber was gab es da noch hinzuzufügen?

»Vergessen Sie bitte eines nicht«, sagte Quinn: »Egal, was passiert, Sie halten mir den Rücken frei, ja? Wir stecken da gemeinsam drin.«

In *was* steckten sie gemeinsam drin? Als Emily das Gespräch beendet hatte, fühlte sie sich wie im freien Fall. Sie versuchte zu verstehen, was Quinn andeuten wollte.

Sie startete den Wagen. Sofort beschlug die Windschutzscheibe. Sie brachte die Klimaanlage zum Laufen und wartete, bis die Scheiben wieder klar waren. Schaltete kurz den Scheibenwischer ein und machte sich dann auf den Heimweg.

Auf halbem Weg fiel ihr ein, dass sie sich bereit erklärt hatte, auf dem Polizeirevier ihre Aussage zu machen. Also machte sie kehrt. Vor dem Revier überprüfte sie kurz, ob sie vielleicht Franks Rückanruf verpasst hatte. Hatte sie nicht. Sie schrieb ihrer Mutter eine Nachricht – *Bin in einer Stunde zu Hause* –, damit diese sich keine Sorgen machte.

Der Polizist auf dem Revier war deutlich jünger als der, der sie und Quinn in Empfang genommen hatte. Er bat sie, sich einzutragen, dann forderte er sie auf, hinter den Tresen zu kommen. Er führte sie nach hinten und reichte sie an einen ihr wohlvertrauten uniformierten Beamten weiter, der sie schon auf dem Flur erwartete. Sergeant Stanley.

»Mrs Harlow?« Stanley machte sich größer, indem er sich auf die Zehenspitzen stellte, und hakte die Daumen in den Gürtel. »Wie ich höre, sind Sie wieder da? Wollen Sie diesmal eine Zeugenaussage machen?« Überaus geschäftsmäßig geleitete er sie in einen kleinen Raum mit einem Tisch und vier Stühlen. Aus einer Schublade holte er einen Minirecorder und stellte ihn mitten auf den Tisch.

»Dienstag, sechster August, fünfzehn Uhr dreiundzwanzig. Sergeant Brian Stanley und Emily Harlow.« Er stoppte und hörte sich die Ansage an. Zufrieden drückte er anschließend wieder auf Aufnahme. »Können Sie mir mit eigenen Worten schildern, was heute Morgen passiert ist, als Sie bei Inner Peace Storage in der 1501, Washington Street in East Hartwell, Massachusetts, ankamen?«

Emily griff über den Tisch und schaltete den Recorder

aus. »Ich dachte, es sollte eine schriftliche Aussage werden.«

»Wenn Ihnen das lieber ist, kein Problem.« Er griff in seine Schreibtischschublade, holte ein Formblatt heraus und schob es über den Tisch zu ihr hin. »Ich wollte veranlassen, dass jemand Ihre Aussage transkribiert und Sie nur noch unterschreiben müssen. So ist es einfacher. Aber wenn Sie es vorziehen, selbst zu schreiben ...« Er bot ihr einen Stift an.

Ihm einfach zu erzählen, was passiert war, wäre dann doch einfacher. »Okay. Sie haben mich aus dem Konzept gebracht. Ich hatte das nicht erwartet.« Sie sprach nicht weiter, bis er den Recorder wieder angestellt hatte, dann fing sie an. »Ich bin heute Morgen etwa gegen neun Uhr dreißig aus dem Haus gegangen. Es regnete.« Sie beschrieb ihre Ankunft beim Lager und wie sie dem Manager beim Aufbrechen des Schlosses zusah, dann schilderte sie den Augenblick, in dem sie den zusammengerollten Teppich unter der Werkbank bemerkte und ihr klar wurde, dass da ein Toter lag. Sie endete mit: »Wir riefen sofort die Polizei.«

»Ich danke Ihnen«, sagte Stanley und nickte. Emily stand auf, denn sie dachte, damit hätte alles sein Bewenden. Er forderte sie jedoch auf, sich wieder zu setzen. »Nur noch ein paar Details, mit denen wir uns, wie ich hoffe, Klarheit verschaffen können. Ich will Sie nicht noch einmal herbitten müssen.«

Emily mochte die Art nicht, wie er das sagte. Sie wartete, aufrecht auf der Stuhlkante sitzend.

»Können Sie mir schildern, wo Sie sich ab Sonntagnachmittag aufgehalten und was Sie getan haben?«

Sonntagnachmittag? Warum fragte er sie das? »Ich dachte, hier geht es um die gestrigen Geschehnisse.«

»Das tut es auch, aber wir müssen noch ein paar lose Enden zusammenbringen. Wir gehen davon aus, dass Sie einen Teil des Sonntags – den späten Nachmittag und Abend – mit der Frau des Opfers verbracht haben, ist das richtig?«

Emily nickte.

»Könnten Sie das laut sagen? Für die Aufnahme.«

»Das stimmt.«

»Und wir wissen von einer Zeugin, dass sein Auto in jener Nacht am Square in einen Autounfall verwickelt war. Ihr Auto wurde von ihm gerammt. Der Vorgang wurde von einer Überwachungskamera festgehalten.« Er wartete nicht ihre Antwort ab. »Sie haben es versäumt, diesen Zwischenfall der Polizei zu melden. Weshalb?«

Emilys Magen grummelte, und sie spürte, wie sie rot anlief. »Ich hatte keine Ahnung, dass es Walter Newell war, der mich gerammt hat. Ich habe den Mann nie getroffen. Es war keine große Sache, deshalb habe ich es nicht angezeigt. Mein Auto ist schon alt. Ich habe dafür nicht mal eine Teilkaskoversicherung abgeschlossen. Zumal ich anfangs auch gar nicht bemerkt hatte, dass mein Auto beschädigt wurde.«

»Sie sind dem Mann noch nie begegnet«, sagte Stanley mit ausdrucksloser Miene, »und trotzdem kamen Sie geradewegs von seinem Haus.«

Mist. Sie wich Stanleys Blick aus und starrte stattdessen auf das rote Licht am Recorder. Aus seinem Mund klang es so belastend, dabei war es reiner Zufall. In dem folgenden Schweigen hörte Emily den Sekundenzeiger der Uhr an der Wand hinter sich ticken. Auf dem Flur wurde eine Tür zugeknallt.

Stanley fuhr fort. »Am folgenden Tag wussten Sie, wer er war, nicht wahr? Sie wussten, dass er Ihr Auto gerammt hatte. Sie wussten das alles bereits, als Sie mit seiner Frau hierherkamen, um ihn vermisst zu melden.«

Sie wollte schon versuchen, alles abzustreiten, doch dann

hielt sie inne. Sie wusste, welchen Ratschlag Frank ihr geben würde, wenn er doch nur an sein verdammtes Telefon gehen würde. Sie stand auf und verkündete. »Ich bin gekommen, um eine Aussage zu einem Leichenfund abzugeben. Das habe ich getan. Ich gehe jetzt.«

»Selbstverständlich können Sie gehen.« Stanley ließ sich in seinen Stuhl zurückfallen. »Aber Ihr Auto behalten wir hier.«

»Haben Sie einen Durchsuchungsbefehl?«

»Wir können einen bekommen, und bis dahin behalten wir Ihr Auto hier. Sie können mir aber auch die Schlüssel geben, dann bringen wir es Ihnen so bald wie möglich zurück.«

Emily versuchte, neutral zu bleiben. Am liebsten hätte sie ihm gesagt, er solle es sich in den Hintern schieben. »Wie lange werden Sie es brauchen?«

»Das kommt drauf an«, sagte er und entspannte sich ein wenig, als spürte er seinen Vorteil. »Das kommt darauf an, was wir finden. Aber ich kann Ihnen garantieren, dass Sie es schneller zurückbekommen, wenn Sie es uns zur Untersuchung dalassen.«

Hatte Emily die Wahl? Widerstrebend machte sie den Autoschlüssel von ihrem Schlüsselbund ab.

Emily zitterte noch, als sie ihre Mutter anrief und sie bat, sie vom Polizeirevier abzuholen. Ehe Lila nachfragen konnte, legte sie auf. Dabei ärgerte sie sich über sich selbst, dass sie allein gekommen war, um eine *schriftliche* Zeugenaussage zu machen, wie sie es ursprünglich vereinbart hatten.

Sie nahm in der Eingangshalle Platz. Ein Teenager saß auf einem Stuhl und tippte wie wild mit beiden Daumen auf seinem Smartphone herum. Beim Eingang saß ein Paar eng beieinander, mit dem Rücken zu ihr. Als die Frau sich umdrehte, erkannte sie Quinn Newell. Sie hielt ein Taschentuch umklammert, und ihr Gesicht war rot und aufgedunsen. *Sie* hatte es geschickter angestellt und nicht ohne Anwalt mit der Polizei gesprochen. Der Mann im Anzug, mit dem sie sich so intensiv unterhalten hatte, war Ryan Melanson.

»Mrs Newell?« Sergeant Stanley hielt Quinn und Ryan den Schalter auf. »Hier entlang, bitte.« Emily machte sich Sorgen, wie Quinns ›Sie halten mir den Rücken frei‹ sich unter Stanleys erbarmungsloser Befragung entfalten würde. Würde Quinn sie den Wölfen zum Fraß vorwerfen, wenn es drauf ankäme?

Als Ryan Quinn durch den Eingangssaal geleitete, entdeckte er Emily. Er kam zu ihr, legte die Hand auf ihre Schulter und flüsterte ihr ins Ohr: »Du hast ein großartiges Spiel verpasst.«

Emily schreckte bei Ryans Berührung zurück und erinnerte sich an seine Hand auf ihrem Po. Wenn es ein so großartiges Spiel gewesen war, wieso war er dann so früh gegangen? Er wich zurück, die Hände erhoben in stummer Unterwerfungspose, und sagte: »Ich bin nur hier, weil Frank mich gebeten hat, ihm beizuspringen.«

Frank hatte ihn gebeten, ihm beizuspringen? *Von wegen!*

Bitte, tu uns nie mehr einen Gefallen. Ohne Ryans Empfehlung hätte sie niemals Quinn Newell kennengelernt und wäre niemals in diese verzwickte Sache hineingeraten.

Ryan ging zurück zu Quinn, begleitet von einer Aftershave-Wolke. Quinn tupfte sich die Augen und richtete sich gerade auf. Sie hakte sich bei Ryan unter und folgte Stanley durch die Empfangstheke. Sie drehte sich kurz zu Emily um und machte ihr ein verdecktes Daumen-hoch-Zeichen. Stanleys misstrauischer Blick ruhte kurz auf Emily, dann drehte er sich um und folgte Quinn und Ryan.

23

»Du hast also nur ihre Fragen beantwortet und dein Auto dort gelassen?«, fragte Frank. Als er an diesem Abend nach Hause kam, hatte Emily ihm sofort erzählt, was geschehen war. »Wirklich?« Er zog sein Jackett aus und warf es über die Rückenlehne eines Küchenstuhls. Erst lockerte er seine Krawatte und streifte sie ab, dann knöpfte er seinen Hemdkragen auf. Lila hatte ihn begrüßt und war dann verschwunden, um sich auszuruhen und eine Dusche zu nehmen, oder so ähnlich.

»Was hätte ich denn tun sollen?«, fragte Emily. »Er sagte mir, ich müsste …«

»Wer er?«

»Sergeant Stanley.« Emily holte die Lasagne aus dem Backofen, die sie vor einigen Wochen eingefroren hatte und die nun aufgetaut war. Sie entfernte die Folie und stellte die Schale zurück in den Ofen, um alles bräunen zu lassen, dann schaltete sie den Ventilator über dem Herd an und öffnete die Hintertür. Eigentlich war es zu heiß für Lasagne, aber sonst hatte sie nichts im Haus. »Es war derselbe Beamte, mit dem Quinn und ich gesprochen haben, nachdem die Polizei den Wagen ihres Mannes gefunden hatte.«

»Stanley. Ein kleiner Mann, der lispelt?«

»Eher klein. Lispeln tut er nicht. Er sagte mir, wenn ich das Auto nicht freiwillig dalasse, wird er es beschlagnahmen, bis sie einen Durchsuchungsbeschluss haben.«

»Das ist kompletter Unsinn.« Frank ließ seine Fingerknochen knacken.

Emily war mit den Nerven am Ende, ihre Augen füllten sich mit Tränen. »Ich habe versucht, dich anzurufen.«

Frank holte sein Telefon aus der Tasche. »Mist. Der Akku

ist leer. Ich war den lieben langen Tag im Gericht, sonst wäre mir das aufgefallen. Ich verstehe immer noch nicht, warum sie dein Auto dabehalten haben.«

»Sie haben die Aufnahme einer Überwachungskamera, auf der man sieht, wie Quinns Ehemann mein Auto rammt, während ich uns einen Kaffee kaufe.«

Frank setzte sich auf einen Küchenstuhl. »Sie haben eine Kameraaufnahme? Oder haben sie dir *gesagt*, sie hätten eine? Hast du sie gesehen?«

»Nein. Aber ...«

»Die haben dich reingelegt.«

»Ich habe ihnen nichts von dem Auffahrunfall erzählt. Jemand muss sie angerufen haben.«

»Genau. Ein anonymer Anrufer, was für eine glückliche Fügung. Die nehmen dich doch auf den Arm.«

»Selbst wenn sie es nicht auf Video haben, müssen sie nur zu dem Coffee Shop fahren und mit der ...«

»Du hast keine Ahnung, wonach die suchen oder mit wem die reden, weil du der letzte Mensch bist, dem sie das sagen würden. Das ist ernst, Emily. Wenn du nicht aufpasst, wirst du ganz gehörig in die Bredouille kommen. Bitte.« Er zeigte mit dem Finger auf sie. »Sprich nicht mehr mit der Polizei. Nicht allein. Verstanden?«

Emily hatten dieser Ton und dieses Mit-dem-Finger-auf-sie-Zeigen schon immer rasend gemacht, ganz zu schweigen von Franks selbstgefälliger Art. Er hatte immer Recht, und sie lag immer falsch. Auch wenn er jetzt gerade wahrscheinlich Recht hatte. Sie schluckte ihren Ärger hinunter. »Sie werden sich melden, wenn ich das Auto wieder holen kann.«

»Nur um dein Auto zu holen?« Er stand auf, öffnete einen Küchenunterschrank und holte eine Flasche Maker's Mark heraus. Nahm ein Glas aus dem Schrank und schenkte sich zwei Finger voll ein. »Pass bloß auf. Die sind noch nicht fertig damit, dich herumzuschubsen. Sie werden versuchen, noch mehr aus dir herauszuholen.« Er kippte den Whiskey hinunter und verzog das Gesicht. Knallte das Glas auf den Tisch und zeigte mit dem Flaschenhals auf Emily. »Bitte, bitte, wenn du das nächste Mal zur Polizei gehst, dann nimm mich mit.« Er goss sich noch einmal zwei Fingerbreit Bourbon ein und knallte diesmal die Flasche auf den Tisch. »Und wenn ich im Gerichtssaal festsitze, dann lass sie warten. Ist doch egal, ob sie am Ende dein Auto beschlagnahmen. Besser als sie setzen dich fest.«

Frank machte den Mund auf und wollte mit seiner Standpauke fortfahren, dann hielt er aber plötzlich inne. Blinzelte und schüttelte den Kopf. »Was mache ich hier eigentlich? Nichts von alledem ist deine Schuld. Es macht mich so wütend, wenn die Polizei ihre Machtposition ausnutzt, um Leute zu manipulieren ... um unbescholtene Bürger zu übertölpeln, deren einzige Sünde darin besteht, dass sie helfen wollten. Leute, die alles, was man ihnen erzählt, für bare Münze nehmen. Und jetzt gerade ...«, seine Miene wurde weicher, »jetzt gerade lasse ich es an dir aus. Es tut mir leid. Es tut mir wirklich leid«, sagte Frank und nahm Emily in den Arm.

Emily ließ sich in die Umarmung fallen und wurde von einer Woge des Selbstmitleids überrollt. Sie schloss die Augen. Wenigstens einen Augenblick lang fühlte sie sich beschützt und sicher.

»Es tut mir leid, dass du dich mit alldem herumschlagen musst«, sagte Frank. »Ich hätte nicht die Beherrschung verlieren dürfen.« Seine beruhigenden Worte gaben ihr ein warmes Gefühl im Ohr. »Ich liebe dich so sehr, ich will nicht, dass man dich verletzt.«

Emily brach in Tränen aus.

Abends im Bett versuchte Emily sich von der aufkommenden Panik nicht überwältigen zu lassen. Frank hatte Recht. Sie hätte niemals der Polizei vertrauen dürfen. Sie hätte niemals allein mit ihnen sprechen sollen. Und das Schlimmste war, eigentlich hatte sie es besser gewusst. Ihr einziger Fehler war, dass sie Walter Newells Leiche gefunden hatte! Wie zum Teufel war er überhaupt in Murphys Lager gelandet? Es musste irgendeine Verbindung zwischen den Newells und den Murphys geben – irgendeine Verbindung, die mit Emily nichts zu tun hatte.

Emily schaltete ihr Handy ein und googelte Walter Newell. Ein Treffer fesselte ihre Aufmerksamkeit: eine Hochzeitsanzeige im *Boston Globe*, mit einem Foto des Brautpaars, auf dem sie Seite an Seite in die Kamera grinsten. Damals sah Quinn aus, als wollte sie Kristen Stewart nacheifern, das Haar schulterlang, platinblond, glatt gekämmt und mit dunklem Mittelscheitel wie bei einem Streifenskunk. Das Gesicht blass und die Augen mit Khol geschwärzt.

Emily starrte auf das Bild des Bräutigams. Sie versuchte, die Züge dieses lächelnden Hipsters im Geiste in das Gesicht zu überblenden, das sie für einen kurzen Moment hinter den gelben Pilotenbrillengläsern im Coffee Shop gesehen hatte, oder in das portweinfleckige Gesicht des toten Mannes. Frustriert wandte sie den Blick zu der Ankündigung unter dem Foto.

»Amanda Quinn und Walter Halsey Newell wurden am 11. Mai im Four Seasons Hotel in Boston getraut.«

Amanda? Der Name war weit nicht so elegant wie *Quinn*.

»Die Braut ist eine Mitarbeiterin der T. E. Kalmus Auktionen für Bildende Kunst. Sie ist die frühere Frau des verstorbenen Michael Safstrom.«

Wie bitte? Nicht nur, dass Quinn bereits verheiratet gewesen war, verwitwet war sie auch schon. So viel zu dem Quatsch, Quinn sei eine verzweifelte alte Jungfer gewesen, deren *biologische Uhr tickte*, als sie Wally kennenlernte. Oder dass sie keine Ahnung von den Dingen hatte, die ihr Mann sammelte. Immerhin hatte sie für ein Auktionshaus gearbeitet.

Laut Anzeige war Walter Newell Absolvent der Boston University und Immobilienentwickler. Eine weitere Zeile fesselte Emilys Aufmerksamkeit: »Der Vater des Bräutigams ist stellvertretender Vorsitzender der Newell Group, einer weltweit operierenden Investment-Bank.«

Sogar Emily hatte schon von der Newell Group gehört. Dieses Unternehmen war an der Entwicklung von Bostons Hafenviertel beteiligt gewesen.

Emily durchforstete die Suchergebnisse nach weiteren Informationen. Sie versuchte es mit *Walter Newell* und verschiedenen Varianten von Quinn. *Amanda Quinn. Amanda Safstrom. Quinn Safstrom. Quinn Newell.* Aber sie stieß lediglich auf eine Wohltätigkeitsspende in Quinns Namen und auf eine Fülle von Immobilien-Transaktionen in Walters Namen. In der Öffentlichkeit waren sie nicht sehr präsent.

Was sich bald ändern sollte.

Sie schaltete den Fernseher ein und holte sich den Sender Boston 35. Der Küchenchef einer Kochshow bepinselte Hähnchenteile mit einer Barbecuesoße. Es waren noch zwanzig Minuten bis zu den 10-Uhr-Nachrichten. Emily döste weg, während der Koch Maiskolben in der Schale grillte. Als die Fanfare ertönte, mit der die Nachrichtensendung angekündigt wurde, schlug sie die Augen auf.

BRANDAKTUELLE GESCHICHTE!, lief es über den oberen Bildschirmrand, weiße Buchstaben auf einem Banner in Rot. Dann: *LEICHE IN LAGERHALLE GEFUNDEN.*

Im Voiceover kam die Stimme einer Nachrichtensprecherin: »Eine gruselige Entdeckung. Nach dem heutigen Fund einer Männerleiche in einer Selfstorage-Einheit, hat die Polizei von East Hartwell Ermittlungen eingeleitet. Bleiben Sie dran und bleiben Sie in diesem brandaktuellen Fall auf dem Laufenden.«

Emily schob das Kissen nach hinten und setzte sich im Bett auf, wartete, bis nach einem gefühlt endlosen Strom von Werbefilmen noch einmal dasselbe Intro ausgestrahlt wurde, diesmal zu einem Video vom Eingang von Inner Peace Storage.

Frank kam aus dem Badezimmer, die Zahnbürste in der Hand, und sah zu, wie hinter der Nachrichtensprecherin ein Polizeiauto aus der Lageranlage fuhr.

»Ist das nicht dein Wagen?«, fragte Frank.

Emily schreckte zusammen. Tatsächlich, das war ihr Honda, der langsam dem Polizeiwagen folgte. Allerdings befand sich die Kamera in einem Winkel, aus dem die Zuschauer nicht das Krempel-Kicker-Logo auf ihrer Tür sehen konnten.

»Du meine Güte ...« Es klingelte an der Vordertür, und Frank nahm die Zahnbürste aus dem Mund. Er sah auf die Uhr. »Was zum Teufel ...«

Emily ging zum Fenster. Sie rechnete tatsächlich damit, Quinns roten Miata oder einen Polizeiwagen vor dem Haus zu sehen. Aber das Auto, das vor dem Haus parkte, war ein dunkelgrüner Kleintransporter.

Frank schaute ihr über die Schulter. »Ich geh mal nachsehen, wer das ist.« Er verschwand ins Badezimmer und kehrte gleich darauf wieder heraus, wischte sich mit einem kleinen Gästehandtuch über das Gesicht.

»Emily? Frank?« Lilas zitternde Stimme kam von draußen vor der Schlafzimmertür. »Soll ich für euch an die Tür gehen?«

»Nein, danke, wir wollen nicht, dass du für uns an die Tür gehst«, sagte Frank und betonte jedes einzelne Wort. Er öffnete die Schlafzimmertür und ging an Lila vorbei.

»Ihr bleibt hier oben, alle beide.« Er sprach das in einem Ton, als wären sie zwei Hunde, denen ihr Herrchen *sitz* und *bleib* befahl.

Emily zog ihr Kleid an und ging mit Lila auf den Flur im Obergeschoss. Sie konnte hinter der Kurve im Treppenhaus nichts erkennen, aber sie hörte, wie die Vordertür geöffnet wurde. Dann Franks Stimme, kaum vernehmbar. »Was wollen Sie?«

Emily verstand die Antwort nicht, hörte nur eine schroffe Männerstimme. Sie schlich hinunter, bis sie Franks Beine sehen konnte.

»Zwischen uns ist alles erledigt.« Franks Stimme. »Der Fall ist abgeschlossen. Es gibt nichts mehr zu diskutieren.«

»Sie haben gelogen. Sie wollen wahrscheinlich nicht, dass ich mich an die Öffentlichkeit wende …«

»Ich habe nicht gelogen. Ich *lüge* nicht.«

»Dann haben Sie eben ein paar Details ausgelassen …«

Nachdem es im Flüsterton hin und her ging, sagte Frank: »Sie müssen sich überhaupt keine Sorgen machen. Beruhigen Sie sich einfach. Sie waren mit allem einverstanden. Sie haben den Scheck eingelöst und eine Geheimhaltungsvereinbarung unterzeichnet.«

Der Mann sprach noch etwas weiter, aber Emily konnte nur das Ende seiner Rede verstehen, als er seine Stimme hob. »Sie können doch nicht ernsthaft glauben …«

»Schscht! Sie wecken meine Frau auf!«

Mit klopfendem Herzen ging Emily rückwärts ein paar Stufen wieder hinauf. Sie rannte in Lila hinein. »Wer ist das?«, wisperte Lila.

»Keine Ahnung«, flüsterte Emily zurück.

Wieder Frank. »Sie müssen jetzt gehen. Jetzt sofort. Zwischen uns ist alles erledigt.«

»Gar nichts ist erledigt«, raunzte der Mann zurück.

Dann klang es, als würde er handgreiflich. Ein dumpfer

Schlag und ein Grunzen. Emily wäre die Treppe hinuntergerannt, hätte Lila sie nicht am Arm festgehalten. Emily war froh, ihre Mutter bei sich zu haben. An ihr konnte sie sehen, ob sie noch recht bei Verstand war.

»Nehmen Sie Ihre Hände weg«, sagte Frank frostig und mit ruhiger Stimme. »Glauben Sie mir, dieses Spiel wollen Sie nicht wirklich spielen.« Eine Weile war es still. Dann war wieder Frank zu hören. »Okay. Sie wollen reden? In meinem Büro.«

Die Haustür wurde zugeknallt, und das Geländer, das Emily, ohne dass es ihr aufgefallen war, fest umklammert hielt, erzitterte. Man hörte Schritte, die sich in Richtung des rückwärtigen Teils des Hauses bewegten, zu Franks Büro. Emily seufzte vor Erleichterung tief auf und drehte sich um. Lila stand direkt hinter ihr auf der obersten Treppenstufe und biss sich in die Fingerknöchel.

»Wer ist dieser Mann?«, sagte Lila. »Kann Frank auch nichts passieren, so ganz allein mit diesem Kerl? Sollten wir nicht besser die Polizei rufen?« Das war ganz ihre Mutter. In der Krise behielt sie die Ruhe, hinterher schob sie Panik.

»Ich habe keine Ahnung, wer er ist«, sagte Emily. Und da sie wusste, wie sehr Frank der Polizei misstraute, würde sie sie niemals rufen, es sei denn, er würde ausdrücklich darum bitten. Vorsichtig begann sie die Treppe hinunterzugehen und blieb dann mittendrin stehen, um zu lauschen, Lila direkt hinter ihr. Aus Franks Büro drang dumpfes Stimmengewirr. Es klang wie ein Streit.

Emily ging auf Zehenspitzen zur Haustür und linste durch die Glasscheibe. Der Vorgarten lag im Dunkeln. Noch immer stand der Kleintransporter vor der Tür. Sie trat zur Seite und ließ Lila hinausschauen.

»Wir könnten wenigstens sein Nummernschild dokumentieren«, sagte Lila.

»Wir?«

»Ein Foto machen. Nur für den Fall, dass er mit der Faust ein Loch in die Wände schlägt oder einen Stuhl nach Frank wirft.«

Das war gar keine schlechte Idee. Emily rannte nach oben, um ihr Handy zu holen. Dann huschte sie nach draußen. Lila blieb hinter der Fliegengittertür stehen und beobachtete sie.

Emily ging auf den Transporter zu. Die Pflastersteine unter ihren nackten Füßen waren warm. Der Transporter war die schickere Version eines klassischen Ford-Pick-up, mit Vorder- und Rücksitzen in der Kabine. Sie wagte es, das Blitzlicht zu benutzen, und machte eine Großaufnahme des Nummernschildes am Heck des Transporters, dann rannte sie wieder zum Haus zurück.

Sie war fast bei der Fliegengittertür angekommen, als sie merkte, dass Lila nicht mehr dort stand. Stattdessen füllte nun Franks Rücken den Türrahmen. Auf der Veranda ging das Licht an. Ehe Emily in den Schatten huschen konnte, trat Frank beiseite, die Fliegentür wurde aufgestoßen, und der Besucher rannte aus dem Haus.

Wenige Zentimeter vor ihr blieb er abrupt stehen und wäre fast in sie hineingerannt. Jeans. Ein schwarzes Hemd, das sich über einem muskulösen Oberkörper spannte. Dunkles, kurz geschnittenes Haar. Zuerst starrte er sie überrascht an. *Sie?*, formte er lautlos mit den Lippen, dann lachte er bellend und blies ihr dabei seine Bierfahne ins Gesicht. Zu Frank umgedreht zeigte er diesem den Mittelfinger. Als er sich erneut zu Emily umwandte, blickte sie zu Boden und vermied jeden Augenkontakt. Sie wollte einfach nur schnell ins Haus zurück.

In dem Augenblick fielen ihr seine Schuhe auf. Er trug Slipper. Karamellfarbene Lederslipper. Und sie hatten Flecken.

Der Mann hastete an Emily vorbei zu seinem Transporter. Er knallte die Tür zu und düste in die Nacht davon. Sie stand eine Weile da, während der Geruch von verbranntem Gummi zu ihr herüberwehte.

Slipper mit Kaffeeflecken.

Angenommen, man dachte sich die farbigen Brillengläser und die Baseballmütze weg, ebenso den Bart und den Schnurrbart (hatte sie sich das nur eingebildet, oder war die Haut auf der Oberlippe und am Kinn blasser, als habe er sich erst kürzlich rasiert?) – war das der Mann, der in der Java Connection in sie hineingerannt war? Der Mann, von dem ein Zeuge berichtet hatte, er habe ihr Auto gerammt und sei dann davongefahren, und zwar nicht in einem grünen Ford-Pick-up, sondern in Walter Newells Auto, das die Polizei später verlassen aufgefunden hatte?

Seine abfällige Stimme klang ihr immer noch im Ohr: *Dumme Kuh.*

»Emily?«, rief Frank sie von der offenen Tür aus. »Was machst du da draußen?«

»Ist alles in Ordnung mit dir, mein Schatz?«, fragte Lila, die hinter Frank auftauchte. »Du siehst aus, als hättest du ein Gespenst gesehen.«

Genau das hatte sie. Emily ging zurück zum Haus. »Frank, woher kennst du diesen Mann?«

»Er ist einer unserer Klienten. Weshalb?«

Emily trat ins Haus. »Ich bin ihm schon mal begegnet. In dem Coffee Shop, in dem ich Sonntagabend den Kaffee für dich geholt habe. Ich denke, es ist Walter Newell.«

Frank runzelte die Stirn. »Wie sollte das gehen? Walter Newell ist tot.«

»Ist er das?«

»Hat seine Frau die Leiche nicht identifiziert?«

»Ich weiß nicht. Ich habe nicht mit ihr gesprochen.«

»Es ist ja nicht so, dass seine menschlichen Überreste

schon skelettiert waren. Sie muss es wohl wissen, nicht wahr?«

Ganz bestimmt sogar. »Werden sie es dabei bewenden lassen?«, fragte Emily. »Dass sie es einfach behauptet?«

»Worauf willst du hinaus?«

»Vielleicht ist es ihnen recht, dass die Leute ihn für tot halten. Keine Ahnung, manchmal müssen reiche Leute untertauchen. Vielleicht war das nur gespielt, als Quinn mir gesagt hat, wie sehr sie darunter leidet, mit ihm verheiratet zu sein.«

»Ernsthaft?« Frank sah sie überrascht an.

»Hat sie das einfach so gesagt?«

Emily schreckte zusammen. Die Gespräche mit ihren Kundinnen waren eigentlich vertraulich.

Frank machte eine beschwichtigende Geste, als sei das nicht wichtig. »Okay, nehmen wir an, der Tote ist nicht Walter Newell. Wer ist es dann? Wie kommt es, dass *ihn* niemand vermisst gemeldet hat? Man kann sich ja nicht einfach im Biosupermarkt eine überzählige Leiche besorgen.«

»Wieso bist du dir so sicher, dass ihn niemand vermisst gemeldet hat?«

»Boah! Jetzt mach mal halblang«, schoss Frank zurück. »Der Kerl, der gerade gegangen ist? Er ist einer von Ryans Klienten.«

»Und Ryan ist derjenige, der uns Quinn Newell empfohlen hat.«

Frank starrte durch das Fliegengitter auf die Straße, wo der grüne Transporter gestanden hatte. »Bist du dir sicher, dass das der Mann aus dem Coffee Shop ist?«

Emily wollte gerade das mit den Schuhen erzählen, als der Klingelton ihres Handys eine Nachricht ankündigte.

Geben morgen früh um 10 Uhr Ihr Auto wieder frei – E HARTWELL POLICE

24
MITTWOCH

Am nächsten Morgen war Emily lange vor Frank und Lila wach. Sie hatte wenig geschlafen. In einer Minute war sie sich sicher, dass der Mann, der zu ihnen ins Haus gekommen war, der Mann war, der im Coffee Shop in sie hineingerannt war. Diese fleckigen Schuhe, nicht wahr? Außerdem hatte er sie wiedererkannt. Aber wenn er es war, dann war der Mann, der im Coffee Shop in sie hineingerannt war, nicht Walter Newell gewesen, denn Walter Newell war tot. Es sei denn, er war es nicht.

In der anderen Minute wieder erschien ihr die Vorstellung, dass der Mann, der Frank aufgesucht hatte, Walter Newell sein sollte, offenkundig lächerlich. Der Mann hatte keinen Bart. Keinen Schnurrbart. Und würde jemand, der einen Audi fuhr und in Mandarin Cliffs eine Villa sein eigen nannte, mit einem grünen Ford-Pick-up in der Stadt herumfahren, und sollte der noch so neu sein? Es lief alles auf die Frage hinaus, wer der tote Mann in dem Lagerraum war.

Gleich nach dem Aufstehen ging Emily die Nachrichtenfeeds durch. In keinem wurde die Identität des Opfers bekannt gegeben.

Um acht Uhr, kurz nachdem Frank, das heißt sein übliches, wortkarges Morgenselbst, im Bademantel die Treppe heruntergekommen war und sich einen Kaffee eingegossen hatte, klingelte Emilys Handy. Auf dem Display stand *NEWELL*. Emily zeigte es Frank und nahm den Anruf an.

»Ich wusste nicht, ob es Ihnen recht ist, wenn ich Sie anrufe«, sagte Quinn. »Es war ein solcher Alptraum.«

»Frag sie, ob sie die Leiche ihres Mannes identifiziert hat«, flüsterte Frank.

Emily bedeutete ihm, still zu sein und drehte sich weg. Sie konnte schlecht mit einer so zudringlichen Frage ins Gespräch einsteigen, obwohl es das Einzige war, was sie wissen wollte. »Ich dachte mir, Sie brauchen vielleicht ein bisschen Abstand«, sagte Emily. »Ich mag mir gar nicht ausmalen, was Sie gerade durchmachen. Mit der Polizei und allem.«

»Na ja, die Polizei hat mich mit Samthandschuhen angefasst ... bis zu einem gewissen Punkt. Dann fingen sie wieder davon an, ob ich und Wally uns gut verstanden hätten. Ob wir irgendwelche finanziellen Probleme gehabt hätten. Ob Wut und Aggressionen bei uns ein Thema gewesen wären. Ob er andere Frauen gehabt hätte. Ob ich andere Männer gehabt hätte.«

»Die wollten Sie drankriegen«, sagte Emily. Es kam ihr bekannt vor.

»Da gab es schon seltsame Augenblicke. Es war eine Art Minenfeld. Weil, na ja, das brauche ich Ihnen nicht zu erklären, eine Ehe ist ja immer irgendwie kompliziert, und im Umgang mit der Polizei ist Ehrlichkeit nicht immer die beste Politik.« Sie klang wie Frank. »Ich war froh, dass Ryan bei mir war. Er hat mich davon abgehalten, zu viel zu sagen.«

Vielleicht hatte Ryan ausnahmsweise auch mal positive Eigenschaften.

»Sind sie mit Ihnen auch so hart ins Gericht gegangen?«, fragte Quinn.

Zählte es, dass man sie bis ins letzte Detail über ihren Aufenthaltsort ausgefragt und ihr Auto beschlagnahmt hatte? Quinn brauchte nicht auch noch Emilys Sorgen, sie hatte genug eigene.

»Es muss Ihnen sehr schwergefallen sein, die Leiche zu

identifizieren«, sagte Emily und zuckte zusammen, weil sie fand, dass es aufdringlich klang.

»Es war schwer«, antwortete Quinn, ohne ins Stolpern zu geraten. »Und schrecklich. Ich habe es fast nicht ertragen. Denn, wissen Sie, ich habe in meinem ganzen Leben erst einen toten Menschen gesehen. Meine Oma, als ich siebzehn war. Sie hat nicht reagiert, als ich an ihrer Wohnungstür klingelte, da bin ich einfach rein. Sie saß nach vorn gekippt in ihrem Sessel, die Zeitung noch im Schoß. Sie hatte gerade ein Kreuzworträtsel gemacht.« Eine lange Pause. »Aber das ist natürlich nicht vergleichbar, denn sein Tod …« Es herrschte Stille, dann räusperte sich Quinn und fuhr mit angespannter Stimme fort: »Trauma nach stumpfer Gewalteinwirkung, so hieß es. Ich weiß nicht einmal, was das bedeutet.«

»Aber Sie konnten ihn wenigstens sehen«, sagte Emily gepresst. Sie musste wissen, ob Quinn die Leiche identifiziert hatte. »Wie hat er ausgesehen?«

»Er sah, ich weiß nicht recht, friedlich sah er aus. Sie haben ihn gefunden, dann wissen Sie es selbst.«

Der zusammengerollte Teppich hatte in einer Wasserpfütze gelegen. Alles, was sie hatte sehen können, waren seine blassgrauen Finger. Später dann die erbarmungslos unter Strahlern exponierte Leiche. *Friedlich* wären nicht die Worte gewesen, die Emily gewählt hätte.

Quinn fügte hinzu: »Sie haben mir wenigstens ein bisschen Zeit mit ihm allein gegeben. Es fühlte sich schrecklich an, ihn im Leichenschauhaus zurückzulassen. Es war so kalt da, ich hatte ein starkes Bedürfnis, ihn zuzudecken. Ist das verrückt?« Sie lachte bitter. »Sie wissen ja, dass ich in dieser Ehe nicht glücklich war, aber das wollte ich auch nicht.«

»Das muss hart für Sie sein«, sagte Emily. Hohle Worte, das wusste sie genau.

»Emmy, wir bringen noch zu Ende, worüber wir gesprochen haben, nicht wahr? Sie dürfen nicht denken, ich würde Sie einfach so gehen lassen.«

»Ich ... äh ...« Emily stammelte, sie wusste nicht recht, was sie sagen sollte, denn sie wollte nur noch so wenig wie möglich mit Quinn Newell zu tun haben, selbst wenn sie ihr das zehnfache Honorar anbieten sollte. »Wie es aussieht, ist jetzt nicht die beste Zeit für Sie, größere Entscheidungen zu treffen. Als Erstes werde ich Ihnen Ihre Anzahlung zurücküberweisen.«

»Auf gar keinen Fall. Jetzt können wir das ganze Haus in Angriff nehmen. Das wird ein Kinderspiel; ich hänge wirklich an keinem einzigen Gegenstand. Dann werde ich auch nicht mehr ständig daran erinnert, dass ich nicht willkommen war. Es war ja nicht nur das Problem mit meinem Kram in der Garage. Wally hat das Bett rücksichtslos in Beschlag genommen. Ebenso die Steppdecke. Hat das Medizinschränkchen mit seinen Sachen gefüllt. Wir mussten seine Kaffeemarke kaufen. Sein ...«

»Quinn«, fiel Emily ihr ins Wort, damit sie nicht weiter Galle spuckte. Sie hoffte sehr, dass Ryan Quinn hatte abhalten können, sich bei der Polizei in dieser Form Luft zu machen. »Ich bin keine Psychologin, aber ich denke, Sie sollten warten. Wenigstens ein paar Wochen, und dann ...«

»Ich will nicht warten. Und ich zähle fest auf die Hilfe, die Sie mir versprochen haben.«

Bockig. Rechthaberisch. Bedürftig. Impulsiv. »Quinn, lassen Sie uns später darüber reden, einverstanden? Nach der Beerdigung?«

Quinn stöhnte. »O mein Gott, die Beerdigung. Ich weiß gar nicht, wo ich da anfangen soll. Ich nehme an, ich muss warten, bis sie den Leichnam wieder freigeben, und was dann?«

»Dann sprechen Sie mit den Leuten vom Bestattungsinstitut.«

»Welches Bestattungsinstitut?«

Den Köder würde Emily nicht schucken. Sie würde Quinn nicht mehr helfen. »Irgendeins. Es ist deren Aufgabe, Familien zu helfen.«

Eine lange Pause. »Sie rufen mich an«, sagte Quinn. »Werden Sie das?« Als Emily nicht antwortete, machte Quinn Druck. »Sie haben den Öffner für die Garagentür. Sie können auch vorbeikommen, wenn ich nicht da bin. Ich möchte alles loswerden. Bringen Sie es einfach fort.«

»Wir werden sehen«, sagte Emily. »Ich meine es ernst, Sie sollten jetzt erst mal keine größeren Entscheidungen treffen. Einverstanden?« Ohne auf eine Antwort zu warten, beendete sie den Anruf, dann stand sie da und sah auf ihr Telefon.

»Und?« Franks Stimme erschreckte sie. Sie hatte vergessen, dass er da war.

»Du hattest Recht. Sie hat die Leiche identifiziert.«

»Was habe ich dir gesagt? Walter Newell ist tot. Zufrieden?«

»Jetzt sag mir nur noch: Wer war der Mann, der letzte Nacht hier war, und worüber habt ihr gesprochen?«

»Er ist …« Frank holte tief Luft. »Emmy, ich kann das wirklich nicht. Anwaltsgeheimnis, du weißt schon. Aber so viel kann ich dir verraten …« Er hob den Blick, als sei die Erklärung in die Decke geritzt. »Er ist nicht mein Klient, sondern Ryans. Er ist der Sohn eines CEO, mit dem wir früher gearbeitet haben. Prallgefüllte Brieftasche, sonst hätten wir den Fall nie angefasst. Fährt immer in diesem Transporter herum, als sei er Joe der Klempner. Fazit? Der Kerl ist ein Schuft. Will einen Prozess gegen seinen Nachbarn anstrengen, ich denke zumindest, das ist die Absicht, die dahintersteckt. Ich weiß nur, dass er der Vereinbarung zugestimmt hat, und jetzt will er sich der Geheimhaltungspflicht entziehen und das Erfolgshonorar nicht zahlen. Er hat schon so viele Leute verklagt, dass man eigentlich denken müsste, er kennt sich mit der Übung aus. Prozesskosten.«

»Wie heißt er?«

»Hör doch auf! Du weißt, dass ich dir das nicht sagen kann.«

Frank war sonst nicht so vorsichtig mit Informationen zu Klienten. »Wenn er Ryans Klient ist, wieso ist er dann nicht zu Ryan gegangen und hat *ihn* bedroht?«

Frank goss sich noch etwas Kaffee in die Tasse, nahm einen Schluck und verzog das Gesicht. »Er hat überhaupt niemanden bedroht.«

»Doch hat er. Ich hab's gehört.«

Lila tauchte im Türrahmen auf. »Ich hab's auch gehört.«

»Guten Morgen, Lila«, sagte Frank mit einem angespannten Lächeln.

»Wir hätten beinahe die Polizei gerufen«, sagte Lila. Sie ging durch die Küche und schenkte sich selbst eine Tasse Kaffee ein.

»Tut mir leid, wenn er euch Angst gemacht hat, aber es gab keinen Grund, sich Sorgen zu machen. Nervige Klienten gibt es wie Sand am Meer.« Frank wedelte mit seiner Tasse in Lilas Richtung. »Wenn ich alle melden würde, wäre ich bald pleite. Der Kerl musste sich einfach mal Luft machen.« Er rieb sich das Kinn. »Und ich muss mich rasieren.« Er stellte die Kaffeetasse ins Spülbecken und verließ den Raum.

Lila sah ihm nach. »Ich fürchte, ich habe deinen Mann unterschätzt.« Sie nahm die Milch aus dem Kühlschrank und goss sich etwa zwei Fingerbreit davon ein. »Entweder er ist viel härter, als ich gedacht hatte, oder er ist ein hervorragender Lügner.«

25

Um zehn fuhr Frank Emily zum Polizeirevier, um ihr Auto abzuholen. Er hielt sich an die Geschwindigkeitsbegrenzungen und ging vom Gas, wenn die Ampel auf Gelb umschaltete. Aber sonst war er alles andere als ruhig, er schlug aufs Steuerrad, kommandierte sie herum und wurde immer lauter und geladener, je näher sie dem Polizeirevier kamen.

Geh einfach rein und hol dein Auto.

Denk bloß nicht, auch nicht für einen kurzen Moment, dass die Polizei bloß die Wahrheit finden möchte.

Trau ihnen nicht; die drehen dir das Wort im Mund rum.

Die wollen Informationen und machen alles, was nötig ist, um an sie heranzukommen.

Und vor allem (das sagte er genau drei Mal): *Sprich dich mit mir ab, bevor du irgendetwas sagst.*

Er blickte immer wieder zu ihr hinüber, um sicherzugehen, dass sie ihm aufmerksam zuhörte. Was sollte sie auch anderes tun? Sie verschränkte die Arme über der Brust und wartete, bis er sich abgeregt hatte. Sie musste nicht von ihm daran erinnert werden, dass der Polizei nicht zu trauen war.

Sergeant Stanley erwartete sie im Vorraum. »Und wer ist das?«, fragte er mit einem Blick auf Frank in seinem Power-Anzug.

»Frank Harlow«, sagte Frank. Er reichte Stanley, der mindestens einen Kopf kleiner war, die Hand. »Anwalt.«

Stanley schüttelte Frank die Hand und sah ihn taxierend an. »Harley?«

Emily spürte, wie sie rot wurde. »Frank ist mein Mann.« Sie sah zu Frank hinüber, als sie merkte, dass sie bereits eine der Regeln gebrochen hatte, denn sie hatte ohne seine Erlaubnis gesprochen, aber er schien es gar nicht zu bemerken.

Stanleys Blick wechselte zu Emily. »Sie haben sich anwaltliche Verstärkung gesucht?« Die Mundwinkel verzogen sich zu einem Grinsen. »Interessant.«

»Ich bin nur hier, um mein Auto zu holen«, sagte Emily. »Mein Mann hat mich gefahren.«

»Aber natürlich. Hier entlang, bitte.« Stanley machte kehrt und führte sie in den rückwärtigen Teil, den Flur entlang und die Treppe hinunter. Walter Newells Auto stand immer noch im Kellergeschoss. Der vordere Kotflügel, die Stoßstange und der rechte Frontscheinwerfer waren entfernt worden. Emilys Auto stand in der Nähe geparkt, daneben tragbare Leuchten und eine Werkbank auf Rädern.

»Die Schlüssel?«, sagte Frank.

Stanley blickte Emily direkt an. »Möchten Sie nicht wissen, was wir bei der Untersuchung Ihres Wagens herausgefunden haben?«

»Ich …«, fing Emily an. Sie sah Frank an.

»Sie will bloß ihr Auto zurückhaben«, sagte Frank.

Stanley achtete nicht auf ihn. Er ging neben dem Heck ihres Autos in die Hocke. »Wir konnten sehen, dass in letzter Zeit an Ihrem Wagen Ausbesserungen vorgenommen wurden.« Er deutete auf das Heck, dessen stümperhafte Reparatur Lila aufgefallen war. »Alles noch sehr frisch. Und die Farbspuren, die wir am vorderen Kotflügel von Walter Newells Auto gefunden hatten, passen zu Ihrem Auto.«

»Sie haben mir ja gesagt, dass er mich gerammt hat«, sagte Emily. »Sie sagten, das hätten die Aufnahmen der Überwachungskamera gezeigt.«

»Warum waren Sie am Square?«, fragte Stanley.

Frank ermunterte sie mit einem Nicken zum Antworten. »Ich habe mir dort einen Kaffee geholt. Ich nehme an, er ebenso.«

»In den Lageranlagen gibt es auch Überwachungskameras. Wir haben uns die Aufzeichnungen der Nacht angeschaut, in der der Mann Ihrer Freundin verschwand.«

»Sie ist meine Kundin. Nicht meine Freundin«, entfuhr es Emily, ehe sie es verhindern konnte.

»Wären Sie überrascht, wenn ich Ihnen sage, dass die Bänder zeigen, wie Sie am Sonntag das Lager aufschließen? Und hineingehen?«

»Ich habe Ihnen schon gesagt ...«, fing Emily an. Frank gebot ihr zu schweigen.

Emily war sprachlos. Frank machte ein finsteres Gesicht und schüttelte den Kopf. »Genug«, sagte er im Flüsterton. »Sie ist nur wegen des Autos hier.«

»Kein Problem.« Stanley ging zu einem roten Metallschließfach, das an der Wand hing. Er gab Zahlen ein und öffnete es, dann fischte er einen Schlüssel heraus und schloss wieder ab. »Hier.« Er warf Emily den Schlüssel zu, aber sie griff daneben und er fiel zu Boden. Frank hob ihn auf.

Stanley drückte einen Knopf an der Wand. Mit lautem Gescheppper ging eine Schwingtür an der angrenzenden Wand hoch. Als sie komplett nach oben gefahren war, kam Stanley noch einmal zu Emily und stellte sich in weniger als einem halben Meter Entfernung vor sie hin. Er sprach leiser. »Sie können jetzt gehen. Niemand hindert Sie daran. Oder Sie kommen nach oben und schauen sich die Aufnahmen dieser Überwachungskamera an. Um zu sehen, wie *Sie* sich das erklären.«

Emily trat einen Schritt zurück. »Ich bin Sonntagnacht nicht zurück zum Lager gefahren. Ich bin nach Hause gefahren. Dann bin ich zu Bett gegangen. Ich hatte keinen Grund zurückzufahren.«

»Die Überwachungskamera ist da anderer Meinung.«

Frank hakte sich bei Emily unter und zerrte sie Richtung Auto.

»Was möchte Ihr Mann vor Ihnen geheim halten?«, fragte Stanley.

»Reagiere nicht darauf«, sagte Frank leise. »Mach nicht den ...«

»Mrs Harlow«, schnitt Stanley Frank das Wort ab. »Warum schauen Sie sich das Band nicht an? Sie müssen kein Wort dazu sagen. Aber vielleicht können Sie uns helfen, die Person zu identifizieren?«

Fast unhörbar sagte sie zu Frank: »Was kann es schaden, sich das mal anzuschauen?«

»Das ist keine gute Idee«, flüsterte Frank zurück.

»Ich muss sehen, was sie haben. Ich werde kein Wort dazu sagen.«

»Dann komme ich mit dir.«

»Tut mir leid«, sagte Stanley. »Dieses Angebot gilt nur für Ihre Frau. Sie kommt allein mit oder das Angebot ist vom Tisch.«

»Das ist Erpressung«, sagte Frank, auf dessen Stirn eine Ader pulste. »Siehst du, was sie machen? Sie versuchen, die Situation so zu manipulieren, dass wir auf gegnerischen Seiten landen. Geh nicht hin. Das ist der beste Rat, den ich dir geben kann.«

Nur war sie nicht seine Klientin, und die Überwachungskamera konnte sie unmöglich gefilmt haben. »Ich muss sehen, was sie in der Hand haben.«

»Ich sage dir, das ist ein Fehler.« Frank drückte ihren Arm. »Du wirst irgendetwas sagen. Du wirst reagieren. Du wirst nicht in der Lage sein, dir zu helfen, und dann drehen sie dir einen Strick daraus. Das ist der typische Scheißdreck, in den sie einen hineinziehen. Soweit du weißt, gibt es keine Aufnahmen, das ist nur ein Trick, um dich allein zu fassen zu kriegen.«

»Wir haben Aufnahmen«, sagte Stanley. »Mr Harlow, Ihre Frau ist erwachsen. Sie kann sich das Video ansehen und sich dann selbst ein Urteil bilden. Wobei ich mich durchaus wundere, dass Sie so hartnäckig dagegen sind.« Er grüßte kurz, zog seinen Gürtel hoch und stolzierte davon.

Frank sah zu Emily und verdrehte die Augen, als wollte er sagen, *Hab ich's dir doch gesagt.* Er ließ ihren Arm los und öffnete die Autotür.

Emily blickte zurück. Stanley stand wartend da, sein Umriss zeichnete sich weithin sichtbar in der Tür vor dem Treppenhaus ab.

»Steig ein!«, sagte Frank und wedelte mit der Hand herum, um Emily zum Einsteigen zu bewegen.

Wie lange waren sie jetzt schon verheiratet, und er hatte immer noch nicht gelernt, dass es kontraproduktiv war, sie in diesem Ton herumzukommandieren. Warum sollte sie sich dieses Überwachungsvideo nicht anschauen? Sie konnte ja den Mund halten. Emily schlug mit einem gezielten Hüftschwung die Autotür zu.

Als sie Richtung Treppenhaus ging, rief Frank ihr nach: »Emily, tu's nicht. Das ist keine gute Idee.«

Sie drehte sich zu ihm um. »Ich hab's verstanden. Aber es ist auch kein Spiel. Ich weiß es zu schätzen, dass du mich beschützen willst, aber ich muss sehen, was sie haben.«

»Okay, okay. Dann geh halt.« Frank schüttelte den Kopf. »Aber sag nichts. Verstanden?«

Der Rat war zu ihrem Guten, sagte sich Emily. Aber ein kluger Detective, und sie hatte keinen Zweifel, dass Stanley gut war in seinem Job, war ein ebenso guter Beobachter wie ein guter Zuhörer. Sie musste jetzt auch aufpassen, was sie tat, nicht nur, was sie sagte. Als sie bei Stanley angekommen war, zwang sie sich zu einem höflichen Lächeln, und dann folgte sie ihm die Treppe hinauf.

26

Sergeant Stanley brachte Emily in einen leeren, funktionalen Raum, in dem ein Schreibtisch und Aktenschränke standen, und dessen Fenster Aussicht auf den Parkplatz bot. Er wartete, bis Emily ihm gegenüber am Schreibtisch Platz genommen hatte. Dann zog er einen Aktenordner heraus, legte ihn auf den Tisch und öffnete ihn. Darin befand sich eine Fotosammlung. Das zuoberst liegende Foto war eine grobkörnige Schwarz-Weiß-Aufnahme. Sie zeigte eine Gasse durch eine lange Reihe von Lagern. Bei der nächstgelegenen war die Nummer 218 in Weiß auf den Fahrweg geschrieben.

Stanley tippte auf den Zeitstempel am unteren Rand: 1:16. Das Bild wurde nachts aufgenommen, Stunden nachdem Emily dem Wein so kräftig zugesprochen und nach einer wohltuenden Tasse Schokolade wie ein Stein geschlafen hatte. »Sehen Sie das?« Stanley deutete auf einen dunklen Schatten mit zwei winzigen Lichtpunkten, die bei näherer Betrachtung wie die Parkleuchten eines Autos aussahen, das mit der Front zur Kamera stand.

Stanley zeigte ihr das nächste Foto. Laut Zeitstempel war es eine Minute später aufgenommen, 1:17. Auf diesem Foto stand neben der 219, seitlich zur Kamera und mit dem Heck vor dem Lagertor ein Auto. Mit geöffneter Heckklappe. »Das ist Ihr Wagen, nicht wahr?«

Emilys Magen verkrampfte sich. Das Auto hatte eine helle Farbe, wahrscheinlich Weiß. Deutlich erkennbar war das Krempel-Kicker-Logo auf die Tür schabloniert. Sie sah Stanley an. Er blieb stumm, aber seine Brauen gingen fragend nach oben. Als sie immer noch nichts sagte, legte er ein weiteres Bild auf den Schreibtisch.

»Hier sind Sie wieder zu sehen.« Auf diesem Foto war eine dunkle Gestalt, die auf der der Kamera abgewandten Seite niederkauerte und vermutlich gerade das Vorhängeschloss öffnete.

Emily biss sich auf die Lippe.

»Aber Sie waren zu Hause, stimmt's? Dann sind Sie ja vielleicht schlafgewandelt.« Stanley legte ein weiteres Bild vor sie hin. »Denn hier sind Sie wieder zu sehen, Sie kauern in Ihrem Wagen und schieben etwas hinten heraus.«

Es war eine naheliegende Erklärung, die aber von dem Bild nicht gestützt wurde. Denn außer der Seite des Wagens war nichts deutlich erkennbar.

»Hier kriechen Sie wieder durch die Hecköffnung aus dem Wagen«, fuhr Stanley fort. »Verschwinden dann im Lager. Und zehn Minuten später sind Sie wieder zu sehen, wie Sie das Lager abschließen.« Gemächlich legte er ein weiteres Bild auf den Schreibtisch. Dieses zeigte das Auto mit geschlossener Heckklappe und wieder diese schemenhafte Gestalt, die auf der dem Auto abgewandten Seite vor dem Vorhängeschloss kauerte. Aber diesmal konnte Emily, obwohl die Person von der Überwachungskamera abgewandt war, sehen, dass sie ein Oberteil und eine Hose trug, die aussahen wie Emilys Arbeitsuniform. Hinten hing ein langer Pferdeschwanz aus einer Baseballkappe. »Das sind Sie, nicht wahr?«, fragte Stanley.

Emily fiel ein Detail auf, das zumindest für sie selbst bewies, dass diese Person nicht sie selbst war. Sie deutete auf die Schuhe, die eindeutig hinten nicht offen und keine Crocs waren. »An dem Tag hatte ich meinen Fuß verletzt. Ich habe diese Schuhe hier getragen.« Sie streckte den Fuß vor, damit Stanley ihre Crocs sehen konnte.

»Heißt das, das sind Sie nicht? Sie fahren nicht Ihr eigenes Auto?«, hakte Stanley nach. »Kennzeichen QVC838?«

Natürlich kannte Stanley ihr Autokennzeichen. Schließlich hatte ihr Auto in den letzten vierundzwanzig Stunden hier in der Polizeigarage gestanden. Franks Warnung blinkte auf. *Die wollen Informationen und machen alles, was nötig ist, um an sie heranzukommen.*

»Und vielleicht haben Sie eine Erklärung für etwas, das wir in Ihrem Auto gefunden haben«, setzte Stanley hinzu. »Teppichfasern. Ich muss Sie nicht daran erinnern, dass man Walter Newell in einen Teppich eingewickelt hatte.«

Fasern von *diesem* Teppich? Das war vollkommen ausgeschlossen. Emily stützte die Ellbogen auf den Tisch und lehnte sich vor, den Kopf in den Händen. *Die drehen dir das Wort im Mund herum.*

»Übrigens«, sagte Stanley, »was die Person angeht, die angerufen und den Unfall mit Fahrerflucht gemeldet hat. Die Zeugin also. Wir haben den Anruf zurückverfolgt. Er kam von Walter Newells Handy.«

Walter Newell soll seine eigene Fahrerflucht gemeldet haben? Emily konnte sich nicht vorstellen, warum er das tun sollte. Es sei denn, er wollte sichergehen, dass die Polizei auch wirklich davon erfuhr.

»Wir wissen, dass er sich gegen zwei Uhr nachmittags bei der Auktion in Hyannis eingeschrieben hat«, fuhr Stanley fort. »Wir wissen, dass er nichts gekauft hat. Wir wissen, dass die Unfallmeldung acht Stunden später von seinem Telefon aus einging. Ich kann sie Ihnen vorspielen. Wir speichern alle Anrufe bei der 911. Vielleicht erkennen Sie die Stimme wieder.«

Die Antwort wartete er gar nicht erst ab. Er nahm das Telefon vom Schreibtisch und drückte ein paar Knöpfe. Wartete, drückte noch zwei. Dann schaltete er den Lautsprecher ein, und Emily hörte ein Piepsen.

Zunächst eine Roboterstimme: »Anruf eingegangen am 4. August, einundzwanzig Uhr fünfundfünfzig.« Dann eine Frauenstimme. »Hier 911.« Die Beamtin, die den Anruf entgegennahm, klang wie eine ältere Frau. Müde. Altstimme. »Sagen Sie mir bitte, was passiert ist.«

»Hallo?« Noch eine Frauenstimme. Leise und kratzig.

»Sagen Sie mir bitte, was passiert ist«, wiederholte die Beamtin.

»Ich habe gerade im East Hartwell Square beobachtet, wie jemand ein Auto gerammt und dann Fahrerflucht begangen hat.« Die Stimme klang gedämpft. »Das Auto fuhr aus einer Parkbucht heraus. Rammte den Wagen vor ihm. Machte sich nicht mal die Mühe anzuhalten.«

»Wie ist Ihr Name?«

»Jetzt ist er weg. Das Auto war ein heller Audi. Es hat einen Honda mit Fließheck gerammt, mit einem Aufdruck auf der Seite.«

»Ihr Name?« Als die Anruferin nicht antwortete, fragte die Beamtin: »Ist jemand verletzt?«

»Nein. Das andere Auto war geparkt.« Die Anruferin gab den genauen Standort vor dem Coffee Shop und das Kennzeichen des Audi an.

Die Aufzeichnung ging noch weiter, daher schloss Emily die Augen und versuchte, die Stimme der Anruferin zu erkennen. Die Person, die am wahrscheinlichsten Zugang zu Walter Newells Handy hatte, war Quinn. Aber wie konnte Quinn von dem Unfall gewusst haben, schließlich war Emily nur wenige Minuten zuvor von ihrem Haus weggefahren?

Als die Aufzeichnung vorbei war, schaltete Stanley aus. »Die Anruferin sagt, sie habe den Unfall gesehen. Aber jetzt kommt das Besondere. Niemand in dem Coffee Shop kann sich daran erinnern, Sie bedient zu haben.«

Es kann sich niemand erinnern? Das erschien ihr doch ziemlich unwahrscheinlich. Dass dieser dreiste Kerl in sie hineingerannt war, hatte die Barista beobachtet. Und was war mit dem Teenager, der das Schild an der Tür auf *Ge-*

schlossen umgedreht und dann begonnen hatte, den Boden zu wischen?

»Haben Sie mit einer Kreditkarte bezahlt?«

Emily sagte nichts.

»Dann also bar? Haben Sie eine Quittung bekommen?«

Hatte sie nicht, weil Ana – an den Namen der Barista erinnerte Emily sich gut – Franks Kaffee aufs Haus hatte gehen lassen.

Emily brach ihr Schweigen. »Sie müssten sich eigentlich an mich erinnern. Ich habe 10 Dollar Trinkgeld dagelassen.«

»Zehn Dollar? Das war aber großzügig von Ihnen. Ich frage mich, ob Sie das getan haben, damit die Leute dort sich auch *sicher* an Sie erinnern?«

Sag nichts. Frank hatte verdammt richtiggelegen.

»Soll ich Ihnen sagen, wie Walter Newell starb?« Stanley wartete nicht auf eine Antwort. »Trauma nach stumpfer Gewalteinwirkung von vorne auf die Beine. Trauma am Hinterkopf. Am Ende wurde der Brustkorb zerquetscht.«

Emily schloss die Augen.

»Fazit?« Stanley redete weiter. »Es sieht so aus, als sei er von einem Auto überfahren worden. Der erste Schlag war zu tief erfolgt«, Stanley beugte sich vor und griff sich ans obere Ende der Schienbeine –, »als dass es von einem SUV oder Transporter hätte kommen können. Aber ein Honda Civic, das könnte schon passen. Mr Newell ging von dem Aufprall zu Boden, dann wurde er von dem Wagen überfahren. Und zwar zwei Mal. Ein Unfall? Was meinen Sie?«

Emily überlief ein Schauder. Sie versuchte, nicht zu denken.

»Und danach – das ist jetzt offen gesagt nur geraten, basierend auf der Tatsache, dass sein geparktes Auto am Kai gefunden wurde und dass seine Leiche in einen mit Wasser vollgesogenen Teppich gewickelt war – hat der Mörder die Leiche über die Rampe ins Wasser rollen lassen. Das Ufer ist um diese Jahreszeit zu beiden Seiten der Rampe von

Pflanzen überwuchert. Selbst bei Niedrigwasser wäre er gut versteckt gewesen. Und die Flecken auf seinem Gesicht? Die müssen Ihnen aufgefallen sein. Auf seiner Brust konnte man sie auch sehen. Die verraten uns, dass er nach seinem Tod mit dem Gesicht nach unten liegen gelassen wurde. Blut fließt immer zum tiefsten Punkt.

Was ist also geschehen?«, fuhr Stanley fort. »Nachdem er Ihr Auto gerammt hat, sind Sie da zum Kai gefahren und haben ihn zur Rede gestellt? Oder vielleicht war es andersherum? Sie haben beim Einparken sein Auto gerammt, und *er* ist *Ihnen* gefolgt. Wie dem auch sei, Sie sind beide am Kai gelandet. Es ist spät. Ruhig. Nur Sie beide. Sie streiten sich. Die Dinge geraten außer Kontrolle. Vielleicht bedroht er Sie. Sie steigen in Ihr Auto. Lassen den Motor an.« Stanley stand auf und lehnte sich zu ihr vor, die Hände auf den Schreibtisch gestützt. »Er ist groß. Er ist wütend. Er steht vor Ihnen und wagt es, Sie zu ...«

Emily biss sich auf die Lippen und widerstand dem Drang, sich die Hände auf die Ohren zu legen. Nichts davon war geschehen. Aber was immer sie sagen würde, man würde ihr am Ende die Worte im Mund rumdrehen. *Fragen Sie meinen Mann. Ich war zu Hause.* Stanley würde nur schnauben. *Natürlich wird er das bestätigen – er ist Ihr Ehemann. Er wird alles sagen, was Sie möchten.*

»Sie haben wahrscheinlich Hilfe gebraucht«, fuhr Stanley fort. »Ein toter Körper ist sehr schwer, erst recht, wenn er in einen nassen Teppich gewickelt ist. Die Schwerkraft half Ihnen, als Sie ihn ins Wasser bekommen mussten. Aber wie ihn wieder herausholen?« Er lehnte sich zu ihr vor und sagte mit leiser Stimme: »Das ist ein Job für zwei.« Stanley setzte sich. »Wer hat Ihnen geholfen?« Er starrte Emily eine Weile an, rieb sein Kinn, als versuche er dahinterzukommen. »Lassen wir das einen Augenblick beiseite. Den Rest könnten Sie selbst erledigt haben. Sie sind zum

Lager gefahren. Haben die Leiche aus dem Auto rollen lassen. Sie dort unter den Tisch geschoben. Und bevor Sie gegangen sind, haben Sie das Schloss ausgetauscht und sich damit mindestens einen weiteren Tag verschafft, ehe die Leiche untersucht werden konnte. Und dafür gesorgt, dass die Unsicherheit, was den geschätzten Todeszeitpunkt betraf, noch größer wurde.«

Emily konnte sich nicht länger zusammenreißen. »Es ist mir egal, was Sie denken, wer auf dieser Überwachungskamera zu sehen ist, das bin nicht ich.«

Stanley sammelte die Fotos ein, klopfte den Stapel auf dem Tisch auf, um ihn zu begradigen, und steckte dann die Fotos zurück in den Ordner. »Dann müssen Sie sich ja keine Gedanken machen. Das original Vorhängeschloss für dieses Lager werden unsere Beamten nicht bei Ihnen finden, oder? Denn dort sind sie jetzt gerade und führen den Durchsuchungsbefehl aus.«

Emily verließ Sergeant Stanleys Büro mit einem Knoten im Magen. Frank wartete in der Empfangshalle auf sie. Er sprang auf und folgte ihr nach draußen. Erst als sie auf dem Parkplatz waren, wo Frank neben ihrem Wagen geparkt hatte, brach sie zusammen.

Emily erwartete ein gewaltiges *Hab-ich's-dir-nicht-gesagt*. Stattdessen öffnete Frank die Arme. Emily lehnte sich an seine Brust und schluchzte, ließ sich, als Wut und Frust sie übermannten, kurz fallen. Aber das war jetzt nicht die Zeit, zusammenzubrechen. Dieser gruselige Stanley sah ihnen wahrscheinlich durchs Fenster zu, während seine Truppe ihr Haus durchsuchte.

Sie entwand sich Franks Umarmung und wischte sich mit dem Handrücken die Augen. »Wir müssen nach Hause. Die Polizei ist wahrscheinlich schon dort und durchsucht unser Haus.«

»Mist«, sagte Frank. »Wonach suchen die?«

Emily blickte zurück zum Polizeirevier und dämpfte ihre Stimme zu einem Flüstern. »Das Vorhängeschloss vom Lager der Murphys.«

Frank sah sie lange an. »Und werden sie es finden?«

»Frank!«

»Ich frag ja nur. Bist du dir sicher, dass nicht?«

Emily antwortete nicht. Sie war sich keiner Sache mehr sicher, seit sie das Foto eines Autos gesehen hatte, das wie ihres aussah und das man vor das Lager gefahren hatte. Sie öffnete die hintere Tür. Der Rücksitz war nach vorne geklappt, wie die Polizei ihn hinterlassen hatte. Sie berührte den dunklen Teppich, mit dem der leere Laderaum hinter der Hecktür ausgekleidet war. Er war feucht, und als sie an ihren Fingerspitzen roch, nahm sie einen leichten Schwefelgeruch wahr, wie von faulenden Pflanzen.

»Was ist?«, wollte Frank wissen.

»Stanley sagte, sie hätten hier Teppichfasern gefunden. Walter Newell hatte man in einen Teppich eingerollt.«

Frank sah sie mitleidsvoll an. »Emmy, sie werden auch in *meinem* Auto Teppichfasern im Heck finden. Sie werden welche im Auto deiner Mom finden. Das ist, als würden sie sagen, sie hätten Haare in deinem Badezimmer gefunden. Das sagen sie, damit du die Nerven verlierst.«

Emily stellte den Sitz gerade. Ihre Packtasche stand auf dem Boden, wo sie sie zurückgelassen hatte. Die Polizei hatte sie gewiss durchsucht. Sie öffnete die Tasche. Schien alles in Ordnung zu sein – Gesichtsmasken und Reinigungsmittel, Gummihandschuhe, alles noch da. Das Einzige, was nicht da war, aber hätte da sein sollen, war – der Schlüssel zu dem alten Vorhängeschloss an Mrs Murphys Lager. Er lag nicht auf dem Boden der Tasche und war auch in keiner der Seitentaschen. Die Polizei hatte ihn wahrscheinlich an sich genommen.

»Was hat er zu dir gesagt?«, fragte Frank.

Emily machte die Tasche zu und stellte sie zurück ins Auto. »Er sagte, sie glauben, dass die Leiche im Fluss lag. Sie haben Fotos von der Überwachungskamera, auf denen zu sehen ist, wie ich seine Leiche mitten in der Nacht zum Lager fahre, sie dort lasse, und das Schloss austausche. Und sie sagen, ich hätte nicht genug Kraft, um das allein zu bewerkstelligen.« Sie sah Frank an. »Ich muss also zwangsläufig einen Helfer gehabt haben.«

»Oha.« Frank war eine Weile still. »Hat er dir wirklich die Bilder gezeigt? Denn die erzählen ja eine Menge ...«

»Frank, er hat sie mir gezeigt. Es sieht aus wie mein Auto.« Sie knallte die Tür zu. »Aber ich bin es nicht.«

»Bilder von Überwachungskameras sind bekanntermaßen lausig. Schlechte Auflösung. Außerdem war es Nacht. Wie weit war die Kamera entfernt?«

Die Überwachungskamera war nur ein Lager weiter montiert. »Vielleicht sechs Meter. Aber du hast Recht, der Kamerawinkel ist lausig.«

»Da hast du's. Siehst du? Das kannst du mir wirklich glauben, in neun von zehn Fällen gilt das Filmmaterial einer Videoüberwachung vor Gericht nicht als stichhaltiger Beweis.«

»Vor Gericht? Bitte sag mir nicht, dass es so weit kommen wird. Denn er klang wirklich so, als wären sie der Meinung, ich hätte Walter Newell umgebracht. Sie denken, ich wäre ihm, nachdem er mein Auto gerammt hat, zum Kai gefolgt, hätte ihn zur Rede gestellt und zum Schluss über den Haufen gefahren. Sie denken ...«

»Momang!« Frank gebot ihr mit erhobener Hand Einhalt. »Sie denken, du hättest ihn über den Haufen gefahren, und jetzt lassen sie dich mit der Mordwaffe davonfahren? Wie glaubhaft ist das denn?«

Emily schwieg. Es stimmte, das klang nicht allzu glaubhaft. »Aber was ist mit den Teppichfasern?«

»Teppichfasern? *Pfft.* Da müssten sie erst forensische Tests machen, um sicher zu sein, dass die Fasern identisch sind. Das kann Wochen dauern. Wenn sie genug in der Hand hätten, um dich anklagen zu können, dann hätten sie dich schon verhaftet.«

Emily ließ Franks Worte auf sich wirken. Seine Zuversicht war erfrischend, auch wenn seine Worte sie nicht wirklich beruhigten.

»Ich sehe dich zu Hause«, sagte Frank und stieg ins Auto.

Emily nickte und stieg ebenfalls in den Wagen. Mit zitternder Hand startete sie den Motor. Sie ließ das Fenster herunter und fasste ans Steuerrad. Eine Spur weißen Pulvers klebte an ihren Fingern. Sie hatten im Inneren des Wagens Fingerabdrücke genommen.

Frank lehnte aus dem Autofenster und sah sie fest an. »Bist du sicher, dass du dich gut genug fühlst zum Fahren?«

»Du kannst ja über den Rückspiegel ein Auge auf mich werfen.«

»Keine Sorge. Ich halte dir den Rücken frei.«

Emily unterdrückte einen Schauder. Fast die gleichen Worte hatte sie schon einmal gehört. Vor kurzem. Von Quinn Newell.

27

Emily fuhr los, folgte Frank durch die ganze Stadt bis nach Hause. Je mehr sie über die Beweismittel nachdachte, die die Polizei zusammengetragen hatte – die Aufnahmen der Überwachungskamera, auf denen zu sehen war, dass jemand ein Auto fuhr, das aussah wie ihres, und der darin mitten in der Nacht etwas zum Lager transportiert, die Teppichfasern in ihrem Auto –, desto wütender wurde sie. Auf den körnigen CCTV-Aufnahmen war die Person fast nicht zu erkennen, und das Auto hätte zwar ihres sein können, aber auch jeder andere helle Kleinwagen, auf dessen Tür man ihr Logo gemalt hatte. Doch offenbar trug die Person, auch wenn sie schlecht zu erkennen war, Kleider, die Emilys Arbeitsuniform ähnelten, und sie hatte einen langen Pferdeschwanz. In jeder anderen Nacht wären die Schuhe genau die richtigen gewesen.

Emily zitterte. Das war kein Fall von Identitätsverwechslung. Wer immer diese Person war, sie hatte versucht, auszusehen wie Emily. Die Person war sich auch des Standorts der Überwachungskamera bewusst. Allerdings verstand Emily nicht, weshalb die Barista, die im Coffee Shop so freundlich war, nicht bestätigt hatte, dass sie überhaupt da gewesen war. Zumindest dieser Sache würde sie später selbst nachgehen, wenn die Polizei mit der Hausdurchsuchung fertig war.

Emily bog ab zu ihrem Block. Sie umklammerte das Steuer noch etwas fester, als sie sah, dass ein Mannschaftswagen der Polizei rückwärts in der Einfahrt parkte und ein Polizeiwagen vor dem Haus stand. Die Kellerluke stand offen, ebenso die vordere Haustür. Einer ihrer Nachbarn – ein Postbeamter im Ruhestand, der vor ihrem Einzug bereits jahrzehntelang auf der anderen Straßenseite gewohnt hatte – stand hinter seiner Fliegengittertür. Emily parkte vor seinem Haus, stieg aus und winkte ihm linkisch zu.

Lila trug einen breitkrempigen Strohhut und eine Sonnenbrille, eine goldene Tunika und weiße Leggins, saß auf einem Klappstuhl im Vorgarten und betrachtete das Haus, als schaue sie sich einen Film an. Als sie Emily entdeckte, sprang sie auf und streckte ihr wedelnd ein paar Papiere hin. Emily griff nach ihnen. Quer auf der ersten Seite stand zu lesen: *DURCHSUCHUNGSBEFEHL*.

Frank hatte etwas weiter unten in der Straße geparkt und gesellte sich nun zu ihnen.

»Tut mir leid«, entschuldigte sich Lila bei Frank. »Ich wusste nicht, wie ich ihnen Einhalt gebieten soll.«

»Das wäre dir nicht gelungen«, sagte Frank. »Und wenn du es versucht hättest, dann wärst du selbst verhaftet worden.«

»Was wollen die hier?«, fragte Lila. »Die können doch nicht ernsthaft glauben, dass Emily irgendetwas mit diesem Mann zu tun hat, der ...« Sie brach den Satz ab, als ein Polizeibeamter, der hellblaue Gummihandschuhe trug, mit etwas, das aussah wie ein Kleiderstapel, in der Haustür auftauchte. Er legte die Sachen auf einer Plastikplane hinter dem Mannschaftswagen ab. Emily konnte einige ihrer Arbeitsuniformen erkennen, darunter ihre Sneakers und ihre Kappe.

»Können die denn einfach mitnehmen, was sie wollen?«, fragte Lila mit Flüsterstimme. »Hier hereinstürmen wie ein gottverdammtes Sturmtruppenbatallion? Du bist doch Anwalt. Kannst du nichts dagegen unternehmen? Steht denn über rechtswidrige Durchsuchungen und Festnahmen gar nichts in der Verfassung?«

»Lila«, sagte Frank »ich weiß, du versuchst uns zu helfen, aber ich bitte dich, genau so sieht ›rechtmäßig‹ aus. Es bleibt uns nichts anderes übrig, als sie ihren Job machen zu lassen. Sie können nur mitnehmen, was im Durchsuchungsbefehl aufgelistet ist.« Er nahm Emily die Blätter aus der Hand, überflog sie und reichte sie ihr zurück.

Emily las sich ebenfalls den Durchsuchungsbefehl durch. Es waren alle Orte aufgelistet, die die Polizeibeamten durchsuchen durften. Das Haus. Die Garage. Den Garten. Die Autos auf dem Anwesen. Alles auf der Suche nach *jeglichen Besitztümern, die der Verbrechensausübung dienen oder gedient hatten.* Was wäre nach dieser Definition überhaupt davon ausgeschlossen?

Darunter, von Hand geschrieben, eine Liste konkreter Gegenstände. Es fing an mit *Vorhängeschloss.* Anschließend folgte *Damenkleidung siehe Foto.* Dem Durchsuchungsbefehl war die Kopie eines der Standbilder der Überwachungskamera beigefügt, auf dem die Frau mit der Baseballkappe und der Krempel-Kicker-Uniform zu sehen war. Emily hätte am liebsten dem leitenden Beamten mit der Kopie unter der Nase herumgewedelt und geschrien: *»Sehen Sie? Sie trägt die falschen Schuhe!«*

Ein uniformierter Beamter trat aus der Haustür. Hinter dem Mannschaftswagen der Polizei blieb er stehen, um etwas auf ein Klemmbrett zu schreiben. Frank ging zu ihm hinüber. Emily folgte, hielt sich aber im Hintergrund. Der Beamte schrieb weiter, ein Linkshänder, und seine Hand wischte in Kringeln über die Buchstaben.

»Officer«, sagte Frank.

»Sir?«, sagte der Beamte, ohne aufzublicken.

»Das ist mein Haus. Sind Sie bald fertig?«

»Wir werden Ihnen Bescheid geben«, sagte der Beamte.

Ein weiterer Polizeibeamter kam mit einer mittelgroßen Pappschachtel aus dem Keller. Sie schien schwer zu sein, was man aus der Art schließen konnte, wie er sie an seine Brust gepresst hielt. Er stellte die Schachtel neben die Plane und wechselte ein paar Worte mit dem klemmbrettbewehrten Beamten. Daraufhin kniete sich dieser neben die Schachtel, schlug die Laschen auseinander und durchsuchte den Inhalt. Er begann zu schreiben.

Emily kam näher. Auf dem Plastiketikett, das seitlich an der Schachtel klebte, stand: *SCHLÖSSER*. In der Schachtel lagen alte Vorhängeschlösser und Schnappschlösser, Schlüssel und Schlüsselschilder. Eines der Vorhängeschlösser war mit einem keltischen Kreuz verziert. Selbst aus der Entfernung konnte Emily sehen, dass sie alt waren, eher Sammlerobjekte als für den Gebrauch bestimmt.

»Die gehören mir«, sagte Frank.

Natürlich taten sie das. Aber das Vorhängeschloss, nach dem die Polizei suchte – dasjenige, das vor Mr Murphys Lager gehangen hatte und auf das mit rotem Nagellack eine abblätternde 217 geschrieben stand –, hätte aus dieser Schwanengruppe wie ein hässliches Entlein herausgestochen.

»Wenn Sie mir bitte mit Ihrer Unterschrift den Empfang bestätigen könnten«, sagte der Beamte, ging an Frank vorbei und überreichte Emily das Klemmbrett.

»Frank?« Emily wollte sich mit ihm abstimmen, ehe sie unterschrieb. Sie war überrascht, als Frank ihr nur zerstreut zunickte. Er starrte auf die Schachtel mit den Vorhängeschlössern, die Fäuste geballt. In dem Moment wurde Emily klar: Das war das erste Mal, dass *seine Sachen* von ihrem Unglück betroffen waren.

28

Unmittelbar nachdem die Polizei fort war, ging Frank in den Keller und schloss die Luke hinter sich. Emily fuhr das Auto in die Auffahrt und schnappte sich die Packtasche. Sie hoffte, sie würde den Schlüssel für das Vorhängeschloss finden, wenn sie die Tasche genauer durchsuchte. Aber selbst als sie alles auf den Beifahrersitz geleert hatte, war er immer noch nicht aufgetaucht. Stattdessen entdeckte sie ihre Elektroschockpistole. Lila hatte einen Blick darauf geworfen und behauptet, sie sei tot. War sie das wirklich? Emily holte sie heraus, hielt sie mit ausgestrecktem Arm von sich und drückte den Auslöser.

Kein Insektenvernichter-Knacks. Nur ein winziger Funke und ein dumpfes Klicken, eine Miniaturversion des Geräusches, das ihr Auto von sich gab, wenn bei einer toten Batterie der Anlasser betätigt wurde. Emily hatte keine Ahnung, wo sie das Aufladegerät versteckt hatte. Sie packte die Elektroschockpistole und den restlichen Kram zurück in die Tasche und verstaute diese auf dem Rücksitz ihres Wagens.

Die Polizei hatte das Haus auf den Kopf gestellt, die Luft roch jetzt nach Testosteron und Schweiß und nach etwas fast schon Medizinischem, wie ein Händedesinfektionsmittel. Lila war im Wohnzimmer und machte wieder Ordnung: Sie klopfte die Sofakissen auf und legte die Post zu ordentlichen Stapeln zusammen. Stellte die Fotos und Bücher zurück in die Regale.

Emily ging durch die Räume im ersten Stock und öffnete die Fenster, so weit es ging. Dann ging sie hoch in ihr Schlafzimmer und sah sich das Chaos an. Die Bettwäsche war durchsucht. Die Schreibtischschubladen und Wäschekörbe standen offen, der Inhalt lag wie Kraut und Rüben auf dem Boden. Ihr Kleiderschrank stand offen, und die Kleider, die sie so sorgfältig gefaltet und in das neu eingebaute Aufbewahrungssystem gepackt hatte, waren ein einziges Chaos. Auf dem Boden verstreut lagen die Kleider, die sie zum Verschenken in Taschen gepackt hatte.

Auch hier oben hing dieser Geruch in der Luft. Emily öffnete die Fenster, dann raffte sie all ihre Socken und die Unterwäsche zusammen und warf sie in einen Wäschekorb. Sie begann das Bett abzuziehen, erst die Bezüge, dann die Laken. Schmiss sie in den Wäschekorb. Wäre genug Platz gewesen, sie hätte alles dazugetan, was die Polizei angefasst hatte. Im Kleiderschrank. Im Zimmer. Im Haus.

»Emmy, mein Liebes?« Ihre Mutter stand in der Schlafzimmertür.

»Was?« Emily schnappte sich ein Kissen.

»Kann ich helfen?«

»Nein.« Emily riss das Kissen aus dem Bezug. »Danke.«

»Okay«, sagte Lila, kam aber trotzdem ins Zimmer, nahm eines der anderen Kissen und schüttelte es aus seinem Bezug heraus. »Pass auf! Wir werden hier in Nullkommanix tipptopp wieder aufgeräumt haben.« Sie ging zum Kleiderschrank und schaufelte sich einen Packen Kleider vom Boden auf den Arm. Warf sie auf die nackte Matratze und begann sie zusammenzufalten.

»Stopp«, schnauzte Emily sie an. Lila ließ wie erstarrt die Hose fallen, die sie in der Hand hielt. »Tut mir leid«, sagte Emily. »Es ist nur so, dass ich diese Kleider verschenken wollte.«

»Was kann ich also tun?«, fragte Lila.

»Nichts.«

Lila betrachtete kritisch die Unordnung im Zimmer.

»Es fühlt sich alles so beschmutzt an.« Emily hatte einen Kloß im Hals. »Ich muss das alles waschen.«

Lila legte die Arme um sie. »Ist schon gut«, sagte sie. Obwohl Emily wusste, dass es alles andere als gut war. »Manchmal ist für uns alle ein Großreinemachen angesagt. Hier.« Sie reichte Emily ein Taschentuch.

Emily setzte sich auf das Bett und Lila neben sie. »Ich habe gesehen, dass sie dir dein Auto zurückgegeben haben.«

»Mein Auto«, sagte Emily. »Ja, das haben sie. Aber sie glauben, ich hätte damit den Kerl aus dem Lager umgebracht und seine Leiche darin transportiert.«

Lila fiel die Kinnlade herunter. »Warum um Himmels willen sollten sie das denken?«

Emily erzählte ihr kurz von den Standbildern der Überwachungskamera. Als sie geendet hatte, stand Lila auf und ging zum Fenster. Reglos starrte sie eine Weile hinaus. Dann drehte sie sich wieder zu Emily um. »Mein Schatz, weißt du, was mich an dieser ganzen Geschichte ganz besonders stört? Ab dem Augenblick, da du zum allerersten Mal dieses Lager geöffnet hast, und gemerkt hast, dass da etwas nicht stimmte, hat es eine ganze Kette fürchterlicher Ereignisse gegeben. Eins folgte aufs andere. Dein Auto wird gerammt. Der Ehemann deiner Kundin wird vermisst. Seine Leiche taucht in diesem höllischen Lager auf. Ich weiß, du hast das Gefühl, du hättest etwas getan, das diese Kette der Ereignisse ins Laufen gebracht hat. Aber das hast du nicht.« Sie legte die Hand unter Emilys Kinn. »Verstehst du? Du musst dir das auch selbst sagen, und zwar immer wieder. Trotzdem bleibt die Frage: Wer war es dann?«

»Und die Antwort lautet?«

»Die Antwort lautet ...« Lila verstummte und dachte nach. »Ich weiß es nicht, aber ich habe eine Idee, wo wir nachschauen müssten. Als Erstes würde ich gern noch mal in diesem Lager vorbeifahren. Dort hat es begonnen, nicht wahr? Laut Polizei dürfen wir wieder hin, und ich habe Ruth versprochen, dass ich sie morgen dort treffe. Becca wird ebenfalls dort sein. Selbst wenn es zu nichts führt, dir wird es verdammt guttun, hier einmal herauszukommen. Sonst fängst du noch an, die Einfahrt mit dem Kärcher zu bearbeiten.«

Emily stieß ein kraftloses Lachen aus. Wie immer war Lilas Logik unwiderlegbar.

»Morgen?«, fragte Emily. »Es gibt da etwas, um das ich mich erst noch kümmern muss. Anschließend treffe ich euch alle beim Lager. Ich bringe Kaffee und Donuts mit.«

»Donuts?« Ihre Mutter verzog angewidert das Gesicht.

»Glaub mir, diese Donuts wirst du lieben. Ich frage mich nur, ob ich für die Videos meine Kamera mitnehmen soll.«

»Bring sie mit. Obwohl ich nicht glaube, dass das Entsorgen von Diebesgut sentimentale Empfindungen in Ruth wecken wird.«

Emily kam in den Sinn, dass es noch vor wenigen Tagen ihre größte Sorge war, herauszufinden, wie sie mit Mr Murphys potenziell gestohlenem Besitz umgehen sollte, ohne eine Festnahme zu riskieren. Jetzt war das ihre geringste Sorge.

29
DIENSTAG

Am folgenden Morgen suchte Emily mit Blicken die Straße in beide Richtungen ab, ehe sie aus dem Haus trat. Sie wusste, es war paranoid, aber wenn die Polizei sie allen Ernstes als Verdächtige im Mordfall Walter Newell einstufte, würde sie auch all ihre Bewegungen verfolgen. Doch auf der Straße parkten keine ihr unbekannten Autos. Trotzdem nahm sie zur Java Connection lieber einen Umweg, beobachtete nach dem Parken die Hauptstraße und zögerte kurz, ehe sie ausstieg. Schon auf dem Bürgersteig roch man den Kaffee, und der Duft von heißen, frittierten Donuts hing in der Luft. Der Tag hatte sich noch nicht aufgeheizt, und die Tür zum Café stand offen.

Emily hielt an der Stelle, wo sie am Sonntagabend vor Walter Newells Auto geparkt hatte. Jetzt stand dort ein silberner SUV, und der Regen hatte den verschütteten Kaffee schon längst in den Rinnstein gespült. Sie sah sich nach der Überwachungskamera um, von der Sergeant Stanley behauptet hatte, sie habe den Unfall aufgezeichnet.

Die nächste befand sich mindestens hundert Meter entfernt an der Straßenecke und war über der Ampel auf einen Mast montiert. Wenn Frank Recht hatte, war die Kamera viel zu weit weg, als dass man genau hätte sehen können, was dort, wo sie geparkt hatte, vor sich ging. Außerdem war sie nach unten gerichtet, auf die Kreuzung.

Sie betrat den Coffee Shop. Die Luft war angefüllt mit hämmernden Schlagzeugklängen und jazzigen Gitarrenriffs, hinzu kamen das Sirren der Kaffeemühle und das Sauggeräusch einer Espressomaschine, obwohl die meisten Kunden an den Tischen Eiskaffee zu trinken schienen und dabei wie hypnotisiert auf die Bildschirme ihrer Handys und Laptops starrten. Drei Kassen waren geöffnet, gespeist von einer einzigen Reihe von Kunden.

Emily hielt nach der Barista Ausschau, die ihr an jenem Abend mit Küchentüchern zu Hilfe geeilt war und den Kaffee aufs Haus gehen ließ. Sie stand an keiner der Kassen. Und räumte auch keine Tische ab. Schließlich entdeckte Emily sie hinter dem Tresen, wo sie Kaffee in eine Espressomaschine schaufelte. An diesem Tag hatte sie das Haar zu einem Pferdeschwanz zurückgebunden, aber sie trug die gleichen goldenen Kreolen und das Makkaroni-Armband.

Emily stellte sich in die Schlange und als sie an der Reihe war, bestellte sie drei Latte mit Eis und ein Dutzend Cider-Donut-Löcher. Ihr wurde der Mund wässrig, als sie sah, wie der Angestellte das Gebäck mit Zimtzucker überpuderte und in eine Tüte packte.

»Ana?«, sagte Emily und näherte sich dem Tresen. Als Ana aufblickte, winkte Emily und fragte stumm, die Worte mit den Lippen formend: *Können wir reden*? In Anas Augen blitzte Wiedererkennen auf, doch gleich darauf starrten sie ausdruckslos, als sei eine Wand heruntergelassen worden.

Emily nahm die Kaffeebecher entgegen. Dann fragte sie lauter: »Entschuldigen Sie, Ana?«

Ana kehrte Emily den Rücken zu, schaufelte weiter Bohnen in die Kaffeemühle und schaltete diese ein.

Emily hob ihre Stimme. »Ana? Erinnern Sie sich an mich? Ich war Sonntagabend kurz vor Ladenschluss hier. Ein Mann lief in mich hinein und schüttete seinen Kaffee über mich.«

Die Kaffeemühle verstummte, und Ana wandte Emily ihr Gesicht zu, Augenkontakt vermeidend. »Sorry, ich nicht erinnere«, murmelte sie fast unhörbar.

»Sie waren hier«, sagte Emily. »Ich bin mir sicher, dass Sie das waren.« Der Angestellte an der Kasse gleich daneben starrte Emily an. Emily lächelte. Sie senkte die Stimme und deutete auf Anas Makkaroni-Armband. »Dieses Armband haben Sie getragen. Ich fand es so süß.«

Ana versteckte ihre Hand hinterm Rücken.

»Haben Sie eine Tochter?«, fragte Emily.

»Sobrina.« Ana flüsterte das Wort. *Nichte.*

»Sie erkennen mich wieder. Ich weiß, dass Sie das tun. Ich wäre nicht hierhergekommen, würde Sie nicht belästigen, wirklich, das würde ich nicht tun, wenn es nicht wichtig wäre.« Als Ana nicht antwortete, drang Emily in sie. »Erinnern Sie sich an den Mann, der in mich hineingerannt ist, vor ein paar Tagen, abends, kurz vor Ladenschluss? Ist die Polizei gekommen und hat nach ihm gefragt?«

Ana trat einen Schritt zurück, stieß an die Theke hinter ihr. Ihre Augen weiteten sich. Fast tonlos sagte sie: »Bitte. Gehen Sie. Weg.«

Emily sagte: »Ich will nur wissen, an was Sie sich von dem Mann erinnern. Ich war so aufgebracht, und in meinem Gedächtnis herrscht ein ziemliches Durcheinander. Aber mittlerweile scheint es doch wichtig zu sein. Sehr wichtig. Vielleicht hat die Polizei ...«

Ana presste fest die Augen zu. In dem Moment wurde Emily klar, dass Ana nicht vor Emily Angst hatte. Sie hatte Angst vor der Polizei.

»Keine Polizei. Ich verspreche es«, sagte Emily. »Nur bitte reden Sie mit mir. Es wird auch keiner erfahren. Bitte. Ich flehe Sie an.«

Ana öffnete die Augen und holte tief Luft. Sie ging zu einem der Angestellten hinüber und flüsterte ihm etwas ins Ohr. Dann wandte sie sich wieder Emily zu und führte sie durch eine Hintertür.

Emily folgte ihr in einen mit Vorräten vollgepackten Lagerraum, vorbei an einer Garderobe, an der Handtaschen und Kuriertaschen hingen, durch eine Hintertür hinaus auf die schattige Allee hinter dem Laden. Ana blieb neben einem Müllcontainer stehen, auf dem Boden ringsum lagen Zigarettenkippen, und es stank faulig nach Müll.

Ana verschränkte die Arme vor der Brust und starrte Emily an. »Okay? Also?«

»Haben Sie mit der Polizei gesprochen?«

Ana presste die Lippen aufeinander. Emily deutete das als ein Nein.

»Aber sie sind hier gewesen, nicht wahr? Und sie haben nach mir und diesem Mann gefragt.«

»Ich spreche nicht mit Polizei. Nie. Ich habe Familie. Verstehen Sie? Wenn mich zurückschicken, was wird dann aus ihnen?«

»Ich verspreche Ihnen, ich werde der Polizei nicht sagen, dass ich mit Ihnen gesprochen habe. Aber ich muss wissen, was Sie gesehen haben. Ich war so aufgebracht damals und konnte nicht klar denken. Und der Mann war so unverschämt. Als er fortfuhr, hat er mein Auto gerammt. Und dann ...« – Emily machte eine Pause, bis Ana ihr in die Augen sah –, »... dann wurde er umgebracht.«

Ana riss die Augen auf, sie ließ die Arme fallen. »Ermordet?«

Sie hatte sich ein klein wenig geöffnet, und Emily drang sofort in sie. »Vielleicht haben Sie in den Nachrichten davon gehört? Er wurde in einem Lager in der Nähe des städtischen Kais gefunden. Aber Sie haben ihn gesehen. Er muss kurz vor mir gekommen sein.«

Ana schüttelte fast unmerklich den Kopf.

»Nein?«, fragte Emily.

»Nicht kurz davor. Er hat gewartet.«

»Sie meinen, er war schon eine ganze Weile hier?«

»Nichts trinken. Nicht viele andere Kunden. Deshalb mir aufgefallen. Wegen ihm, habe mich nicht wohl gefühlt, er nur einfach dasitzen.«

Das erklärte auch, warum der Kaffee, den er Emily übergekippt hatte, nicht heiß gewesen war. »Hat er Sie beobachtet?«

»Nein, nicht mich. Aus Fenster gesehen.«

Emily erschauderte und verschränkte die Arme vor der Brust. »So als hätte er auf jemanden gewartet?«

Ana nickte.

»Wie lange?«

»Zwanzig Minuten, vielleicht sogar länger.«

Emily gefiel es nicht, in welche Richtung das ging, aber es gab kein Zurück. »Er stand an der Theke, als ich hereinkam.«

»Ich saubermachen. Fertig für Kassenschluss. Er kommen zurück und fragen, wie viel für Kaffeebohnen. Dann welche Sorten wir haben. Ich zeige ihm Regal. Dann er schreien Sie an.«

»Und Sie haben mir geholfen. Das war sehr nett von Ihnen. Sie haben gesagt, er war kein Stammkunde.«

»Nein.« Ein Flüstern: »Ich habe ihn nie zuvor gesehen.«

»Ich danke Ihnen. Ich danke Ihnen sehr«, sagte Emily.

Dann war also der Mann, der Emily den Kaffee übergeschüttet hatte, gar nicht einfach in sie hineingerannt. Er hatte auf sie gewartet. Und das bedeutete, dass jemand ihm den Tipp gegeben hatte, dass Emily auf ihrem Weg nach Hause dort haltmachen würde – und zwar rechtzeitig genug, dass er zwanzig Minuten vor ihr dort sein konnte.

»Also, wer war das?«, murmelte Emily zu sich selbst. Sie versuchte, ihre bewegte Stimme unter Kontrolle zu bekommen, und fragte Ana: »Sie sagen, Sie haben an dem Abend den Kassenschluss gemacht. Könnten Sie nachsehen, ob er mit einer Kreditkarte bezahlt hat?«

Ana schürzte die Lippen und schüttelte den Kopf. »Ich darf keine ...«

»Aber Sie könnten es, nicht wahr?« Emily schwieg.

Ana wand sich.

»Ich brauche nur seinen Namen«, sagte Emily. »Dann muss ich nicht die Polizei bitten, ihn zu ermitteln.« Im selben Augenblick schon bereute Emily ihre Worte. Ana wirkte schockiert. »Das habe ich nicht so gemeint. Die Verzweiflung wahrscheinlich. Ich würde *nie* die Polizei auf Sie hetzen. Machen Sie sich keine Gedanken. Versprochen. Denken Sie einfach darüber nach. Okay? Und wenn es in Ordnung für Sie ist, *wenn* Sie bereit sind, nachzuschauen, wer es war, dann rufen Sie mich bitte an.« Sie schrieb ihre Handynummer auf eine ihrer Visitenkarten und gab sie Ana.

Ana zögerte. Doch dann nahm sie sie entgegen.

30

Als Emily vom Coffee Shop Richtung Inner Peace Storage fuhr, wurde ihr heiß und sie lief vor Scham rot an. Es war unverzeihlich, dass sie Ana so zugesetzt hatte. Andererseits empfand sie eine gewisse Genugtuung, dass sie etwas herausgefunden hatte: Der Mann aus dem Coffee Shop hatte dort auf sie gewartet. Sie war kein Zufallsopfer, war nicht bloß zur falschen Zeit am falschen Ort gewesen. Jemand hatte ihr aufgelauert, und dieser Jemand wusste, dass sie auf dem Nachhauseweg im Coffee Shop haltmachen würde. Das änderte alles.

Vielleicht hatte Walter Newell, wie Frank gemutmaßt hatte, oben gelauscht, als Emily und Quinn sich darüber ausgelassen hatten, wie sie ihre Ehemänner um die Ecke bringen könnten. Hatte mitbekommen, wie Emily von Frank angerufen wurde und ihm sagte, sie werde ihm auf dem Weg nach Hause einen Kaffee besorgen. Oder vielleicht hatte Quinn ihn darauf aufmerksam gemacht. Aber warum hätte sie das tun sollen?

Sonst gab es nur eine weitere Person, die wusste, dass Emily beim Coffee Shop haltmachen würde: Frank. Er hatte sie bloß darum bitten müssen, er wusste, sie würde auf dem Weg nach Hause anhalten und ihm einen Kaffee mitbringen. Er wusste sogar, wann in etwa sie dort vorbeikommen würde, denn der Coffee Shop schloss um zehn Uhr. Es war Frank gewesen – hier eins und eins zusammenzuzählen fühlte sich an, als blicke sie in einen Abgrund –, der beharrlich behauptet hatte, der Mann, der mit den kaffeebefleckten Slippern, der bei ihnen vorbeigekommen war, sei Ryans Klient, obwohl der Mann offensichtlich eine große Wut auf Frank hatte.

Sie hoffte verzweifelt, ihre sanfte Überredungstour werde funktionieren, Ana werde Mitleid mit ihr bekommen und nachsehen, ob Mr Kongenial mit Kreditkarte gezahlt hatte. Mit der von Walter Newell oder mit einer anderen? Sie brauchte dringend einen Namen zu diesen Schuhen.

Als Emily das Lager der Murphys erreichte, stand die Tür offen und Lilas Wagen parkte davor. Emily blieb noch ein Weilchen im Auto sitzen, bis ihre verkrampften Finger sich langsam vom Steuerrad lösten. Sie prüfte ihr Gesicht im Rückspiegel. Dann stieg sie aus.

Das Summen, das Emily beim Betreten des Lagers wahrnahm, kam vom Belüftungssystem. Das Thermostat funktionierte jetzt und zeigte 22 Grad an. Über den Deckenventilator strömte kalte Luft herein.

Emily erkannte auf den ersten Blick, dass etwa ein Viertel der Regale bereits leergeräumt war. Die Bücher lagen jetzt in Stapeln auf dem Boden. Mrs Murphy saß in einem Klappstuhl am Arbeitstisch, und für Uneingeweihte dürfte es so aussehen, als spiele sie mit den Fälligkeitskarten und den Bibliotheks-Einstecktaschen Solitär. Lila stand auf einem Betonklotz. Sie zog einen dicken Band aus dem obersten Regal und fuhr mit der Hand über den Einbanddeckel. Vorsichtig schlug sie das Buch auf. »Morris, William«, las sie vor. »*Die Zauberin jenseits der Welt.*«

Nach einer Weile sagte Mrs Murphy: »Hab's!« Sie hielt eine Fälligkeitskarte hoch. »Francis Lewis Memorial Library.«

»Ex Lib.«, sagte Lila. Das war das Kürzel für ehemaliges Bibliotheksexemplar. *Tack-tack-tack*, tippte Becca. Lila beschnüffelte das Buch, blätterte die Seiten durch und runzelte die Stirn. »Guter Zustand.« Becca tippte wieder. Auf Antiquarisch bedeutete *gut* nicht gleich gut. Es war wie eine Drei im Examen.

»Lass es uns auch auf den Stapel legen«, sagte Lila. »Es ist in schlechtem Zustand, aber die werden froh sein, es wieder dort zu haben, wo es hingehört.« Lila kam herüber, nahm Mrs Murphy die Karte ab, steckte sie in das Buch und legte es oben auf einen der Stapel, die sich auf dem Boden türmten.

»Hey, Leute, wie geht's voran?« Den Stapeln ausweichend, betrat Emily das Lager und überreichte Lila, Becca und Mrs Murphy jeweils einen Kaffee. »Ich habe auch Milch und Zucker dabei, falls ihr möchtet, und köstliche Cider-Donut-Löcher.« Sie reichte Lila einen Donut, den diese misstrauisch beschnüffelte. Sie knabberte daran. Nahm einen kleinen Bissen. Und stopfte sich dann das ganze Teil in den Mund.

»Wir drehen die Geschichte zurück«, sagte Becca. »Das ist sehr befriedigend.«

»Kann ich helfen?«, fragte Emily.

»Du kannst uns helfen, indem du nichts machst«, sagte Lila und schnappte sich ein weiteres Donut-Loch. »Bitte. Hier drin herrschen beengte Verhältnisse. Es gibt nur Stehplätze. Und wir haben unser eigenes System.«

»Wirklich, wir haben es unter Kontrolle«, sagte Becca. Sie sah sich um. »Aber du könntest mir dabei helfen, diese Schachteln hier nach draußen zu bringen. Die Bücher darin sind derart jenseits von Gut und Böse, dass ich nicht einmal mehr sagen kann, woher sie stammen. Aber Vorsicht. Sie sind voller Schimmel.«

Also nicht einatmen. Emily half Becca, eine der Bücherkisten aus dem Lager zu befördern und kam dann zurück, um eine zweite zu holen.

»Weiter so«, sagte Becca. Emily sah sich im Lager um, Regal für Regal, während Becca einige Bücher in die Kiste warf und nach weiteren suchte. Sie kamen gut voran. Etwa ein Viertel der Bücher waren sortiert. Danach würde sie sich um die Dokumentenrollen kümmern müssen – zumindest sah es so aus, als wären diese sauber etikettiert und vor allem ordentlich versiegelt. Anschließend die Kisten mit den sortierten Baubeschlägen. Bildete Emily sich das ein, oder waren es weniger geworden?

»Bitte sehr.« Becca schloss die Seitenlaschen der Kiste mit den aussortierten Büchern und schob sie mit dem Fuß zu Emily. »Oh, ich muss dir noch die Zahlenkombination für das neue Vorhängeschloss schicken.« Sie setzte sich wieder auf den Boden und schnappte sich ihren Laptop.

»Danke«, sagte Emily. Doch ihre Aufmerksamkeit war auf Mr Murphys etwa ein Dutzend restliche Kisten gerichtet. Auf jede Kiste waren grüne Plastiketiketten geklebt, in die weiße Großbuchstaben geprägt waren. *SCHARNIERE, KNOPFGRIFFE, WINKEL.*

Aber ehe Emily dem Gedanken folgen konnte, kündigte ihr Handy mit einem *Pling* eine Nachricht an. Sie hatte einen Anruf verpasst, es wartete eine Sprachnachricht auf sie.

Die ID des Anrufers war *ANA PEREZ*. Die Barista der Java Connection.

»Ich komme gleich wieder, ihr Lieben«, sagte Emily.

Becca winkte. Lila stand auf dem Betonklotz und zog bereits ein weiteres Buch heraus. Mrs Murphy ordnete einen Stapel Einstecktaschen. Emily schob die letzte Kiste mit aussortierten Büchern über den Boden bis zur Bordsteinkante. Dann setzte sie sich ins Auto und hörte die Nachricht ab.

Eine Stimme mit leichtem Akzent sagte: »Dieser Mann hat Kaffee gezahlt.« Es gab eine kurze Pause, in der im Hintergrund Geplauder zu hören war. Emily war darauf gefasst, einen bestimmten Namen zu hören: *Walter Newell.*

Stattdessen sagte Ana: »Rafe Bartok.« Sie buchstabierte den Namen, dann legte sie auf.

31

Wer um Himmels willen war Rafe Bartok? Der Name klang wie der Künstlername eines Löwenbändigers von Las Vegas oder wie der eines ausgeschiedenen *The Bachelorette*-Kandidaten. Warum hatte dieser Fremde Emily im Coffee Shop abgepasst? Und warum war genau dieser Mann zwei Tage später in ihrem Haus aufgetaucht und hatte Frank bedroht, glattrasiert, aber immer noch in seinen kaffeefleckigen Slippers?

Emily tippte den Namen in die Google-App ihres Smartphones. Dann schränkte sie die Suche auf Bilder ein. Die ersten Fotos zeigten einen Mann in seinen Vierzigern. Dichtes dunkles Haar. Intensive Augen. Emily blieb das Herz sehen. Er sah genau aus wie der Mann, der mit dem grünen Transporter vor ihrem Haus vorgefahren war.

Sie klickte eines der Bilder an und bekam einen Eintrag in der IMDb, der Internet-Filmdatenbank. Mr Bartok war also Schauspieler. Wie man seiner Filmografie entnehmen konnte, war er schon seit Jahrzehnten im Geschäft, hatte aber zu kämpfen. Assistent des Coroners in *CSI*. Lieferant in *Gone Baby Gone – Kein Kinderspiel*. Und in letzter Zeit Desk Officer in einer Folge von *Boston's Finest*. Der Höhepunkt seiner Karriere lag zehn Jahre zurück, als er in drei Staffeln von *Bones – Die Knochenjägerin* Temperance Brennans Bruder gespielt hatte. Zu den Tiefpunkten zählten etliche Nennungen in den 1990er Jahren, und vor kurzem war er mit einer Rolle hinter der Kamera vertreten gewesen – als Kamerahelfer.

Zudem entdeckte Emily eine Fotografie, die deutlich weniger schmeichelhaft war als das Porträt: ein Verbrecherfoto aus einem Nachrichtenbeitrag, datiert auf Mai 2017. Verspannter Kiefer. Mürrische Miene. Zerzaustes Haar. Wässrige Augen. Im Text hieß es, Bartok, fünfundvierzig Jahre alt, »ein hiesiger Schauspieler«, sei vor einem Restaurant in East Hampton wegen Trunkenheit am Steuer verhaftet worden: »Ein Angestellter hatte am Donnerstag gegen 9 Uhr 30 die Polizei gerufen, um sie vor einem möglicherweise betrunkenen Fahrer zu warnen, der mit angezogener Notbremse versuchte, mit einem Transporter den Parkplatz zu verlassen.« Klang nach einem glücklosen Typen, der bereit war, krumme Sachen zu machen, solange der Preis stimmte, dabei hatte Frank ihn als »Sohn eines CEO« beschrieben.

Emily fuhr rasch nach Hause und rannte die Treppe hoch in ihr Büro. Dort loggte sie sich in ihren Computer ein und fand ein aktuelleres Porträt von Bartok, welches sie in ihr Photoshop-Programm importierte. Dann schnitt sie aus der Hochzeitsanzeige, die sie zuvor gefunden hatte, eine Fotografie von Walter Newell heraus und importierte sie ebenfalls in ihr Photoshop-Programm.

Wenn man sie direkt nebeneinander hielt, würde man Rafe Bartok niemals mit Walter Newell verwechseln. Bartok hatte ein kantiges Gesicht mit tiefliegenden Augen. Newell war ein eher hübscher Bursche, mit einem teuflischen, herzförmigen Gesicht und einem spitzen Haaransatz. Newells Gesicht verriet seine gälischen Vorfahren, Bartok hatte ein kräftiges Balkangesicht. Andererseits hatten sie im Großen und Ganzen einen ähnlichen Körperbau, dunkles Haar, dunkle Brauen. Wenn man die Frisur veränderte und ein paar Accessoires hinzutat ... Emily machte sich an die Bearbeitung der Fotografien. Sie verpasste Bartok einen Bart und einen Schnurrbart. Dann setzte sie beiden Männern Pilotenbrillen mit gelb eingefärbten Gläsern und Baseballmützen auf. Emily blickte zufrieden auf die Doppelgänger, die sie geschaffen hatte. Sie merkte, dass es weitaus einfacher war, am Computerbildschirm zwei Menschen einander ähnlich werden zu lassen, als in Wirklichkeit, aber sie hatte bewiesen, und sei es nur sich selbst, dass es für Rafe Bartok gar nicht so schwer gewesen wäre, bei Fremden als Walter Newell durchzugehen. Schließlich war er Charakterdarsteller.

Sie war so sehr in ihr Photoshop-Programm vertieft, dass sie zusammenschrak, als sie Franks Stimme vernahm. »Ich bin wieder da.«

Blitzschnell drehte sie sich um. Frank stand im Türrahmen. Er trug einen dunklen Anzug, wie immer wenn er Gerichtstermine hatte.

»Ich habe dich gar nicht kommen hören.« Sie sah auf dem Bildschirm nach der Zeit. Ein Uhr. »Wieso bist du schon zurück?« Sie klappte den Laptop zu.

»Die Verhandlung wurde verschoben.«

»Hat der Kläger den Streit nicht beigelegt?«

Frank wedelte die Frage einfach weg. »Was machst du gerade?«

»Nur so dies und das.«

»Darf ich sehen?« Frank wartete ihre Antwort erst gar nicht ab, streckte den Arm aus und klappte den Laptop auf. Auf dem Bildschirm poppten Seite an Seite die beiden mit Photoshop bearbeiteten Gesichter auf. Frank ging näher ran und schielte auf den Bildschirm. »Wer ist das?« Emily spürte eine Woge des Triumphs. Offenbar dachte er, beide Bilder zeigten dieselbe Person.

»Das soll Walter Newell sein«, sagte sie.

»Das ist der Kerl, der in dem Coffee Shop in dich hineingerannt ist?«

Nicht *Das ist der tote Kerl aus dem Lager*. Oder *Das ist Quinn Newells Ehemann*. Stattdessen erinnerte Frank sie daran, dass der Mann in dem Coffee Shop Walter Newell gewesen war, obwohl sie mittlerweile überzeugt war, dass er es nicht war.

Emily tat so, als würde sie über die Gesichter nachgrübeln. »Sieht er nicht aus wie dein Besucher von gestern Abend? Der Mann mit dem Transporter, der …«

»Ryans Klient«, sagte Frank schnell. Zu schnell. »Jetzt, da du es erwähnst …« Er neigte den Bildschirm und starrte darauf. »Nee, der Kerl sieht ihm überhaupt nicht ähnlich.« Er richtete sich auf. »Aber worauf willst du mit alldem hinaus? Du hast mir doch gesagt, du hättest Walter Newell nur sehr kurz gesehen, bevor er dir den Kaffee übergeschüttet hat. Außerdem warst du ein bisschen … mehr als ein bisschen betüdelt. Das habe ich sofort gesehen, als du nach Hause kamst. Du warst stockbesoffen. *Er* ist dir reingefahren? Ich wundere mich«, Franks Stimme wurde leiser, als ginge das nur sie beide etwas an –, »dass die Polizei nicht *dich* wegen Unfall mit Fahrerflucht und Trunkenheit am Steuer verklagt hat.«

Emily erkannte hierin eine von Franks altbewährten Methoden: *Macht ein Zeuge dir das Leben schwer, dann lass ihn wie einen Idioten dastehen.* Dennoch hatte sein Kommentar einen Nerv getroffen. Sie hatte sich wie ein blutiger Amateur verhalten, als sie mit Quinn getrunken hatte. Hatte ihr viel zu viel anvertraut. Und wie sie dann auf tote Ehemänner angestoßen hatten. Als sie in der Java Connection ankam, war sie immer noch recht betüdelt gewesen. Nahm man das Gesicht des Mannes als einziges Kriterium, musste sie sich eingestehen, dass sie ihn nicht genau genug angeschaut hatte, denn sie konnte nicht sagen, ob er nun der Mann mit dem grünen Transporter war oder nicht. Aber – und das war ganz wichtig im Hinterkopf zu behalten – sie hatte ihm bei ihrer Photoshop-Montage keine kaffeebefleckten Slipper an die Füße retuschiert.

Emily wusste, es wäre besser, die Sache auf sich beruhen zu lassen, aber sie konnte einfach nicht anders. »Laut Polizei herrschte am Sonntag bei Cape Cod ein derart übler Verkehr, dass Walter Newell, wäre er tatsächlich zu dem Zeitpunkt aufgebrochen, den er Quinn mitgeteilt hatte, gar nicht rechtzeitig hätte zurück sein können, um in mich hineinzulaufen. Vielleicht war er also gar nicht der Mann im Coffee Shop. Wer weiß, vielleicht war Walter Newell längst tot.«

Frank hob die Hände. »Jetzt mach aber mal halblang.« Er blinzelte, als versuche er, die Stücke zusammenzufügen. »*Wenn* er zu dem Zeitpunkt aufgebrochen war, wie er behauptet hatte? Das ist aber ein großes *Wenn*.« Frank seufzte genervt. »Ist es nicht auch möglich, dass er seine Frau angelogen hat? Emmy, denk doch mal nach. Was weißt du wirklich über Walter Newell?«

32

Frank ließ Emily in ihrem Büro allein. Die beiden Gesichter, die sie auf dem Computerbildschirm anstarrten, sahen mit ihren gelbgetönten Pilotenbrillen aus wie Halloweenmasken. Frank hatte Recht. Wieder einmal. Was wusste sie *wirklich* über Walter Newell? Er entstammte einer wohlhabenden Familie. War im Immobiliengeschäft tätig gewesen. Besaß grotesk viele Anzüge und Schuhe. Sammelte alte Reklameschilder und künstlerisch wertvolle Originale von Zeitschriftencovern. Laut Quinn war er ein Kontrollfreak. Und etwas, das Quinn nicht erwähnt hatte: Er war ihr *zweiter* toter Ehemann.

Punkt. Es traf sie wie ein Blitz. Emily rief noch einmal die Hochzeitsanzeige von Quinn und Walter auf, die im *Boston Globe* erschienen war. Darin wurde Quinns vorheriger Ehemann »der verstorbene Michael Safstrom« genannt.

Michaels gab es wie Sand am Meer, Safstroms waren da schon seltener. Emily googelte den Namen und landete Hunderte von Treffern. Beim Durchscrollen fielen ihr Artikel ins Auge, die Michael Safstrom für den *Collectors' Quarterly* geschrieben hatte. »Das Sammeln von Original-Covern«. »Die verschwindende Kunst der Email-Reklameschilder«.

Safstroms Artikel über Reklameschilder begann mit den Worten: »Das Werbemittel, mit dem man Mitte des 19. Jahrhunderts vielleicht am leichtesten Aufmerksamkeit heischen konnte, war das Email-Reklameschild.« Die Folge war ein Lobgesang auf die Tugenden des Emailschildes, seine Haltbarkeit und Wetterfestigkeit, die kräftigen Farben und die ins Auge fallenden Graphiken. Als Sammelobjekte waren sie sehr begehrt, denn sie waren selten – viele waren aufgrund ihres Metallgehalts zu Beginn des Zweiten Weltkriegs eingeschmolzen worden. Der Artikel war illustriert und unter den Fotos stand »Aus der Sammlung des Autors«. *LE PNEU MICHELIN* – das allseits bekannte Michelin-Männchen, wie es Fahrrad fuhr. *ZENITH RADIO* – ein knallrotes Schild, auf dem ein Zickzack-Blitz prangte. Ein fliegender roter Pegasus als Werbung für *MOBILGAS*.

In dem Artikel über das Sammeln von Original-Covern kamen allerhand Namen vor, die Emily wiedererkannte. Norman Rockwell. Maxfield Parrish. N.C. Wyeth. In allen Einzelheiten wurde erläutert, worauf es bei der Schätzung von Illustrationen ankam. Wie man eine Fälschung oder eine Giclée-Reproduktion erkannte, bei der jene digitale Technik zum Einsatz kam, die Lila gegenüber Emily bereits erwähnt hatte.

Zwischen 2005 und 2011 waren regelmäßig alle paar Monate Safstroms Sammler-Kolumnen erschienen. Ein Nachrichtenartikel in der *Nassau Times* aus dem März 2012 klärte das Publikum auf, warum man sie schließlich einstellen musste: »Passagier des Kreuzfahrtschiffs Hermès immer noch vermisst.« Der dreiundvierzigjährige Safstrom war in den Flitterwochen auf einer Kreuzfahrt zu den Bermudas vom achten Deck des Schiffes über Bord gegangen. Seine Frau, Amanda Quinn Safstrom, hatte ihn zwei Tage später, als das Schiff Nassau erreichte, vermisst gemeldet.

Emily fand die Todesanzeige, die vier Monate später im *Boston Globe* erschien. Darin wurde auch ein Gedenkgottesdienst in einer Kirche in Gloucester angekündigt. Von einer Beerdigung stand nichts geschrieben. Sie fragte sich, ob wohl jemals seine Leiche geborgen wurde.

Emily ließ von ihrem Computer ab und dachte nach. Vier Jahre nach Michael Safstroms Tod heiratete seine Witwe Amanda/Quinn Walter Newell, einen Mann, von dem sie behauptete, er sei so eifersüchtig und kontrollbesessen, dass er seiner Frau nicht gestatten würde, auch nur ein Fotoalbum oder ein ausgestopftes Plüschtier aus ihrer Vergangenheit in sein Haus zu lassen. Und doch hatte er das ganze Haus mit Email-Werbeschildern und Zeitschriften-Illustrationen zugepflastert, die denen ihres ersten Ehemannes verdächtig ähnlich sahen.

Waren sie nur ähnlich oder identisch?

Als erstes musste Emily sich diese Schilder einmal genauer ansehen, denn sie fragte sich, wie plausibel es war, dass ein extrem eifersüchtiger, kontrollbesessener Ehemann sich freiwillig mit Dingen umgab, die heiß begehrte Objekte des Ex-Mannes seiner Frau waren?

In Newells Haus zu gelangen würde kein Problem darstellen. Quinn hatte Emily den Öffner für die Garagentür gegeben und sie gebeten, sich frei zu fühlen, ihn *jederzeit* zu benutzen. Doch Emily wollte, sofern es sich irgendwie vermeiden ließ, keine Zeit mehr mit Quinn verbringen. Wenn Emily das Haus betreten und verlassen könnte, während Quinn abwesend war, wäre das sehr viel besser. Aber welche Zeit kam da in Frage? Quinn war nicht berufstätig, musste also auch nicht außer Haus gehen. Aber sie machte Sport. Und zwar regelmäßig. Emily erinnerte sich an die morgendlichen Vinyasa-Yoga-Klassen, die auf dem Fitnesskalender in Quinns Küche mit einem Kreis markiert waren.

Es dauerte nicht lang, bis Emily den Plan des örtlichen Fitnesscenters auf der Website gefunden hatte. Für den nächsten Morgen um elf Uhr war eine Yoga-Stunde angesetzt. Einen Versuch war es wert.

FREITAG

Ehe Emily zu Bett ging, hatte sie ihr Stop-Motion-Video über das Kleiderschrank-Ausmisten auf Instagram und Facebook gepostet, zusammen mit einem Link zur Website. Beim Check am nächsten Morgen stellte sie fest, dass sich bereits über fünfhundert Leute das Video angesehen und zehn es geteilt hatten. Das war nichts im Vergleich zu damals, als ihr Sockenvideo viral ging, aber beim Blick in ihre E-Mails sah sie, dass sie bereits Anfragen von potenziellen Kunden hatte. Sie leitete sie gleich an Becca weiter.

Als Emily nach unten kam, saß Lila in der Küche, aß eine Schüssel Müsli mit Bananenscheiben und las die Zeitung. Sie trug einen dunklen Blazer und einen Rock, ihr rotes Haar war nicht mehr auf Igel getrimmt. Über der Lehne ihres Stuhles hing ein schwarzer Mantel, und Emily dachte bei sich, dass ihre Mutter den bestimmt nicht brauchen würde.

»Guten Morgen, mein Liebes. In der Kanne ist Kaffee«, sagte Lila. »Frank hat mich gebeten, dir auszurichten, dass er heute sehr früh aus dem Haus musste.«

»Guten Morgen«, sagte Emily und musterte ihre Mutter. Deren heutiges Outfit wirkte nur allzu vertraut. »Du siehst aus, als ...«

»Ich weiß. Langweilig.«

»Steh auf, damit ich dich anschauen kann.«

Lila stand auf. Wirbelte herum. Dann verharrte sie in einer Pose. Den Kopf zur Seite geneigt, das Kinn nach oben gereckt, knöpfte sie die Manschetten des Blazers zu. Die Ärmel waren eine Spur zu kurz. Trotzdem sah sie erstaunlich schick aus, zumal Emilys Rock zu kurz war und der etwas kastige Blazer mindestens zehn Jahre alt. Emilys Seidenschal, den Lila sich kunstvoll um den Hals geschlungen hatte, wirkte Wunder, indem er das Ganze miteinander verband.

»Ich dachte, du hättest nichts dagegen«, sagte Lila. »Du *wolltest* sie doch loswerden, oder nicht? Ich brauchte etwas, das professionell und konservativ aussieht. Und am besten auch langweilig. Was meinst du?«

»Ich denke, du hast in jeder Hinsicht ins Schwarze getroffen.« Emily schenkte sich eine Tasse Kaffee ein und goss ein wenig Milch dazu.

»Wir starten unseren ersten Testballon«, sagte Lila. »Ich gehe mit Ruth und Becca nach South Hadley, um einige Bücher und Lithographien der Gemeindesammlung zurückzugeben. Bogendrucke von Goulds Kolibris. Nicht so wertvoll wie jeder einzelne von Audubons Vögeln, Gott sei Dank. Jede Bücherei würde es sofort bemerken, wenn ein Druck der Vogelbilder von Audubon verschwinden würde. Das ist auch der Grund, warum ihr Mann all die Jahre unterm Radar fliegen konnte. Er ist nie zu weit gegangen.«

»Bis South Hadley ist es weit.«

»Geht so. Weniger als zwei Stunden. Wir werden am frühen Nachmittag zurück sein.« Lila setzte sich.

»Es sei denn, du wirst verhaftet.«

»Und wenn das passiert« – Lila löffelte etwas Müsli mit einem Bananenstückchen, aß es und schnippte mit dem leeren Löffel in Emilys Richtung –, »dann verlass ich mich drauf, dass ihr uns per Kaution auslöst.«

»Du wirkst nicht übermäßig besorgt.« Emily trank in kleinen Schlucken ihren Kaffee,

»Bin ich auch nicht. Ich kenne die dortige Direktorin schon seit Jahren. Wir sind zusammen auf die Simmons University gegangen. Deshalb dachte ich, es wäre für den Anfang eher ein leichtes Spiel. Wenn ich mich nicht irre, haben sie keine Ahnung, was ihnen fehlt. Und wenn sie davon erfahren? Es ist eine heikle Angelegenheit, den Vorstandsmitgliedern zu verklickern, dass vor Jahren unter ihrer Aufsicht Dinge verschwunden sind, ohne dass sie es bemerkt haben. Man kann nicht den Inhalt jedes einzelnen Buches erfassen. Ich hoffe, eine diskrete Rückgabe wird im Interesse aller Beteiligten sein. Und wer weiß, was wir noch alles finden, bis wir dieses Lager vollständig durchgekämmt haben. Das Wichtigste ist, dass wir ihnen die entwendeten Bücher zurückgeben. Zumal der Dieb ja bereits vor seinen Schöpfer getreten ist.

Übrigens, ich dachte, das würde dir gefallen.« Lila drehte sich um und nahm den Mantel von der Rückenlehne des Stuhls. »Ruth hat ihn im Kleiderschrank ihres Mannes gefunden.« Sie öffnete den Mantel. »Hier kannst du sehen, wie er die Sachen beiseitegeschafft hat.« Innen war regelrecht ein Taschen-Patchwork angenäht. »Und schau dir das an.« Sie zeigte Emily einen Haken im Futter, an dem eine dünne schwarze Filztasche hing. Aus dieser Tasche zog Lila einen Präzisionscutter mit Plastikschutzkappe.

Emily nahm den Mantel, schüttelte ihn aus und legte ihn sich selbst um die Schultern, dann schob sie die Arme in die Ärmel. Sie knöpfte die oberen beiden Knöpfe zu. Der Mantel fiel ihr eng um die Schultern, war aber in der Mitte weit wie ein Zelt. Platz genug, um alles Mögliche in die tiefen Taschen zu schieben. Außerdem war der Mantel viel schwerer, als man erwarten würde. Als sie das Futter abtastete, wurde ihr klar, warum. Wie bei einem Vorhang waren Bleischnüre in den Saum eingenäht. »Glaubst du, Mrs Murphy war über seine Machenschaften unterrichtet?«

»Das ist schon möglich.« Lila seufzte und ließ sich auf den Stuhl zurücksinken. »Aber wenn sie das wäre, warum sollte sie uns dann diesen Mantel bringen?« Lila trug die leere Müslischale und die Kaffeetasse zur Spüle, wusch sie aus und stellte sie in den Geschirrspüler. »Es sei denn ...« Sie drehte sich um und lehnte sich an den Tresen, das Kinn in der Hand, und dachte nach. Dann schüttelte sie energisch den Kopf. »Sie weiß so gut wie nichts über Bücher und Drucke. Es ist wahrscheinlicher, dass sie die naive Assistentin des Zauberkünstlers war. Eine schwärmerische alte Dame, die mit den Bibliothekaren schwatzte. Woraufhin diese in ihrer Wachsamkeit nachließen. Ihr war nicht bewusst, dass er sie mitnahm, damit sie die Aufmerksamkeit von ihm ablenkte, während er Sachen verschwinden ließ.« Lila sah auf ihre Uhr. »Ich hoffe, ich habe Recht. Zeit, sich der Situation zu stellen.« Lila griff nach ihrer Handtasche, fischte die Autoschlüssel heraus und verließ das Haus.

Als Emily allein in der Küche war, knöpfte sie den Mantel auf und begann ihn auszuziehen. In dem Moment merkte sie, dass noch etwas anderes daran merkwürdig war. Die Knöpfe waren auf der linken Seite, die Knopflöcher auf der rechten.

Emily rannte zur Tür in der Hoffnung, Lila noch abzufangen, aber ihr Auto war schon fort. Sie überlegte, ob sie sie anrufen sollte, aber sie wusste, dass ihre Mutter nie während der Fahrt ans Telefon ging. Stattdessen schickte sie ihr einen Text, von dem sie hoffte, dass Lila ihn verstehen würde:

Es ist ein Frauenmantel. Sag das Becca.

33

Dreißig Minuten vor Beginn von Quinns 11-Uhr-Yogastunde, fuhr Emily auf den Parkplatz gegenüber dem East Hartwell Fitness Center. Quinns Miata war noch nicht zu sehen. Emily parkte und wartete, beobachtete, wie der Parkplatz sich füllte und Frauen in Leggings und mit Yogamatten aus ihren Autos stiegen und über die Straße gingen. Um elf wollte Emily schon aufgeben, als Quinns Miata auf den Platz fuhr. Als Quinn vom Auto zum Fitnesscenter eilte, machte Emily sich auf den Weg zu Quinns Haus.

Mandarin Cliffs wirkte verlassen. Vor den Häusern parkten nur wenige Autos. Und auf den Straßen, die jetzt einen exzellenten Hockey- oder Baseballplatz abgegeben hätten, spielten keine Kinder. In sämtlichen Vorgärten standen Werbeschilder der Sicherheitssysteme, mit denen die Häuser geschützt wurden.

Emily wendete am Ende der Sackgasse und schloss den Wagen nicht ab, für den Fall, dass sie schnell wieder wegfahren müsste. Sie würde hinein- und wieder heraushuschen und nur so lange bleiben, bis sie sicher war, dass an den Wänden von Ehemann Nr. 2 die Schätze von Ehemann Nr. 1 hingen.

Mit geschulterter Packtasche klingelte sie erst, um sicherzugehen, dass niemand zu Hause war. Dann ging sie quer über den Rasen zur Garage, holte die Fernbedienung heraus, die Quinn ihr gegeben hatte, und drückte den Knopf. Eine der Doppeltüren der Garage fuhr nach oben und gab den Blick auf die leeren Parkplätze frei, in denen normalerweise die Autos der Eheleute standen.

Emily betrat die Garage. Es roch nach Autowachs und Leder und nach einem Rest jenes undefinierbaren moschusartigen Dufts, den Autohändler benutzten, um das Innere von Luxusautos dauerhaft zu parfümieren. In den beiden Buchten hinter der noch geschlossenen Garagentür befand sich der ganze Krempel, den Quinn angeblich loswerden wollte.

Emily hörte ein jammerndes Miauen aus der Küche. Sie schloss die Garagentür und betrat das Haus. Die Glückskatze begrüßte sie, rieb den Kopf an ihrem Bein. Emily widerstand dem Drang, die Katze hochzuheben und sie zu knuddeln. Sie hatte nicht viel Zeit, bis Quinn wieder zurückkam.

Eine offene Packung englischer Muffins lag auf dem Tresen. In einer flachen kobaltblauen Glasschale lag ein voller Schlüsselbund, der wahrscheinlich Wally gehört hatte. Neben der Schale lag eine Broschüre des Beerdigungsinstituts Dunmeyer and Wellington, das seine Dienste als »Professionellen Service mit persönlicher Betreuung« anpries.

Emily faltete die Ausdrucke auseinander, die sie von den Illustrationen aus dem Artikel über die Sammelleidenschaft von Quinns Ehemann gemacht hatte. Schon in der Eingangshalle wurde sie fündig: Am Fuß der Treppe hing das Metallschild mit der *Sunlicht*-Werbung. Als sie das letzte Mal hier gewesen war, hatte sie es bei der Bestandsaufnahme nicht registriert – nur das Loch in der Wand, das es jetzt bedeckte. Auf halbem Weg die Treppe hinauf gab es noch einen Treffer: ein Reklameschild für *Omega*-Uhren. Die eindrucksvolle Darstellung einer goldenen Taschenuhr, von der Seite gesehen, mit dem Wort *Omega* in stilisierten schwarzen Lettern auf knallrotem Grund. Das abblätternde Email ließ das verrostete Metall zum Vorschein kommen.

Emily fotografierte beide Schilder. Dann ging sie in Richtung Walter Newells Arbeitszimmer. Dort erkannte sie an den Wänden viele der Zeitschriftencover wieder, die sie in einem anderen Artikel von Michael Safstrom gesehen hatte. Keine Zeitschriften*cover*, wie Emily sich überzeugen konnte, als sie hinter den Schreibtisch schlüpfte und sie von Nahem betrachtete. Es handelte sich offenbar um vom Künstler signierte Originalkunstwerke. Allein das Cover von *MAD* dürfte ein kleines Vermögen wert sein.

Emily machte noch ein Foto und ließ dann ihr Handy sinken. Sie war zufrieden, dass sie bekommen hatte, wofür sie hergefahren war: Den Beweis, dass die Objekte, die in Walter Newells Haus einen Ehrenplatz bekommen hatten, die Sammelobjekte des verstorbenen früheren Ehemannes seiner Frau waren. Was bedeutete, dass Walter nicht der verrückte eifersüchtige Gatte war, als den Quinn ihn dargestellt hatte. Vielleicht war er einfach nur reich und unbequem.

Emily eilte durch die Küche in die Garage. Aber ehe sie die Tür hinter sich schließen konnte, schoss die Katze wie ein Pfeil an ihr vorbei und war augenblicklich im Dunkeln verschwunden.

Emily fluchte über ihre eigene Sorglosigkeit. Falls sie die Katze nicht zurück ins Haus bekam, würde Quinn wissen, dass jemand hier gewesen war. »Hierher, miez, miez, miez.« Sie kannte nicht einmal den Namen der blöden Katze. Sie ließ die Packtasche fallen und holte ihr Smartphone heraus. Dann schaltete sie die Handy-Taschenlampe ein und leuchtete mit dem Strahl vom einen Ende der Garage zum anderen. »Komm schon, du dumme kleine Katze.« Emily machte Kussgeräusche und hielte die Küchentür auf, aber die Katze fiel nicht auf diese Tricks rein.

Emily ging zurück in die Küche, goss Milch auf eine Untertasse und trug sie hinaus in die Garage. Sie schnalzte mit der Zunge und schob die Untertasse klappernd über den Betonboden. Kauerte sich zusammen. Lauschte. Schließlich kam ein schwaches raschelndes Geräusch von einem der Stapel.

Emily lenkte den Lichtschein darauf und versuchte, in dem

Stapel etwas zu erkennen. Glücksbärchis glasige Augen leuchteten zurück. Er saß in einer Kiste mit Kuscheltieren auf dem Boden zwischen den Schreibtischen. Emily merkte, dass diese Kiste seit ihrem letzten Besuch verrückt worden war. Sie wischte sich durch die Fotos, die sie bei ihrem ersten Besuch gemacht hatte. Die Kuscheltiere hatten auf einem Schreibtisch gestanden. Und der dunkle Fleck, den man jetzt auf dem goldenen Sitzkissen des Rattanstuhls erkennen konnte, war damals unter einem in Sackleinen gepackten Teppich versteckt gewesen.

Ihr Herz raste, Emily trat näher an den Stapel heran und untersuchte ihn im Lichtschein ihrer Handylampe von einem Ende zum andern, von der Spitze bis zum Boden. Der zusammengerollte Teppich war verschwunden.

Sie wechselte zur Kamera und zoomte die Stelle heran. Machte eine Aufnahme des leeren Sitzes, und dann noch eine. Und dann hörte sie es. Ein Schlabbergeräusch. Die Katze trank aus der Untertasse. Emily ließ ihr Telefon in die Tasche gleiten, schlich sich hinüber, nahm die Katze hoch und warf sie kurzerhand zurück in die Küche. Spülte schnell die Untertasse, trocknete sie ab, stellte sie in den Küchenschrank und eilte zurück in die Garage, wobei sie diesmal achtgab, dass die Katze nicht an ihr vorbeischlüpfte.

Sie schnappte sich ihre Packtasche und kramte die Fernbedienung für die Garage heraus. Aber bevor sie den Mechanismus aktivieren konnte, schepperte und surrte es, und die Tür begann sich nach oben zu schieben. Ebenso vernehmlich, etwas lauter als das Geräusch der sich öffnenden Tür, ein laufender Motor. Auf Bodenhöhe erschien ein Lichtstrahl. Als die Tür sich wenige Zentimeter vom Boden gehoben hatte, kam eine rote Stoßstange in Sicht. Dann ein schwarzer Kühlergrill mit einem Nummernschild, flankiert von halb geschlossenen Frontscheinwerfern. Quinns Miata.

Emily wich zurück, als die Garagentür aufging. Sie konnte die Umrisse eines Fahrers und eines Beifahrers in dem Wagen erkennen. Eigentlich könnte sie die Coole mimen, in aller Seelenruhe hinausschlendern und Quinn und ihren Beifahrer grüßen, als sei alles in bester Ordnung.

Schließlich hatte Quinn gesagt, sie könne jederzeit zurückkommen. Aber Emily war eine lausige Schauspielerin und eine noch schlechtere Lügnerin.

Emily vertraute darauf, dass Quinns Augen sich erst nach einer Weile an die relative Dunkelheit in der Garage gewöhnen würden, und versteckte sich, als der Miata in die Garage fuhr, hinter einem der Schreibtische. Der Motor wurde abgestellt und die Garagentür wieder geschlossen. Quietschend wurde eine Autotür geöffnet und gleich darauf wieder zugeknallt. Zwischen den Schreibtischen gab es einen Spalt, durch den Emily die Person sehen konnte. Yogahosen. Helle Sneakers. Quinn. Emily duckte sich noch tiefer und hoffte, Quinn werde nicht merken, dass sie im Raum war.

Die Beifahrertür ging auf und gleich darauf hörte man das Klicken, mit dem sie zugedrückt wurde. Das *quietschquietsch* weicher Sohlen auf dem Betonboden. Sie vernahm ein Geräusch, als räuspere sich ein Mann.

Emily duckte sich tief, drückte die Packtasche fest an die Brust, und ihre Beine zitterten, als sie versuchte, kein Geräusch zu machen, während sie nicht wagte, den Kopf zu heben.

Die Küchentür ging auf. »Emily?«, rief Quinn ins Haus. Emily legte sich schnell die Hand auf den Mund; erst bekam sie Panik, dann wurde ihr klar, dass Quinn wahrscheinlich ihr Auto, das draußen parkte, bemerkt hatte.

»Emmy?«, rief Quinn wieder. *Nenn mich nicht Emmy!* Emmy musste sich zusammennehmen, um nicht aufzuschreien. »Also laut dem hier«, sagte Quinn zu ihrer Begleitung, »muss sie hier irgendwo sein.«

Laut dem hier? Ein Schauder lief Emilys Rücken hinunter. Noch mehr weiche Schritte. Die Tür zur Küche wurde geschlossen. Sekunden später hörte Emily Grillen zirpen. Ihr Handy. Das Zirpen tönte in der leeren Garage wie ein Donnerschlag.

34

Emily holte mit zitternder Hand das Smartphone aus der Tasche und hielt es am ausgestreckten Arm von sich weg. Sie sah auf den leuchtenden Bildschirm, als sei er radioaktiv: QUINN NEWELL. Als der Bildschirm schwarz wurde, schaltete sie es aus.

Wie konnte Quinn ihren Aufenthaltsort tracken? Als Frank die Freunde-orten-App auf Emilys Handy installiert hatte, hatte er ihr erklärt, wie sicher das war. Nur Personen, denen sie ausdrücklich die Erlaubnis dazu erteilte, konnten sie tracken, und auch das nur, wenn das Telefon eingeschaltet war. Frank hatte sie mit sich selbst und mit Becca verlinkt. Wer also hatte Quinn hinzugefügt?

Emily musste *jetzt sofort* hier raus. Quinn würde schon bald merken, dass Emily nicht mehr im Haus war. Doch wenn sie jetzt die Garagentür in Gang setzte, dann könnte sie auch gleich einen Einbrecheralarm auslösen. Es musste einen anderen Weg geben.

In dem Moment fiel ihr auf, dass es zwischen den beiden Schwingtüren noch eine normale Tür gab. Sie schnappte sich ihre Packtasche und ging hinüber. Sie versuchte den Knauf zu drehen, aber die Tür war verschlossen. Sie wurde kurz panisch und suchte verzweifelt nach einem Riegel. Bingo. Sie drehte den Knauf, öffnete die Tür und schlüpfte hinaus.

In die Sonne blinzelnd, rannte sie zu ihrem Auto. Stolperte, als sie einen schnellen Blick hinter sich warf. Niemand rief ihren Namen. Niemand kam ihr hinterher. Sie konnte nur hoffen, dass Quinn oder ihr Freund nicht aus dem Fenster sahen. Sie sprang in ihr Auto, warf Tasche und Handy auf den Beifahrersitz, rammte den Schlüssel ins Zündschloss und drehte ihn um. Der Motor röhrte sich ins Leben. Ihre Reifen quietschten, als sie Vollgas gab, um sich so schnell wie nur irgend möglich aus dem Staub zu machen.

Immer wieder blickte Emily in den Rückspiegel, in der Erwartung, den Miata hinter sich auftauchen zu sehen. Sie fuhr weiter, bis sie Mandarin Cliffs ein gutes Stück verlassen hatte. Im Fahren griff sie nach dem Handy, ohne den entgegenkommenden Verkehr aus den Augen zu verlieren. Wie zur Hölle legte man dieses verdammte Ortungssignal lahm? Sie bog in eine Seitenstraße und hielt am Rand. Dann schaltete sie das Handy ein und fummelte so lange bei den Einstellungen herum, bis sie die Standortfreigabe fand und für alle Apps deaktivierte. Und hoffte, dass es damit getan wäre.

Dann fuhr sie weiter, immer mit prüfendem Blick in den Rückspiegel, und schlängelte sich durch Seitenstraßen. Je größer die Distanz zwischen sich und ihrer zuletzt georteten Position wurde, desto ruhiger wurde sie.

Sie versuchte ihre Gedanken zu ordnen. Frank könnte die Freunde-Ortung manipuliert haben. Sie ließ das Telefon immer im Haus herumliegen, und er kannte den Zugangscode. Aber wieso sollte er Quinn hinzufügen? Es schien wahrscheinlicher, dass Quinn sich selbst eingetragen hatte. Das hätte sie an jenem Abend tun können, als Emily so granatenmäßig getrunken hatte. Sie hatten zusammen in der Küche gesessen, als Franks SMS eintraf, mit der Bitte, ihm einen Kaffee mitzubringen. An die Einzelheiten, was danach passiert war, konnte sie sich nicht mehr erinnern, aber es war durchaus möglich, dass sie ihr Telefon auf der Küchentheke hatte liegen lassen, als sie noch mal auf Toilette gegangen war. Es wäre ein leichtes Spiel für Quinn gewesen, währenddessen die Veränderungen vorzunehmen.

Alle Wege schienen zu Quinn zu führen. Quinn hatte nicht

Emilys Hilfe nötig, um ihre Garage zu entrümpeln, sie brauchte vielmehr jemanden, der ihr Leben entrümpeln und die Schuld für den Mord an ihrem Ehemann auf sich nehmen würde.

Wie Sergeant Stanley so gern betonte: Walter Newells Leiche zu transportieren dürfte, nachdem man sie noch dazu in einen nassen Teppich eingerollt hatte, ein Job für zwei gewesen sein. Hatte Ryan Quinn geholfen und darauf spekuliert, ihr dritter Ehemann zu werden? Oder war ihr erster Ehemann, Michael Safstrom, dessen Leiche nie geborgen wurde, Quinns Helfer gewesen? Oder war es Rafe Bartok, der Schauspieler mit den kaffeefleckigen Slippern, der, wie Frank gesagt hatte, zu Ryans Klienten zählte. Sie musste schwer schlucken. Könnte es vielleicht auch Frank gewesen sein?

Emily merkte, wie ihre Gedanken außer Kontrolle gerieten, wie eine Vermutung die andere ablöste. Wäre Becca jetzt hier, sie würde ruhig bleiben, klar nachdenken und die richtigen Fragen stellen. Auch ihre Mutter würde die Sache rational angehen. Aber Becca und Lila saßen im besten Fall gerade bei einem köstlichen Essen mit einem Bibliotheksleiter und übergaben ihm die Bücher und Druckwerke, die Mr Murphy sich, mit mehr als nur einer kleinen Hilfe von seiner Frau, aus der Sammlung des Bezirks South Hadley »ausgeborgt« hatte.

Als sie am Polizeirevier vorbeifuhr, verlangsamte sie ihr Tempo. Sie fragte sich, ob sie Sergeant Stanley erzählen sollte, dass der Teppich sich nicht länger in Quinn Newells Garage befand. Was für ein unbrauchbares Beweismittel – von unten betrachtet sah ein Teppich so gut wie jeder andere aus. Trotzdem. Aus Newells Garage war ein Teppich verschwunden, und in Murphys Lager war einer aufgetaucht, der genau gleich aussah.

Wie also gelangte Wallys Leiche von der Werft in das Lager? Gab es irgendeinen Weg, auf dem Quinn den Transport allein hätte bewältigen können? Emily fragte sich, ob sie noch genug Zeit hätte, zum Kai zu fahren und sich dort umzusehen, bevor sie sich mit Becca und Lila im Lager traf ...

Wie aufs Stichwort kündigte ein *Pling* eine SMS von Becca an.

Sind auf dem Rückweg. Treffen Dich etwa in einer Stunde bei Inner Peace.

Der Park'n' Ride am Kai war voll, als Emily dort ankam. Sie fuhr weiter bis zum kleinen Hafenbecken und dann seitlich in eine Halteverbotszone bei der Bootsrampe. Ein Pärchen hievte gerade sein Kajak aus dem Wasser. Beide hatten Feldstecher um den Hals hängen. Plötzlich setzte der Mann das Kajak ab und deutete aufs Wasser. Ein riesiger Vogel, dunkel mit weißem Kopf, kam im Sturzflug vom Himmel und landete auf einem Ast in Ufernähe.

Emily beugte sich auf ihrem Platz vor und lüpfte ihr Shirt, das ihr am schweißnassen Rücken klebte. Ihr wurde kalt, daher drehte sie die Klimaanlage herunter, nahm ein paar tiefe Atemzüge, um ihren Puls wieder zu beruhigen.

Das war ihr gerade gelungen, als das Telefon klingelte. Auf dem Display stand *QUINN NEWELL*. Schon wieder. Emily ließ das Telefon fallen, es rutschte von ihrem Schoß auf den Boden des Autos. Wieder klingelte es. Ein drittes Mal. Ein viertes Mal. In der darauffolgenden angenehmen Stille konnte Emily ihren eigenen schweren Atem und das asthmatische Keuchen des Autos hören. Als der Signalton für eine Voicemail ertönte, tastete sie den Boden nach dem Telefon ab und hob es auf. Sie starrte einen kurzen Moment auf den roten Punkt, der ihr mitteilte, dass zwei Nachrichten eingegangen waren, dann spielte sie sie ab.

Quinns Stimme: »Ich bin gerade nach Hause gekommen.

Ich dachte, Sie wären vielleicht hier, aber wie es aussieht, habe ich Sie verpasst.« Das war der Anruf, den sie bekommen hatte, als sie noch in der Garage war. Die zweite Nachricht lautete: »Ich noch mal. Haben Sie meine Nachricht erhalten? Da ist etwas, das ich Ihnen zeigen muss. Können Sie gleich noch mal zurückkommen?«

Emily hatte nicht die Absicht, zu Quinns Haus zurückzufahren, weder jetzt noch irgendwann. Sie steckte das Telefon in die Tasche, stieg aus dem Wagen und ging zum Uferrand. Vor vier Tagen hatte sie genau hier die Bieterkarte eines Auktionshauses aus dem Unkraut gezogen. Quinn hatte nur einen Blick auf die Karte geworfen und war dann in Tränen ausgebrochen. In der Rückschau kam es ihr seltsam vor, dass Wally als Letztes auf einer Auktion gesehen wurde und diese Bieterkarte direkt vor Emilys Nase angeschwemmt worden war. *Fast als hätte man* ... es darauf abgesehen, dass sie sie fand.

Auktionen. Immer wieder ging es um Auktionen. Wally hatte an dem Tag, an dem er getötet wurde, eine besucht. Laut Quinns erster Hochzeitsanzeige hatte sie bei einer Auktionsgalerie gearbeitet. Und hatten auf Mr Murphys Schreibtisch nicht Auktionskataloge gelegen?

Emily scrollte rückwärts durch die Fotos, die sie beim ersten Treffen im Haus der Murphys gemacht hatte. Da war Murphs Boot. Seine geschnitzten Vögel. Und davor sein Schreibtisch. Emily zoomte ihn heran. Obenauf lag ein Katalog von Kalmus Fine Art.

Kalmus. Das war das Auktionshaus, in dem Quinn früher gearbeitet hatte. Kannte Quinn die Murphys? Hatte sie ihnen vielleicht dabei geholfen, unrechtmäßig erworbene Landkarten und Bücher zu verkaufen? Und war sie vielleicht die Frau gewesen, die der aufmerksame Wachmann gesehen hatte, als sie zu dem Lager gefahren war, in dem sie ihre Schätze aufbewahrten? Dann wäre es weitaus weniger überraschend, dass Wallys Leiche schließlich in Murphys Lager landete, und es würde erklären, warum Mrs Murphy nicht zugab, dass sie die Frau des Toten kannte.

Emily stand hinter dem Parkplatz und sah hinaus aufs Wasser. Der Wasserstand war niedrig, in Böen wehte es vom Fluss herüber. War das wieder eine gestellte Szenerie? Es sollte so aussehen, als sei Emily Walter Newell hierher gefolgt, nachdem er sie vor der Java Connection gerammt hatte. Hier hatte sie ihn angeblich zur Rede gestellt. Ihn überfahren. Ihn in einen Teppich gerollt, den sie praktischerweise gerade bei sich gehabt hatte. Dann hatte sie seine Leiche ein Weilchen im Wasser gebunkert und anschließend über den Fluss zu Inner Peace Storage gebracht. Bei all den Beweismitteln, die die Polizei gesammelt hatte – die Farbe von ihrem Auto auf Wallys vorderer Stoßstange, das Filmmaterial aus der Überwachungskamera, und dass sie mit ihrem Auto mitten in der Nacht vor dem Lager war –, standen sie vielleicht kurz davor, sie wegen Mordes oder wenigstens wegen Totschlags anzuklagen.

Und doch hatten sie es noch nicht getan.

Das Pärchen hatte den Kajak mittlerweile zurück zu seinem SUV getragen. Sie mussten gemeinsam anpacken, um ihn aufs Dach zu hieven. Emily kam in den Sinn, wie einfach ein Kajak im Wasser zu manövrieren war, viel einfacher als zu Lande. Woraufhin sie sich fragte, ob es nicht viel einfacher gewesen wäre, Walter Newell übers Wasser zu dem Lager zu bringen. Bei der geringen Entfernung – es dürften nicht mehr als sechs Meter von Ufer zu Ufer sein – und mit der Strömung dürfte das ein rascher Trip sein. Und angenommen, es gab vom Lager einen Zugang zum Wasser und es existierte eine Öffnung im Maschendrahtzaun, dann müsste man bloß mit dem Boot anlegen und die Leiche zum Lager zerren. Man könnte ihn zwar nur zu zweit aus dem Boot hieven, aber in der Dunkelheit der Nacht wäre man auf dem Weg dorthin völlig unbeobachtet.

35

Wieder in ihrem Auto, sah Emily, dass sie eine weitere SMS erhalten hatte. Becca schrieb, sie sei mit Lila und Mrs Murphy an einem Rastplatz und könnte sie in einer halben Stunde beim Lager treffen. Damit blieb Emily Zeit genug, sich am Flussufer hinter dem Lager noch etwas umzusehen. Als sie die 217 erreichte, sah sie, dass sie durch das neue Zahlenschloss gesichert war. Während sie im Einhunderterbereich hinter den nummerierten Lagern eine grasbewachsene Böschung hinunterlief, konnte sie den Fluss schon riechen. Jenseits des geschlossenen Maschendrahtzauns ging es drei Meter steil hinab zum Wasser. Auf der anderen Seite flussaufwärts lag der städtische Kai, von dem sie gerade gekommen war. Irgendwie wirkte die Entfernung von dieser Seite aus größer.

Emily ging den Zaun der Länge nach ab, stapfte durch kniehohes Gras und kämpfte sich durch den streckenweise recht matschigen Weg. Mehr als einmal sog der Schlamm ihr fast die Crocs vom Fuß.

So viel zu ihrer Vermutung, Walter Newells Leiche könnte übers Wasser vom Kai zum Lager gebracht worden sein. Es gab offensichtlich keine Stelle, an der ein Boot am Ufer hätte anlegen können, nicht einmal ein Kajak, der Zaun war unbeschädigt, und eine Leiche die steile Böschung hinaufzuwuchten wäre harte Arbeit gewesen, selbst wenn sich zwei Menschen mit vereinten Kräften daran versucht hätten. Außerdem dürfte ein solcher Versuch deutliche Spuren hinterlassen haben, doch Emily fand nichts dergleichen.

Emily kehrte zum Lager zurück. Es dauerte eine Weile, bis sie die Überwachungskamera wiederfand, die auf das Dach des Nachbarlagers montiert war. Es wäre ein Leichtes, rückwärts mit dem Auto an das Lager heranzufahren und eine Leiche abzuladen, ohne dass die Kamera klare Sicht darauf hätte, sogar bei Tageslicht.

Becca kündigte ihre Ankunft mit einem Hupen an. Hinter ihr folgte Lila, mit Mrs Murphy an Bord.

»Hey, wie ist es gelaufen?«, fragte Emily, als Becca ausstieg. Becca antwortete nicht. Sie schloss das Lager auf, während Lila und Mrs Murphy ebenfalls ausstiegen. Lilas Miene war ernst und feierlich, die Arme hatte sie verschränkt. Mrs Murphys rotes Gesicht und die Art, wie sie das Taschentuch knetete, ließen vermuten, dass es nicht gut gelaufen war.

Lila sagte: »Wie es aussieht, wussten sie genau, was fehlt.«

Becca stand mit dem Vorhängeschloss in der Hand da. »Und sie wussten ziemlich genau, wer die Sachen gestohlen haben könnte.«

»Es gab ein Bild von uns«, sagte Mrs Murphy, »wie ein Verbrecherfoto auf einem Steckbrief, es war in ihrem Arbeitsbereich an ein Anschlagbrett gepinnt.« Sie tupfte sich die Augen.

»Sie waren froh, einen *Teil* des Verlusts wieder in ihrem Besitz zu haben. Aber sie gaben uns eine Liste weiterer Objekte mit, die zur gleichen Zeit wie die Goulds vermisst gemeldet wurden.« Sie öffnete schwungvoll das Schwingtor des Lagers, ging auf Emily zu und übergab ihr ein Blatt Papier. Im Flüsterton fügte sie hinzu: »Mr Murphy war bei seinem letzten Besuch versehentlich die Klinge eines Präzisionscutters heruntergefallen. Nach diesem Fund begannen sie, Nachforschungen anzustellen, ob etwas fehlte. Vor etwa einem Jahr haben sie andere Bibliotheken über die Machenschaften des Ehepaars informiert und über einen Anwalt Kontakt zu Mr Murphy aufgenommen.«

Vor etwas über einem Jahr. Also zu dem Zeitpunkt, als Charles Murphy starb.

Emily fragte sich, ob ihm das vielleicht den Rest gegeben hatte. Sie überflog die Liste der vermissten Gegenstände. Noch mehr Vogeldrucke. Landkarten. Und drei geschnitzte Vögel. Emily seufzte bei dem Gedanken an das mit geschnitzten Vögeln vollgestellte Regal in Mr Murphys Arbeitszimmer. Das bedeutete, das Diebesgut war nicht nur im Lager zu suchen.

»Sie müssen mir glauben«, sagte Mrs Murphy, »ich hatte keine Ahnung, was er im Schilde führte.« Ihre Augen füllten sich mit Tränen. »Ich weiß, ich hätte es merken müssen. Schließlich wollte er noch einmal dorthin zurück. Er war kein schlechter Mensch. Wirklich, das war er nicht. Er war nur ...« – sie schneuzte sich – »schwach.«

Emily sah Lilas Miene an, dass sie ihr kein Wort glaubte.

Emily ging zu dem offenen Lagerraum. Kühle Luft strömte heraus. Emily trat ein und gab Becca ein Zeichen, ihr zu folgen. Sie vermied den Blick unter die Werkbank, wo die Leiche gelegen hatte.

»Ich habe ihr versprochen, dass wir ihr bei der Inventur der Sachen helfen, die sich noch hier drin befinden«, sagte Becca ruhig. »Lila stellt eine Liste der Einrichtungen und Kontaktpersonen zusammen, mit denen sie sich noch in Verbindung setzen muss. Aber dann ...«, mit flacher Hand zog Becca einen Schlussstrich.

Emily hatte verstanden. Sie würden es als Verlust verbuchen und dafür sorgen, dass ihr Ruf keinen Schaden nahm. Sie erinnerte sich, was Frank ihr gesagt hatte: Kenntnis davon zu haben, dass etwas gestohlen wurde, ist kein Verbrechen, bei der Veräußerung des Diebesguts Hilfe zu leisten ist dagegen eine Straftat. Aber die Grenze war nicht eindeutig zu ziehen, und Emily traute Mrs Murphy nicht, dass sie der Polizei zutreffend erklären würde, welche Art von »Hilfe« sie und Becca geleistet hatten.

»Wir sind hier ja wirklich einen großen Schritt weitergekommen«, sagte Becca und verzog ironisch das Gesicht, während ihr Blick über die Bücher und Rollen wanderte, die sie zu etwa einem Dutzend Stapeln gehäuft hatten.

»Einen ziemlich großen Schritt«, sagte Emily, »in Anbetracht der Umstände.«

Auf dem Regal standen nur noch etikettierte Boxen mit Karten – Mr Murphys geliebter *Krimskrams*. Türknäufe. Scharniere. Jede Kiste sauber etikettiert. Er war ein so ordentlicher Sammler gewesen. Seine Methode, oder vielleicht war es seine Verrücktheit, würde jeden Aufräum-Profi glücklich machen.

Aber jetzt wurde Emily beim Anblick dieser Boxen unwohl. Erst kürzlich hatte sie eine sorgfältig etikettierte Kiste voller Vorhängeschlösser gesehen, genau wie die von Mr Murphy. Die Polizei hatte sie in ihrem eigenen Keller entdeckt, und Frank hatte bei ihrem Anblick sichtlich erschüttert gewirkt.

Frank, der behauptete, Etiketten seien etwas für Weicheier. Frank, der sich immer lustig machte über das, was er Beccas und Emilys *Etikettierfimmel* nannte. Er verglich das in Kisten Packen und Etikettieren mit dem Zurechtrücken der Deckchairs auf der *Titanic*. In seinem Keller, auf seinem Speicher und in seiner Garage musste laut Frank keine akribische Ordnung herrschen wie bei Mr Murphy, dem das offenbar ein großes Anliegen gewesen war. Er wusste einfach, wo alles war.

Warum also war die Kiste, die die Polizei aus ihrem Keller gebracht hatte, mit Etikettierband beschriftet gewesen? Die Antwort lag auf der Hand: weil es nicht Franks Kiste war. Es war Mr Murphys Kiste. Emily erinnerte sich, welches Leuchten über Franks Gesicht ging, als Emily ihm schilderte, was sich in dem Lager befand. Die randvollen Regale mit den unterschiedlichsten Gegenständen, die dieser Mann gesammelt hatte, der mit Sicherheit ein Seelenverwandter Franks war. Emily hatte Frank erzählt, dass sie einen Schlüssel zu diesem Lager besaß, vielleicht hatte sie ihm sogar gezeigt, wo er lag, und ...

»Was denkst du gerade?«, fragte Becca.

»Nichts«, sagte Emily. Als Becca ihr einen skeptischen Blick zuwarf, setzte sie hinzu: »Es ist nur, die ganze Situation ist ein solches Chaos.«

»Deine Mutter war phantastisch. Ich bin überzeugt, wir säßen jetzt alle im Gefängnis, wenn sie nicht mitgekommen wäre.«

»Emily? Becca?«, rief Lila von draußen. »Seid ihr einverstanden, dass ich Ruth jetzt nach Hause fahre?«

Becca wirkte erleichtert.

»Aber sicher«, rief Emily zurück.

»Soll ich anschließend noch einmal herkommen?«, fragte Lila.

Becca schüttelte entschieden den Kopf.

»Nicht nötig«, rief Emily. »Wir treffen uns dann zu Hause.«

Becca blickte Emily unverwandt an, bis Lila und Mrs Murphy fort waren. »Sie wusste Bescheid«, sagte Becca. Sie wirkte verärgert, ihr Mund war nur noch ein gerader Strich. »Die Bücherei hat Bilder von den beiden, wie sie in ein kleines Notizbuch schauen, das sie in ihrer Tasche mit sich trug. Eine Art Einkaufsliste.«

»Ich hatte schon befürchtet, dass es auf etwas in der Art hinauslaufen würde. Nachdem ich den Mantel gesehen hatte.«

Becca sagte: »Die vielen Taschen, und es ist kein Herrenmantel.«

»Kein Herrenmantel.« Emily wiederholte die Worte, war in Gedanken aber mit Frank beschäftigt. Hatte er die Schlüssel an sich genommen und sich ins Lager geschlichen, nachdem er sich versichert hatte, dass Emily tief und fest schlief?

Hatte er sich dort bedient? War das geschehen, bevor oder nachdem Walter Newells Leiche dorthin gebracht worden war und jemand das Schloss ausgetauscht hatte? Oder hatte Frank Quinn dabei geholfen, die Leiche zu transportieren, und sich dann bei der Kiste mit den Eisenwaren bedient, als Lohn für geleistete Dienste? »Ich kann es nicht glauben«, sagte sie, und bemerkte erst im Nachhinein, dass sie den Gedanken ausgesprochen hatte.

»Ich kann es auch nicht glauben«, sagte Becca. »Mir war zwar klar, dass wir es mit Kunden zu tun bekommen würden, die sich Ausreden ausdenken, warum sie bestimmte Dinge horten. Die sich selbst täuschen, indem sie sich einreden, es sei gesund, emotional so sehr an leblosen Gegenständen zu hängen. Die in allen Bereichen ihres Lebens krankhaft unorganisiert sind. Aber dass wir es mit Kunden zu tun haben würden, die uns glatt ins Gesicht lügen und denen wir dabei helfen sollen, das Gesetz zu brechen, das hätte ich mir nicht träumen lassen.«

»So viel zum Thema Vertrauen und Integrität«, sagte Emily.

»So viel zu meiner angeblichen Menschenkenntnis.« Becca schüttelte den Kopf und lächelte gequält.

»Es gibt Leute, die können einen wirklich an der Nase herumführen«, sagte Emily.

Becca wollte sich versichern, dass sie das richtig verstanden hatte.

»Du sprichst jetzt aber nicht von den Murphys, oder?«

Emily spürte, wie sie errötete.

»Quinn Newell?«, fragte Becca.

Emily gab sich überrascht. Letztlich stimmte es, Quinn Newell hatte sie als Erste getäuscht. »Quinn Newell hatte mir erzählt, ihr Mann sammle die Reklameschilder und die Original-Zeitschriftencover, die in ihrem Haus hingen. Aber in Wahrheit gehörte diese Sammlung ihrem *ersten* Ehemann, und der ist vor sechs oder sieben Jahren von einem Kreuzfahrtschiff verschwunden, auf dem sie gerade ihre Flitterwochen verbrachten, irgendwo vor den Bermudas.«

Becca bekam große Augen. »Er verschwand?«

»Er sprang. Er fiel. Oder wurde geschubst. Oder vielleicht ist er einfach in die Nacht verschwunden. Ich habe keine Ahnung, ob seine Leiche je gefunden wurde. Seltsam, nicht wahr, dass Quinn nie erwähnt hat, dass sie schon einmal verheiratet war?«

Becca neigte nachdenklich den Kopf. »Dafür könnte es viele Gründe geben.«

»Der Teppich, in den Walter Newell eingerollt wurde? Ich denke, er stammte aus ihrer Garage.« Emily wischte durch die Fotos auf ihrem Smartphone und zeigte Becca die Aufnahme von ihrem ersten Besuch in der Garage der Newells.

Becca zuckte zusammen. Ihr Blick wanderte zu der Werkbank.

»Ich komme gerade von ihrer Garage«, fuhr Emily fort, »und dieser Teppich ist jetzt nicht mehr da.«

»Du bist dort gewesen?«

»Soll ich das der Polizei erzählen?«, fragte Emily und sah Becca erwartungsvoll an. Als diese nicht reagierte, setzte Emily hinzu: »Ich brauche einen guten Grund, der dagegenspricht.«

»Wie wäre es damit, dass uns das Diebesgut schon bis zum Kinn steht, unsere Kunden uns anlügen, und die Sicherheit an diesem Ort uns dem inneren Frieden kein Stück näherbringt?« Becca vergrößerte das Foto auf Emilys Smartphone. »Außerdem ist ein Teppich manchmal einfach nur ein Teppich.«

Emily betrachtete sich die Kisten, die immer noch auf den Regalen standen. »Wir haben die Kisten mit den Beschlägen, die Mr Murphy gesammelt hat, nicht angerührt, oder? Denn mir scheint, dass es nicht mehr so viele sind wie damals, als wir das erste Mal hier waren.«

Becca stand stocksteif da und blickte sich um. Emily wischte durch die Aufnahmen, die sie von dem Lager gemacht hatte. Sie zeigte Becca ein Bild. Es bestand kein Zweifel: Da fehlten Kisten.

»Das ist ja nicht zu fassen«, sagte Becca. »Wer sollte diese Boxen weggenommen haben? Die Person, die das Schloss ausgetauscht hat? Walter Newells Mörder?«

Emily wagte es nicht, Becca anzuschauen, sie würde sofort merken, dass sie der Frage auswich.

»Zu schade, dass es *in* den Lagerräumen keine Überwachungskameras gibt«, fügte Becca hinzu.

Hier zumindest konnte Emily Abhilfe schaffen. Sie ging nach draußen zu ihrem Auto und kam mit der Ersatzkamera zurück, die sie immer in ihrer Packtasche hatte. Dann machte sie im Lager Innenaufnahmen. Auf dem Boden stapelten sich Bücher und Dokumentenrollen; es gab leere Regale; andere, auf denen noch Kisten standen. Sie stellte die Kamera auf niedrige Lichtquelle und Weitwinkel ein und programmierte sie darauf, alle sechzig Sekunden ein Bild zu schießen. Dann verband sie die Kamera mit dem Netzkabel. Sie leerte den Inhalt einer kleinen Box in eine größere, die nur halbvoll war, bohrte seitlich ein Loch in die leere Kiste und legte die Kamera hinein, sodass die Linse durch das Loch sah und das Kabel hinten heraushing. Dann stellte sie die Kiste auf eines der oberen Regale, so dass die Kamera noch vorne und nach unten zeigte. Sie verlegte das Netzkabel bis zu einer der Wandsteckdosen und schloss das Gerät an. Dann schaltete sie die Kamera ein und wartete.

Klick. Emily zuckte zusammen. Das Geräusch der Blende war so laut, dass es jeden Einbrecher warnen würde. Sie konnte die Blende nicht anders einstellen – die Kamera war eine DSLR-Kamera und der Mechanismus war mechanisch … aber sie konnte das Geräusch übertönen. Es gab bereits ein leises Hintergrundrauschen in dem Raum – das Summen des Belüftungssystems, das kalte Luft in ihren Nacken blies. Sie überprüfte das Thermostat und drehte den Belüfter voll auf. Das Summen wurde lauter. Sie wartete das nächste Kameraklicken ab. Sie konnte es hören, aber sie hätte es vielleicht nicht wahrgenommen, wenn sie nicht gewusst hätte, dass es kommen würde. Sie hoffte, es würde funktionieren.

Sie holte die Kamera herunter und sah nach, ob die Bilder etwas geworden waren, wenig schmeichelhafte Bilder von ihr selbst, auf denen sie aussah, als habe sie ihre beste Freundin verloren. »Haut hin«, sagte sie. Vorsichtig legte sie die Kamera zurück in die Kiste und stellte sie wieder ins Regal. »Jetzt wissen wir wenigstens, ob jemand kommt und geht, wenn wir nicht hier sind.«

36

Becca fuhr davon und überließ es Emily, das Lager abzusperren. Emily blieb noch ein Weilchen und sah sich die Bilder von Mr Murphys Kisten an, die sie bei ihrem ersten Besuch gemacht hatte. Da fehlte mehr als nur eine Kiste mit Vorhängeschlössern. Sie reaktivierte die Freunde-Ortungs-App und sah, dass Frank *NICHT ERREICHBAR* war. Hoffentlich war er vor Gericht oder in einem Meeting. Sie wollte nicht, dass er nach Hause kam und sie wieder in seinem Keller fand, denn genau dahin wollte sie jetzt fahren.

Es war Freitagnachmittag, und es dauerte einige Ampelzyklen, bis sie den Square durchquert hatte. Schließlich bog sie in ihre Straße ein. Sowohl das Auto ihrer Mutter als auch Franks waren verschwunden, aber vor ihrem Haus parkte ein schwarzer Sedan. Im Vorbeifahren versuchte Emily ihn möglichst unauffällig zu inspizieren. Der letzte Zweifel, ob es sich tatsächlich um ein Zivilfahrzeug der Polizei handelte, wurde ihr durch die Lichtanlage genommen, die durch die Heckscheibe fast nicht zu erkennen war, und einen Suchscheinwerfer, der auf der Fahrerseite neben den Rückspiegel montiert war.

Sie fuhr weiter den Block hinunter. Als sie gerade um die Ecke biegen wollte, blickte sie zurück und sah, wie Polizeibeamte hinter ihrem Haus auftauchten und auf den schwarzen Sedan zuhielten. Wenige Blocks weiter fuhr sie an die Seite und wartete.

Fünf Minuten. Zehn. Dann wendete sie und fuhr zurück. Der Sedan war verschwunden. Sie parkte, griff nach ihrer Packtasche mit der Ausrüstung und rannte ins Haus zur Kellertür. Sie ließ ihre Tasche fallen, drehte das Licht an und hastete die Stufen hinunter.

In dem miefigen Raum machte sie einen großen Bogen um den Klavierrahmen, der jetzt mit der Seite an einer der Lally-Säulen lehnte, während sie nach weiteren Kisten suchte, die mit Mr Murphys charakteristischem Etikettierband beschriftet waren. Im Zickzack bahnte sie sich ihren Weg zwischen den Stapeln hindurch, sah auf und unter dem Tischtennistisch nach, gelangte schließlich zu den Metallregalen, die an einer Wand entlangliefen und mit alten Spielen und Puzzles und Zeitschriftenkisten vollgestopft waren.

Sie wollte schon aufgeben, als sie sie entdeckte: zwei Pappkartons mit grünen Plastiketiketten. Sie waren unter einer verstaubten Häkeldecke versteckt, im Schoß des sitzenden Plastikskeletts. Sie nahm einen der Kartons. Er war schwer, und auf dem Label stand in Rot *TÜRKNÄUFE*. Der andere Karton war leichter. Auf ihm stand *SCHALTERABDECKPLATTEN*.

Es war nicht das Gleiche, zu vermuten, dass diese Kartons sich in ihrem Keller befanden, und sie dann tatsächlich dort zu finden. Kein Wunder, dass Frank sich so aufgeregt hatte, als die Polizei die Kiste mit Vorhängeschlössern mitnehmen wollte, die ja in dem Durchsuchungsbefehl extra aufgelistet waren. *Die gehören mir*, hatte er gesagt. Nur stimmte das nicht.

Frank musste Sonntagnacht in dem Lager gewesen sein. Emily war von Quinn zurückgekommen, erschüttert von dem Zwischenfall im Coffee Shop und nur leicht angetrunken. Kurz nachdem sie die heiße Schokolade getrunken hatte, die Frank für sie gekocht hatte, war sie weggedöst und hatte so tief und fest geschlafen, dass sie am nächsten Morgen Probleme gehabt hatte, wieder richtig wach zu werden. Sie hatte gedacht, sie habe ihren kleinen Prosecco-Rausch ausgeschlafen, jetzt aber fragte sie sich, ob sie vielleicht betäubt worden war.

Hatte Frank Quinn Newell bereits gekannt? Bei der Vorstellung hatte Quinn so getan, als verachte sie Frank, als würde ihr allein schon bei der Vorstellung eines männlichen Anwalts übel. Beide hatten vorgegeben, Fremde zu sein, die noch nicht mal den Namen des anderen richtig verstanden hatten.

Eines war sicher: Walter Newell hatte die Sammlung von Quinn Newells erstem Ehemann heiß geliebt, sonst hätte er sie sich nicht voller Stolz an die Wand gehängt. Frank hätte sie auch gefallen. Emily konnte sich Frank gut in dreißig Jahren vorstellen, wie er hager und verhutzelt seinen eigenen heiligen Gral, ein Originalcover von *MAD*, anhimmeln und dabei beschwörend zischen würde: *Mein Schatzzzz.* Das Coverbild von *Creepy*, das er angeblich bei einem Gartenflohmarkt zwischen den Seiten eines Skizzenbuchs gefunden hatte. Plötzlich fragte sie sich, was sich in der Mappe befunden haben mochte, die er bei sich trug, als er Emily im Keller fand, kurz bevor der Klavierrahmen auf sie fiel. Ein weiterer Schatz, den er sich nie hätte leisten können? Was wäre er im Gegenzug dafür zu tun bereit gewesen? Und war das schon alles, was dahintersteckte, war es eine rein geschäftliche Angelegenheit? Emily hatte Franks jüngstes Desinteresse auf den Stress und die Enttäuschung über den Fruchtbarkeitstest zurückgeführt, aber vielleicht hatte er sich den Sex ja woanders geholt. Und falls dem so war, blieb die Frage, wie lange das schon so ging.

Genau in diesem Moment waren in der Auffahrt knirschende Reifen zu hören. Durchs Kellerfenster sah Emily kurz die Alufelgen von Franks Auto vorbeirollen. Eine Minute später wurde die Hintertür des Hauses geöffnet. »Emily!«, rief Frank. Die Tür wurde geschlossen. »Emily? Bist du hier?«

Emily antwortete nicht. In ihr brodelte es, und sie war kurz davor, zu explodieren. Über sich hörte sie Schritte. Eine Pause. Sie blickte nach oben zu der isolierten Wasserleitung, die sich über die Decke schlängelte. Erneut Schritte, diesmal stapften sie über den Fliesenboden der Küche. Die Tür ging auf, wurde zugeknallt. Dann Stille. Frank war wieder fort.

Wütend knallte Emily den Karton mit den Schalterabdeckplatten auf den mit den Türknäufen und schleppte sie die Kellertreppe hinauf. Frank kam von draußen hereingerannt, die Arme beladen mit etwas, das aussah wie leere Plastiktüten. Emily wich zurück und beobachtete, wie er zum Besenschrank lief, wo er das, was er im Arm trug, zu Boden warf. Dann schnappte er sich einen großen schwarzen Müllsack und begann, die kleineren Plastiktüten hineinzustopfen.

»Hi, Frank«, sagte Emily.

Er schnellte hoch. »Hey, Schatz. Ich dachte, du wärst oben.«

Als sie ihn ansah, wurde ihr ganz kalt, als sähe sie ihn zum ersten Mal. »Was machst du da?«, fragte sie. Die beiden Kartons hielt sie vor sich, auch auf die Gefahr, dass er sie bemerkte.

»Was *ich* hier mache?« Er schüttelte eine der Plastiktüten und hielt sie ihr hin.

»Kommt dir das bekannt vor?«

Emily ließ die Kisten auf den Küchentisch fallen und nahm ihm die Plastiktüten ab. Auf den durchsichtigen Tüten stand in blauen Großbuchstaben: *EIS*. Frank hielt den Müllsack auf, damit sie sie hineinstopfen konnte.

»Wofür um Himmels willen hast du so viel Eis gebraucht?«, fragte er und las eine verirrte Tüte vom Boden auf.

»Ich? Wieso denkst du, dass sie mir gehören?«, fragte Emily.

»Weil sie im Kofferraum meines Autos waren und ich sie dort nicht hineingetan habe. Du bist die Einzige außer mir, die einen Schlüssel besitzt.« Das hätte unmittelbar aus Franks

Drehbuch für Gerichtsverhandlungen stammen können: *Ein guter Angriff ist die beste Verteidigung.*

Emily setzte sich auf den Küchenstuhl. »Frank, ich habe keine Ahnung, wie diese Tüten in deinen Kofferraum gekommen sind, aber ich habe sie nicht hineingetan.«

Er sah an ihr vorbei auf die Kartons, die sie auf dem Tisch abgestellt hatte. »Und ich nehme mal an, du wirst mir jetzt erzählen, diese Kartons hättest du auch nicht in den Keller geräumt.« Diese Frage machte Emily sprachlos. Als sie nicht antwortete, sprach er weiter. »Lichtschalterabdeckungen? Türknäufe? Schlösser?«

Emily sagte: »Sie stammen aus dem Lager, das Becca und ich gerade leeren.«

»Das habe ich mir schon gedacht. Aber was ich nicht verstehe, ist, warum ...«

Emily wich zurück. »Ich hab gewiss keine ...«

»Hast du nicht?«

»Nein!«

Frank riss die Augen auf. »Dann sind diese Schachteln vermutlich durch Zaubermächte in unseren Keller gelangt?« Er schüttelte den Kopf und knotete den Müllsack zu. »Und diese Tüten, die sind in den Kofferraum meines Wagens gebeamt worden, oder was?«

Emily verschränkte die Arme vor der Brust. »Ich war's nicht.«

Frank richtete sich auf und sah sie lange streng an. »Falls du es nicht warst«, sagte er blinzelnd, »und ich es nicht war, dann hat sich jemand einen schlechten Scherz mit uns erlaubt. Indem er Beweismittel platziert, die ...«

Noch ehe er zu Ende sprechen konnte, klingelte es an der Haustür.

Frank warf Emily einen fragenden Blick zu und ging in den Hausflur. Emily folgte ihm. Er blickte durchs Schlüsselloch. »Es ist deine Mutter.«

»Wieso klingelt sie?«, sagte Emily.

Frank öffnete die Tür. Lila stand draußen und hielt einen Pizzakarton. Sie sah blass aus und wirkte vollkommen aufgewühlt.

»Mom?«, fragte Emily und nahm ihr den Pizzakarton aus der Hand.

»Was ist denn los?«, wollte Frank wissen.

Lila kam herein. Hinter ihr standen zwei Polizeibeamte. Einer von ihnen, ein stämmiger, grauhaariger Mann, auf dessen Oberarm unter dem kurzen Hemdsärmel deutlich sichtbar ein amerikanisches Adler-Tattoo prangte, zeigte seine Polizeimarke und nannte einen Namen, den Emily allerdings kaum beachtete. »Emily Harlow?«

»Officer?«, sagte Frank, stellte sich breitbeinig in den Türrahmen, einen Arm fest um Emilys Schulter gelegt.

Der Polizist sagte an Emily gewandt: »Wir möchten Sie bitten, uns aufs Revier zu begleiten, um dort ein paar Fragen zu beantworten.«

»Aufs Polizeirevier?«, fragte Frank. Emily fühlte, wie er seinen Griff ein wenig lockerte, als er ausatmete. »Nun denn. Ich nehme an, das bedeutet, dass ich dich dort abholen werde.« Emily sah ihn überrascht an, bis ihr klar wurde, wie erleichtert er sein dürfte, dass die Polizei nicht gekommen war, um eine Hausdurchsuchung zu machen. Es hätte keine zwei Sekunden gedauert, bis sie die beiden Kisten aus Mr Murphys Lager auf dem Küchentisch entdeckt hätten.

Und sie selbst war froh, dass sie nicht wieder mit Frank im Auto sitzen musste. Im besten Fall würde er sie unermüdlich belehren, was sie auf dem Revier tun sollte und was nicht.

Frank schloss die Tür und ließ die Polizisten draußen auf Emily warten. »Gut gespielt«, sagte er und umarmte Emily. Sie machte sich steif und entwand sich seinem Griff. Frank schien das nicht zu bemerken.

Lila erschien im Türrahmen der Küche. »Du gehst nirgendwo allein hin«, sagte sie. »Ich komme mit dir.« Offenbar hatte sie zugehört.

Lila mit ihrer vernünftigen Herangehensweise wäre jetzt eine gute Unterstützung, ein Geschenk des Himmels. Das wollte Emily gerade sagen, als Frank einwandte: »Es muss jemand hierbleiben, für den Fall, dass die Polizei mit einem weiteren Durchsuchungsbefehl zurückkommt.«

Unter Bedauern stimmte Emily dem zu. »Und sei es nur als Zeugin.«

»Aber ...«, wollte Lila protestieren.

»Mach dir keine Gedanken«, sagte Emily und zwang sich zu einem Lächeln. »Das geht schon in Ordnung. Ich brauche nur meine Packtasche.« Sie wollte nicht, dass sie bei einer eventuellen Hausdurchsuchung konfisziert würde.

Lila verschwand und kehrte gleich darauf mit der Tasche zurück.

»Bist du sicher?«, fragte Lila. Emily umarmte sie.

Frank sagte: »Geh jetzt. Gib mir zehn Minuten, dann komme ich nach. Und bis dahin: ...« Hier legte er den Finger auf die Lippen.

37

Dass man sich auf dem Rücksitz des Polizeiwagens wie in einem Käfig fühlte, überraschte Emily nicht. Aber im Augenblick gab ihr genau das ein Gefühl der Sicherheit und den geschützten Raum, dessen sie bedurfte, um ihre Gedanken zu sortieren. Als der Streifenwagen losfuhr, stellte sie sich vor, wie Frank gerade mit den leeren Eis-Plastiktüten und Mr Murphys Kisten aus dem Haus stürmte. Und es stimmte ja: Als die Polizei sie das letzte Mal befragt hatte, fand zeitgleich die Hausdurchsuchung statt.

Emily kam es vor, als wäre ihr Leben wie ein unordentlicher Kleiderschrank ausgemistet und sämtliche bisherigen Annahmen auf den Kopf gestellt worden. Was sollte sie wegwerfen? Was behalten? Als ob sie die Wahl hätte!

Sie erinnerte sich: Alles hatte mit Ryans Anruf bei Becca begonnen, in dem er sie gebeten hatte, seiner wohlhabenden Freundin zu helfen. Emily hatte gedacht, Quinn sei eine von Ryans *Bräuten*, wie er sie gern nannte. Aber als Emily die beiden zusammen gesehen hatte, hatte sie weder eine geheime Verbindung noch irgendeinen Funken zwischen ihnen gespürt. Außerdem bezweifelte Emily, dass der Mann mit dem grünen Transporter einer von Ryans Klienten war. Es stellte sich vielmehr die Frage: War Ryan ein Strohmann, den man eingesetzt hatte, um ihr Misstrauen auf ihn zu lenken, während immer mehr belastendes Beweismaterial, das Emily mit dem Mord an Walter Newell in Verbindung brachte, angehäuft wurde? Wer hatte die Kisten aus Murphs Lager in ihren Keller gebracht? Und wer hatte die leeren Eiswürfeltüten in den Kofferraum von Franks Auto gepackt? Die offensichtliche Antwort lautete: Frank. Oder hatte er überreagiert, und es waren nur die vielen Monate sinnloser Fruchtbarkeitstests, die zu dieser Entfremdung und Paranoia geführt hatten?

Als das Polizeiauto hinter dem Revier parkte, war Emily der Entscheidung, welche Teile ihres Lebens sie ordentlich zusammenfalten und an ihren Platz zurücklegen und welche sie wegwerfen konnte, keinen Schritt näher.

Einer der Polizisten führte sie zu einer Art Anmeldebereich. Durch eine Tür hatte man freie Sicht auf zwei Arrestzellen hinter dem Tresen. Leer.

Der Beamte wartete, während sie sich in ein Logbuch eintrug. Dann zeigte er auf eine Kamera, die auf einen Computermonitor beim Tresen montiert war. »Bitte, schauen Sie hier hoch.« Emily tat genau das, was Frank ihr geraten haben würde. Sie bedeckte ihr Gesicht. »Nein, danke.« Sie sagte es laut und deutlich, damit sie auf keinen Fall so tun konnten, als hätte sie nicht dagegen protestiert. Sie war erleichtert, als der Beamte dies gelassen hinnahm und sie die Treppe hinaufführte.

Die räumliche Aufteilung im Polizeirevier war Emily mittlerweile vertraut. Sie lief einen Gang entlang. Die Tür zu dem Raum, in den man sie damals gebracht hatte, um eine *schriftliche* Aussage zu machen, stand offen. Zunächst bemerkte Emily die Frau mit der dunklen Brille nicht, die trotz der Hitze einen weißen Mantel und ein rotes Kopftuch trug. Doch auf den zweiten Blick erkannte sie Quinn Newell. Quinn sah Emily mit Pokerface an.

Hinter Quinn tauchte Ryan auf und versperrte Emily die Sicht. Er ging durch die Tür und sah an Emily vorbei den Gang hinunter, wo Frank mit noch einem anderen Polizeibeamten auf sie zukam.

Emilys Begleiter schob sie weiter. Sie warf einen Blick zurück.

Als Frank auf Ryans Höhe war, raunte dieser ihm zu: »Ich muss dich sprechen«, und nahm ihn schnell beiseite.

Nein. Keine geheimen Absprachen! Hier ging es nicht um den Rechtsstreit eines Unternehmens, bei dem noch in der Schwebe war, wer Schadensersatz leisten und die Gerichtskosten tragen musste. Hier ging es um ihr Leben.

Doch Emily gab sich gleichgültig und folgte dem Polizisten zu einem weiteren kleinen fensterlosen Vernehmungsraum, etwas weiter den Flur hinunter. Bevor sie den Raum betrat, blickte sie noch einmal zurück. Frank und Ryan standen eng beieinander.

Emily nahm am Tisch Platz. Frank folgte nur Sekunden später und schloss die Tür hinter sich. Er ging in dem engen Raum umher. Auf und ab. Aufgestaute Angst. Emily sah immer noch Quinns von der Sonnenbrille verdecktes, emotionsloses Gesicht vor sich, das sie anstarrte. Ryans *Ich muss dich sprechen* wiederholte sich in ihrem Kopf wie eine kaputte Schallplatte. Was für eine Art von vertraulichem Gespräch hatten Frank und Ryan nötig? Rückten sie zur Verteidigung zusammen? Oder entwarfen sie eine Strategie für den Fall, dass ihre Klienten sich schon bald auf gegnerischen Seiten befinden würden?

»Was haben du und Ryan ...«, setzte Emily an.

Frank gebot ihr zu schweigen, indem er sie mit gehobenen Brauen auf einen Spiegel hinwies, der an der Wand gegenüber angebracht war. Wahrscheinlich ein Zwei-Wege-Spiegel, »Denk daran, sie sehen *und* sie hören dich«, sagte er flüsternd.

»Die sind robust und sehen schön aus«, verkündete eine Frauenstimme, »vor dreißig Jahren hätten Sie da vielleicht noch einen Käufer gefunden.« Emily erkannte die Stimme nicht sofort als ihre eigene, und es dauerte auch eine Weile, bis sie merkte, dass sie aus einem kleinen Lautsprecher auf dem Tisch kam. »Aber heutzutage bezeichnen die Leute das als ... ›braune Möbel‹. Es fällt bestimmt schwer, es wegzuschenken. Aber wenn Sie dieses Küchenset zu einem

Hofflohmarkt bringen, werden Sie schnell einen Käufer finden.«

»Was soll der Quatsch?«, sagte Frank.

Emily starrte ungläubig und voll Entsetzen auf den Lautsprecher. Dieser *Quatsch* war das Gespräch zwischen ihr und Quinn am Abend ihrer ersten Begegnung, befeuert von viel zu viel Prosecco. Quinn hatte es *aufgezeichnet*?

»Ja, prima. Zu einem Hofflohmarkt. Wally laden wir da aber besser nicht ein.« Ihr kehliges Lachen.

»Sie können die Sachen auch spenden.« Emily. »Es gibt haufenweise Wohltätigkeitseinrichtungen. Dafür gibt es auch einen Steuernachlass. Ich kann eine raussuchen, die die Sachen abholt.«

»Eigentlich sollte ich den ganzen Scheißdreck packen und in Wallys verdammten ...« Eine Weile war es still. »Glauben Sie, es gibt auch Wohltätigkeitsorganisationen, die vorbeikommen und *ihn* mitnehmen? Aber vielleicht ist er ja auch nur ein wertloses Teil dieser – wie haben Sie es genannt – braunen Möbel. Vielleicht sollte ich ihn besser einfach vom Dach schmeißen.«

Jetzt war Emilys Gelächter zu hören. Hatte sie das wirklich witzig gefunden? Frank versank neben ihr in seinem Stuhl, während man sie weiter lachen hörte und Quinn einstimmte. Gackernd und johlend. Frank starrte Emily mit großen Augen an, verletzt und fassungslos. Emily wäre am liebsten unter den Tisch gekrochen.

Quinns Stimme war wieder zu hören. »Oder ihm Giftpilze in die Lasagne mischen.« Ein gackernder Ton. »Oder ihn aus Versehen überfahren. Rrrmm. Ups! Mein Fehler!« Emily erinnerte sich, wie Quinn dabei über die Schulter geschaut und dabei so getan hatte, als hielte sie ein Steuerrad umklammert.

Das Anstoßen von Gläsern. Dann Emilys Stimme. »Auf ›Bis dass der Tod uns scheidet‹.«

»Auf Dinge, die einem so zustoßen.« Quinns Stimme. »Vielleicht wäre es aber auch besser, einen Auftragskiller anzuheuern, einen vollkommen Fremden, dann wäre man das Problem los.« Nach einer Pause. »Könnten Sie das?«

Dann ein Klicken, und die Wiedergabe wurde gestoppt. In der darauffolgenden Stille starrte Emily auf die Tischplatte, auf den gesprenkelten Resopaltisch, der pockennarbig war und sich an den Rändern aufbog. Langsam hob sie den Blick. Frank kaute auf seinem Daumennagel herum und blickte finster drein.

»Frank, ich habe nicht …«

Sie streckte den Arm nach ihm aus. Er zog seinen Arm zurück und gebot ihr still zu sein.

In diesem Augenblick wurde die Tür zu dem kleinen Raum geöffnet, und Sergeant Stanley trat ein. Stanley blickte zu Emily herunter, dann mit unverhohlenem Mitleid hinüber zu Frank.

Frank schlug die Beine übereinander, kreuzte die Arme vor der Brust und lehnte sich zurück. »Diese Aufnahme ist als Beweismittel ungültig. Meine Frau hat nie ihre Zustimmung gegeben. Das kann vor Gericht nicht verwendet werden.«

»Ich war mir gar nicht bewusst, dass wir uns in einem Gerichtssaal befinden, Herr Rechtsberater«, antwortete Sergeant Stanley mit spöttischem Ernst. »Trotzdem ziemlich interessant, finden Sie nicht? Verrät einiges über die Gesinnung Ihrer Frau.« Er zog scharrend einen Stuhl über den Boden und nahm Platz. Dann wandte er sich an Emily: »Mrs Newell wusste, dass sie niemals ungestraft ihren Gatten umbringen könnte. Aber Sie, eine vollkommen Fremde, Sie konnten das. Ich frage mich, was sie Ihnen zum Dank versprochen hat.« Er ließ das eine Weile wirken, dann sah er Frank an. »Mr Harlow, an Ihrer Stelle wäre ich vorsichtig. Denn wie es aussieht, haben Mrs Newell und Ihre Frau einen Plan ausgeheckt.«

Frank saß völlig erstarrt auf seinem Stuhl. Emily konnte sehen, dass er wütend war, dass Ärger sich in ihm aufgestaut hatte, der angespannte Kiefermuskel war der einzige Hinweis, dass er sich nach dem Schlag, den er gerade eingesteckt hatte, erst selbst beruhigen musste.

»Die Testergebnisse sind da«, fuhr Stanley fort, immer noch an Frank gewandt. »Die Teppichfasern, die wir im Kofferraum des Wagens Ihrer Frau gefunden haben? Sie passen zu dem Teppich, in den Walter Newells Leiche eingewickelt war. Wenn Sie möchten, kann ich Ihnen den Bericht gern zeigen. Dort werden auch die Aufnahmen der Überwachungskamera bestätigt, die zeigen, wie Mrs Harlow eine Leiche in dem Lager abgeladen hat.«

»Diese Aufnahmen beweisen nur …«, fing Emily an.

»Antworte nicht darauf«, sagte Frank.

»… dass sich der Teppich in meinem Auto befand. Nicht, dass ich ihn dort hineingelegt habe und schon gar nicht, dass ich die Fahrerin bin. Frank weiß das. Ich habe geschlafen.«

»›Frank weiß das, ich habe geschlafen‹«, wiederholte Stanley ihre Worte. »Sie wollen also sagen, dass jemand, sagen wir eine unbekannte Person, Ihr Auto genommen und es zum Transport von Mr Newells Leiche benutzt hat?« Er machte eine Pause. »Okay. Nehmen wir einmal an, es ist so. Wer könnte das gewesen sein? Es müsste jemand sein, der die Autoschlüssel hatte oder wusste, wo er sie finden konnte.« Sein Blick wanderte zu Frank.

»Frank weiß überhaupt nichts von dem Teppich«, sagte Emily. »Aber ich schon. Ich kann Ihnen sogar sagen, woher der Teppich stammt. Er lag …«

»Emily!« Franks Stimme hallte in dem Raum wider. Er drückte ihren Arm. »Lass dich nicht kirre machen von …«, sagte er flüsternd, verstummte dann und fragte Sergeant Stanley: »Könnten meine Frau und ich einen Augenblick miteinander reden? Allein?«

»Das muss Ihre Frau entscheiden«, sagte Stanley. »Entschuldigen Sie, ich meinte, Ihre Klientin.«

Emily nickte Stanley zu. Stanley erhob sich und ging mit einem Blick auf seine Uhr zur Tür. »Fünf Minuten.« Bevor er die Tür schloss, drehte er sich noch einmal um. »Mrs Harlow, ich sagen Ihnen das nur, weil ich es gut mit Ihnen meine. Aus meiner Erfahrung ist es keine gute Idee, mit seinem Anwalt verheiratet zu sein. Sagen Sie nicht, es hätte Sie niemand gewarnt.« Er ging und schloss die Tür hinter sich.

»›Sagen Sie nicht, es hätte Sie niemand gewarnt.‹ Arschloch«, murmelte Frank in die hohle Hand. »Und das war alles viel zu leicht. Er hat unser Gespräch nicht einmal aufgezeichnet. Sonst hätte er uns darüber informiert.«

Frank fischte sein Smartphone aus der Tasche, ging auf einen Radiosender und drehte den Ton laut. Dann legte er das Handy neben den Lautsprecher auf den Tisch, kehrte mit seinem Stuhl dem Spiegel den Rücken zu und wartete, bis Emily sich ebenfalls umgedreht hatte. CNN brachte gerade den Wetterbericht. Hitze. Hohe Luftfeuchtigkeit. An manchen Orten Gewitterneigung.

Die Nachrichtensendung war so laut gestellt, dass Emily Franks leise Stimme kaum hören konnte. »Wir wissen nicht, wo er das herhat. Was er sonst noch herausgefunden hat, von dem er uns aber nichts erzählt. Denn wenn wir das für bare Münze nehmen, kommt einiges zusammen. Kisten aus dem Lager tauchen in meinem Keller auf. Und jetzt hat sich offenbar noch dazu der Teppich, in den die Leiche eingewickelt war, *tatsächlich* in deinem Auto befunden.«

»Ich weiß, woher der Teppich stammt«, wisperte Emily, als ein CNN-Kommentator die Zuschauer durch eine Katzen-Messie-Wohnung in Brooklyn führte, die zwangsgeräumt wurde. »So ein ähnlicher lag in Newells Garage.«

»Ein ähnlicher?« Frank legte den Kopf schräg, kniff die

Augen zusammen und dachte nach. »Wird dir das helfen?« Er kaute einen Moment auf seiner Unterlippe. »Wenn man alles zusammenzählt, weist es darauf hin, dass du in die Sache verstrickt bist. Wenn nicht in den Mord an Newell, dann in den Abtransport der Leiche. Nehmen wir einmal an, ich als Polizist würde diese Aufnahme hören, in der du und diese Frau darüber redet, wie ihr euch am besten eurer Ehemänner entledigt. Dann wäre der nächste Schritt nicht allzu weit, mir vorzustellen, wie ihr beide einen noch einfacheren Plan ausheckt. Bring du ihren Ehemann um und lass es so aussehen, als hätte *ich* es getan. Zwei Ehemänner zum Preis von einem.«

Es dauerte eine Weile, bis diese Logik Emily in den Kopf ging. »Ich denke, der Teppich wurde in mein Auto gelegt, um *mich* zu belasten.«

Frank erwiderte: »Und die Kisten mit den Beschlägen? Im Keller platziert, um *mich* zu belasten.«

Einen Augenblick lang war Emily sprachlos. »Du wirst doch wohl nicht glauben, dass ich ...«

»Natürlich nicht.« Frank sah auf seine Uhr, eine Erinnerung daran, dass Stanley ihnen bloß fünf Minuten gegeben hatte. »Und du wirst ja wohl nicht glauben, dass ich ...«

»Dass du was?« Dass er sie betäubt hatte, sodass er sich nachts aus dem Haus schleichen konnte? Kisten aus Murphys Lager gestohlen hatte? Quinn geholfen hatte, jemanden anzuheuern, um ihren Mann umzubringen? Ihr selbst dabei geholfen hatte? Es war erschreckend, wie leicht Emily die Fakten verdrehen könnte, so dass jedes dieser Szenarien passen würde.

»Glaubst du, die Polizei weiß über Quinns ersten Ehemann Bescheid?«, fragte Emily. Frank wollte gerade nach dem Smartphone greifen, um die CNN-Nachrichten auszuschalten, doch er hielt mitten in der Bewegung inne. »Oder über diese Sammlung von Email-Reklameschildern und Illustrationen, die sie bei sich zu Hause hängen haben? Das ist alles sein Besitz gewesen, nicht Walter Newells.«

Frank schwieg eine Weile. »Sie war schon einmal verheiratet?«

»Schon einmal verheiratet. Schon einmal verwitwet. Und soweit ich weiß, wartet schon ein Dritter in den Kulissen. Vielleicht ist das Ryans Rolle in dem ganzen Schauspiel. Oder Rafe Bartoks.« *Oder deine?*

Emily konzentrierte sich so auf Franks Reaktion, dass sie nicht bemerkte, wie die Tür des Befragungszimmers geöffnet wurde. Hinter ihr fragte Sergeant Stanley: »Wer ist Rafe Bartok?«

Ehe Emily antworten konnte, sagte Frank: »Emily!«

Doch sie ignorierte Frank und wandte sich Sergeant Stanley zu. »Rafe Bartok ist der Mann, der in dem Coffee Shop am Square auftauchte. Er war als Walter Newell verkleidet, und er fuhr Walter Newells Auto. Um sicherzugehen, dass man ihn gesehen hatte, rammte er mein Auto und ließ jemanden den Zwischenfall bei der Polizei melden.«

38

Stanley saß in dem kleinen Verhörzimmer Emily gegenüber am Tisch. Er beugte sich vor. »Weiter.«

»Das ist genug!« Frank sah aus, als werde er gleich explodieren.

»Ich werde Ihnen die Frage beantworten, wer Rafe Bartok ist«, sagte Emily, ohne Franks Einwurf zu beachten, »Wenn Sie mir zuerst eine andere Frage beantworten.«

»Einverstanden. Schießen Sie los«, sagte Stanley.

»Wann *könnte*, laut Ihrem Rechtsmediziner, Walter Newell gestorben sein? Vergessen Sie die Überwachungskameras. Vergessen Sie die Farbkratzer. Seien Sie offen und ehrlich zu mir, wenn Sie es nicht wissen, dann sagen Sie es. Was erzählt Ihnen die Leiche?«

Frank drückte sich vom Tisch ab.

»Was meinen Sie denn?«, sagte Stanley und sah Emily mit zusammengekniffenen Augen an.

»Ich denke, Ihr Rechtsmediziner hat seine Arbeit gründlich gemacht, aber vielleicht wäre er zu einem anderen Schluss gekommen, wenn er alle Fakten gekannt hätte. Ich wüsste gern, was der früheste Zeitpunkt ist, an dem Walter Newell gestorben sein *könnte*. Wie groß ist das Zeitfenster? Wie sicher ist er in seinem Urteil? Denn zu dem Zeitpunkt, da sich Walter Newell vermeintlich auf einer Auktion in Hyannis befand, und später, als er auf der Rückfahrt angeblich in einem größeren Verkehrsstau steckte, wie Sie mir selbst sagten, und noch später, als er angeblich am Square mein Auto rammte und dann am städtischen Kai überfahren wurde – ist es möglich, dass er da schon tot war?«

Stanley stemmte einen Ellbogen auf den Tisch, stützte das

Kinn auf die Fingerknöchel und sah sie beide prüfend an. »Und das sagt uns die Autopsie?«

»Das ist doch verrückt«, sagte Frank. »Walter Newell war auf dieser Auktion. Er hat sich angemeldet, nicht wahr?«

Was war mit *Stell keine Vermutungen an. Gibt keine Informationen preis*?

Stanley legte den Kopf schief, um Frank anzusehen und nickte bedächtig. »Er hat sich angemeldet.«

Frank erwiderte: »Bedeutet das dann nicht, dass ...«

»Es bedeutet überhaupt nichts«, sagte Emily. »Alles, was du brauchst, um dich bei einer Auktion anzumelden, ist eine Kreditkarte. Wenn er bei der Auktion seine Kreditkarte hat, warum hat er sie dann nicht später am Abend benutzt, um seinen Kaffee zu bezahlen?«

»Glauben Sie wirklich, dass jemand zu der Auktion gegangen ist und sich dort als Walter Newell ausgegeben hat?« Sergeant Stanley lehnte sich zurück. Das Ganze schien ihm Spaß zu machen. Letztendlich machten sie seinen Job.

»Vielleicht«, sagte Emily. »Rauch und Spiegel und Männer, die Bärte und Baseballmützen und getönte Brillen tragen. Was ich wissen will, ist, kann man von der Leiche, und nur von der Leiche, darauf schließen, wann er frühestens gestorben sein könnte?« Sie sah zuerst Sergeant Stanley an, dann Frank: »Hat jemand ein Problem damit?«

Frank sagte nichts, sein Gesicht war starr.

»Schön und gut.« Stanley erhob sich. »Geben Sie mir fünf Minuten. Ich bin gleich wieder da.«

Sobald er den Raum verlassen hatte, drehte Frank sich zu Emily um und schnaubte verärgert. »Ich hoffe nur, du weißt, was du tust.«

Emily gebot ihm zu schweigen und deutete auf den Spiegel. Sie zählte auf Stanley und nahm an, er werde sich auf ihre Seite schlagen und eine Erklärung für die große Menge an Eiswürfeln finden.

Eine zähe Minute verging. Dann noch eine. Nach fünf weiteren blickte Emily zur Tür. »Was haben die deiner Meinung nach vor?«

»Das ist eine bewährte Technik«, sagte Frank. »Mitten in der Befragung verschwinden. Ihre Art, mit uns zu spielen. Erinnerst du dich an den Tag, als du dein erstes Auto gekauft hast?«

Ihr »erstes« war ein Honda, den sie immer noch fuhr. Bei den Verkaufsverhandlungen hatten sie sich übertölpeln lassen. Nach ihrem niedrigen Erstgebot sagte der Verkäufer, er müsse das erst mit dem Manager besprechen, verschwand und ließ sie über eine Stunde schmoren. Sie konnten nicht einfach gehen, weil er die Schlüssel des Autos mitgenommen hatte, das sie in Zahlung geben wollten – ein Erbstück von Franks Mutter. Damals hatte Frank noch keine besondere Vorliebe für protzige Autos besessen.

»Glaubst du, genau das macht er gerade? Versucht uns weichzukochen?«, fragte Emily.

»Ich würde eher sagen, der lässt uns einfach hängen.«

Doch gleich darauf kehrte Stanley mit einem Aktenordner und düsterem Blick zurück. Er öffnete den Ordner und holte einen kleinen Papierstapel heraus. »Hier ist der Autopsiebericht. Ich werde Ihnen das Fazit vorlesen.« Er blätterte zu einer der letzten Seiten. »Basierend auf der Körpertemperaturmessung, der Leichenstarre, den Leichenflecken und dem Mageninhalt, ungefährer Todeszeitpunkt: zwischen Sonntag, 4. August, zwanzig Uhr, und Montag, 5. August, acht Uhr. Unmittelbare Todesursache: traumabedingtes Ersticken nach einer Aufprallverletzung der Brust. Todesart ...«, er blickte zu Emily, »Mord.«

Emily schluckte. »Zwischen zwanzig Uhr abends am Sonntag und acht Uhr am Montag«, sagte sie. »Das ist ein Zeitfenster von zwölf Stunden.«

Stanley schloss den Aktenordner. »Im Allgemeinen versuchen wir präzisere Ergebnisse zu erzielen. Doch die Leiche lag im Wasser. Das verzögert das Einsetzen der Totenstarre. Der Auffindeort gleicht einem warmen Ofen. Die Leiche hatte dort offenbar eine Weile gelegen, was den Verwesungsprozess beschleunigt.«

»Dann ist das Zeitfenster also in Wahrheit nur geraten«, sagte Emily.

Stanley nickte.

»Und entsprechend dieser Annahme bleibt ihm genügend Zeit«, fuhr Emily fort, »sich für die Auktion anzumelden, und der Zeuge hat Zeit, der Polizei zu berichten, dass er mein Auto gerammt hat?«

»Bei dem Unfall mit Fahrerflucht«, sagte Stanley, »wurde Walter Newell zum letzten Mal von jemandem lebend gesehen, den Mörder einmal ausgenommen.«

»Nein«, sagte Emily, »das war das letzte Mal, dass jemand Walter Newells *Auto* gesehen hat.«

Stanley streckte die offenen Handflächen gen Himmel und gestand damit ein, dass sie einen Punkt gemacht hatte.

»Ist es denkbar, dass Walter Newell früher getötet und seine Leiche in Eis gepackt wurde?«, wollte Emily wissen.

Es wurde still im Raum. Stanley blinzelte. Kniff die Augen zusammen. »Dazu würde man sehr viel Eis benötigen.«

»Ganz gewiss«, sagte Emily. »Und gesetzt den Fall, welchen Einfluss hätte das auf den geschätzten Todeszeitpunkt?«

»Da müsste ich einen Experten fragen.«

»Ich bitte Sie. Sie wissen genauso wie ich, dass es das Zeitfenster nach vorn verlagern würde. Wie weit nach vorn?«

Frank griff nach ihr. »Im Ernst, Emily, wir müssen miteinander reden. Das ist ziemlich abwegig.«

Sie löste seine Finger, die ihren Arm umklammerten, und wandte sich Stanley zu. »Mein Mann ist in Sorge, weil jemand den Kofferraum seines Wagens mit leeren Fünf-Kilo-Pack-Plastiktüten für Eiswürfel vollgestopft hat. Und es waren ziemlich viele. Er dachte, ich hätte das getan.«

»Aber das haben Sie nicht«, sagte Stanley.

»Natürlich nicht.«

»Plastiktüten.« Stanley setzte sich zurück. »Haben Sie sie noch?«

»Ich habe sie angefasst«, sagte Frank. »Emily hat sie auch angefasst.«

Und der Mörder ebenso. »Sind sie nicht in deinem Auto?«, fragte Emily Frank.

»Nicht mehr«, sagte Frank. Er schluckte. »Ich habe sie auf dem Weg hierher entsorgt.«

»Sie ...«, Stanley schüttelte den Kopf. »Wo denn?«

»In einem Container hinter dem 7-Eleven-Supermarkt.«

»In South Maine?«

Frank nickte.

Stanley drehte sich zum Spiegel um und gab jemandem auf der anderen Seite ein Zeichen. »Ich schicke gleich einen Beamten dorthin.« An Frank gewandt, sagte er: »Und ich hoffe sehr für Sie, dass sich die Plastiktüten noch dort befinden. Vernichtung von Beweismaterial in einem Mordfall?« Er musterte Frank kritisch. »Überflüssig, Ihnen zu sagen, dass das ein Rechtsbruch ist. Darauf stehen bis zu zwanzig Jahre Gefängnis.«

Er wandte seine Aufmerksamkeit wieder Emily zu. »Sie möchten also andeuten, dass Walter Newell früher von der Auktion zurückkam?«

»Oder gar nicht dort war. Jemand hätte mit Leichtigkeit seinen Ausweis und seine Kreditkarte benutzen und ihn anmelden können.«

Diesen Punkt griff Stanley auf und wandte mit zusammengekniffenen Augen ein: »Aber er war schon tot, seine Leiche in Eis gepackt. Jemand anders ist mit seinem Auto zum Coffee Shop gefahren, sorgte dort für ein wenig Auffuhr, rammte Ihren Wagen, fuhr dann zum Kai und ließ den Wagen dort stehen.«

»Rafe Bartok«, sagte Emily. »Das ist der Mann, der im Coffee Shop in mich hineingerannt ist.«

»Und Sie wissen das ... woher genau?«

Emily hütete sich, kaffeefleckige Slipper als Beweis heranzuziehen. Und sie erinnerte sich an das Versprechen, das sie Ana Perez gegeben hatte.

»Das können Sie selbst überprüfen«, sagte sie. »Sehen Sie nach, welche Einkäufe er mit seiner Kreditkarte getätigt hat. Ich wette, er hat sie benutzt, um einen Venti zu bezahlen. Heiß. Schwarz. So gegen halb zehn in der Java Connection.«

Stanley nickte nachdenklich. »Also einmal angenommen, Walter Newell starb, sagen wir, einen Tag früher, wo waren Sie am Samstag?«

Ehe Emily antworten konnte, war Frank aufgesprungen. »Genug. Meine Frau ist bereits mehr als entgegenkommend gewesen. Emily?« Er war aus der Tür, noch ehe Emily sich von ihrem Stuhl erhoben hatte.

Emily starrte Sergeant Stanley an, der seine Frustration nicht verbergen konnte. »Sie haben keinen blassen Schimmer, wer Walter Newell getötet haben könnte, stimmt's?«, fragte sie.

»Wir ...« Stanley wirkte erschüttert, »Wir wollen es mal so sagen: Die Informationen, die Sie uns heute Abend gegeben haben, waren extrem hilfreich. Zurzeit habe ich keine weiteren Fragen an Sie. Nur noch einen Rat.« Er sah sie lange fest an. »Passen Sie auf sich auf!«

39

Es war Nacht, und die Grillen zirpten im Chor. Als Emily das Polizeigebäude verließ, sah sie Frank auf dem Parkplatz im Auto sitzen. Das Deckenlicht war eingeschaltet, die Fenster waren hochgekurbelt. Frank saß vornübergebeugt auf dem Vordersitz, das Handy ans Ohr geklemmt. Wartete er? Er hörte zu. Im nächsten Moment richtete er sich auf und drehte sich um, redete lebhaft und stach mit dem Zeigefinger in die Luft, um seinen Argumenten Nachdruck zu verleihen, wer auch immer sich am anderen Ende befinden mochte. Sie machte ihn durch die Windschutzscheibe auf sich aufmerksam. Er hob einen Finger. Dann wandte er das Gesicht von ihr ab.

Schließlich hörte Emily ein Klicken – die Türen wurden entriegelt. Frank ließ das Fenster herunter. »Tut mir leid«, sagte er. »Ich wollte dich nicht allein zurücklassen. Ich wünschte nur, du hättest ihnen das mit den Eiswürfelverpackungen nicht verraten.«

»Ich wünschte, du hättest sie nicht beim 7-Eleven entsorgt«, schoss Emily zurück.

»Habe ich ja gar nicht. Ich wollte Zeit gewinnen, damit wir die Tüten vernichten und die Kisten in das Lager zurückbringen können.« Ein Polizeiwagen verließ mit heulenden Sirenen den Parkplatz. »Ich denke, du hast Recht. Die Eiswürfelpackungen. Die Kisten. Auch der Teppich in deinem Auto. Das alles wurde dort platziert, um dich zu belasten. Oder mich. Oder uns beide.«

Frank beugte sich über den Sitz und drückte die Beifahrertür auf.

»Na los, steig ein. Es wird nicht lange dauern, bis sie merken, dass es keine Verpackungen in dem Container gibt. Sie werden zurückkommen, um unser Haus und unsere Autos zu untersuchen. Wir müssen sichergehen, dass sie diesmal nichts finden.«

Emily zögerte. »Mit wem hast du gerade telefoniert?«

»Ryan. Ich wollte ihm eine kleine Vorwarnung geben für den Fall, dass du und ich noch einmal vorgeladen werden. Vielleicht müssen wir uns verschiedene Anwälte nehmen. Ich habe ihn gebeten, ein paar Anrufe zu erledigen.« Er ließ es so alltäglich klingen, als ginge es nur darum, für eine verstopfte Leitung einen Klempner zu bestellen.

Passen Sie auf sich auf. Stanleys Warnung kam ihr wieder in den Sinn. Sie sagte: »Bist du sicher, dass du Ryan vertrauen kannst? Er ist derjenige, der den Kontakt zwischen Quinn Newell und uns hergestellt hat. Dann hat er mir erzählt, er helfe Quinn nur, weil *du* ihn darum gebeten hättest. Er hat das Baseballspiel früher verlassen. Er hätte zurückfahren und Quinn helfen können, ihren Mann zu töten und die Leiche zu verstecken.«

Frank antwortete nicht sofort. »Emily, Ryan ist zurzeit die geringste unserer Sorgen. Ich glaube, du bist dir nicht im Klaren, in was für einem Schlamassel du enden könntest. Und wenn sich herausstellt, dass alles in diesem Lager Diebesgut ist?«

Genau danach sah es allmählich aus. Emily musste schlucken. »Aber wir geben, sofern das möglich ist, alles den Bibliotheken zurück, aus denen die Sachen gestohlen wurden.«

»Was möchtest du darauf wetten, dass deine Kundin eine Vereinbarung treffen und im Gegenzug gegen dich aussagen wird?«

Eine Brise war aufgekommen, und als Emily zum offenen Autofenster hinausstarrte, wehte es ihr das Haar ins Gesicht. Frank hatte Recht. Mrs Murphy würde ihr Eigeninteresse an erste Stelle setzen.

»Wir müssen diese Kisten zurückbringen, und zwar jetzt«,

sagte Frank. »Wenn sie irgendwo anders als in diesem Lager gefunden werden, wird man dich wegen Hehlerei anklagen. Und nicht nur dich. Deine Mutter und Becca, ihr alle könntet angeklagt und ins Gefängnis geschickt werden. Du weißt, wie man das Lager öffnet und wohin die Kisten zurückgestellt werden müssen. Na los. Ich kann das nicht ohne dich tun.«

Er hatte Recht. Wenn sie jetzt nicht handelten, könnten sie alle in Gefahr geraten. Emily stieg ins Auto.

»Wohin muss ich fahren?«, fragte Frank.

Emily wies ihm mit dem Finger die Richtung. Frank gab auf dem Weg zur Hauptstraße kräftig Gas. »Fahr weiter geradeaus, bis du den Kai passiert hast. Dann rechts über die Brücke und auf der anderen Uferseite wieder zurück.«

Frank fuhr durchs Stadtzentrum. Emily war erleichtert, dass vor der Java Connection keine Polizeiwagen standen. Frank legte seine Hand auf Emilys Bein. »Geht's dir gut?« Sie drehte sich um und sah ihn an. Ihr ging es nicht gut, ihm aber auch nicht. Die Sehnen seiner Handgelenke spannten sich, während er das Steuer gepackt hielt.

Emily holte ihr Telefon heraus und schrieb ihrer Mutter eine Nachricht.

Fast fertig. Bin in 30 Minuten zu Hause.

Dann steckte sie das Handy in den Getränkehalter zwischen den Sitzen, lehnte sich zurück und schloss die Augen. Sie dachte erneut über die Beweislast nach. Ein verlassenes Auto mit einer eingedellten vorderen Stoßstange. Eine Pilotenbrille mit gelben Gläsern. Eine Bieterkarte, die an einem Ort gefunden wurde, wo sie nicht hingehörte. Ein zusammengerollter Teppich in einer Wasserpfütze. Leere Eiswürfelpackungen. Kartons mit Vintage-Türknäufen und Schalterabdeckungen. Eine Vertuschung, die nur von zwei Personen aufgedeckt werden könnte – zwei Personen, die Zugang zu

Murphys Lager, zu Emilys Wagen und zu ihrem Haus gehabt hatten. Hinter Emilys Augenlidern tanzte ihr Geschäftslogo: ein hochhackiger Stiefel, der ein Videotape wegkickt. Das sich aufspulende Band verwandelte sich in abgetrennte Körperteile – ihren eigenen Kopf, Rumpf, Arme und Beine.

Emily schlug die Augen auf, als Frank wendete, durch das Haupttor von Inner Peace Storage fuhr und direkt auf Murphys Lager zusteuerte. Er parkte gleich dahinter, unterhalb der Überwachungskamera. Angst kribbelte Emily im Nacken. Woher wusste er, welche Einheit die richtige war?

Frank schaltete den Motor aus, machte den Kofferraum auf und stieg aus. Panisch vor Angst blieb Emily im Auto sitzen. Er musste schon mal hier gewesen sein. Und ihr wurde klar, dass niemand außer Frank wusste, wo sie gerade war. Zumindest Lila und Becca sollte sie eine Nachricht schicken.

Sie griff nach ihrem Handy, aber es war nicht mehr im Getränkehalter. Sie tastete den Boden ab. Durchsuchte ihre Packtasche. Kein Telefon. Frank macht sich so vehement im Kofferraum zu schaffen, dass das Auto wackelte. Emily griff unters Steuerrad und wollte den Autoschlüssel abziehen, aber auch der war weg.

Der Kofferraumdeckel wurde zugeknallt, und Frank tauchte mit einem Scheibenkratzer mit langem Griff auf, an dessen Ende eine Plastiktüte hing. In der anderen Hand hielt er einen Stift. Nein, das war kein Stift. Von der Spitze wurde ein grüner gebündelter Lichtstrahl abgeschossen. Es war ein Laserpointer.

Frank zielte mit dem Laserstrahl auf die Überwachungskamera, sobald er in deren Sichtfeld trat. Dann versuchte er sie mit dem Scheibenkratzer zu erreichen. Drei Versuche waren nötig, bis es ihm gelang, die Kameralinse mit der Plastiktüte abzudecken. Dann ging er erneut zum Kofferraum und kam mit den beiden Kisten von Mr Murphy zurück. Er klopfte ans Seitenfenster. »Wie lautet die Zahlenkombination?«

Emily nahm ihre Packtasche und stieg aus. Weit und breit war niemand in Sicht; die Anlage erinnerte nun an einen Friedhof, die einzelnen Lagereinheiten an ungepflegte Gräber. Sie warf einen Blick zu der Überwachungskamera, deren Linse jetzt von einer Plastiktüte verhüllt war, die einst fünf Kilo Eis enthalten hatte.

»Frank, hast du mein Handy gesehen?«, fragte sie.

»Schon wieder? Das verlierst du aber auch ständig.«

Emily antwortete gar nicht erst darauf. Sie erinnerte sich an die Zahlenkombination, die Becca ihr genannt hatte. Sie ging hinüber zum Schwingtor des Lagers, bückte sich und gab den Code ein. Das Schloss sprang auf. Frank langte an ihr vorbei nach dem Türgriff, ließ die Tür nach oben gleiten und schaltete das Licht an. Auf dem Boden lagen immer noch Bücher und Rollen in Dutzenden von Stapeln, genau wie am Morgen.

Sie blieb zurück und ließ Frank vorgehen.

»Wo kommen die hin?«, fragte er.

Sie deutete auf eines der nun halbleeren Regale. Er stellte die Kisten ab und wollte schon wieder hinausgehen, als er erstarrte und sein Kopf in höchster Alarmbereitschaft nach oben schnellte. Er sah sich um, scannte die Regale ab. Emily wusste sofort, was geschehen war. Obwohl der Ventilator auf höchste Stufe geschaltet war, hatte sein Brummen das Klicken der Blende nicht übertönt.

Zuerst hatte er die Kiste, in der Emily die Kamera versteckt hatte, nicht bemerkt. Als dann die Blende klick machte, eben doch.

»Was zum Teufel ...« Vorsichtig griff er nach oben und holte die Kiste vom obersten Regal. Das mit der Wandsteckdose verbundene Kabel hing auf der Rückseite herunter. Frank zog den Stecker. Öffnete den Deckel. Kam aus dem

Lager und reckte ihr schroff die Kiste hin. »Hast du das da eingebaut?«

»Natürlich habe ich das«, sagte Emily. Sie nahm die Kiste, hob die Kamera heraus und zog das Kabel ab.

Frank starrte die Kamera an. »Warum hat die Polizei sie nicht gefunden?«

Sie starrte Frank an. Der Kiefer war angespannt, die Fäuste waren geballt. Er dachte, die Kamera wäre schon vor Tagen angebracht worden, als Emily das Lager zum ersten Mal geöffnet hatte, bevor jemand Walter Newells Leiche dort abgelegt und das Schloss ausgetauscht hatte.

»Ich nehme an, sie wussten nicht, wonach sie suchen sollten«, sagte Emily und spielte das Spiel weiter. »Einer der Security-Leute hat gesagt, er habe eine Frau hier im Lager ein und aus gehen sehen. Da habe ich die Kamera aufgebaut. Wir wollten uns nicht der Gefahr aussetzen, dass man uns des Diebstahls beschuldigt.«

Das klang plausibel. Und wäre tatsächlich eine hervorragende Idee gewesen, wenn sie doch nur so vorausschauend gewesen wäre.

»Habt ihr jemanden erwischt?« Frank griff nach der Kamera.

»Dann wollen wir mal. Lass mich mal nachsehen.« Ihr Herz pochte so heftig, dass sie sich wunderte, dass Frank es nicht hören konnte. Sie drehte sich von ihm weg und trug die Kamera auf die Gasse hinaus. Sie drückte auf PLAY. Das erste Bild war verwackelt und überbelichtet und sah aus wie eine Nahaufnahme von Franks Shirt, aufgenommen in dem Moment, als Frank den Deckel der Kiste geöffnet hatte.

»Da bist du ja«, sagte sie. Frank wirkte entsetzt. »Gerade eben.«

»Lass mich sehen«, sagte er in harscherem Tonfall.

Sie drehte den LCD-Bildschirm, damit er es kurz mit ansehen konnte, und ließ dann ein, wie sie hoffte, unbeschwertes Lachen erklingen. »Dein Shirt und ... sieht aus wie dein Daumen.« Sie drückte erneut auf PLAY. Das vorherige Bild wurde angezeigt: Frank, wie er eine der Kisten aufs Regal stellte. Das Bild davor war vollkommen schwarz – das dunkle Innere des geschlossenen Lagers, aufgenommen, bevor sie die Tür geöffnet hatten.

Emily scrollte zurück durch eine Reihe von Bildern, auf denen das gleiche dunkle Nichts zu sehen war, während die Zeitanzeige in Sprüngen von einer Minute zurückschaltete.

»Was?«, sagte Frank und stellte sich neben sie. Sie hielt den Bildschirm so, dass er nichts sehen konnte. »Immer noch alles schwarz.« Sie klickte weiter zurück, bis eine Aufnahme kam. »Aber ...warte mal.« Da war eine Person im Bild. Eine von hinten angestrahlte, nur in Umrissen zu erkennende Gestalt stand in der halboffenen Tür. Laut Zeitanzeige war das Bild vor wenigen Stunden aufgenommen worden. »Ich kann nicht erkennen, wer es ist. Es sieht aus, als würde jemand das Lager absperren. Ein Mann.«

»Emily.« Auf Franks Stirn prangten jetzt Schweißperlen.

Auf dem nächsten Bild, das eine Minute davor aufgenommen wurde, war die Tür zum Lager weit geöffnet. Im Vordergrund erkannte Emily Mrs Murphy. Sie stand bei der Werkbank und öffnete eine Dokumentenrolle. Etliche weitere Rollen lagen auf der Werkbank.

Als Emily das nächste, noch frühere Bild sah, fiel ihr fast die Kamera aus der Hand. Wieder war Mrs Murphy zu erkennen, doch neben ihr stand ein Mann mit dem Profil zur Kamera. Er war größer als sie, und die Deckenlampe brachte seine silbrige Schmalztolle zum Leuchten. Er sah aus wie der Mann auf dem gerahmten Foto, das auf Mrs Murphys Klavier stand – ihr angeblich verstorbener Ehemann.

Das Bild war scharf genug, um zu erkennen, dass ein ... nein, zwei Dokumente auf der Werkbank auslagen. Zwei

Landkarten von ähnlicher Größe. Mr Murphy hielt sie mit flacher Hand nieder.

Emily zoomte heran. Obwohl die Auflösung mies war, konnte man erkennen, dass es die gleichen Landkarten waren. Die eine alt, die andere neu? Sie erinnerte sich an das, was ihre Mutter ihr über die Fälschungen alter Landkarten erzählt hatte, Drucke auf altem Papier, bei denen diese fortgeschrittene Technologie verwendet wurde, die sogar die Experten täuschen konnte.

»Und? Was kannst du sehen?«, fragte Frank.

Emily klickte zurück, dann wieder vor. Mrs Murphy hatte die Rolle nicht geöffnet, sie hatte sie geschlossen. Und sie hatte eine der beiden Landkarten hineingesteckt, hatte eine behalten und die andere versiegelt. Es war nicht schwer zu erraten, welches Exemplar sie behalten und welches der Bibliothek zurückgeben würde. Es war ein sauberer Trick, und wahrscheinlich wäre sie damit durchgekommen, vor allem, wenn Lila sich weiter für sie eingesetzt hätte.

»Menschen können einen wirklich überraschen, nicht wahr?«, sagte Emily und sah Frank an. »Und zwar nicht positiv.«

Frank war blass geworden. »Du musst diese Bilder vernichten.«

Er griff nach der Kamera, aber Emily hielt sie fest und wich zurück. Er zog in die eine Richtung, sie in die andere. Plötzlich entglitt der Apparat ihren Händen und landete mit Karacho auf dem Asphalt.

Frank stürzte sich darauf. Hob sie auf. Als er die Kamera im Licht der Straßenbeleuchtung umdrehte, wurde ein Netz von Sprüngen in der Linse sichtbar. Er warf den Apparat zu Boden und trat mit dem Absatz darauf herum, bis der Bildschirm splitterte, das Gehäuse auseinanderbrach und dabei Leiterplatten und Drähte ausspuckte.

Emily rang nach Luft, als eine Welle tiefer Traurigkeit sie

überrollte. Sie trauerte nicht ihrer Kamera nach, die konnte man ersetzen. Auch nicht den Bildern, die Mrs Murphy als Diebin, Schwindlerin und Betrügerin entlarvten. Sie war nicht einmal verwitwet.

Nein, Emily war traurig wegen Frank – des Franks, den sie geheiratet hatte. Des Franks, der sich zu ihrer Hochzeit seinen ersten Nadelstreifenanzug gekauft hatte. In dem er ganz steif und mit nicht zu bändigenden Haaren vor dem Pfarrer gestanden hatte. Als sie sich küssten, hatte er süß und ein wenig nach Moschus gerochen. In jener Nacht hatten sie sich zweimal geliebt, das erste Mal wild und leidenschaftlich, das zweite Mal langsam und bedächtig. Sein Lächeln danach konnte ihr immer noch den Atem rauben.

Damals hatte es für Emily nicht den Hauch eines Zweifels gegeben, dass er *sie* wollte. Jetzt konnte er ihr fast nicht in die Augen schauen. »Emily, ich …«, fing er an. Einen Augenblick lang sah es so aus, als werde er zusammenbrechen. Aber selbst wenn dem so gewesen wäre, er wurde von einem Auto daran gehindert, das sich von hinten näherte. Franks Gesicht wurde von den Scheinwerfern angestrahlt und sein an die angrenzende Lagertür geworfener Schatten wurde immer größer, je näher das Auto herankam, bis es schließlich stehen blieb. Als Frank winkte, sank Emily das Herz. Rasch drehte sie sich um.

Die Scheinwerfer des Autos erloschen, aber selbst im Dunkeln konnte Emily erkennen, dass es sich um einen weißen Honda Civic mit Fließheck handelte, dessen Tür das Logo der Krempel-Kickers zierte.

40

Eine Frau stieg aus. Sie trug eine blaue Mütze, die Krempe tief über die Augen gezogen. Hinten hing ein langer, glatter Pferdeschwanz heraus. Sie trug blaue Hosen und ein blaues Oberteil, genau wie Emily und Becca, wenn sie unter schmutzigen Bedingungen arbeiten mussten. Es war Quinn Newell.

Genau so musste sie ausgesehen haben, als sie Emilys Auto fuhr, um die Leiche ihres Ehemanns dort aufzulesen, wo er ermordet wurde – nicht am Kai, dessen war Emily sich ziemlich sicher –, und sie zum Lager zu fahren. Wobei sie darauf achtete, dass die Überwachungskamera gerade so viel von ihr zu sehen bekam, dass die Polizei dachte, es handle sich um Emily.

Jetzt stand Quinn da, die Hände in die Hüften gestemmt, und sah Emily an.

»Soll ich dir erzählen, wie ihr erster Ehemann gestorben ist?«, fragte Emily Frank. »Der Mann, mit dem sie vor Wally verheiratet war?« Sie hob ihre Stimme: »Sie hat ihn ebenfalls umgebracht.«

»Halten Sie den Mund!«, sagte Quinn und stürzte sich auf Emily.

Emily ging vor dem Lager in Deckung. »Auf ihrer Hochzeitsreise ...«, ehe sie den Satz beenden konnte, schlug Quinn ihr mit dem Handrücken ins Gesicht. Emily schwankte, stolperte über ihre Packtasche und fiel mit dem Hintern auf den Betonboden des Lagers. Außer Atem und keuchend saß sie da, und ihr klingelten die Ohren, während Quinn bedrohlich über ihr stand.

»Hör auf damit!«, schrie Frank. »Das ist nicht Teil unserer Vereinbarung.«

Emily rollte sich auf den Bauch. »Sie ist nicht besonders gut im Einhalten von Vereinbarungen, es sei denn, es geht um das ›Bis dass der Tod uns scheidet‹.«

»Ich sagte, halt den Mund!«, erwiderte Quinn und trat nach Emily. Emily krümmte sich zusammen, die Arme um den Körper geschlungen, als ein brennender Schmerz wie ein Blitz ihren Brustkasten durchzuckte.

Über sich hörte sie Frank sprechen. »Du warst vorher schon einmal verheiratet? Das hast du mir nie erzählt.«

»Was macht das für einen Unterschied?«, blaffte Quinn ihn an.

Emily rollte sich langsam auf den Bauch und musste würgen. Sie hatte einen salzigen und metallischen Geschmack im Mund. »Ein Riesenfehler«, sagte sie, als Blutstropfen den Boden befleckten. »Sie haben die letzten beiden Male so gut aufgepasst, dass die Polizei kein belastendes Blut am Tatort finden würde. Und jetzt –« Sie kam hoch auf die Knie und spuckte auf den Betonboden.

»Die Polizei«, sagte Quinn in verächtlichem Ton. »Die wissen doch nie, wo sie nachsehen müssen. Das werden sie diesmal auch nicht.«

Quinn packte Emilys Arm. »Komm schon«, sagte sie zu Frank. »Hilf mir.«

Frank zögerte eine Weile, dann packte er Emily am anderen Arm. Gemeinsam zogen er und Quinn sie nach hinten ins Lager. Der raue Zementboden schürfte Emilys Rücken auf und ihre Arme fühlten sich an, als hätte man sie ausgerenkt.

Quinn zog das Schwingtor zu. Es fiel mit einem lauten Knall ins Schloss. Im Inneren war es für einen Augenblick pechschwarz, dann schaltete Quinn das Licht ein.

»Dein erster Mann wurde getötet?«, fragte Frank.

»Na und?« Quinns Mund verzog sich langsam zu einem Lächeln. »Ist das wichtig?«

»Das ist sehr wichtig, Frank«, sagte Emily, holte schmerzhaft Luft und presste die Worte heraus. »Er war ein Sammler wie du. Diese Emailschilder und Drucke in ihrem Haus? Sie gehörten alle ihm.«

»Was sie da erzählt, ist völliger Unsinn. Sie gehörten Wally«, sagte Quinn.

»Weißt du, wie ihr erster Mann gestorben ist?«, sagte Emily. »Sie hat ihn vom Deck eines Kreuzfahrtschiffs gestoßen. Dann hat sie Wally geheiratet. Und der war gar kein Sammler. Er war nur, was eigentlich? Wohlhabend? Und jetzt ist sie wohl auf der Suche nach einem Anwalt, der sich um ihren Besitz kümmern kann. Nach jemandem, der alles tun würde, um all diese wundervollen Zeitschriften-Cover zu besitzen.« Als Frank zusammenzuckte, wusste sie, dass sie ins Schwarze getroffen hatte.

»Halten Sie den Mund«, sagte Quinn. »Sie haben keine Ahnung, wovon Sie reden.« Sie wollte schon ausholen, um Emily noch einmal zu treten, als Frank sie von hinten um die Taille packte. »Ernsthaft?«, fragte Quinn ihn. »Du weißt, dass es zu spät ist, um dir die Sache noch einmal zu überlegen. Du steckst bis zum Hals ...«

»Es ist nicht zu spät«, sagte Emily und versuchte unter Mühen aufzustehen. »Frank?«

Frank wirkte verloren. Er war immer so gut darin gewesen, sich selbst einzureden, er sei auf der Seite des Rechts, ganz gleich, um welchen Fall es ging, selbst wenn er ein windiges Unternehmen verteidigte, dessen fehlerhafte technische Ausführungen Menschenleben gekostet hatten. In grauer Vorzeit hatte er Menschen verteidigt, die keine andere Wahl hatten. Jener Frank hatte Emily in einem Nadelstreifenanzug geheiratet. Vielleicht, aber nur vielleicht steckte in Frank noch etwas von ihm.

»Frank, was auch immer du vereinbart hast, du musst nicht ...«, fing Emily an.

»Ich habe dir gesagt, dass es nicht einfach wird, die Fahrt könnte ein bisschen holprig werden«, sagte Quinn und schüttelte Frank ab. »Du musst standhaft bleiben. Vertrau mir.«

»Das hätte so nicht kommen sollen«, sagte Frank.

»Was dachtest du denn, was passieren würde?«, fragte Emily. »Hättest du mir eine Mordanklage angehängt und gewartet, bis man mich abführt?« Und ihr wurde klar, dass das hätte sogar funktionieren können, wäre Rafe Bartok nicht gewesen. Hätte dieser nicht realisiert, auf was er sich da eingelassen hatte, und wäre er nicht geldgierig geworden, würde Emily immer noch glauben, dass es Walter Newell war, der kurz vor der Java Connection ihr Auto gerammt hatte, obgleich Walter Newell da schon lange tot war.

Sie versuchte zu rekonstruieren, was geschehen war. Quinn und Frank hatten auf einen Abend gewartet, an dem Becca beschäftigt war und Emily allein zu dem Treffen mit einer neuen Kundin gehen musste. Becca hatte Quinns Anruf erhalten. Ihren Hilferuf. Als Becca sie abgewehrt und ihr gesagt hatte, sie würden am Sonntagabend nicht arbeiten, hatte ein Mann, der sich als Ryan Melanson ausgab, Becca angerufen und sie gebeten, die Kundin anzunehmen, die ihre Hilfe beim Entrümpeln in Anspruch nehmen müsste, und zwar sofort. Und sie mit doppeltem Honorar geködert. Dieser Anrufer musste Frank gewesen sein. Becca hätte die Stimmen niemals unterscheiden können.

Vieles von dem, was anschließend passierte, bekam nun einen Sinn. Natürlich kannte Quinn Emily fast besser als sie sich selbst, schließlich hatte Frank sie angeleitet. Frank hatte ihr bestimmt geraten, sie solle ihr vorjammern, ihr Ehemann sei ein außer Kontrolle geratener Sammler. Ein paar Flaschen gekühlten Prosecco zur Hand haben. Die Glücksbärchis auf dem Stapel in der Garage ganz obenauf legen. Da Frank zwanghaft alles, was Emily zum Spenden rausstellte, wieder ins Haus zurückholte, waren das vielleicht sogar Emilys Glücksbärchis gewesen. Im Nachhinein betrachtet war der Krempel, der in Quinns Garage gestapelt war, nichts, das Quinn jemals hätte besitzen wollen.

Emily hörte das gedämpfte Zirpen von Grillen. Stille, dann wieder ein Zirpen. Ihr Telefon. Frank griff in seine Gesäßtasche und holte ihr Handy heraus. Er sah aufs Display.

»Becca?«, fragte Emily, obwohl sie sich alles andere als sicher war, dass sie es war.

Frank sah sie ausdruckslos an, aber sie kannte ihn gut genug, um zu wissen, dass sie ins Schwarze getroffen hatte.

»Sie weiß, dass ich hier bin. Wenn ich sie nicht zurückrufe, wird sie kommen, um nach mir zu suchen.«

Quinn nahm Frank das Telefon aus der Hand und stellte es ab. »Das Risiko müssen wir wohl eingehen. Außerdem werden wir nicht lang hierbleiben.« Sie stützte das Kinn in die Hand und sah auf Emily hinunter. »Wissen Sie, ich mache mir wirklich Sorgen. In einem anderen Leben wären wir wahrscheinlich beste Freundinnen geworden. Jetzt müssen Sie verschwinden.« Sie tippte sich mit dem Finger an die Lippen. »Die Frage ist nur: wie? Diesmal werden wir die Sache einfach gestalten.«

»Ich nehme an, Sie werden nicht wie bei Wally die Zeit haben, irgendeine Geschichte zu erfinden«, sagte Emily. »Und eine Schiffsreling, über die man mich einfach schubsen kann, gibt es auch nicht.«

»Er saß auf der Reling, gerade so, als würde er mich darum bitten …«

Quinn blickte zum Fluss hinüber. »Wasser«, sagte sie nachdenklich. »Ich frage mich, wann die Flut auf dem Höchststand ist.« Sie zückte ihr Handy, tippte ein wenig darauf herum, dann runzelte sie die Stirn. »Erst in ein paar Stunden. Wir müssen warten. Auch gut.« Dann drehte sie sich zu Frank um. »Du musst gehen. Sieh zu, dass du irgendwo auffällst. Und ich muss auch irgendwo auffallen.«

»Was ist mit mir? Sollte ich nicht auch besser irgendwo gesehen werden?«, fragte Emily.

»Gar kein Problem«, sagte Quinn und ließ den gefälschten Pferdeschwanz, der an ihrer Mütze festgemacht war, auf und ab wippen. »Wir werden dafür sorgen, dass es viele Zeugen gibt, die Stein und Bein schwören, sie hätten Sie in Ihrem Wagen herumkutschieren sehen.«

»Noch ein Unfall mit Fahrerflucht auf Bestellung?«, sagte Emily.

Genau in dem Moment hörte man, wie sich auf der anderen Seite des Schwingtors etwas regte. Quinn und Frank tauschten überraschte Blicke, als das Tor sich quietschend zu heben begann. Frank rannte hin und hielt es zu. Quinn eilte hin, um ihm zu helfen.

»Wer ist da drin?«, fragte eine dünne, schrille Frauenstimme. Jemand schlug mit der flachen Hand gegen die Metalltür. »Sie haben da nichts zu suchen. Kommen Sie heraus!« Emily war nie glücklicher gewesen, die äußerst entrüstete Mrs Murphy zu hören.

»Eine Freundin von Ihnen?«, fragte Emily. Quinn starrte sie an. »Ich nehme an, Sie kannten ihren Mann? Charles Murphy? Antike Landkarten, die bei einer Auktion verkauft wurden? Sie haben ihnen geholfen, nicht wahr? Wusste sie, dass Sie die Leiche Ihres Mannes in ihrem Lager ablegen würden?«

»Lassen Sie mich rein!«, hörte man Mrs Murphy von draußen rufen.

Emily rief: »Ruth! Holen Sie die Polizei. Hier ist Emily. Ich bin gefangen.« Aber ihre letzten Worte wurden von Mrs Murphy übertönt, die von außen gegen die Tür hämmerte.

Quinn starrte Emily an, aber sie konnte die Tür nicht zuhalten und ihr zugleich einen Maulkorb verpassen. Die Tür ratterte, während Frank und Quinn sie zudrückten. Sie bemerkten nicht, wie Emily sich Zentimeter um Zentimeter im Krebsgang nach hinten zu ihrer Packtasche bewegte.

»Was machen Sie da drin?« Diesmal war es eine Männerstimme. Sie schien einem alten Mann zu gehören. Wahrscheinlich dem weißhaarigen Mr Murphy. »Machen Sie die Tür auf. Sofort!«

Jetzt schien der Mann zu versuchen, die Tür hochzuschieben, denn Quinn und Frank hatten Mühe, sie geschlossen zu halten. Emily hatte ihre Packtasche erreicht und wühlte darin herum. Sie fand ihre Elektroschockpistole und stand unter Schmerzen auf. Sie streckte die Pistole von sich und bewegte sich langsam auf Quinn zu.

»Was soll das denn werden?«, fragte Quinn mit einem Blick auf die Pistole, während sie all ihre Kraft benötigte, um die Tür geschlossen zu halten.

»Frank?«, sagte Emily. »Warum erklärst du es ihr nicht?«

»Das ist eine Elektroschockpistole«, sagte Frank.

»Sieht aus wie ein Spielzeug«, sagte Quinn.

»Ist es aber nicht«, sagte Frank. »Aber vertrau mir, sie wird es niemals benutzen.«

Emily legte den Finger auf den Abzug. »So, glaubst du?« Sie machte einen Schritt auf Quinn zu und diese wich zurück. »Es ist schmerzhaft, aber keine Bange. Umbringen wird es Sie nicht. Nur für ein oder zwei Stunden außer Gefecht setzen.«

Quinn trat nach Emily, um die Pistole zu treffen. Aber sie konnte sie nicht erreichen und gleichzeitig die Tür festhalten.

»Mrs Murphy«, schrie Emily. »Ich bin in Not. Rufen Sie die Polizei. Jetzt sofort!«

»Emily? Sind Sie das?«, fragte Mrs Murphy. »Machen Sie die Tür auf. Das ist mein Lager. Ich habe ein Recht, es zu betreten.«

Emily bemerkte den Blick, der zwischen Frank und Quinn hin und her ging, seinen fragenden Blick, ihr Kopfschütteln. Emily konnte nur hoffen, dass Mrs Murphy über die Leiche in ihrem Lager genauso überrascht gewesen war wie alle anderen. Diese Frau war raffgierig, und es war ihr größtes Glück, Gewinn aus etwas herauszuschlagen. Sie setzte sich über die Moral hinweg, aber ein böser Mensch war sie nicht.

»Ich weiß, was Sie getan haben«, schrie Emily. »Sie haben gestohlen und gefälscht. Haben die Fälschungen verkauft. Aber Sie wollen ganz gewiss nicht der Beihilfe zum Mord angeklagt werden.«

Draußen war es still.

Emily sprach weiter. »Ich kann Ihnen helfen, wenn ich erst mal hier raus bin. Aber Sie müssen die Polizei rufen. Die sollen kommen. Sofort.«

Emily hörte leise Stimmen, Mrs Murphys Stimme und die des Mannes. Es klang, als stritten sie sich, wahrscheinlich wägten sie die Optionen ab. Sie waren bestimmt nicht sonderlich erpicht, der Polizei nochmals zu begegnen. Dann könnten sie nicht mehr länger Profit machen, indem sie alte Originaldrucke verkauften und den Bibliotheken, denen sie die Originale gestohlen hatten, Giclée-Kunstdrucke zurückgaben. Emily hoffte, dieser Verlust werde durch die Chance wettgemacht, ohne Anklage, ohne Prozess und ohne Gefängnisstrafe davonzukommen.

Schließlich hörte Emily Schritte. Eine Autotür wurde zugeknallt. Dann noch eine. Der Motor eines Autos wurde aufgedreht, Reifen quietschten auf dem Pflaster.

Vorsichtig ließ Quinn die Tür los und bewegte sich langsam davon weg.

»Sie wird die Polizei holen«, sagte Emily, obwohl sie sich da keineswegs sicher war.

»Vielleicht«, sagte Quinn. »Doch ich denke, eher nicht. Die

beiden haben ziemlich viel zu verlieren.« Sie stürzte sich auf Emily, wollte ihr den Elektroschocker entreißen, griff aber daneben.

»Das hört sich an, als kennen Sie sie?«, sagte Emily. »Die beiden stehlen – und Sie sind die Hehlerin?« Sie ging einige Schritte zurück und stieß gegen die Werkbank.

Mit einem gezielten Tritt kickte Quinn den Elektroschocker aus Emilys Hand und schickte ihn schlitternd über den Boden. Dann schnappte sie ihn. »Also das setzt Sie für ein paar Stunden außer Gefecht?« Sie blickte unbeeindruckt auf den Elektroschocker. »Wirklich?« Sie stürzte sich auf Emily, drückte sie gegen eine Regalwand, presste ihr den Elektroschocker fest an den Hals und drückte wieder und wieder und wieder den Auslöser.

Emily spürte nur das kalte Metall der Zinken und das Kitzeln des Stromschlags, den schwachen Versuch des Elektroschockers, zu feuern. Sie zitterte und schrie, dann glitt sie zu Boden, machte sich steif und schüttelte sich, als hätte sie einen Krampfanfall bekommen. Dann lag sie dort auf dem kalten Betonboden, starrte mit offenen Augen an die Decke, der Körper jetzt nicht mehr steif, sondern schlaff. Sie ließ den Kopf mit offenem Mund zur Seite fallen. Eigentlich hatte sie keine Ahnung, ob es in etwa so aussehen würde, wenn die Pistole geladen gewesen wäre, aber sie baute darauf, dass Quinn und Frank das auch nicht wussten.

Aus dem Augenwinkel sah sie, wie Frank die Schwingtür öffnete. Er ging zu ihr hin und ließ sich auf ein Knie sinken. Beugte sich über sie, ergriff ihr Handgelenk und fühlte ihren Puls. Sie wusste, ihr Herz pochte wie wild. Sie versuchte, nicht zu blinzeln.

»Sie ist in Ordnung«, sagte Quinn. »Und es hat keine Spuren hinterlassen. Wir müssen sie hier rausschaffen, bevor jemand zurückkommt. Vielleicht diesmal in den Fluss?« Als Frank nicht antwortete, sagte sie barsch: »Frank, hör mir zu.

Du wirst ihnen erzählen, sie sei depressiv gewesen. Hätte nach den Mordermittlungen nicht mehr weitergewusst. Schließlich war ihr Ruf geschädigt. Ihr Business im freien Fall. Ich werde sagen, sie habe erzählt, wie verzweifelt sie war ...«

»Wie kannst du nur so sein?«, fragte Frank verwundert. »So kalt. Als wäre sie bloß ...« Frank suchte nach Worten, aber Emily hatte die Lücke schon gefüllt: *ein lästiges Hindernis.*

»Und du«, sagte Quinn, »du bist ein Heuchler. Du hattest kein Problem damit, mir zu helfen, Wallys Leiche wegzuschaffen. Komm mir jetzt nicht mit Sentimentalitäten.«

Mir zu helfen, Wallys Leiche wegzuschaffen. Emily war erleichtert, dass Frank ihn vielleicht wirklich nicht umgebracht hatte. Einer spontanen Eingebung folgend, sah sie ihn an. Ihre Blicke trafen sich. Frank zuckte zusammen.

»Was ist?«, wollte Quinn wissen.

»Ich ...«, sagte Frank. In der darauffolgenden Pause starrte Frank Emily unverwandt an. Würde er sie verraten? Sie wollte gern glauben, dass er sich nicht auf einen Schlag in diese Lage hineinmanövriert hatte, sondern ganz allmählich. Quinn hatte ihn fasziniert. Er hatte eine Affäre mit ihr begonnen. Sich vorgestellt, was wäre wenn. Und in den Monaten, in denen sie beide völlig leidenschaftslos miteinander geschlafen hatten, und ihre Basaltemperatur das Timing diktiert hatte, war die Zuneigung für sie immer mehr geschwunden. Emily wusste ja aus eigener Erfahrung, wie gut Quinn den wunden Punkt treffen und einen in die Falle locken konnte. Sie hatte Emily dazu gebracht, Gefühle zu äußern, die sie niemals jemandem offenbart, ja sich nicht einmal selbst eingestanden hätte.

Emily drückte Franks Hand. Sie konnte nur hoffen, dass er sich daran erinnerte, was sie einst einander bedeutet hatten.

»Fahr den Wagen mit dem Heck an die Tür heran«, sagte Frank.

Quinn ging hinaus. Frank stellte sich hinter Emily, packte sie unter den Armen und schleifte sie rückwärts über den Boden aus dem Lager. Es roch nach Autoabgasen, als Quinn den Honda mit dem Heck heranfuhr. Emily hörte ein Klicken. Die Heckklappe wurde entriegelt. Frank streckte über sie hinweg den Arm aus und hob die Klappe an. »Hol ihre Tasche«, rief er. »Und den Elektroschocker auch. Und sammle noch die Kamerateile auf, die da draußen herumliegen.«

Als Quinn im Lager verschwunden war, stellte Frank sich so hin, dass die Sicht auf sie blockiert war und flüsterte Emily zu: »Steig ein!« Emily kroch über die offene Heckklappe ins Auto. »Duck dich und bleib so.« Sie lag zusammengerollt auf der Seite, als er die Heckklappe schloss. Plötzlich machte der Wagen ruckartig kehrt und raste mit quietschenden Reifen davon.

»Frank!« Quinns Stimme schrillte durch die Nacht. »Wo zum Teufel bist du …« Ihre Stimme wurde immer schwächer, bis sie gar nicht mehr zu hören war.

Emily war gegen die Rückseite des Sitzes gefallen, ihr tat die Seite weh und ihr Gesicht brannte. Aber immerhin, man hatte sie nicht zweimal überfahren und auch nicht über die Reling eines Kreuzfahrtschiffes geworfen. »Mir …« Der Wagen nahm eine scharfe Kurve und beschleunigte. Emily wurde von einer Seite des Wagens auf die andere geschleudert. Sie hörte das durchdringende Gejaule einer Sirene. Wagen mit grellem Blaulicht fuhren in die andere Richtung an ihnen vorbei. Emily sah aus dem Rückfenster, während der Polizeiwagen immer schneller Richtung Lager fuhr. Mrs Murphy, Gott sei Dank. Sie hatte wohl doch noch die Polizei gerufen.

»Das wird schon wieder«, sagte Emily.

Frank warf ihr das Handy zu. »Ruf Ryan an. Sag ihm, wir treffen uns auf dem Polizeirevier.«

Sag mir nicht, dass du Quinns Ehemann getötet hast. War das wirklich von Bedeutung? Denn eines war sicher, dies war, wie Frank schon angedeutet hatte, ein Angebot »Zwei zum Preis von einem« gewesen. Aber nicht zwei Ehefrauen, von denen die eine der anderen die Schuld an der Ermordung ihres Mannes in die Schuhe schieben wollte. Vielmehr ein Liebespaar, bei dem der Mann seine Ehefrau opfern und für die Ermordung des Mannes seiner Geliebten verantwortlich machen wollte. Von dieser Seite betrachtet, hatte Emily Frank gerettet. Denn wie lange würde es gedauert haben, bis Quinn seiner überdrüssig geworden wäre? Ein Blick auf Franks Sammelobjekte hätte genügt, um die rosarote Aussicht auf das Leben, das sie und er führen würden, zu trüben.

Außerdem würde er auf einem Ehevertrag bestanden haben.

41

SECHS MONATE SPÄTER saß Emily mit Becca und Lila am Küchentisch, die Titelseite des *Boston Globe* lag vor ihnen ausgebreitet. »Scheint, als hätte er ein wenig zugenommen«, sagte Lila. Sie betrachtete eingehend ein Foto von Frank, wie er als Zeuge bei dem Mordprozess gegen Quinn Newell alias Amanda Quinn Safstrom Newell auftrat.

Frank sah nicht dick aus. Sein Gesicht war aufgedunsen, er sah elend aus und die Krawatte schien ihm die Luft abzuschnüren. Er befand sich seit der Nacht, in der Ryan sich auf dem Parkplatz des Polizeireviers mit ihnen getroffen und Frank anschließend aufs Revier begleitet hatte, um mit dem Staatsanwalt einen Deal auszuhandeln, in Untersuchungshaft. Frank hatte sich einverstanden erklärt, als Kronzeuge aufzutreten, und sich im Gegenzug für ein geringeres Strafmaß schuldig zu bekennen. Er hoffte, er werde bis zum Ende des Prozesses seine Zeit bereits abgesessen haben und könnte entlassen werden.

Emily würde bald ihre Aussage machen, sie war die andere Starzeugin der Staatsanwaltschaft. Sie war erleichtert, dass die Aufzeichnung des Gespräches zwischen ihr und Quinn, bei dem sie sich angeblich verschworen hatten, gegenseitig ihre Ehemänner umzubringen, als Beweismittel für nicht zulässig erklärt worden war, und sie hatte dem Prosecco abgeschworen.

Die mediale Öffentlichkeit kam auf ihre Kosten und nannte Quinn »Bostons schwarze Witwe«. Emily versuchte, keine Artikel über den Prozess zu lesen, und wenn im Radio ein Beitrag gebracht wurde, schaltete sie ab. Es war schlimm genug, dass sie als ahnungslose Ehefrau eine unterstützende Rolle gespielt hatte.

Rafe Bartok sollte auch in den Zeugenstand gerufen werden, um auszusagen, dass Quinn und Frank ihn als Darsteller von Walter Newell angeworben hatten. Seine Aufgabe hatte darin bestanden, Walters Wagen zu der Auktion in Hyannis zu fahren, sich dort unter Walters Namen anzumelden, gleich im Anschluss in aller Seelenruhe wieder zurückzufahren und Emily bei der Java Connection abzupassen, ihr eine Szene zu machen, ihr Auto zu rammen und Walters Wagen später am Kai stehen zu lassen. Dabei musste er dafür sorgen, dass es eine große Zahl verlässlicher Zeugen gab, die schwören würden, dass Walter Newell noch am Leben war, lange nachdem er getötet und in dem Jacuzzi im großen Badezimmer der Newells in Eis gepackt worden war.

Die ganze Operation hatte geklappt wie am Schnürchen, bis Rafe Bartok klar wurde, dass das Gesicht, das er gegen Bezahlung angenommen hatte, das Gesicht eines Mordopfers war. Emily fand sogar, er habe sich mit den läppischen tausend Dollar, die Quinn wenige Tage zuvor in bar bei der Bank abgehoben hatte, vollkommen zu Recht schlecht bezahlt gefühlt.

Frank war in einem Trakt mit geringen Sicherheitsauflagen untergebracht worden. Emily besuchte ihn dort kein einziges Mal. Sie schlief in der Mitte ihres King-Size-Bettes, hatte sein Kissen und seine Decke weggeworfen, außerdem das Shampoo und das Aftershave, seine Zigarren und den Maker's Mark Bourbon-Whisky. Seinen BMW hatte sie verkauft und den Chevy Suburban zugunsten des National Public Radio gespendet, dann hatte sie bei Inner Peace Storage drei riesige Lager gemietet und ein Umzugsunternehmen damit beauftragt, den Inhalt seines Büros und alles, was sich in Keller, Speicher und Garage befand, dort einzulagern.

Der Anblick der seither leeren Räume machte sie glücklich.

»Also dann«, sagte Emily, faltete die Zeitung zusammen und warf sie in den Mülleimer, »zurück an die Arbeit.« Dann legte sie eine Liste mit den Zeitplänen ihrer aktuellen Projekte auf den Tisch. »Scheint so, als hätten alle Leute mehr als genug überflüssigen Krempel.« Ihr Geschäft boomte, mit Lila bestand das Team der Stop-Motion-Krempel-Kickers jetzt aus drei Personen und sie hatten ihren Radius bis Cape Cod erweitert. Ihr Erfolg war ein Beweis für den Spruch, dass es gar keine *schlechte* Publicity gab. Sie möchten Ihren Namen bekannt machen? Lassen Sie sich in einen Skandal verwickeln. Besser noch in zwei.

Quinn Newells Mordprozess und die Rückgabeaktion der Drucke und Lithographien hatte sie landesweit in die Schlagzeilen gebracht. Leider stellte sich heraus, dass Murphys Bücher wertlos waren. Die meisten hatten die Bibliotheken aufgrund ihres schlechten Zustands bereits aussortiert. Aber die Drucke, die in Spezialrollen versiegelt Schimmel und Moder standgehalten hatten, waren unbezahlbar. Die Polizei hatte Dutzende Giglée-Kunstdruck-Kopien beschlagnahmt, die die Murphys den bestohlenen Büchereien anstelle der Originale geben wollten. Die Originale, die zusammengerechnet weit über eine Million Dollar wert waren, hatten sie anschließend verkaufen wollen.

Emily war überzeugt, dass Mrs Murphy ihren Mann schützte. Offensichtlich war er ein Jahr zuvor untergetaucht, etwa zu der Zeit, als die Distrikt-Sammlungen ihre Verluste bemerkten. Mrs Murphy gab nicht zu, dass er noch am Leben war oder dass sie Quinn Newell bereits gekannt hatte. Dabei war es mit Sicherheit Quinn gewesen, die Mrs Murphy den Vorschlag gemacht hatte, die Stop-Motion-Krempel-Kicker anzurufen und ihnen die hilflose Witwe vorzuspielen, die nach Unterstützung bei der Sammlungsauflösung suchte – obwohl man hier korrekterweise von Geldwäsche sprechen müsste. Quinn hatte gewiss einen

Schlüssel zum Lager der Murphys gehabt. Wahrscheinlich war sie die Person, die der Wachmann von Inner Peace Storage beim Kommen und Gehen beobachtet hatte. Vermutlich hatte sie schon einige Zeit, bevor Frank und sie Walters Leiche dort abgeladen hatten, das Belüftungssystem im Lager ausgeschaltet. Emily rechnete damit, dass beim Prozess alles ans Licht kommen würde.

»Irgendwelche neuen Hinweise?«, fragte Emily.

Lila antwortete: »Ich bekam heute Morgen den Anruf einer Dame, die die Puppensammlung ihrer Mutter geerbt hat. Hunderte von Puppen. Sie und ihre drei Schwestern streiten sich jetzt, was mit ihnen geschehen soll.« Anschließend schilderte Lila das Projekt in allen Einzelheiten. Die Puppen, die Puppenhäuser, die Puppenkleider, die Puppenersatzteile, denn die Mutter hatte auch Puppen repariert. Emily versuchte sich die Sache vorzustellen, sah schon das Stop-Motion-Video vor sich, das sie zusammenschneiden würde. Sah Puppen umherspazieren. Einander grüßen. Sah, wie die Einzelteile sich wieder zu vollständigen Puppen zusammensetzten.

»Vier Schwestern?«, sagte Becca und gab dem Projekt einen Daumen nach unten. »Das gibt nur Chaos, und um Puppen wird es dabei ganz gewiss nicht gehen.«

DANKSAGUNG

Ich gestehe, ich war lange mit einem Mann verheiratet, der an Flohmarktsucht leidet. Bei uns zu Hause wird es nie genug Bücherregale geben, um seinen Fundstücken einen Platz zu geben. Obwohl ich ihn manchmal am liebsten erwürgen würde, wenn er wieder neue Bücher anschleppt, hat er doch auch genug gute Eigenschaften, die seine Behalter-Mentalität wieder wettmachen. Ihm habe ich es zu verdanken, dass ich dieses Buch geschrieben habe.

Die Hauptfigur dieses Romans, Emily Harlow, ist eine ehemalige Grundschullehrerin (wie ich), die Profi-Entrümplerin wurde (ich nicht, nicht in meinen wildesten Träumen). Dank an Kathy Vines (Clever Girl Organising), Melanie Cerio (The Holistic Organizer), an Muffy Loomis Kaesberg (Organizing 4 U) und Michele Raimondo, dass sie mir geholfen haben zu verstehen, was für eine wichtige Rolle Entrümplungsprofis spielen. Ich habe an ihren Meetings teilgenommen und dort viel erfahren und gelernt. Sollte etwas falsch dargestellt sein, geht das ganz auf meine Kappe.

Danke meinen bloggenden Kolleg*innen von *Jungle Red Writers* für ihre Ermutigung, und besonderen Dank an Roberta Isleib und Hank Phillippi Ryan für das Lesen des Manuskripts und den guten Rat. Ich möchte meinem Mann Jerry danken, der immer meine Endfassung liest und niemals Anstoß nimmt, wenn er sich selbst im Buch wiederfindet. Meiner Agentin Gail Hochman für ihre ermunternden Worte, ihre Wärme und stets hilfreichen Ratschläge.

Dank auch an die phantastischen Verlagsprofis von HarperCollins, darunter Gena Lanzi, Vedika Khanna, Rachel Weinick und Kate Hudkins. Bei ihnen bin ich in den allerbesten Händen. Danke auch an Katherine Nintzel. Jeder Schriftsteller sollte das Vergnügen haben, mit so einer begnadeten und talentierten Lektorin zu arbeiten.